黄立一 ◆ 著

唐宋诗的古今分合

以清代唐宋诗学转向
与当代唐宋诗整体观为视点

九 州 出 版 社　全国百佳图书出版单位
JIUZHOUPRESS

图书在版编目（CIP）数据

唐宋诗的古今分合：以清代唐宋诗学转向与当代唐
宋诗整体观为视点 / 黄立一著. —— 北京 ：九州出版社，
2019.5

ISBN 978-7-5108-8083-4

Ⅰ．①唐… Ⅱ．①黄… Ⅲ．①唐诗－诗歌研究②宋诗
－诗歌研究 Ⅳ．①I207.22

中国版本图书馆CIP数据核字(2019)第099582号

唐宋诗的古今分合：以清代唐宋诗学转向与当代唐宋诗整体观为视点

作　　者	黄立一　著
出版发行	九州出版社
地　　址	北京市西城区阜外大街甲 35 号 (100037)
发行电话	(010)68992190/3/5/6
网　　址	www.jiuzhoupress.com
电子信箱	jiuzhou@jiuzhoupress.com
印　　刷	北京九州迅驰传媒文化有限公司
开　　本	787 毫米 ×1092 毫米　16 开
印　　张	17.25
字　　数	270 千字
版　　次	2019 年 6 月第 1 版
印　　次	2019 年 6 月第 1 次印刷
书　　号	ISBN 978-7-5108-8083-4
定　　价	68.00 元

序

许 总

　　二十一世纪伊始，余应华侨大学之邀，负笈南下，执中文教席。余向以为，习古代文学，其中诗为大端，若不谙此道，终致隔膜，因在教学之中，力倡诗词写作。不意在当时 2000 级本科生交来的作业中，竟有数人熟谙诗技，其中翘楚，即为立一。后对该生多加留意，发现其不独禀性聪颖，且品行极为厚朴，颇有获璞玉浑金之喜。

　　立一本科毕业后，以优异成绩获推免资格，从余攻读硕士。攻硕期间，其好学深思之性禀更为显现，学位论文以翁方纲诗学为题，颇有发明。硕士毕业后，又因学业优异而留校任教，旋即升任古代文学教研室主任，为余上司矣。其时立一于繁重教学及行政事务之余，学术之志不移，复从上海大学董乃斌先生攻读博士，由是学业日进，专攻益精。

　　立一志在唐宋及明清诗学，意在打通唐风宋韵之流衍与明清诗学之接受。在攻读硕博期间，即多有创获。今复以《唐宋诗的古今分合》为题，欲进一步探讨由清代唐宋诗学转向到当代唐宋诗整体观建构之诗学进程。题旨宏大，难度亦巨。立一初以此题与余相商，余即表不宜作之意。然其仍以不畏之毅力，终成其事，实可嘉也。嘱余弁言，因略叙师生因缘及学术旨趣，并期其更多力作问世。

戊戌年除夕于华园抱一轩

目　录

下　编　当代视野下的唐宋诗一体进程

前　言

　　自从南宋末年唐音宋调基本定型之后，唐宋诗之争就开始了它的千年诗学历程。前有张戒对苏、黄诗的批判及陆游、杨万里等对江西诗派的反思，宋末严羽更是推崇"其妙处透彻玲珑，不可凑泊，如空中之音，相中之色，水中之月，镜中之象，言有尽而意无穷"[①]的盛唐诗，自此历蒙元而至明代，宗唐始终是诗学主流，以李梦阳、何景明为代表的明"前后七子"甚至提出"文必秦汉，诗必盛唐"[②]的主张。直到清代，宗唐思潮才有所松动，正如乔亿在《剑溪说诗》卷下所云："明代诗人，尊唐攘宋，无道韩、苏、白、陆体者。国朝则祖宋祧唐，虽文章宿老，宋气不除。"[③]不过且不论"攘"与"祧"一字之差的深刻差异，通观整个古代诗学史，宗宋思潮取代宗唐思潮也是在乔亿之后的清中叶，具体地讲是由于翁方纲"肌理"说深层内涵的转变而产生的直接影响。这一转向影响深远，在此之后，宗宋思潮成为主流，直到晚清的"同光体"仍标举宋诗的巨矗。其影响所及，甚至包括朱自清、程千帆、钱锺书等近现代学人。因此，观照唐宋诗的古今分合，"肌理"说的孕育产生是一个颇值得注意的节点。

　　不过到了晚清，唐宋诗分疆别垒的色彩逐渐淡化，即如"同光体"的理论家陈衍也已经从诗史的角度更通达地看待唐宋诗之争。其谓："盖余谓诗莫盛

---

　　① 　严羽《沧浪诗话》，中华书局 1985 年版，第 6—7 页。

　　② 　《明史·文苑传》："梦阳才思雄鸷，卓然以复古自命。弘治时，宰相李东阳主文柄，天下翕然宗之，梦阳讥其萎弱，倡言文必秦汉，诗必盛唐，非是者弗道。"《明史·王世贞传》记载："其（王世贞）持论，文必秦汉，诗必盛唐，大历以后书勿读。"

　　③ 　郭绍虞编选，富寿荪校点《清诗话续编》，上海古籍出版社 1983 年版，第 1106 页。

于三元，上元开元，中元元和，下元元祐也。君谓三元皆外国探险家觅新世界殖民政策开埠头本领，故有开天启疆域云云。余言今人强分唐诗宋诗，宋人皆推本唐人诗法，力破余地耳。庐陵、宛陵、东坡、临川、山谷、后山、放翁、诚斋，岑、高、李、杜、韩、孟、刘、白之变化也。简斋、止斋、沧浪、四灵，王、孟、韦、柳、贾岛、姚合之变化也。故开元、元和者，世所分唐宋人之枢幹也。若墨守旧说，唐以后之书不读，有日蹙国百里而已。故有唐余逮宋兴，及强欲判唐、宋各云云。"①前如吴乔所谓的"宋人惟变不复，唐人之诗意尽亡"②，虽亦具诗史眼光，但却有割裂唐宋的意味，相比之下，陈氏更有将唐宋弥合一体的倾向。同样，其后的"诗界革命"派人士在新的时代条件下继承书写性灵的传统精神，也反对诗分唐宋。黄遵宪云："夫声成文谓之诗，天地之间，无有声皆诗也，即市井之谩骂，儿女之嬉戏，妇姑之勃谿，皆有真意以行其间者，皆天地之至文也。不能率其真，而舍我以从人，而曰吾汉吾魏吾六朝吾唐吾宋，无论其非也；既刻画求似而得其形，肖则肖矣，而我则亡也，我已忘我，而吾心声皆他人之声，又乌有所谓诗者在耶？汉不必三百篇，魏不必汉，六朝不必魏，唐不必六朝，宋不必唐，惟各不相师，而能成一家言。"③其与清初邵长蘅所谓"盖宋人实学唐，而能夐逸唐轨，大放厥词。唐人尚蕴藉，宋人喜径露。唐人情与景涵，才为法敛。宋人无不可状之景，无不可畅之情，故负奇之士不趋宋，不足以泄其纵横驰骤之气，而逞其赡博雄悍之才"④看似相近，实则已注入新的时代内涵，或体现出某种进化论的思想。其派中人金天羽《五言楼诗草序》云："诗至今日，难言之矣。创作者恶夫袭古人之貌，务破弃一切而为新制，其体乃不离乎小词俚曲之间；而泥古者则又规仿唐宋，标举一二家以自张其壁垒，师古而不能驭古。是故师昌黎者悍，师香山者庸，师皮、陆者碎，师玉溪者淫，师张、王乐府者佻，师眉山者甜与熟，师山谷者取侧笔，师后山者用秃笔，师剑南者浮泽宕往而无归宿。又其甚者，举一行省十

---

① 陈衍《石遗室诗话》，辽宁教育出版社1998年版，第4页。

② 吴乔《围炉诗话》，郭绍虞编选，富寿荪校点《清诗话续编》，上海古籍出版社1983年版，第471页。

③ 黄遵宪《黄遵宪集》，天津人民出版社2003年版，第412页。

④ 《研堂诗稿序》，邵长蘅《青门簏稿》卷四，《常州先哲遗书》本。

数缙绅，风气相囿，结为宗派，类似封建节度，欲以左右天下能文章之士，抑高唱而使之喑，摧盛气而使之绌，纤靡委随，而后得列我之坛坫，卒之儇薄者得引为口实，而一抉其藩篱，诗教由是而斁焉"[1]，则展示出对诗坛以唐宋为界分立门户的蔑弃。

现代学人主张诗分唐宋者以钱锺书先生和缪钺先生之论最有代表性。钱先生云：

> 唐诗、宋诗，亦非仅朝代之别，乃体格性分之殊。天下有两种人，斯分两种诗。唐诗多以丰神情韵擅长，宋诗多以筋骨思理见胜。严仪卿首倡断代言诗，《沧浪诗话》即有"本朝人尚理，唐人尚意兴"云云。曰唐曰宋，特举大概而言，为称谓之便。非曰唐诗必出唐人，宋诗必出宋人也。故唐之少陵、昌黎、香山、东野，实唐人之开宋调者；宋之柯山、白石、九僧、四灵，则宋人之有唐音者……且又一集之内，一生之中，少年才气发扬，遂为唐体，晚节思虑深沉，乃染宋调。若木之明，崦嵫之景，心光既异，心声亦以先后不侔。[2]

缪先生云：

> 唐宋诗之异点，先粗略论之。唐诗以韵胜，故浑雅，而贵蕴藉空灵；宋诗以意胜，故精能，而贵深折透辟。唐诗之美在情辞，故丰腴；宋诗之美在气骨，故瘦劲。唐诗如芍药海棠，华茂繁采；宋诗如寒梅秋菊，幽韵冷香。唐诗如啖荔枝，一颗入口，则甘芳盈颊。宋诗如食橄榄，初觉生涩，而回味隽永。譬诸修园林，唐诗则如叠石凿池，筑亭辟馆。宋诗则如亭馆之中，饰以绮疏雕槛，水石之侧，植以异卉名葩。譬诸游山水，唐诗则如高峰远望，意气浩然。宋诗则如曲涧寻幽，情境冷峭。唐诗之弊为肤廓平滑，宋诗之弊为生涩

① 金天羽《天放楼诗文集》，上海古籍出版社 2007 年版，第 861 页。
② 钱锺书《谈艺录》，中华书局 1984 年版，第 2—4 页。

枯淡。虽唐诗之中，亦有下开宋派者。宋诗之中，亦有酷肖唐人者。然论其大较，固如此矣。①

就这两段话而言，二位先生所云各有侧重。钱先生从人性角度或者说人生的发展阶段解读唐宋之异，缪先生则更多是从风格、做法以及予接受者的感受等角度谈二者差别，都讲得十分透彻且深刻。二位先生并云唐宋诗不能拘泥地以时代为限，唐人中有做宋诗者，宋人中有做唐诗者，唐宋诗更重要的是基于创作手法、美学风格乃至人性特点而产生的两种古代诗歌范型。这样看来，唐宋诗的产生及其差异的存在在人性和文艺创作原理、文学史发展规律的层面是有必然性的。

唐宋诗之争在古代走过它曲折的诗学道路，其实也从一个侧面反映出两种不同的诗歌范式、诗人类型、诗美追求的分野，乃至基于不同立场对文学本质理解的差异。因此，它已然超越了唐宋诗的范围，具有更深层次的文学史和文学批评史、理论史的意义。而在今天的视野观照下，唐宋诗在古代诗歌发展史上又是以一个独特的身份而存在的，那就是成熟的文人诗。自汉末开始出现的文人吟唱至此汇为洪流，蔚为大观并凝定为两种基本范式。不仅如此，唐宋诗的发展又自成一个自足的逻辑进程，从诗体构建和诗美历程的角度观察可以发现唐宋两代的诗歌处于某一共同进程之中，唐宋诗人的尚奇追求也在某种程度上设定唐宋诗史的演进逻辑，相比于之前的汉魏六朝及之后的元明清诗歌显示出某种同质化的倾向，或者说是文学史上的一体化特征。或许，从这样的角度出发，今天的我们能超越古人的唐宋诗之争，也一定程度上弥合近人诗分唐宋的看法，彰显出我们这个时代的诗学关怀。

本书就试图截取翁方纲"肌理"说促成的清中期由宗唐变为宗宋的诗学转向与当代基于诗体建构、诗美历程及两朝诗人合乎逻辑的"尚奇"追求演变得出的唐宋诗整体论这两个典型截面和重要节点，阐述唐宋诗之争的古今分合，以一种新的视角看待这个千年诗学公案和命题，并以开放的姿态迎接未来的重新诠释。

① 缪钺《论宋诗》，缪钺《诗词散论》，上海古籍出版社 1982 年版，第 36—37 页。

上　编

翁方纲"肌理"说与
清中期宗唐宗宋的思潮转向

　　唐宋诗之争历经千年，本编试图探讨翁方纲"肌理"说对古人由宗唐整体上转向宗宋这一重大诗学思潮转向所起到的关键作用，不仅分析其诗说具有哪些独特内涵，为何较之其他宗宋诗人的学说理论能有更为关键的转折意义，也梳理翁氏与之前之后宋诗派成员的关系，其学说发挥影响的途径，以及其诗说促使宗唐宗宋思潮转向的事实，以此作为观照唐宋诗古今分合的一个截面。

第一章 "肌理"说的内涵和体系

翁方纲，字正三，号覃溪，晚号苏斋，直隶大兴（今属北京）人，生于雍正十一年（1733年）。在科举求仕的道路上，翁方纲可以说是一个幸运儿。早在乾隆九年（1744年）六月，他十二岁即受到顺天学政、副都御史赵大鲸的赏识，成为秀才，故有神童之目。三年后的乾隆十二年（1747年）秋天，即他十五岁时，又受到顺天乡试主考官、刑部尚书阿克敦、刘统勋的赏识，以第四十七名中举。此后，翁方纲开始在京师首善书院学习，为时七年。乾隆十七年（1752年）八月，因皇太后六旬万寿加乡会试恩科，翁方纲以一百十七名成进士，座师为陈世倌、嵩寿和邹一桂，随即被选为庶吉士。

乾隆二十七年（1762年）七月，翁方纲奉命出任广东学政。尽管是第一次就任此职，翁方纲还是做得不错，故在广东学政任上连任三届，直到乾隆三十六年（1771年）底才返回京师。由于学政主要工作为考核教职和考试生童，仅"掌学校政令，岁科两试。巡历所至，察师儒优劣，生员勤惰，升其贤者、能者，斥其不率教者。凡有兴革，会督抚行之"（《清史稿》卷一百一十六，《职官·提督学政》），办公时间比较自由，所以翁方纲在此期间开始研究自己喜欢的诗词学，并利用到各地按试的条件，搜集和研究当地流传的金石铭文资料，并于乾隆三十一年（1766年）撰成《药洲诗话》六卷，随后增订为《石洲诗话》，与其在京所撰《韵字辨同》五卷同刊。乾隆三十六年（1771年）秋，翁方纲在广东撰成《粤东金石记》十二卷并刊行于世。这是翁方纲第一部重要的金石学著作。

乾隆三十六年（1771年）底，翁方纲完成广东学政工作返回北京。乾隆三十八年（1773年）初，纂修《四库全书》工程正式开始。三月十八日，翁方纲因"留心典籍，见闻颇广"（《翁氏家事略记》，乾隆三十八年条），被大学士刘统勋等人推荐为《四库全书》纂修官，入翰林院修书。同年撰成《焦山鼎铭考》一卷和《苏诗补注》八卷。当时《四库全书》馆汇集了几乎全国所有的一流学者，先后参与其事的有程晋芳、姚鼐、任大椿、朱筠、钱大昕、张埙、陈以纲、孔广森、桂馥、黄易、赵魏、陈焯、丁杰、沈心醇、纪昀、戴震、劲晋涵、周永年、陆锡熊等数百人。在编书过程中，他们"时相过从讨论，如此者前后约将十年"（《翁氏家事略记》，乾隆三十八年条）的经历，对包括翁方纲在内的所有学者的学术研究都产生了重要的影响。

乾隆五十一年（1786年）九月，翁方纲奉命提督江西学政，至乾隆五十四年（1789年）九月返回。期间，于乾隆五十二年（1787年）十二月著成《十三经注疏姓氏》，于乾隆五十四年（1789年）八月撰成其最主要的金石学著作《两汉金石记》二十二卷，并刊刻行世。该书被后人评价为"剖析毫芒，参以《说文》《正义》，考订至精"（《清史稿》卷四百八十五，《翁方纲传》），从而奠定了他作为清代金石学名家的地位。

或因其在乾隆后期长期办理批本所致，嘉庆六年（1801年）二月，翁方纲被发往高宗乾隆帝的裕陵守陵三年。在马兰峪的三年，翁方纲因无所应酬，专心将数十年来研究诸经所记心得进行整理，先后整理出《易附记》十六卷、《书附记》十四卷、《诗附记》十卷、《春秋附记》十五卷、《礼记附记》十卷、《大戴礼附记》一卷、《仪礼附记》一卷、《周官礼附记》一卷、《论语附记》二卷、《孟子附记》二卷、《孝经附记》一卷、《尔雅附记》一卷，并完成《兰亭考》一书（原名《苏米斋兰亭考》）。

由于年事已高，加之被发往裕陵守陵一事的刺激，翁方纲自马兰峪返回后即未再做官，在家从事金石学等研究，成果见于《苏斋题跋》以及嘉庆二十二年（1817年）撰成的《庙堂碑考》《秦篆残字记序》等论文。有关经学及学术研究方面的著作主要有：大约在嘉庆十七年前后撰成的《考订论》系列九篇论文，以及《自题校勘诸经图后》《读李穆堂原学论》《原学》《姚江论致良知论》等论文。嘉庆二十三年（1818年）正月二十七日，翁方纲在家中去世，享年八十五岁。①

---

① 以上参考《清史稿》及陈连营《翁方纲及其经学思想》，《故宫博物院院刊》2002年第6期。

翁方纲不仅在经学特别是金石学上成就斐然，他对诗学的精研和探究也不同于庸众，在他所著《复初斋诗文集》及《石洲诗话》等论著中，可见其论诗主张。而且，正是因其在经学、金石学方面的深厚学养，造成了翁方纲诗论的独具特征，成为"学人诗论"之代表。在清代这个被郭绍虞先生称为文学批评集大成的时代，各种诗学流派层出不穷，异彩纷呈，翁方纲的"肌理"说得以和"格调""神韵""性灵"三说并立为清代四大诗说，可见其在清代诗学中的地位和重要性。当我们系统地对"肌理"说进行考察，领会其深刻内涵，并对清代乃至中国近古整个诗学概貌有所了解，就会发现"肌理"说在整个清代中期诗学思潮转向中所起的重要作用以及引发的深远影响，并且可以更深刻地理解翁方纲的诗学理论在中国古典诗学终结时代所具有的特殊意义。

翁方纲诗论以"肌理"说为核心，在清代诗学史上占有一定的地位，产生过重要的影响，有其不可低估的价值。但是，这个出现在封建社会末期的诗说到底是以什么样的面目出现的呢？它的本质内涵究竟为何？它是否可以自成一个体系？解读这些问题无疑是充分认识其意义和价值的基本前提。

第一节 "肌理"说的性质

在中国古典诗学发展史上，儒家思想扮演着极其重要的角色，这一点已成为论者之共识。萧华荣先生在《中国诗学思想史》中说："中国传统诗学思想可以宋代为界分为前后两个时期。先秦至唐属前期，宋至清末属后期，与儒家经学期与理学期大致相合。这种相合并非偶然，而有着内在的必然性和合理性。这也可以看出儒家思想在诗学思想发展演变中的主导地位"[1]，就用一个很显明的事实证明了这个论断。而在儒家诗学中，最重要、最具特色并且影响最大的范畴应该说是"诗教"。早在中国诗歌发展的初期，也即在《诗经》的时代，诗歌就成为王者之治道的一个组成部分，被组织在政治架构当中，发挥政治教化作用。诗人用诗歌歌咏自己的情感，发表对社会政治的意见；统治者通过采诗、观诗来了解民风，并用诗歌教化民众。诗歌在这个架构中不仅可以用

---

[1] 萧华荣《中国诗学思想史》，华东师范大学出版社1996年版，第7页。

以美、刺，而且可以用以观、教，诗人以诗进行美刺，统治者采以观教，这两种功能是相辅相成的，这应该是存在于先秦一段时间里诗歌的政治教化作用的实况，儒家诗学教化观的形成就是对这种实况的概括与总结。虽然其中也有想象和比附的成分，不过不管怎样，在传统的儒家学者看来，诗是具有十分重要的现实政治作用的，朱彝尊的一番话可以说是这种观点的总结：

> 诗之为教，其义风赋比兴雅颂；其旨兴观群怨；其辞嘉美规诲戒刺；其事经夫妇，成孝敬，厚人伦，美教化，移风俗；其效至于动天地，感鬼神。①

持这种观点的学者代有其人，稍后的沈德潜就是众所周知的儒家诗教的极力倡导者，同样，翁方纲也是力主"诗教"的一个代表。他说：

> 诗者忠孝而已矣，温柔敦厚而已矣，性情之事也。秋谷之论诗，其于渔洋孰正孰畸，姑无辨，第其意在于龃龉渔洋而已，使学人由此长傲而启矜焉。性情之谓何？温柔敦厚之谓何？愚所以不敢不辨也。②

在《杜诗"熟精文选理""理"字说》中又说：

> 天下未有舍理而言文者，且萧氏之为《选》也，首原夫孝敬之准式、人伦之师友，所谓"事处于沉思"者，惟杜诗之真实足以当之，而或仅以藻缋目之，不亦诬乎？③

---

① 《高舍人诗序》，朱彝尊《曝书亭集》卷三十九，世界书局 1937 年版，第 468 页。

② 《渔洋诗髓论》，翁方纲《七言诗三昧举隅》附录，王夫之等撰《清诗话》，上海古籍出版社 1999 年版，第 304 页。

③ 翁方纲《复初斋文集》卷十，文海出版社 1966 年版，第 408 页。

这种种言论无不证明翁氏提倡儒家诗教,因此可以说翁方纲的诗说是儒家诗教在清代的延续。

但这只是问题的一方面。事实上,古代诗歌在其发展过程中逐渐从实际政治架构中脱离了出来,采诗、观诗早已不复存在,对于统治者来说,也不会把当代诗歌作为观民风和施行教化的工具,随之带来的结果就是诗人也不复把诗作为美刺的工具,后世固然有像白居易那样孜孜于讽谏者,但他已不能保证统治者采以观之了。所以尽管历代像杜甫、白居易一样秉持儒家诗学的政教精神来创作的诗人层出不穷,但儒家诗学所谓的政教传统只作为一种精神传统存在,而不再落实到现实政治制度的层面。然而我们前面提到的沈德潜却恰恰是这样一位力图挽回诗教传统,明知其不可为而为之的学者,他在《说诗晬语》开宗明义:"诗之为道,可以理性情,善伦物,感鬼神,设教邦国,应对诸侯,用如此其重也。"① 在《古诗三章答计维严》之三中又说:

> 文章起颓波,滔滔荡无底。行水遗其源,泛滥何时已。之子绍家学,清词通妙理。已涉六代藩,言究风骚旨。导河自积石,治雍终弱水。大雅期复作,扶轮自兹始。非君谁与言,顾我将老矣。②

其理想之执着、言词之恳切以及对后进的殷殷期待都使我们不禁为之动容,但是,这实在只是一种不切实际的主张,是"一种不合时宜的理想主义"③,生前享有尊荣的沈德潜本人在死后也被乾隆帝下令夺谥,推倒墓碑,这充分说明了儒家庄严的理想主义在现实的政治专制前的无能为力。

当传统的诗教到沈德潜时已被彻底地证明了它的不可行性,那么,摆在翁方纲面前的问题就是如何在新的时代背景下贯彻儒家诗学的精神,发挥儒家诗教的作用。正是在这个时候,对儒家经典的研究有了新的发展,那就是经学在清代的复兴,翁方纲抓住这个时机,在新的历史条件下促成了儒家诗学的转换

① 王夫之等撰《清诗话》,上海古籍出版社 1999 年版,第 926 页。
② 沈德潜《归愚诗钞》卷四,清乾隆十六年刊本。
③ 张健《清代诗学研究》,北京大学出版社 1999 年版,第 519 页。

和发展，他直接吸取经学治学的朴实作风，要求以质实的精神改造"诗教"：

> 惟我国朝，景运日新，经义诗文并崇实学，是以考证之学接汉跨宋。于此时，研精正业者，盖必以实学见兴观群怨之旨，得温柔敦厚之遗，审律谐声，作忠教孝，岂徒有鉴于明季相沿之伪体，乃正足以上溯三百篇之真意，士所以自立者当如何乎？①

进而他抽绎出"实际""理味""事境"等重要的诗学原则规范"诗教"："诗教温柔敦厚之旨，自必以理味事境为节制，即使以神兴空旷为至，亦必于实际出之也。"②看到以上这些论述，我们不能不说这是儒家"诗教"的一个非常显著的变化。但是，这里存在一个问题，就是单纯凭实学并不足以发挥"诗教"的作用，翁方纲也明白这一点，因而他要求士人以"考订训诂"达到"通经学古"，进而求得"义理"之本，在他看来，当一个人完成这样的学习修养过程后，自然可以在实际的政治生活中发挥"诗教"的功用。此外，朴学的求真精神也使得翁方纲变儒家传统的立足于雅正的诗学思想为立足于真实，根据传统诗学"诗如其人"的原则，他必然格外强调涵养诗人品德的真。

另一方面，翁方纲的"诗教"主张较之前人还有一个变化，就是对现实政治表现出某种程度的漠视，亦即对美刺功能要求的淡化，这与当时政治的实际状况和乾嘉学风"经世"精神的淡薄有很大关系，此外还与清初以来的回归元典的倾向不无关系。翁方纲的诗说中关于"诗教"的部分就体现出这种倾向，他说："杜之言理也，盖根极于六经"，又说"文必根本六经，诗必根本三百篇。"③这样，他的主张就更接近于原生形态的"诗教"精神，也即更重视对个人品德修养的教育培养。先秦的"诗教"本是美刺与教化并重的，汉儒着重发挥了其美刺的功能，而翁方纲则着重发挥其教化的功用，他是希冀以此来完成

---

① 翁方纲《苏斋笔记》卷十，朝鲜古典行会日本昭和八年（1933）影印本。

② 赵执信、翁方纲著，陈迩冬校点《谈龙录 石洲诗话》，人民文学出版社 1981 年版，第 241 页。

③ 翁方纲《苏斋笔记》卷九，朝鲜古典行会日本昭和八年（1933）影印本。

对现实政治的间接干预。虽然其实际作用有多大我们难以确定，但不能不说是儒家"诗教"的重要转变。

通过以上分析，我们可以把"肌理"说的性质界定为儒家诗教的延续与发展。它既是儒家诗教的一脉相承，同时也是儒家诗教在新时期的发展，正因为此，也就决定了它既创新又保守的双重性。

"肌理"说的创新性主要表现在三个方面。其一，"肌理"说表现出儒家文化所具备的创新特质。长期以来儒家文化都被认为缺乏创新精神，其依据是孔子所说的"述而不作，信而好古"以及董仲舒的"天不变，道亦不变"。然而当我们通观儒家思想，却不难发现它也是重视创新的，特别是作为儒家元典的《易传》就包含了非常丰富的创新精神，因而笼统地说儒家文化缺乏创新精神是不准确的①。在它影响下，重视创新成为中国传统诗学的鲜明特色，这种意识可以说历代绵延不绝。在经历了复古之风盛行的明代后，清人更是惩于有明之弊，十分强调创新，清代诗学的创新意识是十分突出的，在翁方纲的"肌理"说中表现得也十分明显。其二，"肌理"说包含许多创新性的主张。比如说，它十分强调新变，推崇宋诗，而不是站在传统的"正变"观上强调雅正，贬黜宋诗。它以"肌理"为核心，构建一整套具有创新意义的诗歌本质论、诗歌美学、诗史观以及灵活多变的诗歌创作法则和学习前人的方法，极大地丰富并发展了传统诗学。其三，"肌理"说在新的时代条件下发展了儒家诗教，这也充分证明了它的创新性。不仅如此，它还对南宋以来宗唐诗学与拟唐诗风加以反拨，直接促成了清代诗学思潮的转向，在中国古典诗学史上有特殊的意义，关于这一点我们将在后文专章详论。因此，我们可以断言，"肌理"说表现出了较为鲜明的创新性。

但是，毋庸讳言，"肌理"说同样带有比较明显的保守色彩。首先，"肌理"说同样带有儒家文化的保守性。儒家思想在今天看来确实是较为保守的，邵汉明主编的《中国文化精神》即说："尽管孔子并非是唯古主义者，但他一生以恢复周道为己任，所以其以述为创的方法论思想毕竟带有一定的保守色彩。儒门后学墨守陈说而不敢越雷池一步者大有人在，就是受其影响所

---

① 参见李凯《儒家元典与中国诗学》，中国社会科学出版社 2002 年版，第 177 页。

致。"[1] "肌理"说作为儒家诗教的延续,它的思想根源并不能脱离传统的儒家思想,而且在本质上仍是为封建的专制政治服务的,从这一点上看,不仅不如同时或稍后的"性灵"派,而且也不比前代的"公安"派和李贽。其次,"肌理"说秉承传统儒家诗学"以复古为创新"的模式,即使表现出某种创新特质,也是站在复古主义的立场上的。它推崇宋诗虽然是强调新变,但宋诗毕竟也是一种传统,而且它甚而要将复古的根源追溯到"六经",可见它所追求的创新还是要以复古为动力、以传统为典范,这或许是传统诗学所难以摆脱的宿命吧。

在这里,需要指出的是,所谓的这种二重性在"肌理"说中是矛盾存在的,它们对立统一构成了整个"肌理"说的概貌,也可以说,"肌理"说的创新仍有其保守的一面,其保守之处也不无创新的因子,正因为此,"肌理"说表现出其特有的风貌。

第二节 "肌理"的内涵

了解了"肌理"说的性质及其二重性特征,我们进而要探讨一下作为翁方纲诗说的核心——"肌理"的内涵。郭绍虞先生在《中国文学批评史》中论道:"肌理亦有义理之理与文理条理之理二义",并进而申论:"由义理之理而言,所以药神韵之虚……由文理条理之理而言,又所以药格调之袭。"[2] 目前学界一般沿用郭先生的说法将"肌理"分为"义理"和"文理"。这样一来,似乎"肌理"是一分为二的不相连属的两个部分,而据郭先生的说法,这"两个部分"还是各有其针对性的,这实在是对"肌理"内涵的误解。要全面了解"肌理"说,必须深刻地领会"肌理"的内涵,下面我们就对此展开分析。

首先,"肌理"的根本含义,就在于它是一种诗歌自具之本然,翁方纲是以此为根据来立说的,而之所以这样理解"肌理",则根源于翁氏的哲学思想。概而言之,翁方纲的哲学思想主要受理学的影响,他秉承宋儒的思想,把"理"

---

① 邵汉明主编《中国文化精神》,商务印书馆 2000 年版,第 122—123 页。

② 郭绍虞《中国文学批评史》下卷,百花文艺出版社 2008 年版,第 648 页。

作为最高和最核心的哲学范畴。在宋代理学发展的初期，周敦颐即视太极为最高的理，同时又以"理"释"礼"①。邵雍则提出了"以物观物"，即超越感性、知性以认识主理的方法。发展到二程，在他们的世界观里，理被提到极致位置，他们认为宇宙学的"天"即理，人类学的"性"亦理，故"天下无实于理者"②。此后的朱熹更是宣称："宇宙之间，一理而已。"③理被赋予形而上性质和本体论意义，即所谓的"形而上之道"④，其作为伦理化的本体理性成为宇宙万物存在和发展的最终依据和本原动因。强调"必以笃守程朱为定矩也"⑤的翁方纲无疑也是接受了这一思想，他在《志言集序》中说："理者，民之秉也，物之则也，事境之归也，声音律度之矩。"⑥正因为此，翁氏论及诗文时就把"肌理"上通于本体之理，因而"肌理"也就被提到具有本体意义和形而上性质的高度，成为诗歌自具之本然。

其次，"肌理"是形上形下的统一体，具有包容万物的性质。翁方纲先是沿袭了朱熹的体用不二、"理一分殊"的思维路向，把理看作是形上形下的结合，他说过"夫理者，彻上彻下之谓"⑦，"有形上形下之分"⑧。"理一分殊"作为哲学术语的提出，最早见于程颐对张载《西铭》的论说，之后，朱熹又对这一命题进行了深入的论述。关于"理一分殊"的含义，侯外庐等三位先生主编的《宋明理学史》说，"理一分殊""就是一理摄万理，犹一月之散而现为江河湖海之万月，这是一方面；另一方面是万理归于一理，犹散在江河湖海的万月

---

① 见周敦颐撰，徐洪兴导读《周子通书》，上海古籍出版社 2000 年版。
② 程颢、程颐撰，潘富恩导读《二程遗书》卷三，上海古籍出版社 2000 年版，第118 页。
③ 朱熹《晦庵先生朱文公文集》卷七十，《四部丛刊》本。
④ 黎靖德编，王星贤点校《朱子语类》卷第六十二，中华书局 1994 年版，第 1496页。
⑤ 《与曹中堂论儒林传目书》。翁方纲《复初斋文集》卷十一，文海出版社 1966 年版，第 425—426 页。
⑥ 翁方纲《复初斋文集》卷四，文海出版社 1966 年版，第 210—211 页。
⑦ 《理说驳戴震作》。翁方纲《复初斋文集》卷七，文海出版社 1966 年版，第 323 页。
⑧ 翁方纲《苏斋笔记》卷九，朝鲜古典行会日本昭和八年（1933 年）影印本。

其本乃是天上的一月。从一个太极散而为物物之各具一太极，又由物物之各一太极归本于一个太极。"①"理一分殊"既包含一般与普遍、个性与共性的关系，同时又从本体的角度回答了万物或万理的来源。理具有形而上和形而下合一的性质，也即翁氏所说的"性道统掣之理即密察条析之理，无二义也"②。基于此，翁方纲在论及诗文时把"肌理"也看作是形上形下的结合。不过，在这里他用的是"神韵"的概念，所以我们有必要先说明一下翁氏所谓"神韵"的含义。简单地说，翁方纲是以"肌理"来涵摄"神韵"的，他所谓的"神韵"其实就等同于"肌理"，只是他认为"今人误执神韵似涉空言"，故而要"以肌理之说实之"，言下之意今人所理解的"神韵"并非"真""神韵"，而他认为的"真""神韵"实际上即是"肌理"，所以他下一句就说"其实肌理亦即神韵也"③。当然，他也说过欲求神韵必"先于肌理求之也"，而"知于肌理求之，则刻刻惟规矩彀率之弗若是惧，又奚必其言神韵哉？"④欲以"肌理"取代"神韵"，但他仍是把"神韵"作为"肌理"的代名词来使用。所以我们只要看他是怎么解释"神韵"的，就可以推导出他对"肌理"的理解：

> 神韵者，彻上彻下，无所不该。其谓羚羊挂角，无迹可求；其谓镜花水月，空中之象，亦皆即此神韵之正旨也，非堕入空寂之谓也。其谓雅人深致，指出"讦谟定命，远犹辰告"二句以质之，即此神韵之正旨也，非所云"理字不必深求"之谓也……其新城之专举空音镜象一边，特专以针灸李何一辈之痴肥貌袭者言之，非神韵之全也。⑤

其实神韵无所不该，有于格调见神韵者，有于音节见神韵者，

① 侯外庐、邱汉生、张岂之主编《宋明理学史》，人民出版社1984年版，第385页。
② 《理说驳戴震作》。翁方纲《复初斋文集》卷七，文海出版社1966年版，第323页。
③ 《神韵论上》。翁方纲《复初斋文集》卷八，文海出版社1966年版，第341页。
④ 《神韵论中》。翁方纲《复初斋文集》卷八，文海出版社1966年版，第345—346页。
⑤ 《神韵论上》。翁方纲《复初斋文集》卷八，文海出版社1966年版，第341—342页。

亦有于字句见神韵者，非可执一端以名之也；有于实际见神韵者，亦有虚处见神韵者，有于高古浑朴见神韵者，亦有于情致见神韵者，非可执一端以名之也。此其所以然，在善学者自领之，本不必讲也。①

神韵者非风致情韵之谓也。今人不知，妄谓渔洋诗近于风致神韵，此大误也。神韵乃诗中自具之本然，自古作家皆有之，岂自渔洋始乎？……渔洋所以拈举神韵者，特为明朝李、何一辈之貌袭者言之，此特举其一端而非神韵之全旨也。②

在这里，我们可以明显地看到"神韵"也即"肌理"就是形上形下的结合，既具有本体论意义，又具有各种殊相。此外，有的论者认为翁方纲所谓的"格调"等同于"神韵"和"肌理"，"神韵、格调、肌理三位一体"③，其依据是翁方纲说过的一段话：

昔之言格调者，吾谓新城变格调之说而衷以神韵，其实格调即神韵也。今人误执神韵似涉空言，是以鄙人之见欲以肌理之说实之，其实肌理亦即神韵也。④

似乎以"神韵"为中介可以连通甚至等同"格调"与"肌理"，其实这种看法是不准确的。概而言之，翁方纲理解的"神韵"与"肌理"一样，包含形上形下两个层面，而他所谓的"格调"却没有包含形而上的属性。他是这么说的：

夫诗岂有不具格调者哉？《记》曰："变成方，谓之音。"方者，音之应节也，其节即格调也；又曰："声成文，谓之音。"文者，音之

---

① 《神韵论下》。翁方纲《复初斋文集》卷八，文海出版社 1966 年版，第 346 页。
② 《坳堂诗集序》。翁方纲《复初斋文集》卷三，文海出版社 1966 年版，第 153 页。
③ 李剑《肌理说与清代学术》，《北京工业大学学报》（社科版）2002 年第 2 期。
④ 《神韵论上》。翁方纲《复初斋文集》卷八，文海出版社 1966 年版，第 341 页。

成章也，其章即格调也。是故噍杀、啴缓、直廉、和柔之别由此出
焉。①

可以见出，他说的"格调"指向的是诗歌的风格层面和创作技法层面，并不像
"肌理"或"神韵"指向诗歌的本质属性，所以这种只指向风格层面和创作技
法层面的"格调"是可以"递变递承"的，并非"上下古今只有一格调"，而
"肌理"不同，它在本质上是唯一的，所以翁方纲十分强调其一元性："理安得
有二哉？"② 只是由于"肌理""神韵""彻上彻下"，故在形而下的层面与"格
调"存在共通性。

再次，"肌理"作为诗歌的本质，在诗中的具体表现和要求就是"义理"
和"文理"。先看二者的具体含义。可以说，"义理"就是诗歌所要表达的
内容，"文理"就是诗歌用以表达的方式，也即翁方纲在《杜诗"熟精文选
理""理"字说》中所说的"言有物"和"言有序"③。分而述之，"义理"指儒
家经典所蕴含的思想与学问，包含有理学与经学的成分。翁方纲曾说"杜之言
理也，盖根极于六经矣"，说明"义理"即儒家经典所包含的思想内容；他接
着又说："天下未有舍理而言文者，且萧氏之为《选》也，首原夫'孝敬之准
式，人伦之师友'，所谓'事处于沉思'者，惟杜诗之真实足以当之，而或仅
以藻缋目之，不亦诬乎？"其所谓"孝敬之准式，人伦之师友"恰恰是理学家
对本体性的"理"落实到现实社会政治层面的要求，可见"义理"就是以理学
思想也即孔孟程朱之道为内核的，这一点较为清楚。但翁方纲毕竟是生活在一
个经学复兴的时代，因而他所谓的"义理"也就不可避免地带有经学的影子，
这点就似乎较少为论者提及，我们还是以翁方纲本人对杜诗言理的解释来加以
说明。他说：

---

① 《格调论上》。翁方纲《复初斋文集》卷八，文海出版社 1966 年版，第 331—332
页。

② 《杜诗"熟精文选理""理"字说》。翁方纲《复初斋文集》卷十，文海出版社 1966
年版，第 407 页。

③ 翁方纲《复初斋文集》卷十，文海出版社 1966 年版，第 408 页。

　　杜之言理也，盖根极于六经矣，曰"斯文忧患余，圣哲垂象系"，
《易》之理也。曰"舜举十六相，身尊道何高"，《书》之理也。曰
"春官验讨论"，《礼》之理也。曰"天王狩太白"，《春秋》之理也。
其他推阐事变，究极物则者，盖不可以指屈。则夫大辂椎轮之旨，
沿波而讨原者，非杜莫能证明也。①

"斯文忧患余"二句出自杜甫《宿凿石浦》，典出《周易·系辞下》："《易》之
兴也，其于中古乎？作《易》者，其有忧患乎？"意为文王身处逆境被囚羑里
而演《易》，也即仇兆鳌注所谓的"文王蒙难而作彖，孔子莫容而赞《易》，皆
从忧患得之"（仇兆鳌，《杜诗详注》卷二十二）。这是漂泊湖湘的杜甫以圣哲
自任，谓自己的诗也是从忧患得之，可比之于卦辞、系传辞。"舜举十六相"
二句出自《述古三首》之二，典出《左传》而非《尚书》，《左传》文公十八年
谓："是以尧崩而天下如一，同心戴舜以为天子，以其举十六相，去四凶也。"
杜甫引古讽今，希望朝廷能仿效舜一样举贤任能，并暗示自己的怀才不遇。
"春官验讨论"语出《奉留赠集贤院崔（国辅）于（休烈）二学士》。"春官"，
《周礼》以宗伯为春官，掌典礼，后世因称礼部尚书为大宗伯，礼部侍郎为少
宗伯，这里泛指礼部官员。原诗上句为"天老书题目"，天宝十年（751年）
杜甫献《三大礼赋》，明皇召试文章，宰相（天老）书题，礼部官员判其高下，
故言"春官验讨论"。"天王狩太白"，语出《九成宫》，典出《春秋》"天王狩
于河阳"的记载，诗纪"安史之乱"，唐肃宗自彭原避难至凤翔，因凤翔有太
白山，故以此借代。翁方纲举的这四个例子可以分为两类，前两个属一类，借
古人典故以表达自己的情感与思想；后两者属于一类，只是借用其词语而已，
远远谈不上"推阐事变，究极物则"等有关诗歌创作的宏旨。而在其中我们倒
是可以领会到翁方纲所谓的"义理"实有经学强调考证和学问的成分在，因为
从翁氏所举的后两个诗例来看，对作诗者而言无疑要有深厚的学养，对读诗者
同样也要求要有点考据的功夫，翁方纲认为这亦未尝不是诗歌"义理"的表

————————————

① 《杜诗"熟精文选理""理"字说》。翁方纲《复初斋文集》卷十，文海出版社 1966
年版，第 407—408 页。

现，才会用以作为说明"义理"的例证。所以，我们可以说"义理"的内涵是同时兼具理学与经学的思想的。

再看"文理"。我们前面已经说过，"文理"就是对应所谓的"言有序"，指的是诗文在审美表现方面的法则。翁氏在《仿同学一首为乐生别》对"文理"言之颇详：

> 乐生莲裳将之扬州，予为题扇一诗曰："分寸量黍尺，浩荡驰古今。"盖言诗之意尽在是矣……夫所谓"分寸黍尺"者，肌理针线之谓也。遗山论诗曰："鸳鸯绣出从君看，不把金针度与人。"此不欲明言针线也。少陵则曰："美人细意熨帖平，裁缝灭尽针线迹。"善哉乎！究言之，长言之，又何尝不明言针线与？白香山曰："斸石破山，先观镵迹；发矢中的，兼听弦声。"而昌黎曰："将军欲以巧伏人，盘马弯弓故不发。"然则巧力之外，条理寓焉矣。昔李、何之徒空言格调，至渔洋乃言神韵。格调、神韵皆无可着手也。予故不得不近而指之曰"肌理。"[1]

所谓"分寸量黍尺"，所谓"肌理针线"，都是指"文理"。在翁氏的诗说中，"文理"是与他所谓的"穷形尽变"的诗法相连的，涉及的都是关于诗歌创作的法度和技巧，这点我们将在后节的诗歌创作论加以详论，此处暂不赘述。

了解了翁方纲所谓"义理"与"文理"的具体涵义，我们有必要再谈一下二者的关系。根据理学家的看法，以"孝敬之准式，人伦之师友"等儒家道德伦理为内核的"义理"是本体性的"理"在现实社会政治层面的体现，翁方纲是笃信程朱理学的，因而他所谓的"义理"和"文理"有着形上形下之别，这也恰好是"肌理"兼具形上形下的属性的一个体现。翁方纲在《杜诗"熟精文选理""理"字说》中就引《易经》立论："《易》曰：'君子以言有物'，理之本也；又曰：'言有序'，理之经也。"[2]明示了这种分别。所以"文理"必须以

---

[1] 翁方纲《复初斋文集》卷十五，文海出版社1966年版，第633—634页。

[2] 翁方纲《复初斋文集》卷十，文海出版社1966年版，第408页。

"义理"为根据，换句话说，如果没有"义理"的内涵，没有必要的儒家思想和学问作为依托，侈谈"文理"就是无根之木、无源之水，甚至可能会堕入如明李、何辈拘泥"格调"的魔障。但翁方纲同时又继承了朱熹"体用一如"的理念与思维方式，因此他所谓的"义理"与"文理"又是整合一体，密不可分的。他就十分明确地说过：

> 义理之理即文理、肌理、腠理之理，无二义也。其见于事，治玉、治骨角之理即理官、理狱之理，无二义也；事理之理即析理、整理之理，无二义也。①

> 是故渊泉时出，察诸文理焉；金玉声振，集诸条理焉；畅于四支，发于事业，美诸通理焉；义理之理，即文理之理，即肌理之理也。②

在其他文章中也不难发现这类例子。比如说，他在《杜诗"熟精文选理""理"字说》中说"萧氏之为《选》也，首原夫孝敬之准式，人伦之师友，所谓事出于沉思者，惟杜诗之真实足以当之，而或仅以藻缋目之，不亦诬乎"③，于文理藻缋中就无疑具有义理之内涵；而在《韩诗"雅丽理训诰""理"字说》中又说"理者，综理也，经理也，条理也，《尚书》之文，直陈其事，而《诗》以理之也。直陈其事者，非直言之所能理，故必雅丽而后能理之。雅，正也；丽，葩也。韩子又谓'《诗》正而葩者'是也"④，于义理之中又未尝无文理条理。在翁方纲的意识中也并不存在像郭绍虞先生所说的"义理""文理"因各自有所针对而相互独立的问题，换句话说，其不仅以"义理"药"神韵"之虚，也以"文理"药"神韵"之虚；不仅以"文理"药"格调"之袭，也以"义理"药"格调"之袭，二者是共同作用的。

---

① 《理说驳戴震作》。翁方纲《复初斋文集》卷七，文海出版社1966年版，第323页。
② 翁方纲《复初斋文集》卷四，文海出版社1966年版，第211页。
③ 翁方纲《复初斋文集》卷十，文海出版社1966年版，第408页。
④ 翁方纲《复初斋文集》卷十，文海出版社1966年版，第409—410页。

最后,"肌理"指示一条入手的途径并标举一种作诗的境界,这同样是对应它兼具形上形下的属性。在翁氏诗说中,他标举了一种作诗的最高境界,他通常用"化""神化"或"神韵"来表示,而"肌理"是达到这一境界的必要途径:

> 今以艺事言之,写字欲运腕空灵,即神韵之谓也。其不知古人之实得而欲学其运腕空灵,必致手不能握笔矣。知其所以然,则吾两手写字,其沉郁积力全用于不执笔之左手,然后其执笔之右手自然轻灵运转如意矣……综而计之,所谓置身题上者,必先身入题中也。射者必入彀而后能心手相忘也,筌蹄者必得筌蹄而后筌蹄两忘也,诗必能切己、切时、切事,一一具有实地而后渐能几于化也。未有不有诸己、不充实诸己而遽议神化者也。是故善教者必以规矩焉,必以彀率焉。神韵者,以心声言之也;心声也者,谁之心声哉?吾故曰先于肌理求之也。①

这样看来,"肌理"是达到作诗最高境界的一条切实的必由之路,就像左手"沉郁积力"是"右手自然轻灵运转如意"的必要条件,郭绍虞先生也是将"肌理"作为"所以得神韵之法"②。这样给人一个感觉,只要遵循这一条道路,人人都可以臻于作诗之极境。然而事实并非如此,翁方纲就说过:"神韵者视其人能领会,非人人皆得以问津也。其不能悟及此者,奚为而必强之!"在《神韵论》中他又说:

> 君子引而不发,跃如也;中道而立,能者从之……中道而立者,言教者之机绪引跃不发,只在此道内,不能出道外一步以援引学者助之使入也,只看汝能从我否耳。其能从者自能入来也。道是一个

———————

① 《神韵论中》。翁方纲《复初斋文集》卷八,文海出版社 1966 年版,第 343—345 页。

② 郭绍虞《中国文学批评史》下卷,百花文艺出版社 2008 年版,第 644 页。

大圈，我只立在此大圈之内，看汝能入来与否耳，此即诗家神韵之说也。①

这种作诗的极境不是人人都能领悟的，"道"这个大圈也不是每个人都能入得来的，而只要能入得了这个大圈，掌握了"肌理"之法，就等于获得"神韵"了，所以翁氏甚而说"又奚必言其神韵哉！"可见在翁氏看来，"肌理"不仅是达到作诗最高境界的方法，而且同时就代表了这种境界，它既切实又玄妙，既不像"格调""神韵""无可着手"，又自"系于骨与肉之间，而审乎人与天之合，微乎艰哉！"②顺便提一下，翁方纲有时也把这种浑然天成的作诗境界看作"非圣人孰能与于斯"③的理想状态，由此也可见翁方纲所标示的作诗极境的儒家思想背景。

通过以上分析，我们对"肌理"的内涵有了较为全面的了解，可以看出，"肌理"确实是"彻上彻下""无所不该"，既是对诗歌本质内涵和最高境界的揭示，又是对诗歌创作法度和入手途径的要求，翁方纲就是以此为核心来进行他富有创新意义的诗学建构的。

第三节 "肌理"说的体系

一般认为，中国传统诗学缺乏系统性，这与各诗说一般没有构建完整鲜明的体系有关，然而实际上中国的古典诗学却是存在潜在的体系的。此处且不言整个传统诗学自有一个合乎历史和逻辑的体系④，就是许多个别的诗说其实也存在或显或隐的体系，叶燮的《原诗》就是一个显明的例子。本书认为，翁方

---

① 《神韵论中》。翁方纲《复初斋文集》卷八，文海出版社 1966 年版，第 342—343 页。

② 《仿同学一首为乐生别》。翁方纲《复初斋文集》卷十五，文海出版社 1966 年版，第 634 页。

③ 《韩诗"雅丽理训诰""理"字说》。翁方纲《复初斋文集》卷十，文海出版社 1966 年版，第 411 页。

④ 参见陈良运《中国诗学体系论》，中国社会科学出版社 1992 年版。

纲的"肌理"说就是以"肌理"这一概念为核心构建其诗学体系的，因而"肌理"说在理论上是一个完整的系统，而不是分散的零碎主张。本章就其大要，对支撑整个"肌理"说的较为重要的四个部分加以详论，以期对其体系的整体架构有一个较为全面的认识。

一、诗歌本质论

"肌理"的侧重点在"理"字。翁方纲"肌理"说拈出这一个"理"字，并以此为诗歌的本质，这实在是诗学史上的一大转变。早在《诗经》的时代，那些还不算"专业"的诗人们在诗中的创作自述和其后普遍的"赋诗言志"就已将"志"与《诗经》、诗歌紧紧联系起来了。而对《诗经》进行总结的《毛诗序》说："诗者，志之所之也，在心为志，发言为诗。情动于中而形于言，言之不足故嗟叹之，嗟叹之不足故永歌之，永歌之不足，不知手之舞之，足之蹈之也。"①明确地把"志"和"情"定为诗歌表达的本源。在魏晋主情主义高扬的时代，陆机更是大胆宣称"诗缘情而绮靡"，促进了一个新的文学时代的到来。迄宋末，严羽在对他之前业已取得巨大成就并已基本定型的中国古典诗歌进行系统考察后，提出了一个重要论断："诗有别趣，非关理也。"他认为"诗者吟咏性情也"，诗的本质在于发抒性情。尽管对所谓"性情"或"情志"的内涵和外延并没有一个明确的界定，"情""志"之争也是历来有之，但不管怎样，古人对诗的本质的理解落脚点还是在一个"情"字，这可以说是中国传统诗学的一个基本观念并得以相续不绝。在严羽之后，无论是与之同路的王士禛，还是明代的公安派、清代的性灵论，抑或是被人批判为缺乏性情的明七子，都没有对此表示过怀疑。

而在中国传统诗学中，"理"的地位就与之有天壤之别了。在以严羽为代表的一路的诗学中，"理"固然是没有地位的，而在其他论诗者的理论中，情况又是如何呢？因为实际上严羽的观点是有失偏颇的，所以后来的论诗者也在不同程度上对此进行纠正。在清代，首先对严羽观点提出质疑的是钱谦益，

---

① 毛公传，郑玄笺，孔颖达等正义，黄侃经文句读《毛诗正义》，上海古籍出版社1990年版，第15页。

他说：

> 严氏以禅喻诗……其似是而非，误人箴芒者，莫甚于妙悟之一
> 言。彼所取于盛唐者何也？不落议论，不涉道理，不事发露指陈，
> 所谓玲珑透彻之悟也。①

他以《诗经》为据，指出《诗经》中就有议论、道理、发露、指陈。之后，钱谦益的门人冯班也说："诗者，讽刺之言也，凭理而发……安得不涉理路乎？"但他同时又说"但其理元（玄），或在文外，与寻常文笔言理者不同"，认为诗之言理与文之言理不同，不能直接说出。此后的叶燮、沈德潜也大致持此观点并有所发展。叶燮直接把理作为诗歌的表现对象之一，但他认为作为诗歌表现对象的理不是"名言之理"而是"名言所绝之理"。沈德潜正面提出"诗不能离理"② 的论断，他没有像叶燮那样对理进行区分，只是要求理应该以比兴的方式来表现。可见，无论是冯班还是叶燮、沈德潜，虽然他们也纠正严羽"诗有别趣，非关理也"的命题，肯定理在诗歌中的正面地位，但是他们又是主张诗应该用感性化的形式表现理，使其具有美感，从而达到一种富含理趣的审美效果，而反对在诗中直接说理，这实际上也是吸收了严羽诗学中强调"兴趣""意兴"等感性化的一面，把理寓于情中或是置于情下。上述诸人反对严氏诗说最为激烈的要算钱谦益了，而当我们全面考察钱氏诗学时，却不难发现他自己正是把"诗言志"确立为诗歌的本质并以此批判七子派及云间派的。他说：

> 夫诗者，言其志之所之也。志之所之，盈于情，奋于气，而击
> 发于境风识浪奔昏交凑之时世，于是乎朝庙亦诗，房中亦诗，吉人
> 亦诗，棘人亦诗，燕好亦诗，穷苦亦诗，春哀亦诗，秋悲亦诗，吴
> 咏亦诗，越吟亦诗，劳歌亦诗，相舂亦诗。③

---

① 《唐诗英华序》，钱谦益《牧斋有学集》卷十五，《四部丛刊》本。
② 沈德潜等编《清诗别裁集·凡例》，上海古籍出版社 2013 年版，第 2 页。
③ 《爱琴馆评选诗慰序》，钱谦益《牧斋有学集》卷十五，《四部丛刊》本。

在这里，钱谦益认为不管是表现政治、爱情，还是发抒欢跃、悲愁，只要是言志就无不是诗，言志抒情成为判定诗与非诗的唯一标准。他在其他场合也说过类似的话："古之作者，本性情，导志意……途歌巷春，春愁秋怨，无往而非诗也。"① 虽然钱谦益在性情方面是主张有政治社会内容的，但这并不妨碍他把言志抒情认定为诗歌的本质。通过以上分析，我们可以见出，性情作为诗歌的本质这一中国传统诗学中的基本观念是得到公认的，在中国漫长的古典诗学史上很少被质疑。

而恰恰在这一点上，翁方纲的"肌理说"体现出它的异质性。他在《志言集序》中旗帜鲜明地提出："在心为志，发言为诗，一衷诸理而已。"② 对此，翁方纲也进行了一系列理论上的阐释。首先他从传统的诗学理论中寻求为数不多的依据，举出了杜甫、韩愈以及杜牧等人的诗文："杜云：'熟精《文选》理'，韩云：'周诗《三百篇》，雅丽理训诰'，杜牧谓：'李贺诗使少加以理，奴仆命《骚》可也。'"③ 这些话在论诗中都谈到了"理"，在翁方纲看来这些诗学前辈们都是强调理的。接着他树立起自身诗学的对立面，那就是严羽、王士禛所谓的"非关理也""不涉理路"的诗学命题。王士禛的门人曾问杜诗"熟精《文选》理"中的"理"字的含义如何，王回答说："'理'字似不必深求其解。"④ 翁方纲从这句话入手进行批判，因为在他看来，这恰恰是严羽及王士禛诗学的破绽所在。杜甫在诗歌史上具有崇高的地位，杜甫之言正可作为翁氏批判严氏诗说同时也为自己立论的最好依据，所以翁方纲紧紧抓住这一句话，由之来确立其理论体系。他说："自宋人严仪卿以禅喻诗，近日新城王氏宗之，于是有

---

① 《王元昭集序》，钱谦益著，钱曾笺注，钱仲联标校《牧斋初学集》卷三十二，上海古籍出版社 2009 年版，第 932 页。

② 《志言集序》。翁方纲《复初斋文集》卷四，文海出版社 1966 年版，第 210 页。

③ 《神韵论上》。翁方纲《复初斋文集》卷八，文海出版社 1966 年版，第 340—341 页。

④ 王士禛等《师友诗传录》，王夫之等撰《清诗话》，上海古籍出版社 1999 年版，第 129 页。

不涉理路之说，而独无以处夫少陵'熟精文选理'之'理'字。"①翁方纲说这句话的时候，似乎也和冯班、叶燮、沈德潜们一样，只是为理在诗中寻求一个正面的地位，然而事实却并非如此。翁方纲虽然也说过诗歌创作需要情感的话，也说过在诗歌中表现的理不可直露，但这其实是翁方纲采取的一个巧妙的策略，他并不明目张胆地与诗学的传统观念立异，相反地，他也从传统诗学理论中寻找根据，上面我们就提到过他以杜甫、韩愈、杜牧等诗学前辈的言论来证明理的合法地位。而且他同时又采用了偷梁换柱的方法，在承认诗是心中的"志"外在的表现后，马上补充了一句"一衷诸理而已"，也就是说，他把"志"和"诗"都置于"理"的统摄之中，理取代情志成为诗歌的中心，这就是翁方纲诗说最大的不同。当然，翁方纲的主张实际上仍不脱传统的"情志之争"的范畴，应该说是"情志之争"的一个极端化的表现（从他所编诗集《志言集》的书名就可看出他是"诗言志"路线的忠实捍卫者），但正因为是极端表现，故"理"在其诗学中已具有无上之地位，成为他心目中诗歌的本质所在。也正因为这种极端性，翁方纲的诗说表现出了与他之前那些宗宋者们的理论本质的差异，翁方纲是站在"诗以言理"的立场上肯定宋诗，并把宋诗的这种典型特征确立为所有诗歌固有之本然，而此前的宗宋者们则是为了性情更自由地抒发而倡导宋诗，这种差异是值得我们重视的。总而言之，翁方纲以此确立了他的新学说，即把诗歌的本质认定为理，这是诗学史上的一大转变。

二、诗歌创作论

"肌理"说在创作论层面上主要表现为"诗法论"，包含有关于诗歌创作多个方面的内容，其中涉及如何学习古人和古代经典、诗歌创作的修养、诗歌创作过程中的法则与技巧、诗歌表现的内容等诸多问题。可以说，"诗法论"基本代表了"肌理"说的诗歌创作思想，是其创作论的核心，故而本小节拟就"诗法论"展开论述。

首先我们要明确一点，就是翁方纲是十分重视诗法的，他在《诗法论》中

---

① 《杜诗"熟精文选理""理"字说》。翁方纲《复初斋文集》卷十，文海出版社1966年版，第40页。

即说过"欧阳子援扬子制器有法以喻书法，则诗文之赖法以定也审矣。忘筌忘
蹄非无筌蹄也；律之还宫必起于审度，度即法也"①，在《延晖阁集序》中批评
了所谓的"矜言才藻者，或外绳墨而驰"②，这实际上是对自恃才藻而师心自用
的"性灵"派诸子的批判。而在《石洲诗话》中又表示了对白居易"无法不
备"的赞赏："白公五古上接陶，下开苏、陆；七古乐府，则独开町畦，其钩
心斗角，接笋合缝处，殆于无法不备。"③从中我们可以见出翁氏对诗法的重视。

而且，翁方纲的"诗法论"又不同于传统诗法理论特别是名目繁多的"诗
格"类专著只限于对诗歌创作技巧的讨论，它的一个显著的特征就是把诗法分
为两个层面，也即《诗法论》中所谓的"正本探原"之法与"穷形尽变"之
法：

> 法之立也，有立乎其先，立乎其中者，此法之正本探原也；有
> 立乎其节目，立乎其肌理界缝者，此法之穷形尽变也。④

"正本探原"之法涉及的是诗歌创作的本原问题，"穷形尽变"之法涉及的
是诗歌的艺术表现形式及技巧问题。翁方纲认为前者是法之所以为法的根本，
后者是法的具体应用与表现，他深刻地把握了法的本质，认识到在作诗的法则
与技巧背后还隐藏着一个具有本体意味的"本原"之法，这是他"诗法论"的
深刻之处，也是他以"肌理"为核心建构诗学体系的必然结果。他所说的"法"
实际上是通于"理"的，具体地说，"正本探原"之法通于其所谓"义理"，
"穷形尽变"之法通于其所谓"文理"。同于"义理"与"文理"的关系，"正
本探原"之法与"穷形尽变"之法既有形上形下之别，存在本质与形式的从属
关系，又是一个密不可分的整体。一方面，忽略了"正本探原"之法，就会

---

① 《诗法论》。翁方纲《复初斋文集》卷八，文海出版社 1966 年版，第 329 页。

② 翁方纲《复初斋文集》卷四，文海出版社 1966 年版，第 207 页。

③ 赵执信、翁方纲著，陈迩冬校点《谈龙录 石洲诗话》，人民文学出版社 1981 年版，
第 64 页。

④ 《诗法论》。翁方纲《复初斋文集》卷八，文海出版社 1966 年版，第 330 页。

沦为"第为绮丽而已"①,或是仅以"摛藻为务"②,这是翁方纲绝对不能容忍的,即使"为有唐一代诗人之冠冕"的李白,纵然他应用具体文法十分高妙,可以做到"五律之妙,总是一气不断,自然入化",但因为他不但"不能作《北征》之篇,反而"有《西巡》之颂",所以就不足以"立诗教"③。翁方纲对李白总体上还是持赞赏态度的,但在此处也予以毫不留情的批评,可见其以政教为本的文艺观。另一方面,只有"正本探原"之法而没有"穷形尽变"之法也是不足取的,这方面翁方纲举的反面例子是道学家的言理诗。应该说,道学家在诗中所要表达的理与翁方纲所谓的理是相同的,但是他们却不讲究表达的方式。对此翁方纲评价道:

> 理之中通也,而理不外露,故俟读者而后知之云尔。若白沙、定山之为《击壤》派也,则直言理耳,非诗之言理也。④

他认为诗之言理有其特殊性,要讲究方式,不可直言道出,换句话说,就是要讲求诗歌创作的具体法则与技巧即"穷形尽变"之法。所以说,在翁方纲看来,"正本探原"之法与"穷形尽变"之法是密不可分的。

接下来我们来看看这两个层面的具体含义。翁方纲将"正本探原"之法追溯到杜甫《偶题》中"法自儒家有"的诗句。在《诗法论》中他说:"杜云:'法自儒家有',此法之立本者也。"⑤其《石洲诗话》又说:

> 杜公之学,所见直是峻绝。其自命稷、契,欲因文扶树道教,

---

① 赵执信、翁方纲著,陈迩冬校点《谈龙录 石洲诗话》,人民文学出版社 1981 年版,第 48 页。

② 《坳堂集序》。翁方纲《复初斋文集》卷四,文海出版社 1966 年版,第 202 页。

③ 赵执信、翁方纲著,陈迩冬校点《谈龙录 石洲诗话》,人民文学出版社 1981 年版,第 38 页。

④ 《杜诗"熟精文选理""理"字说》。翁方纲《复初斋文集》卷十,文海出版社 1966 年版,第 408 页。

⑤ 《诗法论》。翁方纲《复初斋文集》卷八,文海出版社 1966 年版,第 330 页。

全见于《偶题》一篇，所谓"法自儒家有"也。此乃羽翼经训，为《风》《骚》之本，不但如后人第为绮丽而已。①

在翁方纲看来，这种本自儒家之法就是法之"正本探原"者，因为"法之立本者不自我始之"，而是本自儒家，所以此法也只能从传统的儒家思想中寻求。《延晖阁集序》借称赞俪生指明了一条途径，也就是诚以"力学"、勤以"敬业"，"涵养深醇之候，与岁俱进，与日偕长"，并且还要"文章政事合一"，"由经训以衷道要"②，说得明白点，就是用理学"诚心正意"的修养方式和经学求真求实的实证精神获取"正本探原"之法。他说"凡临事视若具文者，用心必不诚，故其毅力不克勤以副之，是即为诗文徒袭其格调而不得其真际者也"，也是从反面说明这条途径。当然我们也要明白一点，就是按照翁氏的说法，这种"正本探原"之法与"肌理"一样，并不是每个人都可以领悟的，只能"随人自得而已"，能者自从之罢了。

而"法之穷形尽变者"则可以追溯到杜诗"佳句法如何"，指的是诗歌创作的具体法则与技巧。《诗法论》中说：

> 惟夫法之尽变者，大而始终条理，细而一字之虚实单双，一音之低昂尺黍，其前后接筍，乘承转换，开合正变，必求诸古人也。③

可见这个层面的诗法包括篇章结构、字法、句法以及音调方面的要求。翁方纲认为这个层面的诗法一方面要求诸古人，学习古人的创作技巧，总结经典作品表现出来的法度。对于这些诗文创作的客观规律，诗人要予以充分尊重，不能擅自违背，用翁方纲的话说，就是"不得丝毫以己意与焉"；但另一方面，这些法又不是一成不变的"板法"，"其用之也无定方"，所以法中须"有我以运

---

① 赵执信、翁方纲著，陈迩冬校点《谈龙录 石洲诗话》，人民文学出版社 1981 年版，第 48 页。

② 翁方纲《复初斋文集》卷四，文海出版社 1966 年版，第 207—208 页。

③ 《诗法论》。翁方纲《复初斋文集》卷八，文海出版社 1966 年版，第 330—331 页。

之也"。关于这一点，翁方纲进行了详细的论述：

> 即其同一诗也，同一法也，我与若俱用此法，而用之之理、用
> 之之趣各有不同者，不能使子面如吾面也；同一时、同一境、同一
> 事之作，而其用法之所以然，父不能得之于子，师不能传之于弟；
> 即同一在我之作，而今岁不能仿昨岁语，今日不能用昨日之语，况
> 其隔时地、分古今，而强我以就古人之法，强执古人以定我之法，
> 此则蔑古之尤者也，而可谓之效古哉？ [1]
>
> 即此可悟古调不在规摹字句，如后人之貌为选体，拘拘如临帖
> 者。所谓古者，乃不古耳。 [2]

这样，翁方纲就可以自圆其说了，他把拘拘于格调法度的做法看作是蔑古而非
效古，而他的"法中有我以运之也"也不至于与自己所说的"必求诸古人""不
得丝毫以己意与焉"自相矛盾。在他看来，既学习古人的法度技巧，又能加以
熔裁，法中有我，用他总结出来的山谷诗法也就是"以古人为师，以质厚为
本"[3]，这样作诗就可以如"禹之治水，行其所无事也，行乎所不得不行，止乎
所不得不止，应有者尽有之，应无者尽无之"。在这里翁氏同样标示了作诗的
最高境界，这与我们前面说过的代表作诗最高境界的"肌理"是相通的，只不
过这里是从法的角度来讲的。他也举出了诸如陈子昂、李白、李商隐、黄庭
坚、陆游等善于学古的诗人来论证自己的观点：

> 子昂、太白盖皆疾梁、陈之艳薄，而思复古道者。然子昂以精
> 深复古，太白以豪放复古。必如此，乃能复古耳。若其揣摹于形迹

---

① 《诗法论》。翁方纲《复初斋文集》卷八，文海出版社 1966 年版，第 329—330 页。

② 赵执信、翁方纲著，陈迩冬校点《谈龙录 石洲诗话》，人民文学出版社 1981 年版，
第 35 页。

③ 《渔洋先生精华录序》。翁方纲《复初斋文集》卷三，文海出版社 1966 年版，第
137 页。

以求合，奚足言复古乎？①

吾谁与？独与义山、山谷而已。义山以移宫换羽为学杜，是真杜也；山谷以逆笔为学杜，是真杜也。然而义山、山谷何尝自谓学杜哉？今之读杜者，凿求之则妄，执守之则泥，是非深彻乎《三百篇》以下变通之故者不可以读杜，亦非深历乎宋元以来诸家之利病者不可以学杜。②

（陆游）平生心力，全注国是，不觉暗以杜公之心为心，于是乎言中有物，又迥出诚斋、石湖上矣。然在放翁，则自作放翁之诗，初非希杜作前身者。此岂后之空同、沧溟辈但取杜貌者，所可同日而语！③

这些都是翁方纲认为的善于学古，既遵守前人法度又法中有我的典范。然而何以能做到这一点呢？除了我们之前讲的以理学"诚心正意"的修养方式和经学求真求实的实证精神获取"正本探原"之法外，还须对诗之源流正变有准确的把握，即所谓"深彻乎《三百篇》以下变通之故"和"深历乎宋元以来诸家之利病"，可见翁氏对研究探讨古人作品是非常重视的。我们接下来就看看他对诗歌创作的具体法则的探究。

翁方纲的弟子梁章钜《退庵随笔》引翁氏语云：

作诗言大章法，固是要义。然学者多熟作八股，都羡慕大章法之布置，而不知五字七字之句法，至要至难。句法要整齐，又要变化，全在字之虚实双单，断无处处整齐之理。能知变化，方能整齐

---

① 赵执信、翁方纲著，陈迩冬校点《谈龙录 石洲诗话》，人民文学出版社 1981 年版，第 35 页。

② 《同学一首送别吴縠人》。翁方纲《复初斋文集》卷十五，文海出版社 1966 年版，第 632—633 页。

③ 赵执信、翁方纲著，陈迩冬校点《谈龙录 石洲诗话》，人民文学出版社 1981 年版，第 142 页。

也。①

　　所谓大章法是作品的整体的结构布局，这也就是他所说的"大而始终条理"的始终条理，这是具体法则中大的方面，翁方纲于具体法则各方面无不探究，但在他看来，句法才是最重要也是最难的。因为句法上通章法，下连字法，处于枢纽的位置。抓住了句法，下而贯穿到字法，这样法则就落实到极细微处，就有可能实现"细肌密理"，而这正是他所追求的审美趣味的一个表现，我们将在下节专门讨论。

　　翁方纲所谓句法可以一个诗句为一个结构体，也可以一联诗句或一组诗句为一个结构体，并不拘于以句论句，而是能够从整体上加以分析考虑。就一联而言，他称元人戴帅初"鹙埏水温初杨柳，粉墙风细欲梨花"，"六桥水暖初杨柳，三竺山深未杜鹃"，"此二联，句法亦新"②。这里所举的两联都是把表示时间状态的副词"初""欲""未"嵌入句中，使前后的事物发生时间、因果或背景上的联系。就一组诗句而言，他分析苏轼《安州老人食蜜歌》结四句"因君寄与双龙饼，镜空一照双龙影。三吴六月水如汤，老人心似双龙井"，"亦若韩《石鼓歌》起四句句法"③。这四句共用三次"双龙"，体现出在句法上的特点。句法还可以放在更大的结构中来看，如他评苏轼《答任师中家汉公五古》：

　　　　《答任师中家汉公五古》长篇，中间句法，于不整齐中，幻出整
　　　齐。如"岂比陶渊明"一联，与上"闲随李丞相"一联，错落作对，
　　　此犹在人意想之中。至其下"苍鹰十斤重"一联，"我今四十二"一
　　　联，与上"百顷稻""十年储"一联，乃错落遥映，亦似作对，则笔

---

① 梁章钜《退庵随笔》，郭绍虞编选，富寿荪校点《清诗话续编》，上海古籍出版社1983年版，第1961页。

② 赵执信、翁方纲著，陈迩冬校点《谈龙录 石洲诗话》，人民文学出版社1981年版，第159页。

③ 赵执信、翁方纲著，陈迩冬校点《谈龙录 石洲诗话》，人民文学出版社1981年版，第103页。

势之豪纵不羁，与其部伍之整闲不乱，相辅而行。①

这里分析的不是单个句子的句法特征，而是放在一个大的结构体中来看，发现各长短句之间、散句对句之间存在的一种平衡的结构关系，这实在是一个独特而又通达的视角。

句法再往下就落实于字法，这就是翁方纲所谓"一字之虚实单双"。我们看他对杜甫《望岳》诗的评析：

> "岱宗夫如何"五字，是杜公出神之笔，"如何"二字虚，"夫"字实，从来皆误解也。此一"夫"字，实指岱宗言之，即下七句全在此一"夫"字内。盖少陵纵目遍齐、鲁二大邦，而其"青未了"，所以不得不仰叹之。此"夫"字，犹言"不图乐之至于斯"，"斯"字神理，乃将"造化神秀""荡胸层云"诸语，皆摄入此一"夫"字内，神光直叩真宰矣。岂得以虚活字妄拟之乎？②

一般认为"夫"字乃一虚字，以下数句才是具体说岱宗之"如何"，但翁氏认为这是误解，他把"夫"看作一个指代岱宗所有形象的实字，涵摄下面诸句。这里暗含有实字高于虚字的审美价值判断，其对字法的讲求是与审美观密切相关的。

句法往上则落实于章法，也就是所谓的"顺逆乘承"之法。翁方纲以李白的《经下邳圯桥怀张子房》为例，我们先看李诗：

> 子房未虎啸，破产不为家。沧海得壮士，椎秦博浪沙。报韩虽不成，天地皆振动。潜匿游下邳，岂曰非智勇。我来圯桥上，怀古

---

① 赵执信、翁方纲著，陈迩冬校点《谈龙录 石洲诗话》，人民文学出版社 1981 年版，第 95 页。

② 赵执信、翁方纲著，陈迩冬校点《谈龙录 石洲诗话》，人民文学出版社 1981 年版，第 212—213 页。

钦英风。唯见碧流水，曾无黄石公。叹息此人去，萧条徐泗空。

翁氏对前六句作了评论：

> 太白诗逸气横古今，不待言矣。顾其中有顺逆乘承之秘，不可顺口滑过。且即如人人习读之《圯桥》诗，起句"虎啸"二字，飞空而来，却以一"未"字翻勒住，则势蓄而不泻也。及说到"报韩"，却偏从"不成"说，又以"虽"字勒住，则势益蓄而不泻也。如此蓄而不肯泻去，然后放出"天地皆振动"五字，摇山掣海之笔来也。①

这里讲的就是章法的布置，本来这首诗是要正面赞扬张良，归结乃是"天地皆振动"五字，但翁方纲认为不能一气直下，而应蓄势，待蓄到不可不泻时再放出，自有"摇山掣海之笔"，整体章法如此布置，先抑后扬，也可以达到意想不到的效果。从创作技巧的角度讲，这也就是翁氏所强调的"逆笔"，对此翁氏也有专文讨论：

> 逆固顺之对。顺有何害，而必逆之？逆者意未起而先迎之，势将伸而反蓄之。右军之书，势似欹而反正，岂其果欹乎？非欹无以得其正也。逆笔者戒其滑下也，滑下者顺势也，故逆笔以制之。②
> 翁方纲抬出他所推崇的黄庭坚作为"逆笔"说的依据，但正如他所论的其他具体诗法一样，"逆笔"之法也不是一成不变的，其虽然符合一定的创作规律，确实可以对诗歌的滑下之病有节制作用，但也必须依人而定。逆笔恰恰符合黄庭坚的个性，因而他可以发扬之而自成一家，后人万不可见其"以逆笔为学杜，是真杜也"便"强

---

① 《与友论太白诗》。翁方纲《复初斋文集》卷十一，文海出版社1966年版，第467—468页。

② 《黄诗逆笔说》。翁方纲《复初斋文集》卷十，文海出版社1966年版，第421页。

我以就古人之法，强执古人以定我之法"，唯"逆笔"为是。明白了
这一点，顺逆就不是绝对的，所以翁氏在后文又说："顺与逆、欹与
正非二也"，拓而广之，则"尖圆肥瘦夫岂二事也哉？"①

音节也是翁方纲多次论及的诗法内容。翁方纲与王士禛有着间接的师承关
系，王士禛十分讲究对诗歌音节的研究，著有《古诗平仄论》，赵执信受其启
发，作有《声调谱》。翁对这些著作非常重视，将之收录于其《小石帆亭著录》
中，他又加以引申发展，自著《五言诗平仄举隅》《七言诗平仄举隅》。在论音
节方面，翁方纲的观点也表现出通达的一面，他不像王士禛较注重平仄模式的
有定性，而是强调其无定性与灵活性的一面。如他说：

> 文章千变万化，如碧空之云，无一同者，无一复者，而无一处
> 不自成章法，不可泥也。②

与论句法一样，翁方纲着眼于一首诗整体的平仄的结构关系。他说："古人一
篇之中，句句字字，皆是一片宫商，未有专举其一句以见音节者。"他针对渔
洋评杜甫《醉时歌》诗"结似律，不甚健"一语加以剖析：

> 至此篇末"生前相遇且衔杯"一句，必如此乃健。而何以反云
> 似律不健耶？且此句并不似律，试合上一句读之，若上句第二字仄
> 起，而此收句"生前""前"字平声，则似乎与律相近也。今上句
> "不须""须"字亦是平声，而此收句第二字又用平声，则正与律不
> 相似矣。何以云似律乎？况即使上句第二字用仄起，此收句第二字
> 用平，亦必古诗内有音节逼到不得不然，而后以似律之句结之，亦
> 必不可云结似律也。况又上下句第二字皆平耶？先生独不读杜公《人

---

① 《尖圆肥瘦说》。翁方纲《复初斋文集》卷十，文海出版社 1966 年版，第 424 页。
② 翁方纲《王文简古诗平仄论》欧阳修诗《圣俞会饮时圣俞赴湖州》按语。王夫之
等撰《清诗话》，上海古籍出版社 1999 年版，第 230 页。

日寄高常侍》七言古诗乎："鼓瑟至今悲帝子，曳裾何处觅王门。文
章曹植波澜阔，服食刘安德业尊。长笛谁能乱愁思，昭州词翰与招
魂。"此结段一连六句，平仄粘连，竟与律诗无别，而更觉其古也。
渔洋先生乃必篇篇结句皆以下三字纯用平声为正调乎？①

他认为古诗与近体诗在音节上的区别并不是绝对的，杜诗《人日寄高常侍》结
段六句虽合律调，但自是"内有音节逼到不得不然"，所以反而"更觉其古也"。
再如王士禛主张换韵要整齐，"须首尾腰腹匀称"②，而翁方纲则认为不必拘泥，
在参差中反而能见整齐。以苏轼《武昌铜剑歌》为例：

> 雨余江青风卷沙，雷公蹴云捕黄蛇。蛇行空中如枉矢，电光煜
> 煜烧蛇尾。或投以块铿有声，雷飞上天蛇入水。水上青山如削铁，
> 神物欲出山自裂。细看两胁生碧花，犹是西江老蛟血。苏子得之何
> 所为？劙缑弹铗咏新诗。君不见凌烟功臣长九尺，腰间玉具高挂韥。

此诗前两句一韵，其后则四句一换韵。王士禛谓"换韵多寡不一，虽是古法，
不可为常也"，而翁方纲则说：

> 此篇换韵之格，乍看似参差，而实整齐之至也。末一韵多一长
> 句，故第一韵少二句，以蓄其势，第五句六句仍顺承三四句之韵，
> 则中间仍是四句一韵，前后伸缩，音节天然，岂得以参差异之？③

这是着眼于一首诗的整体来看待音节问题，虽然所谓的"整齐"可能见仁见

① 赵执信、翁方纲著，陈迩冬校点《谈龙录 石洲诗话》，人民文学出版社1981年版，
第205—206页。
② 王士禛《师友诗传续录》，王夫之等撰《清诗话》，上海古籍出版社1999年版，第
156页。
③ 翁方纲《王文简古诗平仄论》苏轼诗《武昌铜剑歌》按语。王夫之等撰《清诗话》，
上海古籍出版社1999年版，第240页。

智，翁方纲的解释也是他的个人之见，但他毕竟看到了一种动态的内在平衡关系，而且更为重要的是他注重对实质的把握而非外在形式的规范，这是其诗法论通达圆融特点的一个很鲜明的体现。

翁方纲的"穷形尽变"之法实际上还包括用事。概而言之，他欣赏的用事之法，一要合于事境，二要浑化自然。且看一例：

> 刘宾客自称其《平蔡州》诗："城中晨鸡喔喔鸣，城头鼓角声和平"云云，意欲驾于《韩碑》《柳雅》……古《鸡鸣歌》云："东方欲明星烂烂，汝南晨鸡登坛唤。"蔡州，即汝南地。但曰"晨鸡"，自是用乐府语，而"城中""城头"，两两唱起，不但于官军入城事醒切，抑且深合乐府神理，似不必明出"汝南"，而后觉其用事也。[①]

刘诗用事就很符合翁氏的要求，既没有明白写出地名，浑化已极，而又能切合史事，"于官军入城事醒切"，也就是所谓的"文词与事境合而一之"[②]。这也证明了我们前面说的翁氏"诗法论"的经学内涵即"正本探原"之法所包含的经学求真求实的实证精神。

分析完翁方纲提出的具体诗法，我们探讨一下为什么翁方纲的"诗法论"能那么圆融通脱，其实道理或许很简单，就是其"理一分殊"的思想使然。他认为只有"正本探原"之法和有关具体诗法的客观规律，也即他所谓必须"求诸古人"的通于"理"的"法"是不变的，其他的法是这种带有本体意味的法之"殊相"，故而大可以也必须"穷形尽变"，以我运之。这样一来他要求的学古方式也是不粘不滞的，这是其与明李、何辈"格调"说的本质区别。从中我们也可以看到，翁方纲的诗歌创作论或是所谓的"诗法论"就是以"肌理"为核心的。

---

① 赵执信、翁方纲著，陈迩冬校点《谈龙录 石洲诗话》，人民文学出版社1981年版，第55页。

② 《延晖阁集序》。翁方纲《复初斋文集》卷四，文海出版社1966年版，第207页。

三、诗美学

为了矫正"神韵"说的空虚之弊，翁方纲建立了以"质实"为核心的审美价值标准，并以此为标的来衡量一切在他之前和与他同时的诗歌作品。应该说，王士禛"神韵"说指示了一种缥缈悠远的诗境，它所揭示的这种审美特征是中国众多艺术门类所共同追求的理想境界，其诗美学也已经达到了古典诗歌美学理论前所未有的高度，并在很大程度上代表了古典诗歌审美观念的主流。但是，"神韵"说所标举的诗境也有失之片面之嫌，我们看一下王士禛所例举的自己的诗就可以知道：

> 凌晨出西郭，招提过微雨。日出不见人，满院风铃语。(《早至天宁寺》)①

此诗的末二句明显化用柳宗元诗句"烟销日出不见人，欸乃一声山水绿"，诗境也如大部分柳诗一样，充满清静空幽之感，比之于音，则如虚空清响，而缺乏黄钟大吕的典重厚实。虽然王士禛并不排斥诗歌的沉着痛快之美，但他心仪的是清远古澹的诗境，于《二十四诗品》中所取的也只是"采采流水，蓬蓬远春""不著一字，尽得风流"之类，确似失之一偏。因此翁方纲认为"神韵"说崇尚"镜花水月"之境流于空寂，故而"欲以肌理实之"，这不无道理。从这个意义上说，"肌理"说诗美学的意义就在于在传统的崇尚"虚静"之美外又标示了另一种"质实"的审美境界，填补了古典诗美学的一个空白，这在古代诗歌美学理论发展过程中不能不说是富有创新意义的。下面我们就来具体分析一下翁方纲所欣赏的"质实"美到底是如何表现的。

首先，"质实"是由于诗歌表现的内容而在读者心中形成的一种审美感受。具体来说，在翁方纲看来，要达到"质实"的审美效果，诗歌内容必须达到两方面要求。一方面，必须符合儒家传统的伦理道德规范，而这种规范也并非由外强加于诗歌当中，而是作诗者内在"真实怀抱"的发抒。翁方纲说："且萧

---

① 王士禛《香祖笔记》，商务印书馆 1934 年版，第 12 页。

氏之为《选》也，首原夫孝敬之准式、人伦之师友，所谓'事出于沉思'者，惟杜诗之真实足以当之。"① 这里讲的"真实"就是杜甫所具有的儒家道德的修养也即其以稷、契自命，忧国忧民的襟抱。另一方面，必须体现出深厚的学问涵养，并且所描述的"事境"真切，可资考据。翁方纲举宋诗为例：

> 宋人之学，全在研理日精，观书日富，因而论事日密。如熙宁、元祐一切用人行政，往往有史传所不及载，而于诸公赠答议论之章，略见其概。至如茶马、盐法、河渠、市货，一一皆可推析。南渡而后，如武林之遗事，汴土之旧闻，故老名臣之言行、学术，师承之绪论、渊源，莫不借诗以资考据。而其言之是非得失，与其声之贞淫正变，亦从可互按焉。②

这里翁氏着眼的就是宋诗以义理、学问、论事见长的特点，体现作诗者深厚的学养，并认为宋诗包含了当时政治、经济、道德、学术等各个方面的许多信息，这些往往为史传所不载，可以作考据的资料，这是宋诗的一个优长之处，扩而广之，也是为一切优秀的诗歌作品所应具备的。如何做到这一点呢？一是诗歌所描写的事物必须与特定的时地相一致。他用诗歌写景加以解释：

> 诗不但因时，抑且因地。如杜牧之云"南山与秋色，气势两相高"，此必是陕西之终南山。若以咏江西之庐山，广东之罗浮，便不是矣。即如"夜足霑沙雨，春多逆水风"，不可以入江、浙之舟景；"阊阖晴开诀荡荡，曲江翠幕排银牓"，不可以咏吴地之曲江也，明矣！今教粤人学为诗，而所习者，止是唐诗，只管蹈袭，势必尽以西北方高明爽垲之时景，熟于口头笔底，岂不重可笑欤？所以闽十

---

① 《杜诗"熟精文选理""理"字说》。翁方纲《复初斋文集》卷十，文海出版社 1966 年版，第 408 页。

② 赵执信、翁方纲著，陈迩冬校点《谈龙录 石洲诗话》，人民文学出版社 1981 年版，第 122—123 页。

子、吴四子、粤五子皆各操土音,不为过也。①

不同于"神韵"说"雪中芭蕉"之论,这里对诗歌所描写事物的客观真实性的要求十分严格。在其他场合,翁方纲也借推崇苏东坡《石鼓歌》"不特就地生发,兼复包括无数古迹矣。非随手泛泛作《过秦论》也"②以及评价李白诗"山随平野尽,江入大荒流"和杜甫诗"星垂平野阔,月涌大江流"二句"不容区分优劣",皆"适与手会"③来强调这个要求。

切合"事境"不仅要求诗中所描述事物的客观真实性,还要求主观情感的真实。翁方纲借评价王士禛的诗《送吴天章归中条山六首》来说明这一道理。我们举《渔洋精华录》中所选的一首:

中条最深处,风物四时幽。水鹤穿云下,林枫夹岸稠。人烟盘豆驿,村路玉溪流。卧起清晖里,萧然何所求。

翁氏评云:

人之相别,必有因时因地悲愉欣戚之殊,而诗之词气因之。即如吴天章此归,乃其应召试不遇而归也,虽与秀才下第不同,然与他时之归自不可同语矣。乃渔洋先生之诗,则不问其何人、何时、何情、何事,率以八寸三分之帽子付之,尚复何诗之有?④

照翁方纲的意思,吴雯应博学宏词科不遇,虽与秀才下第不同,但毕竟是

① 赵执信、翁方纲著,陈迩冬校点《谈龙录 石洲诗话》,人民文学出版社 1981 年版,第 70 页。

② 赵执信、翁方纲著,陈迩冬校点《谈龙录 石洲诗话》,人民文学出版社 1981 年版,第 90 页。

③ 赵执信、翁方纲著,陈迩冬校点《谈龙录 石洲诗话》,人民文学出版社 1981 年版,第 38 页。

④ 翁方纲《复初斋王渔洋诗评》,民国庚申江阴缪氏刊本。

不幸之事，王诗却不切合时、事与当事人之情感，写的只是想象中的吴雯归隐后的乐趣，随便套用隐居诗的格式，乃是不能做到"切己切时切事，一一具有实地"①，也就是不能切合"事境"。

以上所说的对内容的两方面的要求用翁方纲诗学的术语讲就是"理味"和"事境"，应该指出，这二者应该是相结合的，在一些场合翁氏也是将二者并举的。在《石洲诗话》卷八中他说：

> 诗教温柔敦厚之旨，自必以理味、事境为节制，即使以神兴空旷为至，亦必于实际出之也。风人最初为送别之祖，其曰："瞻望弗及，泣涕如雨"，必衷之以"其心塞渊""淑慎其身"。《雅》什至《东山》，曰"零雨其濛"，"我心西悲"，亦必实之以"鹳鸣于垤"，"有敦瓜苦"也。况至唐右丞、少陵，事境益实，理味益至，后有作者，岂得复举弦外之音，以为高把群言者乎？②

"理味"是对诗歌内容的思想内涵的要求，"事境"是对诗歌所表达的情感、所描写的景物的真实性的要求。对于前者翁方纲是以《诗经》中《燕燕》一诗作为例证加以说明的。《燕燕》一诗，据《毛诗》的说法乃是卫庄公的夫人庄姜送戴妫归陈的送别诗，其诗以"燕燕于飞，差池其羽"起兴，描写"之子于归，远送于野"的送别场景，并反复咏叹"瞻望弗及，泣涕如雨"的依依惜别之情，情景交融，确实"神兴空旷"，但诗的最后一章，却说"其心塞渊""淑慎其身"，归结到戴妫符合儒家道德规范的贤德，使得诗歌的主题得到升华，富含所谓的"理味"。对于后者翁方纲以《诗经》中的《东山》一诗为例，《东山》中有"零雨其濛""我心西悲"等句，诗中那位游子的乡愁似乎都被濛濛细雨浸湿了，整首诗的诗境确实称得上"神兴空旷"，但是翁方纲认为如果诗中没有写到"鹳鸣于垤""有敦瓜苦"等具体事物，诗歌描写的事物的

---

① 《神韵论中》。翁方纲《复初斋文集》卷八，文海出版社 1966 年版，第 345 页。

② 赵执信、翁方纲著，陈迩冬校点《谈龙录 石洲诗话》，人民文学出版社 1981 年版，第 241—242 页。

客观真实性就值得怀疑,诗人主观情感的真实也没有了保证,甚至会连诗歌所蕴含的思想是否出自诗人胸臆都难以确定。可见"理味"和"事境"是密不可分的,应该共同对诗歌所描写的内容起"节制"作用。此外我们还看到,翁方纲对"理味"的要求主要受理学探求义理思想的影响,对"事境"的要求主要受经学求真求实精神的影响,由此也可见翁氏汉、宋学通融的思想来源及其以考证求义理的主张。

其次,"质实"是由于诗歌表现的手法在读者心中形成的审美感受。这种生发"质实"之感的表现手法同样也表现在两个方面。其一,是诗歌创作要多讲究"文理",懂得适当用"停蓄"之笔,用"逆笔",使得诗歌的"肌理密实",予人质实之感。众所周知,翁方纲诗说的"肌理"二字来源于杜甫的诗句"肌理细腻骨肉匀",根据传统诗学"诗如其人"的观念,如果说"格调"对应人的体格声貌,"神韵"对应人的风神,"肌理"对应的就是人肌肉的纹理。既然翁方纲说"为诗必以肌理为准",那么从诗美学这个角度看,诗歌就应该具有肌肉纹理"细腻"的质地,也就是所谓的"细肌密理"。关于这方面,翁方纲以杜甫和苏、黄作为正面典型。《石洲诗话》卷一解释杜诗《解闷》其七道:

> "孰知二谢将能事,颇学阴何苦用心",言欲以大小谢之性灵,而兼阴、何之苦诣也。"二谢"只作性灵一边人看,"阴、何"只作苦心锻炼一边人看,似乎公之自命,乃欲兼而有之,亦初非真欲学阴、何,亦初非真自许为二谢也。①

梁章钜《浪迹丛谈》卷十记翁氏说此诗云:

> 所赖乎陶冶性灵者,夫岂谓仅恃我之能事以为陶冶乎?仅恃在我之能事以为陶冶性灵,其必至于专骋才力,而不衷诸节制之方,

---

① 赵执信、翁方纲著,陈迩冬校点《谈龙录 石洲诗话》,人民文学出版社 1981 年版,第 51 页。

虽杜公之精诣，亦不敢也。①

我们互参以上两段引文可知，翁方纲所说的"能事"指"性灵""才力"；
"苦用心"指"苦心锻炼"，是细肌密理的节制。虽然他认为这两方面应该统一
起来，但其理论重心放在后者，强调即使如"杜公之精诣"，亦须讲究"文理"
法则，不能"专骋才力"。在《石洲诗话》卷三他又说"苏公之诗……'始知
真放本精微'，殆亦可作全集评也"②，亦是认为豪荡纵横的才气须以细肌密理
的"精微"为基础。这也成为他评价历代诗歌的一个标准，如他称李颀诗"精
密"，"龙标精深可敌李东川"③，"汪浮溪诗，深厚丽密，非南渡诸人可及"④，
这里所谓的"精密""精深""深厚丽密"都是由"细肌密理"造成的。当然翁氏
最心许的是早开宋诗之风的杜诗和以黄庭坚为代表的"细肌密理"型的宋诗一
派。杜诗不复赘述，我们且来看他如何评价以黄诗为代表的宋诗：

> 谈理至宋人而精，说部至宋人而富，诗则至宋而益加细密，盖
> 刻抉入里，实非唐人所能囿也。⑤

可见从审美的角度看，宋诗具有重大意义，是翁方纲心目中的诗歌典范。他接
着又引刘克庄语云：

> 豫章稍后出，会粹百家句律之长，究极历代体制之变，搜讨古

---

① 梁章钜撰，陈铁民点校《浪迹丛谈 续谈 三谈》，中华书局 1981 年版，第 187 页。

② 赵执信、翁方纲著，陈迩冬校点《谈龙录 石洲诗话》，人民文学出版社 1981 年版，
第 102 页。

③ 赵执信、翁方纲著，陈迩冬校点《谈龙录 石洲诗话》，人民文学出版社 1981 年版，
第 32、33 页。

④ 赵执信、翁方纲著，陈迩冬校点《谈龙录 石洲诗话》，人民文学出版社 1981 年版，
第 127 页。

⑤ 赵执信、翁方纲著，陈迩冬校点《谈龙录 石洲诗话》，人民文学出版社 1981 年版，
第 119 页。

书，穿穴异闻，作为古律，自成一家，虽只字半句不轻出，遂为本
朝诗家宗祖。

对刘克庄此论翁方纲认为"不特深切豫章，抑且深切宋贤三昧"，他在《黄诗逆笔说》中也详细分析了黄庭坚的"逆笔"之法，认为逆笔可以防止笔势顺势滑下，这样一来诗歌自然能予人密实停蓄之感，而不至于如随州七律般"坦迤"以致"一往易尽"①。翁方纲又在不同场合列举了一些反面例子：

　　容州七古，皮松肌软。②

　　清江三孔，盖皆学内充而才外肆者，然不能化其粗。正恐学为此种，其弊必流于真率一路也。③

　　徐仲车《大河》一篇，一笔直写，至二百韵，殊无纪律。诗自有篇法节制，若此则不如发书一通也。④

　　逢原诗学韩、孟，肌理亦粗。⑤

　　《墨庄漫录》称："唐子西……格力虽新，而肌理粗疏，逊于苏、黄远矣。"⑥

---

① 赵执信、翁方纲著，陈迩冬校点《谈龙录 石洲诗话》，人民文学出版社 1981 年版，第 53 页。

② 赵执信、翁方纲著，陈迩冬校点《谈龙录 石洲诗话》，人民文学出版社 1981 年版，第 59 页。

③ 赵执信、翁方纲著，陈迩冬校点《谈龙录 石洲诗话》，人民文学出版社 1981 年版，第 111 页。

④ 赵执信、翁方纲著，陈迩冬校点《谈龙录 石洲诗话》，人民文学出版社 1981 年版，第 113 页。

⑤ 赵执信、翁方纲著，陈迩冬校点《谈龙录 石洲诗话》，人民文学出版社 1981 年版，第 114 页。

⑥ 赵执信、翁方纲著，陈迩冬校点《谈龙录 石洲诗话》，人民文学出版社 1981 年版，第 126 页。

> 周草窗诗，肌理颇粗。①
>
> 李庄靖诗，肌理亦粗。②
>
> 遗山虽较之东坡，亦自不免肌理稍粗。③
>
> （郭羲仲）拟杜《秋兴》八首，肌理颇粗。④

"皮松肌软""肌理粗疏"正与"细肌密理"相对，指对字法、句法、章法等各个层面的法则讲求不够，给人以粗疏的感觉，这是翁方纲所不欣赏的。表现出"质实"的审美效果还可以有另一种创作手法，那就是通过"正面实作""铺张实际"等手法表现出诗歌创作的实才，从而创造一个"质实"的诗境。他在《石洲诗话》卷一中说："诗家之难，转不难于妙悟，而实难于铺陈终始，排比声律，此非有兼人之力，万夫之勇者，弗能当也。"⑤翁氏这里以妙悟与铺陈排比相对，作为两种相对的艺术表现方式。前一种在理论上以严羽及"神韵"说为代表，主张"不著一字，尽得风流"，"不犯正位"，对表现对象不作正面描绘，而是从侧面烘托点染。但翁方纲认为后者不仅在创作难度上高于前者，所创造的诗境也代表更高的层次，他也由此称赏李白、杜甫、白居易、韩愈、苏东坡等诗人：

> 大约古今诗家，皆不敢直搏鼓心，惟李、杜二家能从题之正面

---

① 赵执信、翁方纲著,陈迩冬校点《谈龙录 石洲诗话》,人民文学出版社 1981 年版,第 150 页。

② 赵执信、翁方纲著,陈迩冬校点《谈龙录 石洲诗话》,人民文学出版社 1981 年版,第 156 页。

③ 赵执信、翁方纲著,陈迩冬校点《谈龙录 石洲诗话》,人民文学出版社 1981 年版,第 156 页。

④ 赵执信、翁方纲著,陈迩冬校点《谈龙录 石洲诗话》,人民文学出版社 1981 年版,第 194 页。

⑤ 赵执信、翁方纲著,陈迩冬校点《谈龙录 石洲诗话》,人民文学出版社 1981 年版,第 39 页。

实作。①

　　杜之魄力声音，皆万古所不再有。其魄力既大，故能于正位卓立铺写。②

　　即如白之《和梦游春》五言长篇，以及《游悟真寺》等作，皆尺土寸木，经营缔构而为之，初不学开、宝诸公之妙悟也。看之似平易，而为之实难。元、白之铺陈排比，尚不可跻攀若此，而况杜之铺陈排比乎？③

　　苏诗此歌，魄力雄大，不让韩公，然至描写正面处，以"古器""众星""缺月""嘉禾"错列于后，以"郁律蛟蛇""指肚""箝口"浑举于前，尤较韩为斟酌动宕矣。而韩则"快剑斫蛟"，一连五句，撑空而出，其气魄横绝万古，固非苏所能及。方信铺张实际，非易事也。④

　　竹垞尝摘《剑南》七律语作比体者，至三四十联。然亦不仅七律为然，放翁每遇摹写正面，常用此以舒其笔势，五古为多。盖才力到正面最难出神彩耳，读此方知苏之大也。⑤

　　不难看出，所谓的"正面实作"就是用赋法正面描绘所写事物，少用比兴，这种笔法创造出来的效果就符合翁方纲"质实"的审美情趣。

　　通过以上分析，我们了解了翁方纲诗美学的意义，并且知道他所追求的

　　① 《与友论太白诗》。翁方纲《复初斋文集》卷十一，文海出版社1966年版，第468—469页。

　　② 赵执信、翁方纲著，陈迩冬校点《谈龙录 石洲诗话》，人民文学出版社1981年版，第42页。

　　③ 赵执信、翁方纲著，陈迩冬校点《谈龙录 石洲诗话》，人民文学出版社1981年版，第39页。

　　④ 赵执信、翁方纲著，陈迩冬校点《谈龙录 石洲诗话》，人民文学出版社1981年版，第90页。

　　⑤ 赵执信、翁方纲著，陈迩冬校点《谈龙录 石洲诗话》，人民文学出版社1981年版，第139页。

"质实"的审美效果可以通过诗歌表现内容和创作手法创造出来，这刚好对应所谓的"义理"和"文理"。如同"义理"与"文理"是一切好诗所必备的一样，翁方纲也把"质实"的审美特征上升到诗歌普遍原理的高度，他认为不仅宋诗和《诗经》以实为特征，唐诗的虚境也是以实为基础的，所以他说"至唐右丞、少陵，事境益实，理味益至"，把一向被认为"兴象超妙"的王维诗也看作"质实"的典范。而且，同于"义理"与"文理"的关系，诗歌的表现内容和创作手法也是紧密相连的，只有相辅相成，才可以创造出"质实"的审美效果。当然，表现内容的"实际"是更为重要的，他就说过："如关系史事，及可备考证者，自不应概以文词工拙相绳。"① 最后，还有一点要指出，翁方纲并非一味求"实"，也讲求"虚实乘承阴阳翕辟之义"，在创作手法上还要求"实而不滞"，我们只要看一看下面这些言论就不难明白了：

> 《羌村》第一首，"归客千里至"五字，乃"鸟雀噪"之语。下转入妻子，方为警动。若直作少陵自说千里归家，不特本句太实太直，而下文亦都偪紧无复伸缩之理矣。②

> 杜公以"取乐喧呼"之重浊字眼，放入"三更风起寒浪涌"之下，其手腕有万钧之力。如"取乐"之字眼抛出，如蜻蜓点水，一毫不觉其滞实，此谁能之！而后人不知，一味填实，即如作游宴诗，将"取乐"一种字眼放入，有不令人闻而呕哕者乎？③

> （刘文房《龙兴寺望海》诗）似觉闲散，而乃更切实、更阔大。④

① 赵执信、翁方纲著，陈迩冬校点《谈龙录 石洲诗话》，人民文学出版社 1981 年版，第 168 页。

② 赵执信、翁方纲著，陈迩冬校点《谈龙录 石洲诗话》，人民文学出版社 1981 年版，第 41 页。

③ 赵执信、翁方纲著，陈迩冬校点《谈龙录 石洲诗话》，人民文学出版社 1981 年版，第 45 页。

④ 赵执信、翁方纲著，陈迩冬校点《谈龙录 石洲诗话》，人民文学出版社 1981 年版，第 53 页。

由此我们可以清楚地见出翁方纲诗说的通脱圆融，这一点我们在讨论他的"诗法"论时已谈及了。

四、诗史观

由"肌理"出发，翁方纲诗史观亦颇具特色。概而言之，他对诗史的阐释实际上就是回顾作为诗歌本质的"肌理"在诗歌史上或明或晦或存或失的发展历程。首先，由于《诗经》在中国诗歌史和儒家经典中的崇高地位，作为儒家诗教继承者和发展者的"肌理"说理所当然地认为《诗经》是含有"肌理"的，具体表现是兼具"义理"和"文理"，用翁方纲引用韩愈的表述即《诗》正而葩"①。《诗经》而下以迄汉魏六朝，翁方纲并没有详论，不过从他说的杜诗"熟精《文选》理"及"尽有建安、黄初之实际"②等评述看来，汉魏六朝诗也还是含有一点"肌理"的。当然这个时段的诗是不及唐、宋诗的，这点我们在后面会加以说明。

翁方纲真正着意论述的诗歌史是从唐诗开始的，其《石洲诗话》论诗也是始自唐代。在他看来，唐诗以盛唐诗为代表，所取得的成就也最高，而盛唐诗典型的外在特征就是"境象超逸"，他说：

> 盛唐诸公，全在境象超逸。所以司空表圣二十四品，及严仪卿以禅喻诗之说，诚为后人读唐诗之准的。③

这种特征他或者称"兴象超妙""兴象超远"，但这只是唐诗外在的特征，也就是说，唐诗仍是以"质实"为基础的，这点我们在前面已经说过。这里要强调的是，唐诗还是自《诗经》以迄宋初所有诗歌中最具"肌理"的。翁方纲就曾

---

① 《韩诗"雅丽理训诂""理"字说》。翁方纲《复初斋文集》卷十，文海出版社 1966 年版，第 410 页。

② 赵执信、翁方纲著，陈迩冬校点《谈龙录 石洲诗话》，人民文学出版社 1981 年版，第 42 页。

③ 赵执信、翁方纲著，陈迩冬校点《谈龙录 石洲诗话》，人民文学出版社 1981 年版，第 122 页。

显明地说："至唐右丞、少陵，事境益实，理味益至"，一个"益"字就勾勒了整个发展历程，而我们知道，"事境""理味"对应"文理"和"肌理"，恰恰是"肌理"的具体表现和要求。

尽管唐诗取得如此高的成就，但在翁方纲看来，在中国古代诗歌史上，最能体现"肌理"的还是宋诗，特别是以黄庭坚为代表的北宋中期的诗歌，他就说过："宋诗盛于熙丰之际"①，因为从这类宋诗中不仅可以见出义理、学问、可资考据之史事，还有"刻抉入里"的文理，质实细密的诗境，可以说不论从带有形而上意味的义理还是从属于形而下层面的文理看，宋诗都是最能体现"肌理"这一诗歌本质特征的，故而翁方纲宣称"（宋诗）实非唐人所能囿也"，并且隐然将宋诗置于唐诗之上。这样，《诗经》之后诗歌朝质实的方向发展，作为诗歌本质的"肌理"愈来愈显明地体现在诗中，直到熙丰之际宋诗发展到了它无以复加的高峰，这就是翁方纲着意展现给我们的诗史历程。完成了对这段诗歌史的考察后，翁氏就据以提出他的诗史观，那就是宋之后诗歌史的合理发展应该是沿着宋诗的道路继续走下去，并争取达到宋诗的高度。

基于这样的诗史观，翁方纲考察了宋以后——准确地讲是元祐时代之后——以至本朝的诗歌史，并指明了诗歌发展的新方向。首先我们要明确，在翁方纲看来，宋元祐时代之后的诗歌是变而趋下的，南渡之后亦无改观。在南宋诸多诗人中，由于朱熹的特殊地位，翁方纲并没有过多评论，只是认为其作皆"从道中流露"②，"必从正道，立定根基"③，评价虽高，但似乎只把朱熹当学人看。至于真正意义上的较为纯粹的诗人，翁方纲较欣赏陆游。他曾这样评价陆诗"言中有物，又迥出诚斋、石湖上矣"④，在他处又说"石湖、诚斋皆非高格"，"诚斋以轻儇佻巧之音，作剑拔弩张之态，阅至十首之外，辄令人厌不欲

①《格调论中》。翁方纲《复初斋文集》卷八，文海出版社1966年版，第335页。

② 赵执信、翁方纲著，陈迩冬校点《谈龙录 石洲诗话》，人民文学出版社1981年版，第133页。

③ 赵执信、翁方纲著，陈迩冬校点《谈龙录 石洲诗话》，人民文学出版社1981年版，第132页。

④ 赵执信、翁方纲著，陈迩冬校点《谈龙录 石洲诗话》，人民文学出版社1981年版，第142页。

观，此真诗家之魔障"①，于南宋三大家中只独取放翁，更遑论其他诗人。但即使可作南宋一代冠冕如陆游者，纵然他"有杜之心事，有苏之才分"，但"亦不离平熟之径"，更不用说杨万里、范成大"极酣肆处，正是从平熟中出耳"②。盖翁方纲认为，正如中唐之后诗歌"渐趋坦迤"，南宋诗也趋于平熟，这恰好与他所推崇的拗峭尖新的"山谷体"相对。因而，翁方纲认为南宋诗变而趋下的主要原因在于其"文理"方面的造诣不及北宋，无法在诗中创造一种质实的诗境，也就是他所谓的"放翁已不能脚踏实地"③。

宋之后，情况又如何呢？且来看翁方纲的一段概述：

> 宋人精诣，全在刻抉入里。而皆从各自读书学古中来，所以不蹈袭唐人也。然此外亦更无留与后人再刻抉者。以故元人只剩得一段丰致而已。明人则直从格调为之。然而元人之丰致，非复唐人之丰致也。明人之格调，依然唐人之格调也。孰是孰非，自有能辨之者。又不消痛贬何、李始见真际矣。④

从这段话中我们大致可以知道翁方纲认为元、明二代，诗歌并没有更富"肌理"，也就是说它们没有朝正确的方向发展。具体来说，元人欲学唐人之"丰致"而不得，明人则徒袭唐人之"格调"，二者并不懂得要在"肌理"上下功夫。元人有惩于宋诗之流弊，转而学唐，已成为文学史之常识，翁方纲对此也并不否认，但是他认为这种道路是错误的。他也把元人所学的"丰致"称为"风调"，他就说过"元人多尚风调"的话。在他处也有类似表述：

---

① 赵执信、翁方纲著,陈迩冬校点《谈龙录 石洲诗话》,人民文学出版社1981年版,第138页。

② 赵执信、翁方纲著,陈迩冬校点《谈龙录 石洲诗话》,人民文学出版社1981年版,第141页。

③ 赵执信、翁方纲著,陈迩冬校点《谈龙录 石洲诗话》,人民文学出版社1981年版,第153页。

④ 赵执信、翁方纲著,陈迩冬校点《谈龙录 石洲诗话》,人民文学出版社1981年版,第120页。

元人专于风调擅场，而句每相犯，如"银河倒挂青芙蓉"等类之句，殆几于人人集中有之。其所谓枕藉膏腴者，不出太白，则出长吉，此唱彼和，摇鞭拊铎，至于千篇一律，曾神气之不辨，径路之不分，其亦可厌也已。①

大约自元遗山而降，才气化为风调，逮乎杨廉夫、顾仲瑛之属，一唱百和，残膏剩馥，一撇一拂，几于人人集中有之。②

元音靡弱，正是太趋长吉一派，而中少骨力耳。③

元人之绮丽，恨其但以浅直出之耳。此所以气格不逮前人也。④

在以上论述中，翁方纲表达了这样一种看法，那就是元人以唐人为师，特别是好师法李白、李贺，所以诗风就表现为"绮丽"或"涂金粉"。但元人又没有唐人的气格、骨力，故而流于浅直、靡弱一途。而明代诗人则以前后七子为代表，他们徒袭格调，翁方纲在许多场合都不留情面地予以批评，比如他说"诗之坏于格调也，自明李何辈误之也。李何王李之徒泥于格调而伪体出焉"⑤，又说"独至明李何辈乃泥执《文选》体以为汉魏六朝之格调焉，泥执盛唐诸家以为唐格调焉。于是不求其端，不讯其末，惟格调之是。泥于是，上下古今只有一格调而无递变递承之格调矣"⑥，如此种种，不胜枚举。

元、明二代的诗歌发展道路都不足取，那么清初以来的情况又是怎样？翁方纲独以王士禛"神韵"说及其作品概括这一段诗史或诗学史。其《格调

① 赵执信、翁方纲著，陈迩冬校点《谈龙录 石洲诗话》，人民文学出版社 1981 年版，第 192 页。

② 赵执信、翁方纲著，陈迩冬校点《谈龙录 石洲诗话》，人民文学出版社 1981 年版，第 194 页。

③ 赵执信、翁方纲著，陈迩冬校点《谈龙录 石洲诗话》，人民文学出版社 1981 年版，第 180 页。

④ 赵执信、翁方纲著，陈迩冬校点《谈龙录 石洲诗话》，人民文学出版社 1981 年版，第 182 页。

⑤ 《格调论上》。翁方纲《复初斋文集》卷八，文海出版社 1966 年版，第 331 页。

⑥ 《格调论上》。翁方纲《复初斋文集》卷八，文海出版社 1966 年版，第 332 页。

论》上说"至于渔洋变格调曰神韵,其实即格调耳"①,把王所说的"神韵"看作"格调"之一种;在《石洲诗话》卷四中他又说"渔洋先生所讲'神韵',则合丰致、格调为一而浑化之。此道至于先生,谓之集大成可也"②,可见他是把"神韵"说看成元、明两朝诗歌发展道路的一个总结和集成,实际上仍认为"神韵"说走的是错误的道路。但翁方纲又说:

> 至我国朝,文治之光乃全归于经术,是则造物精微之秘衷诸实际,于斯时发泄之。然当其发泄之初,必有人焉先出而为之伐毛洗髓,使斯文元气复还于冲淡渊粹之本然,而后徐徐以经术实之也。所以赖有渔洋首倡神韵以涤荡有明诸家之尘滓也。其援严仪卿所云"镜中之花、水中之月"者,正为涤除明人尘滓之滞习言之;即所谓"诗有别才,非关学"之一语,亦是专为骛博滞迹者偶下砭药之词,而非谓诗可废学也。③

这样看来,"神韵"说又有其积极意义,它可以"针灸李何一辈之痴肥貌袭者"④,洗去明人剿袭之弊,"使斯文元气复还于冲淡渊粹之本然",为诗歌创作重新走上正确道路奠定必要的基础。这样翁方纲赋予了王士禛一个十分特殊的诗史地位:既是错误道路的延续者,又是正确途径的开路人。翁方纲此论不无矛盾之处,这与他和王士禛特殊的关系以及他对"神韵"说的理解有关,此处暂不详论。

通观了中国古代诗歌史后,翁方纲为诗史发展指明了一条他认为的康庄大道,也就是沿着宋人的发展道路走下去,用"理味""事境"对诗歌加以"节制",使其恢复"诗中自具之本然"——"肌理"。他把这个使命赋予了自己,也就赋予了自己的诗说无以复加的地位,其自视之高或许引人揶揄,其心志之

---

① 《格调论上》。翁方纲《复初斋文集》卷八,文海出版社 1966 年版,第 332 页。

② 赵执信、翁方纲著,陈迩冬校点《谈龙录 石洲诗话》,人民文学出版社 1981 年版,第 120 页。

③ 《神韵论下》。翁方纲《复初斋文集》卷八,文海出版社 1966 年版,第 348 页。

④ 《神韵论上》。翁方纲《复初斋文集》卷八,文海出版社 1966 年版,第 342 页。

大则不能不使我们钦佩。最后，还有一点要说明，就是翁方纲诗史观中一个非常重要的概念："时"。在论及以陆游为代表的南宋诗趋于平熟时，翁方纲就说："气运使然，豪杰亦无如何耳。"① 这里的"气运"指的就是"时"。在论及明徐祯卿时，他先说以徐祯卿难得之"清才"和"能改之毅力"，所作却泥于蹈袭，未能脱化，"为可惜也"。但他接着又说：

> 曰时为之也。有李、何之蹈袭不足以餍人心也，又出一精于蹈袭之徐子而人心餍矣。诗格成矣，时论定矣。在徐子固行乎其所不得不行，彼亦无如何耳。②

好一个"无如何耳"，这真有点宿命论的色彩。而且，翁方纲似乎也将自己所担负的使诗回复其本然的使命看成一种"宿命"，他口口声声地说：

> 至我国朝，文治之光乃全归于经术，是则造物精微之秘衷诸实际，于斯时发泄之。③
> 士生今日经学昌明之际，皆知以通经学古为本务，而考订诂训之事与词章之事未可判为二途。④

按翁方纲的意思，以前诗歌史所走的弯路也是时运使然，是无可奈何的事情，而自己有幸生于"经学昌明之际"，必然要以经术充实诗歌，这是时代托付的不可推卸的责任，这样翁方纲就通过对诗史的阐述赋予了自己学说不容置辩的时代必然性。

至此，我们对"肌理"说的整个体系有了较为完整的认识，了解了其以"肌理"为核心、由"肌理"引申出一系列范畴的诗学理论。但这种独具特征

---

① 赵执信、翁方纲著，陈迩冬校点《谈龙录 石洲诗话》，人民文学出版社1981年版，第141页。

② 《徐昌谷诗论一》。翁方纲《复初斋文集》卷八，文海出版社1966年版，第356页。

③ 《神韵论下》。翁方纲《复初斋文集》卷八，文海出版社1966年版，第348页。

④ 《蛾术集序》。翁方纲《复初斋文集》卷四，文海出版社1966年版，第192页。

的诗说是如何形成的呢？它所产生的时代文化背景究竟为何？它又有哪些理论来源？这些问题我们就放入下一章讨论。

第二章 "肌理"说产生的时代文化背景

本章要着重探讨的是"肌理"说产生的时代文化背景。丹纳曾说:"要了解一件艺术品,一个艺术家,一群艺术家,必须正确地设想他们所属的时代的精神和风俗概况。这是艺术品最后的解释,也是决定一切的基本原因。"① 这段话对我们研究"肌理"说也同样具有指导意义,而在构成时代文化的种种因素中,我们认为,崇儒思潮的价值观、乾嘉经学的方法论以及宗宋诗学的初萌这三点对"肌理"说本质内涵和外在风貌的形成都起到较为直接和重要的作用,故拟依此展开论述。

第一节 崇儒思潮的价值观

清代与中国历史上大多数朝代一样,在近三百年的时间段里,自始至终都贯穿着一股崇儒的思潮。这种思潮在清初表现为对王学的批判和对传统儒学的回归,在清中期则体现在理学正统地位的延续与经学的高度繁荣,到了晚清,出现了理学的复兴及"义理、经济合一"的新趋向,同样也可以看作是儒学在这个时期的新发展。这种种表现尽管各以不同的面目出现,彼此间存在差异甚至在一定程度上相互对立,但是其尊崇儒家思想的价值观念则是一以贯之的。我们这里着重要分析清代前中期的崇儒思潮及其对翁方纲"肌理"说的影响。

明清易代,中原板荡,沧桑变革,这特殊的时期反而激起了儒学的复兴。

---

① [法] 丹纳著,傅雷译《艺术哲学》第一章,生活·读书·新知三联书店 2016 年版,第 15 页。

韦政通先生在其所著《中国思想史》中就把明清之际看作是中国古代儒学复兴的第三阶段，他认为这一阶段大致有两个重要特点：一是"重视经验世界，以后发展为典籍与文献的考证"，二是"经世思想"；前者是"乘王学士流之弊而起，由思想的内在理路转出"，后者则是"直接受明亡的刺激而起"①。韦先生大致归纳出清初儒学发展的新趋向，下面我们就简要地谈一下。

在明初以降的百年中，程朱理学长期停滞，甚少发展，最终越来越与社会现实相脱节，变得缺乏活力。正是在这种前提下，理学进行了自我更新，阳明学说应运而生，不仅把理学发展到了一个新的阶段，而且也曾一度风靡天下，造成了广泛的社会影响。但是发展至明万历年间，心学却逐渐形成空谈心性的风气。其时士人弃儒入佛，说空谈玄，不问国事，有所谓"人情以放荡为快，世风以侈靡为高"，以致"致良知"成为学术界的时髦话头，静坐成为主要的修养方法。所谓"以无端之空虚禅悦，自悦于心；以浮夸之笔墨文章，快然于口"，"欲一切虚无，以求妙道"②，就说明了理学在此时的基本情况。而在明清易代、宗社丘墟的特殊历史时期，这被思想家们目为亡国的根本原因。这些思想家中抨击最激烈的是顾炎武，他有一个很著名的类比："刘、石乱华，本于清谈之流祸，人人知之。孰知今日之清谈有甚于前代者。昔之清谈谈老、庄，今之清谈谈孔、孟"，就把明亡的责任归咎于王学本身。在同文中他接着说："不习六艺之文，不考百王之典，不综当代之务，举夫子论学、论政之大端，一切不问而曰'一贯'、曰'无言'，以明心见性之空言，代修己治人之实学。股肱惰而万事荒，爪牙亡而四国乱，神州荡覆，宗社丘墟"③，从中我们可以看出，顾炎武所代表的清初实学思潮不仅从经世致用、关注国计民生的角度对王学乃至整个理学加以批判，而且也十分不满其脱离经典的做法。因为，理学家们以自家义理诠释儒家经典，大谈"六经注我"，已表现出对传统经典的疏离。而王学更是变本加厉，它的一个分支泰州学派表现出大胆怀疑经传的精神，表

---

① 韦政通《中国思想史》下册，上海书店 2003 年版，第 882 页。

② 吴肃公撰，陆林校点《明语林》卷七，黄山书社 1999 年版，第 116 页。

③ 《夫子之言性与天道》，顾炎武著，周苏平、陈国庆点校《日知录》卷七，甘肃民族出版社 1997 年版，第 339 页。

现出与原始儒学和程朱理学都截然不同的特征，这在当时的正统儒者看来是不可容忍的。因此，尊崇儒家元典，力图恢复先秦两汉"六经"的地位，在清初儒者看来就是他们不容推卸的责任。为此，他们甚至对所谓"理学"的说法都予以否认，我们前面屡次提到的顾炎武就说："理学之传，自是君家弓冶。然愚独以为理学之名，自宋人始有之。古之所谓理学，经学也，非数十年不能通也。故曰：'君子之于《春秋》，没身而已矣。'今之所谓理学，禅学也，不取之五经而但资之语录，校诸帖括之文而尤易也。又曰：'《论语》，圣人之语录也。'舍圣人之语录，而从事于后儒，此之谓不知本矣。"[1]清初对理学的这种反拨看似突兀，对其批判也不完全合于历史事实，但是从儒学的发展历程看，却有其必然性。陈居渊先生对此就有过分析：

> 自孔子创立儒学以来，在中国长达两千年的历史中，儒学作为一种学说体系，经历了先秦诸家的争鸣，两汉的经书注疏，至隋唐而达到发展的高峰。宋元以后，儒学便被以理气心性为探究对象的宋学（宋明理学）所取代。在中国学术史上，宋学归属于哲理化了的经学流派。他们以自家义理诠释儒家经典，使经学理学化，使儒经成为理学的理论依据。明清之际，作为体现儒学主要价值观念的"内圣"和"外王"之间的均衡，已被"天崩地解"的历史剧变所打破，"内圣"的价值追求已超越了传统的"外王"需求，对政治功业的强烈愿望几乎为正心诚意的个人操守所涵盖，理气心性之学也因此失去了往日的理想光环。在总结明亡历史教训时，明清之际诸儒都意识到这是高扬政治道德化的"内圣"与重视客观事功的"外王"的不一致所带来的必然结果。于是，从理学回归原始儒学，寻求新的经世良方，便成为清初普遍的时代要求。[2]

---

① 《与施愚山书》，顾炎武撰，华忱之点校《顾亭林诗文集》，中华书局 1983 年版，第 58 页。

② 陈居渊《清代朴学与中国文学》，百花洲文艺出版社 2000 年版，第 24 页。

因而，清初的思想家们想要借纠正轻视功利、空谈义理的性理之学来恢复原始儒学所弘扬的经世精神，以图重塑丧失了的儒家以天下为己任的那种历史使命感和社会责任感就不难理解了。

在抗清斗争失败后，一种文化的救亡意识成为当时汉族士人的共同理念，而在这些思想家看来，经学与经世是相联系的，崇古尊经在很大程度上是经世致用的必要前提，学问被推崇到文化救亡的高度。黄宗羲就说过"六经皆载道之书"①之类的话。基于这样的认识，学者们对经典进行了细致的解读和考订，对《周易》《尚书》《周礼》《诗经》等经书的阙脱、伪造、附会、删改都作了认真的清理，如黄宗羲的《易学象数论》、阎若璩的《古文尚书疏证》、顾炎武的《音书五书》等，都是当时正本清源的经学名著。从中我们可以看到，这个时候的学者试图通过解读、辨正经典的方式实现经世致用的最高目标，由此，经学得以发扬，经世思想深入人心，成为此时儒学发展主流的两个新趋向。然而，这种实证化的经学研究却逐渐转向文献考证，最终被以实证方法治经的朴实学风所淹没，于是有清一代学术的代表——朴学便登上了历史的舞台，这点我们将在下文提到。

另一方面，尽管批判和总结理学成为这一时期共同的趋向，但程朱一派的理学仍然作为官方思想占据正统地位。满洲贵族通过武力征服入主中华后，虽然其政教风俗起初并无一同于汉族，然而正如历史上不断上演的朴野文化被高度成熟的文化同化，在军事上取得胜利的满洲铁骑也无可避免地重演征服者被征服的历史，在政教方面向汉族文明靠拢。为了更好地实行统治，争取汉族士大夫，满洲贵族开始尊孔尊儒，袭用传统儒学作为思想统治的工具。顺治二年（1645 年），清廷下令改国子监牌位为"大成至圣文宣先师"，当时担任摄政王的多尔衮亲到孔庙行礼。其后康熙连续颁布"圣谕"，规定以儒家思想作为政治的以及道德的训条②。康熙皇帝还认为，朱熹的文章与言谈中，全是天地间的正气、宇宙间的道理，只有读了朱熹的书，才知道施仁政、揽人心以治国平

---

① 《学礼质疑序》，黄宗羲《南雷集·南雷文案》卷二，《四库丛刊》本。

② 详见蒋良骐撰，林树惠、傅贵九校点《东华录》卷十二《康熙十九年正月至康熙二十二年十月》，中华书局 1980 年版，第 189—204 页。

天下的方法。为了阐扬朱熹的学说，康熙一方面将朱熹配享孔庙，另一方面又下令凡开科取士，士子应试作答不得逾越朱注的四书五经。程朱理学成为官方钦定的正学。嘉庆时袭封礼亲王的昭梿曾说：

> 仁皇夙好程朱，深谈性理，所著《几暇余编》，其穷理尽性处，虽夙儒者学，莫能窥测。所任李文贞光地、汤文正斌等皆理学者儒。尝出《理学真伪论》以试词林，又刊定《性理大全》《朱子全书》等书，特令朱子配祠十哲之列。故当时宋学昌明，世多醇儒者学，风俗醇厚，非后所能及也。①

昭梿此说大致反映了历史的真实，可见理学在当时仍然占有相当重要的地位。当然，此时程朱理学的信奉者，究其实质而言，他们的理学是偏重政治而非学术的，所以在理论上并没有什么发展，理学的地位也仅靠朝廷的支持和科举考试才得以维系。

随着时间的推移和政治环境的变化，到了乾嘉时期，儒学的发展又有了新的变化，大致而言表现在理学正统地位的巩固、延续与经学的兴起并且迅速得以高度繁荣两个方面。我们前面说过，提倡理学在清初就成为一项基本国策。经历康熙中后期"海宇承平日久"的政治局面后，在乾隆即位时，统治秩序已较为稳定，社会经济也得到很好的恢复和发展。为了继续巩固统治，乾隆仍然沿用提倡理学的政策，继续重用先朝理学名臣如鄂尔泰、张廷玉等。乾隆本人对朱学也笃信勤学，他自述"朕自幼读书，研究义理，至今《朱子大全》未尝释手"，认为"有宋周、程、张、朱子，于天人性命、大本大原之所在与夫用功节目之详，得孔孟之心传，而于理欲、公私、义利之界，辨之甚明。循之则为君子，悖之则为小人。为国家者，由之则治，失之则乱，实有裨于化民成俗，修己治人之要，所谓入圣之界梯，求道之途辙也。"（《清高宗实录》卷一百二十八）在这里，程朱理学不仅裨益于个人的心性修养，而且还可以作为治人治国的工具，"内圣"与"外王"以这样一种方式重新得以统一，这也是

---

① 昭梿撰，何英芳点校《啸亭杂录》卷一，中华书局 1980 年版，第 6 页。

乾嘉时期理学得以重兴的一个重要原因。

通过以上对从清初到乾嘉年间儒学发展的基本情况的叙述，我们可以知道，无论这个时期儒学的发展表现为实学的兴盛还是理学的延续，也无论是民间学术成为思想主流还是官方意识形态继续维持正统地位，其尊崇儒学、认同儒家经典的价值观念是一以贯之的，这对本身就可称为儒士的翁方纲和本身就属于儒家诗学范畴的"肌理"说自然会产生影响。而且应该说，这种影响是巨大的。至于影响的方式，我们认为，主要是把儒家经典的精神内化为翁方纲的价值观，然后再由此渗透进"肌理"说的诗学精神中。概而言之，主要体现在以下四个方面。

其一，形成了"肌理"说"以文化成"的教化精神。我们知道，"以文化成"是儒家元典蕴含的人文精神落实到诗学上的体现，而"以文化成"的文化精神实际上就是所谓的"诗教"精神。翁方纲受这种精神的影响，并由于清初实学经世致用思想的直接刺激，他的诗说较为鲜明地表现出"以文化成"的意图和精神。

翁氏站在官方立场，企图用理学来维护封建统治。他推崇所谓的程朱正学就是以对封建制度及其伦理道德的永恒性进行理论论证作为自己的终极目标的，至南宋朱熹，集各派大成，更是基本上完成了对封建道德绝对性的论证，并以理论规范的形式赋之以"天理"的地位。在理学家看来，"天理"即封建伦理道德及其规定的社会等级秩序，是唯一的绝对，不仅永恒存在，主宰一切，而且又是先验的，为一切物所固有。因此，"存天理、灭人欲"一直被作为理学的最高行为原则，并最终获得了主流政治的绝对支持，在翁方纲所处的时代也不例外。从诗学角度，翁方纲在《杜诗"熟精文选理""理"字说》一文中也正是从这个角度极力推崇杜诗，认为杜甫所谓的"《文选》理"指的就是"孝敬之准式、人伦之师友"等道德伦理。翁方纲年甫弱冠就得到皇上称赏，八十二岁时还加二品卿，负海内清望前后垂六十年，他的诗学表现出这样一种官宦味，他的"诗教"采取这样一种途径，是不难理解的。然而，翁方纲理解的"以文化成"还有另外一种方式，就是通过"诗教"对士人人格进行塑造，从而间接完成对现实政治的干预。我们应该看到，翁方纲作为一个士人，并非完全没有自己的理想和操守，对现实政治也并非一味地迎合。他十分推重黄庭坚，前面我们只谈到翁氏有取于黄庭坚的"文理"，其实就人品道德和学问涵养而言，翁氏也是十分崇拜黄庭坚的。他与黄庭坚所处的时代环境十分相似，他们一方面都面临"诗祸"或"文字狱"，因而对现实责任有所回避或者态度都较为隐晦；另一方面他们所接受的社会思潮又要求他们承担一定的社会责任，对黄庭坚而言是有宋一代士人普遍存在的使命感，而对翁方纲而言就是清初以来实学的经世思想和理学本也有的"外王"企求。所以，"肌理"说仍有一种不可磨灭的并非完全站在官方立场的"以文化成"的精神理想。

其二，形成了"肌理"说"怨而不怒"的含蓄精神。儒家思想在充分认同情感存在的合理性的同时，也重视对情感的节制，"怨而不怒"的精神就是儒家这种"中和"精神在诗学中的体现。具体反映在"肌理"说中，主要表现为其对诗人性情的要求。翁氏所崇拜的黄庭坚有这么一段话：

> 诗者，人之情性也。非强谏争于廷，怨忿诟于道，怒邻骂座之为也。其人忠信笃敬，抱道而居，与时乖逢，遇物悲喜，同床而不察，并世而不闻，情之所不能堪，因发于呻吟调笑之声，胸次释然，而闻者亦有所劝勉，比律吕而可歌，列干羽而可舞，是诗之美也。其发为讪谤侵凌，引颈以承戈，披襟而受矢，以快一朝之忿者，人皆以为诗之祸，是失诗之旨，非诗之过也。①

"肌理"说虽然没有类似的十分明确的表述，但是综观"肌理"说所表现出来的精神，可以认为，翁方纲与黄庭坚的思想是较为接近的。他同样扬弃或者说舍弃了清初经学那种鲜明的战斗色彩，主张以一种更含蓄、更温和的方式表达情感，达到"诗教"的目的。关于对古人的理解，陈寅恪先生有一段论述："所谓真了解者，必神游冥想，与立说之古人，处于同一境界，而对于其所持论所以不得不如是之苦心孤诣，表一种同情，始能批评其学说之是非得失，而

---

① 黄庭坚《书王知载〈朐山杂咏〉后》。黄庭坚著，刘琳、李勇先、王蓉贵校点《黄庭坚全集》，四川大学出版社2001年版，第666页。

无隔阂肤廓之论。"①陈先生的这段论述可谓深得古人之心，我们以此来探求翁氏之心志，也或可略察一二。翁方纲作为一个士人，受传统儒家精神的影响，志在有所作为也是很正常的，但他官运亨通，必然口有禁忌，当时文网又相当严密，可以说，"肌理"说表现出这样一种"怨而不怒"的含蓄精神既是翁方纲对经典深刻理解后自觉的选择，也是时势所迫无奈的妥协。

其三，形成了"肌理"说"宗经""征圣"的复古精神。纵观整个中国文化史，我们不难发现弥漫在其中的"经学"意识和崇古氛围，张岱年、方克立二位先生主编的《中国文化概论》就说"中国伦理型文化还有一个突出的外在形式上的特点，这就是它的经学传统"②，指出了这一显著的外在特征。关于中国文化的"宗经"意识，有的学者认为形成于孔子③，也就是说这是儒家思想本具之精神。尽管在中国漫长的思想史上也曾出现"非圣""疑经"的思潮，但"宗经"意识可谓绵延不绝更据主流，特别是到了明末清初，思想家们如黄宗羲、顾炎武等人更是大力提倡回归原始儒经，尊奉以孔子为代表的原始儒学。他们致力于对传统经典的考订、疏证，确信圣人的经世事功都寄托在经书元典之中，经学成为经世的一种主要方式。这些思想家的诗学观念同样也有明显的复古倾向。黄宗羲就说过："文章不本于经术，学王、李者为剿，学欧、曾者为鄙"④，又批评茅坤"但学文章，于经史之功甚疏"，主张"文章本之经以穷其原"，这里所说的"文章"也包括诗歌这一文体。与之几乎同时的钱谦益同样重视儒家元典，他也提出了"返经循本"与"通经汲古"的文学主张，可见这在当时是一个普遍的诗学倾向。

清初以来的回归元典的思潮对翁方纲的价值取向产生了深刻的影响，反映在其诗说中就是强烈的复古意识。他曾宣称："杜之言理也，盖根极于六经"，

---

① 陈寅恪《冯友兰中国哲学史上册审查报告》，《金明馆丛稿》二编，上海古籍出版社 1980 年版，第 242 页。

② 张岱年、方克立主编《中国文化概论》，北京师范大学出版社 1994 年版，第 370 页。

③ 参见李凯《儒家元典与中国诗学》，中国社会科学出版社 2002 年版，第 202 页。

④ 《陈夔献五十寿序》，黄宗羲《南雷集·南雷文案》外卷，《四库丛刊》本。

其他诸如"文必根本六经，诗必根本三百篇"①、"韩文公约六经之旨而成文，其诗亦每于极琐碎、极质实处，直接六经之脉。盖爻象、繇占、典谟、誓命、笔削记载之法，悉醖入《风》《雅》正旨，而具有其遗味"②等表述也是随处可见。他认可陈子昂、李白等诗人，很大程度上是因为他们"思复古道"，而他所推崇的杜甫在他看来更是寓传统经典于诗歌的典范。在"诗法"方面，他强调在他看来本自儒家的"正本探原"之法，以此作为诗法的根本，这些都明显地反映出翁氏以复古为高的价值取向。我们在第一章也说过，"肌理"说有较为明显的复古色彩，这恰恰是儒家思想本具有的"宗经"意识和清初儒学重振儒经的风会波延使然。

其四，形成了"肌理"说崇实弃虚的实用精神。回顾了清初以来儒学的发展，我们看到，无论是清初的实学还是乾嘉时期的朴学，"实事求是"和"无征不信"都是其根本特点，而清初的实学更是闪耀着经世思想的光芒。清初的这些儒者们摈弃空谈，提倡将学问和做人都落到实处。我们前文多次提及的顾炎武就是一方面身体力行，写作《日知录》，真正做到日有所知，践履了他弃"明心见性之空言"代以"修己治人之实学"的口号。另一方面，他又主张在学问上要返回先秦两汉经学，重视文字训诂以把握经典原义。清初儒学的这种特征也体现在翁方纲的思想中，他就说过"天下之学，务实而已矣；古今之学，适用而已矣"③，体现了很强的实用精神。在知行问题上，他也并不完全遵循他所推崇的程朱理学的知先行后观，而是强调知行合一。他说："知与行一事也，必能知而后能行，必能行而后能知，无二理也。由斯义也，二者孰重？则行为要矣"。所以"人必明乎知与行为一事，则一身一家之日用伦理，无在非实学也；一日间起念诚伪邪正，一接物之公私当否，皆实学也"④，明确地把研究经史的最终目的定为经世致用。

---

① 翁方纲《苏斋笔记》卷九，朝鲜古典行会日本昭和八年（1933）影印本。

② 赵执信、翁方纲著，陈迩冬校点《谈龙录 石洲诗话》，人民文学出版社 1981 年版，第 61 页。

③ 《拟师说二》。翁方纲《复初斋文集》卷十，文海出版社 1966 年版，第 394 页。

④ 《读李穆堂原学论》。翁方纲《复初斋文集》卷七，文海出版社 1966 年版，第 285/286 页。

翁方纲的这种实用主义的精神也明显地体现在他的诗学中。他强调诗歌的教化功能自不待言，而在具体的诗学理论中同样处处体现这种价值取向。比方说，他把诗歌的本质确定为在他看来更为实在的"理"而不是看似较为虚无缥缈的"情"。在诗歌创作方面，他强调诗法的运用应落实到章法、句法乃至字法，不可学"神韵"派诸人标榜"不著一字，尽得风流"，只在虚活字中标榜自许。在诗歌美学方面他以实为美，对诗歌史的理解也是从崇实弃虚，认为其正确的发展历程应该是由虚而实，并把他所标举的宋诗的"妙境"界定在"实"上面。可见，求实的精神十分深刻地影响了"肌理"说的本质内涵和外在风貌，使得它呈现出与"神韵"说等其他诗说截然不同的足以自立的特征，而翁方纲恰恰也是勇于以用质实改造"神韵"说的使命自任的。

通过以上分析，我们了解了清初以至乾嘉时期一以贯之的崇儒思潮的价值观对翁方纲的深刻影响，而且我们发现，儒学内部不同分支的差异又使得这种影响呈现出全方位、多侧面的形态，从而沉淀为翁氏独特的价值理念，这对"肌理"说独特内涵、风貌的形成都起到十分关键的作用。

第二节 乾嘉经学的方法论

如果说清初以来的儒学发展主要从价值观层面对翁方纲"肌理"说的本质精神产生影响的话，那么，乾嘉时期的经学还从方法论层面给予了"肌理"说"无征不信"的实证方法和思维理念，而这恰恰赋予了"肌理"说最为与众不同的特征。从这个意义上说，"肌理"说是乾嘉经学的附属产物，而之所以这么说，我们试着做个比较，或许可以比较清楚。

我们看，沈德潜的"格调"说稍前于"肌理"说，它也同属儒家诗学的范畴，并且同样代表官方的立场推崇"诗教"；从它所处的思想背景看，同样受到清初以来儒学思潮的影响，但是它与"肌理"说的区别却是显而易见的。大致而言，"格调"说立足于雅正而求真，"肌理"说立足于真变而求雅，这虽然是两种本质精神的差异，但也包含两种诗学研治方法的差别，而精神与方法本就是相辅相成、互为因果的两个方面。所以我们可以说，乾嘉经学不仅如前所述赋予了"肌理"说求真求实的精神，而且从方法论层面也给予了翁方纲诗说深刻的影响。

清代乾嘉之际，理学虽仍高踞庙堂，但更引人注目的是考据学的兴起。乾嘉考据学继承了清初古文经学的训诂方法而加以条理发明，因其以朴实的考证手段用于古籍和语言文字学的研究，故也被称为朴学；又因其特重两汉经学，故又称汉学。其在中国学术史上可与周秦子学、两汉经学、魏晋玄学、隋唐佛学和宋明理学相提并论，可谓有清一代学问之代表。考据学最为成熟之时，是在乾隆、嘉庆年间，梁启超说：

> 乾嘉间之考证学，几乎独占学界势力，虽以素崇宋学之清室帝王，尚且从风而靡，其他更不必说了。所以稍为时髦一点的阔官乃至富商大贾，都要"附庸风雅"，跟着这些大学者学几句考证的内行话。这些学者得这种有力的外护，对于他们的工作进行，所得利便也不少。总而言之，乾嘉间考证学，可以说是，清代三百年文化的结晶体，合全国人的力量所构成。[①]

其时考据的对象也已超出经义诠释而扩大到小学、史学、水地、天算、历法、音律、典章、金石、校勘等的考究，但仍以经学为中心。关于其成因，学术界有争论，但大致言之，它的形成既有受清代特定的学术环境的影响，又有学术发展内在渊源的因素在。就环境而言，清代统治者的政策是一个重要的外因。一方面，清代统治者在拉拢、吸纳之余，对知识分子也采取十分极端的手段以打击、镇压。清代"文字狱"之烈之酷为历代所罕见，这样，大部分知识分子也就不敢越雷池一步，从而越来越沉溺于远离现实的考据之学，被迫躲进故纸堆中去讨生活。另一方面，从乾隆一朝始，清统治者也鼓励和支持经学研究，经学家如纪昀、朱筠、阮元都仕途亨通。在这种政治打击和名利诱惑的双重作用下，潜心于经术似乎就是学者们唯一的选择了。就学术渊源而言，考据学之兴起并最终成为学术主流，也是有其内在的发展逻辑。我们前面说过，以义理

---

① 梁启超《中国近三百年学术史》，朱维铮校注《梁启超论清学史二种》，复旦大学出版社 1985 年版，第 117 页。

为重点的宋明理学，至王守仁之阳明学说而到顶峰，而王学末流之狷之偏，也标志着理学走到了尽头。在清初，顾炎武等思想家以回归原典，尊经复古，师法更为古老的汉代经学来实现儒学的重组和自我更新。不过，乾嘉时期的学者们虽然同是提倡尊经复古，回归原典，但其学术旨趣与目的与顾炎武等人又大相径庭。他们所追求的，更多的是学术化的东西，而没有了顾炎武等人那么鲜明的寓经世理想于尊古崇经之中的色彩，这也是乾嘉考据学的一个显著特点。

乾嘉时期的这些学者们埋头书斋，考据是他们的主要研究方式，也就是皮锡瑞所说的"说经皆主实证，不空谈义理"①，其治学方法主要是"由声音文字以求训诂，由训诂以寻义理"②。具体来看，在乾嘉考据学派中，率先以古文经形式进行纯汉学研究的，是以惠栋为代表的吴派和以戴震为代表的皖派。两派的经典研究方法，都从研究古文字入手，重视声韵训诂，提倡由小学训诂上溯义理。其中惠栋的治学重在考证，以复古为宗旨，遵循汉代经学研究重视名物训诂、典章制度的传统，其《九经古义·述首》自谓"余家四室传经，咸通古义"③，表现出对经典的尊崇及探究其原始意义的热情。与惠栋相比，戴震更具疑古精神，更能代表清学的时代精神。他强调于所见要"征诸古而靡不条贯，合诸道而不留余议，巨细毕究，本末兼察"，不可"依于传闻以拟其是，择于众说以裁其优，出于空言以定其论，据以孤证以信其通"④，从治学精神到方法都体现严谨的科学性。正因为此，皖派不但集结了凌廷堪、卢文弨、段玉裁、王念孙、王引之等经学大师，亦吸引了京师权要如纪昀、王昶、毕阮、阮元等，阵容十分强大。稍后扬州学派继承和发展了吴、皖两派经典研究的传统，由专精进发展为会通兼容，成为乾嘉朴学的另一重镇。关于清代学术的整体治学特点，梁启超先生说："有清学者，以实事求是为学鹄，饶有科学的精神，

① 皮锡瑞著，周予同注释《经学历史》，中华书局 1959 年版，第 341 页。

② 《戴先生震传》，钱大昕《潜研堂文集》卷三十九，商务印书馆 1935 年版，第 619 页。

③ 惠栋《九经古义》中华书局 1985 年版，第 1 页。

④ 《与姚孝廉姬传书》，戴震著，赵玉新点校《戴震文集》卷九，中华书局 1980 年版，第 141 页。

而更辅以分业的组织"①，这个论断极为准确地概括了清代学术的特点，而这个特点在乾嘉考据学派身上得到了集中体现。

翁方纲生值乾嘉之时，不能不受到风靡其时的学术研究的影响。综观翁氏的思想，尽管仍是学宗程朱，以理学为根柢，但他同时讲求训诂考据，主张以考据来补宋明理学之空疏，表现出一种通达和兼容，用他自己的话说就是"博综马郑，勿畔程朱"②。江藩在《汉学师承记》中将他列入汉学家之列，虽然未必准确，但翁氏对汉学的精研却由此可见一斑。关于经学研究的意义，翁方纲说："诚虑经之不明也，乃至有注经而经反因以晦者，故读者有舍经从传之说焉，有以经训经之说焉"③。也就是说，圣人事迹年代久远，因而事有歧出，说有互难，义有隐僻，所以需要仔细研究，正确理解。翁方纲对片面讲求程朱理学的空疏之弊十分反感，他批评当时有的学者"墨守宋儒，一步不敢他驰，而竟致有束汉唐注疏于高阁，叩以名物器数而不能究者，其弊也陋"④。他认为宋儒"学未富"，故解经多有穿凿之处，即使是朱熹解经亦不尽精当，比方说翁氏在其《孟子附记》中便指出朱子《孟子集注》解"充虞路问"一章实有未安之处。正因为此，翁方纲强调"通经学古之事，必于考订先之"⑤。他批驳片面否定考订之学的做法，说："诂训名物岂可目为破碎，学者正宜细究考订诂训，然后能讲义理也。宋儒恃其义理明白，遂轻忽《尔雅》《说文》，不几渐流于空谈耶？"⑥从中我们可以看到，翁方纲是力主兼采汉、宋学之长，任何片面地泥守一端，在他看来都是不可取的。

然而如何治经呢？考据之法又是如何应用到具体的学术研究中呢？关于

---

① 梁启超《清代学术概论·自序》，朱维铮校注《梁启超论清学史二种》，复旦大学出版社1985年版，第1页。

② 翁方纲《苏斋笔记》卷一，朝鲜古典行会日本昭和八年（1933）影印本。

③ 《经解目录序二》。翁方纲《复初斋文集》卷一，文海出版社1966年版，第93页。

④ 《与曹中堂论儒林传目书》。翁方纲《复初斋文集》卷十一，文海出版社1966年版，第427页。

⑤ 《考订论中之一》。翁方纲《复初斋文集》卷七，文海出版社1966年版，第308页。

⑥ 《附录与程鱼门平钱戴二君议论旧草》。翁方纲《复初斋文集》卷七，文海出版社1966年版，第324页。

这一点，翁方纲与当时的考据诸家略有不同。他认为，治经首先切忌断章取义，应该全面正确地领会大义。他说"治经宜通合全经，贯彻之，乃见此一条之是否也，否则专笔此条，使观者矜为创获，而未尝合上下精研之，仍是欺人而已"①，又说："夫谓以经训经则所立不偏矣，信无弊矣，然而经有各见之时，地有各见之指归，若必以彼经所云即此经也，将执一而不能权两，安在其立于无偏乎？不平心虚衷以研审之，而但经语之是执，其与舍经从传者厥弊均也。"就是说考据也需要讲求原则和方法，那就是广泛涉猎载籍，不轻下结论，也即古人所说的多闻、阙疑、慎言。他指出："为学之法，圣人早以三言示之，曰多闻，曰阙疑，曰慎言，此千古读经、读史、著书为文之要义"。他认为，治经尤其忌讳有好胜之心和嗜异之习。他分析说："好胜之弊不专在治经，凡事皆然，凡学问皆然，而于治经尤甚。盖有前人成说，本自平正坦易，读者第期明晓而已，原无需外求也。彼自逞聪明、意气用事者，辄思独出意见以参互之，鲜有不偏曲末矣"②。因此他说："考订者，订证之订，非断定之定也；考订者，考据考证之谓，非断定之谓。如曰考定，则圣哲作之也，非学者所敢也"③，他就是因此批评皖派的戴震和段玉裁敢于断定而不能阙疑的。但是有必要指出，翁方纲对考据这一方法本身是绝对赞同的。在《与陈石士论考订书》一文中，翁方纲指出了当时汉学家的种种弊端后，也明确指出"此皆不善考订者致之，而非考订之过也"④。还有一点，当时乾隆开始提倡儒经，以开四库馆为契机，提倡探求"先圣先贤之微言大义"，强调"穷经为读书根本"，希望另辟经学这条蹊径以服务于其统治。翁方纲作为仕途中人，也马上说"考订之学，大则裨益于人心风俗，小则关涉于典故名物"⑤，与官方意识形态保持高度一致。翁氏本人在考据学方面的学术成就也很受后人推崇。《清史稿》在评价翁方纲时说："方纲精研经术，尝谓考订之学，以衷于义理为主，《论语》曰

① 翁方纲《苏斋笔记》卷一，朝鲜古典行会日本昭和八年（1933）影印本。
② 翁方纲《苏斋笔记》卷三，朝鲜古典行会日本昭和八年（1933）影印本。
③ 《考订论下之三》。翁方纲《复初斋文集》卷七，文海出版社1966年版，第318页。
④ 《与陈石士论考订书》。翁方纲《复初斋文集》卷十一，文海出版社1966年版，第453页。
⑤ 《考订论上之三》。翁方纲《复初斋文集》卷七，文海出版社1966年版，第305页。

'多闻',曰'阙疑',曰'慎言',三者备而考订之道尽","尤精金石之学,所著《两汉金石记》,剖析毫芒,参以《说文》《正义》,考订至精。"(《清史稿》卷四八五《翁方纲》)徐世昌也说:"方纲精心绩学,喜言考订,以衷于义理为归,一字一句,必求根据,不为汉宋、门户之见"①。近人许敬武更称赞他:"考据精密,近代实无其匹。"(《清代金石学家列传稿》卷一《翁方纲》)由此可见,翁方纲于乾嘉经学的治学方法是颇有所取的。

既然认同了乾嘉经学的方法论,翁方纲以此来进行诗学研究并转化为一种思维方式看来就是理所当然的事了,而事实也是如此。这表现在以下几个方面:

其一,翁方纲在《石洲诗话》中经常用到考据的方法。我们来看几个例子:

> 杜诗"自在娇莺恰恰啼",今解"恰恰"为鸣声矣。然王绩诗:"年光恰恰来",白公《悟真寺》诗:"恰恰金碧繁",疑唐人类如此用之。又韩文公《华山女》诗:"听众狎恰排浮萍",白乐天《樱桃》诗:"洽恰举头千万颗","狎恰",即"洽恰"。②

> 神宗熙宁二年,议更贡举法,王安石以为古之取士,俱本于学,请兴建学校以复古。其明经诸科,欲行罢废,使两制三馆议之直史馆。苏轼上议以为不当废,卒如安石议,罢诗赋帖经墨义,士各占治《易》《诗》《书》《周礼》《礼记》一经,兼《论语》《孟子》。谓《春秋》有三传难通,罢之。试分四场:初大经,次兼经大义凡十道,次论一道,次策三道。时齐、鲁、河朔之士,往往守先儒训诂,质厚不能为文辞。东坡《试院煎茶诗》,作于熙宁壬子八月,时先生在钱塘试院,其曰:"未识古人煎水意",又曰:"且学公家作苕饮",

---

① 徐世昌撰《大清畿辅先哲传》卷二十三《翁方纲》,北京古籍出版社 1993 年版,第 709 页。

② 赵执信、翁方纲著,陈迩冬校点《谈龙录 石洲诗话》,人民文学出版社 1981 年版,第 51 页。

盖皆有为而发。又有《呈诸试官》之作，末云："聊欲废书眠，秋涛春午枕。"与此诗末二句正相同。但此篇化用卢仝诗句，乃更为精切耳。①

王荆公题惠崇画，屡用"道人三昧力"之语。初以为只摹写其画笔之精耳，及见王庐溪题崇画诗自注云："往年见赵德之说惠崇尝自言：'我画中年后有悟入处，岂非慧力中所得之圆熟故耶？'今观此短轴，定非少年时笔也。"此可取以证荆公之诗，虽赞画之语，亦有所据而云也。②

屏山李先生纯甫《赤壁风月笛图》一诗，即遗山《赤壁图》所本。③

《梁园春》《续小娘歌》《雪香亭杂咏》，皆关系金源史事与遗山心事。④

像这样的例子在《石洲诗话》中俯拾即是，可见考据是翁方纲诗学研究的一个重要方法。

其二，翁方纲的诗学观点中有明显的崇尚考据、要求实证的趋向。翁方纲固然经常直接用考据之法研究诗歌，但我们前面说过，他对当时考据学派的从研究古文字入手，由小学训诂上溯义理的经典研究方法不以为然，他更倾向于从"文势""意蕴"等方面来理解经典——在诗学研究中也就是诗歌作品，所以乾嘉经学方法论对他更深刻的影响在于形成了其特有的力求实证的思维方式，从而使其诗学观点中有明显崇尚考据的倾向。这在我们前面引述过的翁方

① 赵执信、翁方纲著，陈迩冬校点《谈龙录 石洲诗话》，人民文学出版社 1981 年版，第 92—93 页。

② 赵执信、翁方纲著，陈迩冬校点《谈龙录 石洲诗话》，人民文学出版社 1981 年版，第 130 页。

③ 赵执信、翁方纲著，陈迩冬校点《谈龙录 石洲诗话》，人民文学出版社 1981 年版，第 152 页。

④ 赵执信、翁方纲著，陈迩冬校点《谈龙录 石洲诗话》，人民文学出版社 1981 年版，第 155 页。

纲的一段话中表现得十分明显：

> 宋人之学，全在研理日精，观书日富，因而论事日密。如熙宁、元祐一切用人行政，往往有史传所不及载，而于诸公赠答议论之章，略见其概。至如茶马、盐法、河渠、市货，一一皆可推析。南渡而后，如武林之遗事，汴土之旧闻，故老名臣之言行、学术，师承之绪论、渊源，莫不借诗以资考据。而其言之是非得失，与其声之贞淫正变，亦从可互按焉。①

在这里，翁方纲认为是否可资考据是评判诗歌优劣的一个重要标准，这是由其处处求实证的思维方式生发出来的价值观。依据这样的标准，他要求诗歌创作一定要切合"事境"，一定要严格符合客观情境。还是用我们在第一章引述过的他的一段话来加以说明：

> 诗不但因时，抑且因地。如杜牧之云"南山与秋色，气势两相高"，此必是陕西之终南山。若以咏江西之庐山，广东之罗浮，便不是矣。即如"夜足霑沙雨，春多逆水风"，不可以入江、浙之舟景；"阊阖晴开㶴荡荡，曲江翠幕排银榜"，不可以咏吴地之曲江也，明矣！今教粤人学为诗，而所习者，止是唐诗，只管蹈袭，势必尽以西北方高明爽垲之时景，熟于口头笔底，岂不重可笑欤？所以闽十子、吴四子、粤五子皆各操土音，不为过也。②

此外，如下面一些表述也是说明这个问题：

---

① 赵执信、翁方纲著，陈迩冬校点《谈龙录 石洲诗话》，人民文学出版社 1981 年版，第 122—123 页。

② 赵执信、翁方纲著，陈迩冬校点《谈龙录 石洲诗话》，人民文学出版社 1981 年版，第 70 页。

刘屏山《汴京纪事》诸作，精妙非常。此与邓梓楠《花石纲》诗，皆有关一代事迹，非仅嘲评花月之作也。①

朱子《山北纪行》十二章，并注观之，可抵一篇《游庐山记》。②

之所以对诗歌创作有这样的要求，原因就在于这样的诗歌可资考据。翁方纲对自己创作的要求也是如此，而且他还常常以学问为题并在诗中证经考典，如其所作《汉石经残字歌》《汉建昭雁足灯款拓本，为述庵先生赋》《未谷得宋铸铜章曰山谷诗孙，以赠仲则，诸公同赋》《山谷诗孙印，未谷来索诗，又赋此》等皆是例证。所以《清史稿》评价他道："所为诗，自诸经注疏，以及史传之考订、金石文字之爬梳，皆贯彻洋溢其中。论者谓能以学为诗。"（《清史稿》卷四八五《翁方纲》）这样看来，翁诗就不仅是"可资考据"了，简直就是"用以考据"。既然乾嘉经学的方法论对翁氏思维方式的影响是显而易见的，那么进而对"肌理"说产生影响也就不言自明了。

其三，翁方纲不仅借鉴乾嘉经学研治学问的方法来研究古典诗歌，而且用以论证自己的诗说。关于清代诗学的学术史特征，蒋寅先生有一段论述：

清代诗论家不再满足于将自己对诗的理解、期望和判断表达为一种主张，而是努力使之成为可以说明的，可以从诗歌史获得验证的定理。大到一种观念的提出，小到一个修辞技巧，他们不仅付以多方的论证，而且要在历史的回溯中求得证实，从前人的诗歌文本中获得印验。清代诗学著述由此而显出浓厚的学术色彩，由传统印象性表达向实证性研究过渡。③

郭绍虞先生也说，清人"对于文集、诗集等等的序跋，决不肯泛述交情以

---

① 赵执信、翁方纲著，陈迩冬校点《谈龙录 石洲诗话》，人民文学出版社 1981 年版，第 131 页。

② 赵执信、翁方纲著，陈迩冬校点《谈龙录 石洲诗话》，人民文学出版社 1981 年版，第 132 页。

③ 蒋寅《论清代诗学的学术史特征》，《南京师范大学文学院学报》2003 年第 4 期。

资点缀，或徒贡谀辞以为敷衍，于是必根据理论作为批评的标准，或找寻例证作为说明的根据"①。二位先生的论断可以说十分精辟，而他们所概括的这种特征在翁方纲的诗说表现得更为鲜明。

我们前面就说过，翁方纲为了证明自己所说的杜诗言理本于六经列举了一大堆证据，他说：

> 杜之言理也，盖根极于六经矣，曰"斯文忧患余，圣哲垂象系"，《易》之理也。曰"舜举十六相，身尊道何高"，《书》之理也。曰"春官验讨论"，《礼》之理也。曰"天王狩太白"，《春秋》之理也。其他推阐事变，究极物则者，盖不可以指屈。则夫大辂椎轮之旨，沿波而讨原者，非杜莫能证明也。②

同样，他为论证"神韵"之说古已有之也是如此：

> 自新城王氏一倡神韵之说，学者辄目此为新城言诗之秘，而不知诗之所固有者，非自新城始言之也。且杜云："读书破万卷，下笔如有神"，此"神"字即神韵也。杜云："熟精《文选》理"；韩云："周诗《三百篇》，雅丽理训诰"；杜牧谓："李贺诗使加之以理，奴仆命骚可矣"，此"理"字即神韵也。③

翁方纲为证明自己诗学理论的合理可谓不遗余力，这实际上也是他力求实证的思维方式的一种表现。

总而言之，乾嘉经学的方法论对"肌理"说的影响也是深刻的。虽然翁方纲对"格调"的批判主要指向明代的前后七子，但实际上他还暗含以训诂考据

---

① 郭绍虞《中国文学批评史》下卷，百花文艺出版社 2008 年版，第 278 页。

② 《杜诗"熟精文选""理"字说》。翁方纲《复初斋文集》卷十，文海出版社 1966 年版，第 407—408 页。

③ 《神韵论上》。翁方纲《复初斋文集》卷八，文海出版社 1966 年版，第 340—341 页。

的切实方法来弥补沈德潜"格调"说浮响肤廓之弊的用心，尽管出于种种顾虑他不便明说，但从诸如"盖必以实学见兴观群怨之旨，得温柔敦厚之遗"①之类的表述中我们还是不难看出的。所以我们也就不难理解为什么"肌理"说会呈现出与"格调"说如此明显的差异。通过以上分析，我们也完全可以说，正是乾嘉经学的方法论赋予了"肌理"说有别于其他诗说的鲜明时代特征。

第三节　宗宋诗学的初萌

除了崇儒思潮的价值观和乾嘉经学的方法论对"肌理"说产生重要的影响外，在清初以来的时代文化背景中，逐渐兴起的各派宗宋诗学对"肌理"说的影响也是不言而喻的。尽管我们认为，只有到翁方纲，才扭转了清代诗学思潮的发展方向，也即使得宗宋诗学取代宗唐诗学成为清代诗学的主流，但是应该看到，大倡宋诗的"肌理"说也并非凭空而来，清初以来逐渐萌发的宗宋诗学为其所起的铺垫作用是不容忽视的。

唐宋诗之争可谓由来已久，其发源为南宋张戒、严羽、刘克庄、王若虚等人对所谓"今人""近代诸公"的掎摭利病。南宋末期，张戒有惩于江西派末流之弊，认为好使事用典是宋诗的一大弊病，他说"苏、黄用事押韵之工，至矣尽矣，然究其实，乃诗人中一害"，"苏、黄习气净尽，始可以论唐人诗"②，扬唐抑宋的倾向十分明显。而当时贬斥宋诗言辞最激烈且影响最大的是严羽。他自视为"取心肝刽子手"，把宋诗特征概括为"以文字为诗，以议论为诗，以才学为诗"，认为这样作诗，即使能工，也"终非古人之诗"，并判定"诗而至此，可谓一厄也"③。此一"尊唐卑宋"之诗评风尚绵延至明代，经前后七子推波助澜，遂蔚为"唐宋诗之争"。在明代，唐诗的地位如日中天，学子竞相效仿，而宋诗被判为下劣诗魔，几乎鲜有人提及。这种状况延续到清代才有所转变。当然，并不是清代之前诗坛上没有宗宋的诗说，实际上就是在"诗必

---

① 翁方纲《苏斋笔记》卷十，朝鲜古典行会日本昭和八年（1933）影印本。

② 张戒《岁寒堂诗话》，丁福保辑《历代诗话续编》，中华书局 2006 年版，第 452、455 页。

③ 严羽《沧浪诗话》，中华书局 1985 年版，第 7 页。

盛唐"的口号甚嚣尘上的明代也有宗宋的思潮，但是这些宗宋诗说却是处于极端边缘的位置，甚至在我们的宏观视野中可以忽略不计。而这种状况在清朝初年——准确地讲，是在康熙十年左右就有比较明显的改观。

清初宋诗热的形成与钱谦益的影响有直接的关系。尤侗云"大抵云间诗派，源流七子，迨虞山著论诋諆，相率而入宋、元一路"①，指出了钱谦益与清初宋诗热之间的密切关系。受钱谦益诗学直接影响的虞山诗人有钱氏的族人钱陆灿。他在创作上与钱谦益有所不同，王应奎《海虞诗苑》谓其"为诗筋力于李、杜，出入于圣俞、鲁直，苍老无绮靡习。间或颓然天放，似偈似谣，不律不古，颇为累札。"②钱谦益创作上有取于陆游，而钱陆灿则出入于梅尧臣、黄庭坚，但在肯定宋诗上二人则是一致的。钱谦益一派还从主变的角度肯定宋诗。这也是从他们本就有的主真的观点引发而来的，根据他们的逻辑，真性情必要有自己的面目，而这又必然会在形式风格上见出来，因而必须肯定诗歌形式风格的变，而宋诗之变唐就无疑应该被肯定。这种观点在清初有相当大的影响。叶燮论诗主变，就与钱谦益一派诗学有着理论上的继承关系。而在主变的理论下，叶燮也肯定了宋诗，反对专主汉魏、盛唐而贬斥宋、元诗。

由于钱谦益去世较早，在他之后，汪琬和王士禛继之而起挑起宗宋诗潮的大梁，计东说的"近代最称江西诗者，莫过虞山钱受之，继之者为今日汪钝翁、王阮亭"③就证实了这点，沈德潜也说"钝翁官部曹，后与王西樵昆弟称诗都下。风格原近唐人，中年后以剑南、石湖为宗。"但汪琬主要以古文名，在诗歌方面不能与渔洋相埒。据蒋寅先生的说法，王士禛才是康熙诗坛宗宋诗风的真正领袖④。此外，吴之振所代表的"宋诗钞派"也造成很大的声势。康熙二年（1663年），吴之振与其侄吴自牧及吕留良、黄宗羲等人开始《宋诗钞》的选编工作。其中，黄宗羲论诗虽没有公开打出宗宋的旗帜，但他反对贬斥宋

① 尤侗《彭孝绪诗文序》，《太史尤悔庵西堂全集》清康熙丙寅年（1686）金闻周君卿刊刻本。

② 《海虞诗苑》卷一，王应奎、瞿绍基编，罗时进、王文荣点校《海虞诗苑 海虞诗苑续编》，上海古籍出版社2013年版，第3页。

③ 《南昌喻氏诗序》，计东《改亭集》卷四，康熙三十二年刻本。

④ 参见蒋寅《王渔洋与清初宋诗风之兴替》，《文学遗产》1999年第3期。

诗。他说:"余尝与友人言诗,诗不当以时代而论。宋元各有优长,岂宜沟而出诸于外,若异域然。"①其诗歌创作也是宋调。吕留良则自称"自来喜读宋人书,爬罗缮买,积有卷帙。"②"宋诗钞派"中在诗坛影响最大的是吕留良称之为"同志"的吴之振。其作诗学宋人,叶燮序其《黄叶村庄诗集》说"时之论孟举之诗者,必曰学宋"③,《石门县志·义行列传》谓其"与圣俞、山谷最为吻合"④。吴氏在《宋诗钞》序中说:"黜宋诗者曰'腐',此未见宋诗也。宋人之诗,变化于唐,而出其所自得,皮毛落尽,精神独存"⑤,给予了宋诗极高的评价。它在康熙十年携《宋诗钞》入京,在京城引起很大的震动。

由于虞山派诗学的潜移默化和汪琬、王士禛以及"宋诗钞派"的推波助澜,到康熙十八年(1679年)时,宋诗热已经成为全国性的潮流。宋荦《漫堂说诗》云:"明自嘉、隆以后,称诗家皆讳言宋,至举以相訾;故宋人诗集,皮阁不行。近二十年来,乃专尚宋诗。"⑥按《漫堂说诗》定稿于康熙三十七年(1698年),前溯二十年乃康熙十八年。可见至少到此时,全国诗坛的崇宋风气已经形成。在这之后的近二十年里,宗宋的诗风在诗坛上可谓盛极一时,王士禛在后来的回忆中也从反面证实了当时的状况。他说:

> 二十年来,海内贤知之流,矫枉过正,或乃欲祖宋而祧唐,至
> 于汉、魏《乐府》《古选》之遗音,荡然无复存者。江河日下,滔滔

---

① 《张心友诗序》,黄宗羲撰《南雷文定》前集卷一,台湾:商务印书馆1970年版,第12页。

② 《答张菊人书》,吕留良《吕晚村文集》卷一,台湾:商务印书馆1974年版,第79—80页。

③ 《清代诗文集汇编》编纂委员会编《清代诗文集汇编》,上海古籍出版社2010年版,第477页。

④ 《石门县志·义行列传》,成文出版社1975年版,第1112页。

⑤ 《宋诗钞·序》。吴之振、吕留良、吴自牧选,管庭芬、蒋光煦补《宋诗钞》,中华书局1986年版,第3页。

⑥ 宋荦《漫堂说诗》,王夫之等撰《清诗话》,上海古籍出版社1999年版,第416页。

不返，有识者惧焉。①

而就在同一篇文章中他写道：

> 三十年前，予初出，交当世名辈，见夫称诗者，无一人不为乐
> 府，乐府必汉《铙歌》，非是者弗屑也；无一人不为古选，古选必
> 《十九首》、公宴，非是者弗屑也。

我们看他所描述的宋诗热形成前后的情况存在何等的天壤之别，尽管王士禛的叙述可能有所夸大，但是宗宋诗风的热潮确实是可以想见的。

对宋诗的尊崇必然同时引起对宋诗价值的重新评估。这一阶段的崇宋热潮，一方面是对明代以来高标盛唐旗帜的一种反拨，乔亿在《剑溪说诗》②中就指出"自钱受之力诋弘、正诸公，始缵宋人余绪，诸诗老继之，皆名唐实宋，此风气一大变也。"而另一方面，则是源于当时主真重变的思潮。当时钱谦益、黄宗羲等人都对所谓的明七子的"伪体"十分反感，主张性情优先，认为评价传统诗歌要看性情面目的真与伪，而不是看其在审美上是否符合传统。钱谦益反对论诗者仅靠"评量格律，讲求声病"③来评判诗歌价值的高低，黄宗羲也说："论诗者但当辨其真伪，不当拘以家数"④，又说：

> 故当辨其真与伪耳，徒以声调之似而优之而劣之，扬子云所言
> 伏其几袭其裳而称仲尼者也。⑤

---

① 《鬲津草堂诗集序》，王士禛《蚕尾集》卷七，清雍正刻本。

② 乔亿《剑溪说诗》，郭绍虞编选，富寿荪校点《清诗话续编》，上海古籍出版社1983年版，第1104页。

③ 《再与严子论诗语》，钱谦益《牧斋有学集》卷四十八，《四部丛刊》本。

④ 《诗历题辞》，黄宗羲《南雷诗历》卷首，中华书局1991年版，第1页。

⑤ 《张心友诗序》，黄宗羲撰《南雷文定》前集卷一，台湾：商务印书馆1970年版，第12页。

在这里，钱谦益等人的性情优先观点否认了形式风格可以成为独立的标准来评价诗歌。在这种诗学观点看来，各种形式风格没有高下之分，不能说唐诗在形式风格上一定高于宋诗，这样就从这个角度打破了尊唐抑宋的固有观点。这种对宋诗价值的重新体认虽然仍是在尊唐的框架里进行的，宗宋诗风的倡导者们并没有确立宋诗独立的审美价值，但不管怎么说，经过清初推崇宋诗的热潮后，宋诗的地位有了显著的提升，即使是之后的主唐诗者也已经不能再像七子、云间派那样激烈地否定宋诗了，不仅如此，他们还在某种程度上肯定宋诗的价值和地位。王士禛的诗学理论主要推崇盛唐，但他对宋、元诗也颇感兴趣，且为之申辩："历六朝而唐、宋，千有余岁，以诗名其家者甚众，岂其才尽不今若耶？是必不然。故尝著论，以为唐有诗，不必建安、黄初也；元和以后有诗，不必神龙、开元也；北宋有诗，不必李、杜、高、岑也。"（《鬲津草堂诗集序》）毛奇龄更是一位坚定的主唐诗者，但他也说"汉、魏、六季升降甚悬，然犹不能存汉、魏而去六季，而欲以三唐之诗一举夫宋、金、元五六百年之所作而尽去之，岂理也哉"[①]，这些都可以证明当时宋诗地位已经有明显的提高，宋诗在人们心目中的形象也有较大的转变，而这为日后宗宋的"肌理"说的出场无疑起到十分重要的铺垫作用。

清朝初年在诗坛上风靡一时的"宋诗热"虽然引起了不小的轰动，但由于种种原因，到康熙朝的中期也就逐渐就消歇了。此后直到雍正、乾隆年间，才又以浙派为中心兴起一阵宗宋的诗学理论和诗歌创作的热潮。

浙派诗学理论的一个最为主要的方面是强调学问在诗歌创作中的主导作用。在清代，这种诗学的产生有着一定的理论背景。明末清初，诗学家们有惩于公安、竟陵派的俚俗之弊，认为这种弊病的根源在于没有学问，因而当时诗学有一个共同倾向，就是注重诗人的学问修养。我们只要稍微列举当时几个比较重要的诗学家的言论就可以明白这一点。比如钱谦益就认为"诗文之道，萌折于灵心，蛰启于世运，而苗长于学问"[②]，把学问作为诗歌创作的三要素之一。

---

① 《王舍人选刻宋元诗序》，毛奇龄《西河文集》序二十二，商务印书馆 1937 年版，第 500 页。

② 《题杜苍略自评诗文》，钱谦益《牧斋有学集》卷四十九，《四部丛刊》本。

黄宗羲也说："诗非学而致，盖多读书，则诗不期而自工。"（《南雷文定·诗历题辞》）连标举神韵、讲究兴会的王士禛论诗也要求性情与学问"二者相辅而行，不可偏废"①。可见，诗学领域里重学问的倾向与整个学术文化领域里反省明代学术空疏之习、倡导博学于文的思潮是一致的。

随着清代学术思潮的进一步发展，学术对诗歌领域的渗透也逐渐深入。到雍、乾年间，浙派就提出了"学人之诗"的理论。浙派的人物一般将其诗学追溯到朱彝尊。朱彝尊崇尚博学的诗学倾向确实对浙派诗人产生了重大影响。乾隆年间，吴树虚序浙派诗人翟灝《无不宜斋稿》云：

> 吾浙国初衍云间派，尚傍王、李门户。秀水朱太史竹垞出，尚根柢考据，擅词藻而骋辔衔，士夫咸宗之。俭腹咨嗟之吟，摈弃不取，风云月露之句，薄而不为，浙诗为之大变。②

虽然朱彝尊崇尚唐诗，但他以杜甫为宗，而杜甫可以说是宋诗的远祖，故而朱氏与宗宋诗的浙派可以相通。厉鹗是浙派的代表人物，浙派又因此而被称为"厉派"。厉鹗就继承了朱彝尊诗论中崇尚博学的倾向，全祖望称他"于书无所不窥，所得皆用之于诗，故其诗多有异闻轶事，为人所不及知"。③厉鹗在《绿杉野屋集序》中也说道：

> 少陵之自述曰："读书破万卷，下笔如有神。"诗至少陵止矣，而其得力处，乃在读万卷书，且读而能破致之，盖即陆天随所云"鞍辚波涛，穿穴险固，囚锁怪异，破碎阵敌，卒造平淡而后已"者。

---

① 王士禛等《师友诗传录》，王夫之等撰《清诗话》，上海古籍出版社 1999 年版，第 125 页。

② 翟灝《无不宜斋稿》卷首，《续修四库全书》编委会编《续修四库全书》，上海古籍出版社 2002 年版。

③ 全祖望《厉樊榭墓碣铭》。全祖望《鲒埼亭集》卷二十，《四部丛刊》本。

前后作者，若出一揆。故有读书而不能诗，未有能诗而不读书。①

与朱彝尊的言论可谓如出一辙。

朱彝尊及浙派强调学问与诗的关系，主要涉及三个方面：其一是在表现对象方面，直接以学问为表现对象，也就是说诗歌表现的内容是学问的问题。其二是在抒情方式方面，用典故作为抒情手段。其三是在审美风格方面，通过对诗歌语言出处的选择有意造成某种审美风格。②

浙派以学问为诗歌直接的表现对象，这类作品以《南宋杂事诗》为代表。《南宋杂事诗》共七卷，将南宋故都杭州的旧事逸闻用诗歌的形式表现出来。这一类诗歌实际上是用诗歌来表现学术方面的内容。这种倾向在浙派诗人中已经较为普遍。

浙派"学人之诗"理论的另一个重要内容是以学问为诗材。诗材是诗人用以表情达意的材料，传统诗歌可以有不同的抒情方式：以事抒情，以景抒情，以典故抒情。前两者是汉魏至唐代诗歌的主流方式，而唐代诗歌最典型的抒情方式就是以景抒情。但是杜甫诗及晚唐李商隐诗歌中以典故抒情已经运用得相当之多。到宋诗中，以典故抒情成为一个突出的现象。浙派诗人就继承了这一点。他们崇尚以典故抒情的方式，把以景抒情贬作"风云月露之词"，把不尚用典的作品称作"俭腹呰嗟之吟"。他们由于常用僻典，往往在诗中加注，注出典故。这种用学问典故来抒情达意是浙派有取于宋诗的一个重要方面。厉鹗说：

　　夫黏，屋材也；书，诗材也。屋材富，而栾庸桴桷，施之无所
不宜；诗材富，而意以为匠，神以为斤，则大篇短章均擅其胜。③

---

① 厉鹗著，董兆熊注，陈九思标校《樊榭山房集》，上海古籍出版社2012年版，第742页。

② 参看张健《清代诗学研究》，北京大学出版社1999年版，第612页。

③ 《绿杉野屋集序》。厉鹗著，董兆熊注，陈九思标校《樊榭山房集》，上海古籍出版社2012年版，第742页。

书即学问是诗歌的材料，这种材料要以富为佳。这是浙派提出的最重要的诗学原则之一。

浙派诗人在创作中运用学问还有一个十分有特色的地方，就是通过用典来造成一种特殊的审美风格。浙派在用典方面的突出特征是喜欢用说部里的典故，并且喜欢用生僻的典故。他们通过人为雕琢对这些典故进行整合、重组，从而给人一种陌生的感觉。这样就把诗歌的语言层面突出出来，与唐诗追求的"但见性情，不睹文字"恰恰是对立的，这也是浙派诗近于宋诗的地方。浙派诗的这种特点对形成浙派诗生涩冷峭的风格有很重要的作用。李既汸在《鹤征后录》中说"樊榭之诗能于渔洋、竹垞两家外独辟畦径，自成一派。其幽深精妙，穷极雕镂，譬如入幽崖峭谷，几乎断绝人迹"（《樊榭山房文集》卷首引），这段对浙派代表诗人厉鹗的评价就说明了浙派诗的整体主导风格。

浙派诗学及其诗歌创作作为清代雍、乾时期出现的宗宋诗学理论及实践，与之前出现的宋诗热最重要的一点不同是有比较系统的诗学理论的阐释和说明，并且在一定程度上抽绎出宋诗的某种独特的审美特征，尽管这种对宋诗的理解可能也是片面的，但无论如何，浙派比起清初宋诗热在唐诗审美体系的框架内肯定宋诗，毕竟是前进了一步，而且他们的创作又有相应的理论表述作为支撑，这一点也是相当重要的。正因为此，浙派不仅像清初宋诗热一样，继续扭转长期以来对宋诗的偏颇印象，为"肌理"说的出场起铺垫作用，而且它作为清代以来第一次比较系统的宗宋诗学理论的表述，对"肌理"说这样一个自成体系的宗宋诗说无疑具有一定的启发作用，至少可以说是开了宗宋诗学理论的先河。此外，浙派以学问为中心来理解和肯定宋诗，对"肌理"说也有直接的影响。我们之前讲过，严羽提出"诗有别材，非关书也"，就是以是否蕴含学问作为划分唐宋诗两种诗歌范型的一个标准，在这之后，元明以来的回归汉魏、盛唐传统的诗学大体上也反对以学为诗。浙派从这一点入手来提倡宋诗是有较强的针对性的，对宋诗独立价值的确立起到不可忽视的作用。后来翁方纲宗宋诗学理论的一个重要侧面就是重视学问，他甚至发展到强调以考据为诗，而这实际上也可以从浙派那里找到根源。朱彝尊是浙派的祖师，杨锺羲曾这样说:"竹垞出,尚根柢考据,擅词藻而骋骞衔"①,浙派著名诗人汪师韩则直接以考据为诗,他的诗如《吴山两像歌并序》《吕君赠铜雀瓦砚歌并序》《题夏承碑拓本》《浮山玉兔寺诗偈并序》等都将考据作为诗歌的内容,并且大都前有序,诗中有注,有的诗后还有长长的注文,如其中的《题夏承碑拓本》全诗十九韵二百六十六字,而他对原诗的注释详解达五百余字。到翁方纲,此类作品更是突出的现象,从中我们可以发现二者的内在联系。

通过这一章的分析,我们对"肌理"说产生的时代文化背景有了较为完整的认识,这样当我们看到"肌理"说相对来说比较独特的本质内涵和外在风貌时,就不至于感到十分突兀。在本章概括出来的时代文化背景中,我们提到了宗宋诗学在清代的初萌,应该看到,这对"肌理"说的出现起到十分重要的作用。但是,我们认为,在"肌理"说之前的清前中期的诗学理论是以宗唐诗说为主导的,宗宋诗学在当时处于边缘地位,而只有到"肌理"说的出现,才完成了清代诗学的转向。然而,这一转向究竟有什么深刻的意义,"肌理"说为什么能完成这样的历史使命,这些问题我们都将在第三章做出解答。

---

① 杨钟羲撰集,刘承干参校《雪桥诗话余集》卷三,北京古籍出版社 1992 年版,第136 页。

第三章　"肌理"说与清中期诗学思潮转向

乾嘉时期，"肌理"说走上诗学的论坛，它不仅以一种特殊的风貌为清代多彩纷呈的诗说添上一抹别样的色彩，更以其对诗歌、诗歌史的独特理解和把握在不知不觉中导演着明季以来最深刻的诗学思潮的转向。那么，这一转向到底为何？它又有什么深刻的意义？"肌理"说在其中起到什么作用？我们将在这一章中给出答案。

第一节　清中期诗学转向

要理解清中期诗学思潮的转向，我们有必要先概述一下明季至清前期诗学发展的情况。大家知道，明代晚期，几乎为有明一代诗学之代表的七子派诗学为人们所诟病，就连李梦阳自己也承认："予之诗，非真也。王子所谓文人学子韵言耳，出之情寡而工之词多也。"① 为革除七子派雅而不真的弊病，公安派打破雅俗界限，大力提倡所谓的真诗，他们受李贽的影响，独标"性灵"，拒斥道理闻见也即正统思想，在表现形式风格上也不遵循审美传统，用当代的语言入诗，而这在明清之际正统文化价值重新占据支配地位后的诗人们看来是流于俚俗甚至鄙俗。与公安派几乎同时的竟陵派也试图矫正七子派的弊端，但是他们却流于幽深孤峭的偏狭一途，同样无法为正统的诗论家所认可。这样，明清之际诗坛又转向扭转公安、竟陵派的诗风，继承七子派诗学的云间、西泠派诗人在这之中发挥很大的作用。

---

① 李梦阳《诗集自序》，《李空同全集》卷六十一，《四库全书》本。

虽然云间派提出"情以独至为真,文以范古为美"①,力图统一真、雅,但其毕竟是七子之余脉,形式风格在其诗学理论中有着超乎寻常的意义,陈子龙就主张"先辨形体之雅俗,然后考性情之贞邪"②,认为应优先考虑格调也即形式风格,而在云间、西泠派看来,汉魏、盛唐及明代诗歌作品的形式风格最符合雅正的要求,他们也因此认定汉魏、盛唐的正统地位并以此作为标准排斥宋元诗。陈子龙在《壬申文选凡例》中说"文当规摹两汉,诗必宗趣开元"③,与"文必秦汉,诗必盛唐"简直是异口同声;相反地,他认为"宋人不知诗而强作诗,其为诗也,言理而不言情,故终宋之世无诗焉"④,毛先舒也说"宋人之诗伧,元人之诗巷"⑤,对宋诗都极力贬斥。这派诗学在当时影响极大,清初诗人董以宁称:"清兴以来,诗称极盛……当陈给事大樽先生振起云间,变当时虫鸟之音,而易以钟吕,高华雄爽,天下翕然向风"⑥,回忆的就是当时的情况。此外,以吴伟业为代表的娄东派论诗也与云间派相近,都是推尊盛唐。

与云间、西泠派不同,以钱谦益为首的虞山派诗学强调性情优先于形式风格,并以此为逻辑起点肯定宋元诗。但是我们也应该看到,虽然同是主真重变,但虞山派内部却由此生发学宋、元与宗晚唐两种诗学倾向,并且二者之间时有争论。宗晚唐诗的冯班就对"虞山之谈诗者喜言宋、元"表示不满,他说:

图騕褭之形,极其神骏,若求伏辕,不免驾款段之驷;写西施

---

① 《佩月堂诗稿序》,上海文献丛书编委会编《陈子龙文集》(上册),华东师范大学出版社 1988 年版,第 381 页。

② 《宣城蔡大美古诗序》,上海文献丛书编委会编《陈子龙文集》下册《安雅堂稿》,华东师范大学出版社 1988 年版,第 35 页。

③ 上海文献丛书编委会编《陈子龙文集》(上册),华东师范大学出版社 1988 年版,第 667 页。

④ 《王介人诗余序》,上海文献丛书编委会编《陈子龙文集》(下册)《安雅堂稿》,华东师范大学出版社 1988 年版,第 55 页。

⑤ 毛先舒《诗辩坻》卷三,郭绍虞编选,富寿荪校点《清诗话续编》,上海古籍出版社 1983 年版,第 58 页。

⑥ 董以宁《顾天石诗集序》,《董文友全集》,康熙三十九年刊本。

之貌，极其美丽，若须荐枕，不如求里门之姝。万历时王、李盛学
汉魏、盛唐之诗，只求之声貌之间，所谓图腰褒写西施者也；虞山
诗人好言后代诗，所谓款段之驷，里门之姝也。遂谓里门之姝，胜
于西施，款段之驷，胜于腰褒，岂其然乎？①

冯班把汉魏、盛唐诗比作骏马、美女，把宋、元诗比作凡马、俗女。七子派学
汉魏、盛唐而只求其声貌，就像好画中的骏马、美女，如果从真假实用的角度
看，当然画中的骏马、美女当然比不上真的凡马、俗女，也就是假汉魏、盛唐
比不上真宋、元。但是如果因此认为汉魏、盛唐诗比不上宋、元诗，那就没有
道理了。冯班虽然论诗标举晚唐，但这只是一种师法策略，在他心目中的终极
诗学理想仍是以盛唐为典范的。可见虽然虞山派诗学对后来的宋诗热有直接的
影响，但其内部也有反对宗宋的声音，而这实际上是当时宗唐的主流诗学思潮
影响的结果。

  在云间、虞山派之后，相继统领诗学坛坫的是我们非常熟悉的倡导"神
韵"说的王士禛和倡导"格调"说的沈德潜。我们前面说过，王士禛论诗兼取
宋、元，并且在其中年曾提倡过宋诗，郭绍虞先生在《中国文学批评史》中就
概括道："渔洋诗格与其论诗主张凡经三变，早年宗唐，中年主宋，晚年复归
于唐。"②俞兆晟《渔洋诗话序》也记载了王士禛晚年自述因"物情厌故，笔意
喜生"而"中岁越三唐而事两宋"的诗学历程，但是虽然王氏曾一度"喜新
厌旧"，实际上其基本的诗学观点还是前后统一的。特别是当宋诗热发展到后
期时，他也觉察到其出现的弊端。他在《鬲津草堂诗集序》中说："二十年来，
海内贤知之流，矫枉过正，或乃欲祖宋祧唐，至于汉魏乐府、古选之音，荡然
无复存者，江河日下，滔滔不返。"③为扭转这种局面，他编撰《唐诗十选》《唐
贤三昧集》，倡导唐诗，以纠正宋诗热的弊端。关于《唐贤三昧集》编选的动
机，王士禛在《然灯记闻》中有另一种说法："吾盖疾夫世之依附盛唐者，但

① 冯班著，何焯评《钝吟杂录》卷四，中华书局 1985 年版，第 54 页。

② 郭绍虞《中国文学批评史》下卷，百花文艺出版社 2008 年版，第 523 页。

③ 《鬲津草堂诗集序》，王士禛《蚕尾集》卷七，清雍正刻本。

知学为'九天阊阖''万国衣冠'之语，而自命高华，自矜为壮丽，按之其中，毫无生气。故有《三昧集》之选。"① 可见这本诗集的编选在纠正宋诗热弊病的同时也力图避开七子派的流弊，但无论是澄淡秀逸还是高华伟丽，这两种风格的宗尚均不外乎盛唐。所以从这个意义上说，这只是宗唐诗学的内部调整。

当康熙诗坛宗宋形成风气并流衍成弊时，许多诗人试图扭转这种局面，我们前面已经说过王士禛就是其中非常重要的一员。而在江苏苏州，一位当时并不知名的诗人也在此列，他就是沈德潜。沈德潜对清初以来的宋诗热也十分不满，他说："钱受之意气挥霍，一空前人，于古体中揭出韩、苏，于近体中揭出剑南……然而推激有余，雅非正则。相沿既久，家务观而户致能，有词华，无风骨，有对仗，无首尾"②，对宗宋诗风予以批评。其实早在康熙中期宋诗热达到鼎盛之时，高层统治者对此就加以抑制。康熙皇帝本人是宗唐诗者，他称"诗至唐而众体悉备，亦诸法毕该。故称诗者，必视唐人为标准，如射之就彀率，治器之就规矩焉。"③ 在高层统治者中，大学士冯溥也反对宋诗，认为宋诗的风尚与清朝开国的盛世气象不相适合，要求严加整饬。统治者的这种倾向一直延续到乾隆朝，乾隆皇帝在其《御选唐宋诗醇序》中说："宋之文足可匹唐，而诗则实不足以匹唐也"④，与沈德潜的观点一致，而沈氏也因此一再受到乾隆的优宠。

当然，"格调"说最为尊崇的是代表"诗教之本原"的《诗经》，《说诗晬语》中历数《诗经》而下诗歌发展的情况："秦、汉以来，乐府代兴；六代继之，流衍靡曼。至有唐而声律日工，托兴渐失，徒视为嘲风雪，弄花草，游历燕衍之具，而诗教远矣。学者但知尊唐而不上穷其源，犹望海者指鱼背为海

---

① 何世璂《然灯记闻》，王夫之等撰《清诗话》，上海古籍出版社 1999 年版，第 122 页。

② 《与陈耻庵书》，沈德潜《归愚文钞》卷十五，清乾隆刻本。

③ 《御制全唐诗序》，彭定求等编《全唐诗》，中华书局 1960 年版，第 5 页。

④ 乾隆御选，冉苒校点《唐宋诗醇》，中国三峡出版社 1997 年版，第 1 页。

岸，而不自悟其见之小也"①，并不以唐诗为最高标的。但是，沈德潜自己也意识到所谓诗教本原的难以企及，只能"心向往之"，而且他也不能回避唐诗在革旧履新中的实际成就及其对后世的巨大推动力，实际上他还是很强调唐诗所取得的成就的。他说"诗至有唐为极盛"②，所谓的"诗之盛"在他看来就是在"诗之源"风雅传统的基础上新变而达到的新的高度，盛唐诗和《诗经》一样，在沈德潜的心目中都具有不可动摇的崇高地位。就实际而言，沈氏认为唐以后已"不能竟越三唐之格"，唐诗已成为后人不可移易的宗法的对象，因此"格调"说是把唐诗作为实际的效法的对象，也就是说，"格调"说总体上是一个宗唐的诗说，这应该是没有疑义的。沈德潜自己作诗，也是"专宗三唐，文质相丽"③，而他对宋、元诗则总体上持贬斥的态度："宋诗近腐，元诗近纤"④，也证明了他的诗学取向。

以上我们大致叙述了明清之际诗学发展的概况，不难发现，这个时期的诗学思潮是以宗唐为主的。但这种情况到清中期之后就有明显的变化，也就是说，在清中期诗学思潮出现了明显的转向的趋势，即从宗唐为主逐渐转为宗宋为主。我们现在就来看看清中后期诗学思潮的主要流尚以证明这一点。

乾嘉之后，活跃在道光、咸丰诗坛上的主要是其时的"宋诗派"。一般所谓"宋诗派"，是指以程恩泽、祁寯藻为中心的汉学家圈子，何绍基是其中的活跃人物和代表诗论家，京师之外还有郑珍、莫友芝等。程恩泽论诗推尊韩愈、黄庭坚，所谓"诗私淑昌黎、双井"⑤。与他同时的张穆也称其为诗"初好温李，年长学厚，则昌黎、山谷兼有其胜"⑥。程恩泽就是以他"取法昌黎、山

① 沈德潜《说诗晬语》，王夫之等撰《清诗话》，上海古籍出版社 1999 年版，第 593 页。

② 《古诗源序》，沈德潜选《古诗源》，中华书局 1963 年版，第 1 页。

③ 查为仁《莲坡诗话》，王夫之等撰《清诗话》，上海古籍出版社 1999 年版，第 516 页。

④ 《明诗别裁集序》，沈德潜、周准编《明诗别裁集》，上海古籍出版社 1979 年版，第 1 页。

⑤ 陈衍辑《近代诗钞》第二册，商务印书馆 1923 年版。

⑥ 张穆《程侍郎遗集初编序》，程恩泽《程侍郎遗集》，道光二十五年刻本。

谷，融汇唐宋，合性情学问为一体的"的诗学倾向和"以学为诗"并能"合学人、诗人之诗为一体"的"学人之诗"对道咸诗坛产生显著影响的。与程恩泽对诗的看法最相近且之间以诗唱和最多的是后来官至军机大臣、体仁阁大学士、太子太保的祁寯藻。祁、程二人"同直十余年"，交谊深厚，志同道合。在程恩泽去世后，祁寯藻为诗坛盟主，其诗"出入东坡、剑南，而归宿于杜、韩"①。他的诗作中与程恩泽唱和的很多，且多步韵叠韵，一答再答之作，以押险韵、用奇字僻典为乐，并且动辄出之以几十韵的排律。这种逞才用典、因难见巧的"学人之诗"，与"以才学为诗"的宋诗如出一辙，强调的都是学养在诗中的作用，陈衍说的"祁文端为道咸间钜公工诗者，素讲朴学，故根柢深厚，非徒事吟咏者所能骤及"②，就指出了这一点。在"宋诗派"其他人中，如何绍基的"早年胎息眉山，终模韩以规杜"（郑知同《东洲草堂诗钞序》），郑珍的"学杜、韩而非摹仿杜、韩"③，莫友芝的"探义山、黄、陈之奥，而融去犷晦，以自造杜、韩之门庭"④，都见出这一流派诗学价值宗尚的一致性。这里有一个问题，就是我们提到的这些"宋诗派"的代表人物都强调融汇唐宋，在创作上的取法对象不仅有宋代的苏轼、黄庭坚，还有唐代的杜甫、韩愈，似乎所谓的"宋诗派"不是一个纯粹的宗宋的诗学流派。其实，清人在经历了激烈的唐宋诗之争后一般都不会对唐宋诗强分轩轾，故而言诗多平正通达之论，但在实际创作中却未必能践行。而且，我们看一个诗说的宗尚是要看其基本立场。"神韵"说、"性灵"说都不废宋，但均立足于唐；"肌理"说亦不废唐，但对唐、宋诗自暗含高下之分。"宋诗派"也是如此，它虽然貌似兼取唐宋，却偏尚于宋诗，而其有取于唐人者如杜甫、韩愈实际上却不是典型"唐音"的代表，倒可看作宋诗的远祖。因而，"宋诗派"实符其名，宗尚宋诗是毫无疑问的。

此外，在道光咸丰诗坛上，还活跃着"桐城诗派"和"经世派"。这两派

---

① 徐世昌辑《晚晴簃诗汇》（第三册）卷一二六，中国书店 1988 年版，第 412 页。

② 陈衍《石遗室诗话》，辽宁教育出版社 1998 年版，第 156 页。

③ 陈衍辑《近代诗钞》第二册，商务印书馆 1923 年版。

④ 黄统《郘亭诗钞序》，莫友芝《郘亭诗钞》，清同治刻本。

的影响虽不及"宋诗派",诗学观点也与之存在差异,但在宗宋的大方向上又有一致性。① 所谓的"桐城诗派"是指以梅曾亮、潘德舆为中心的古文家圈子,包括宗稷辰、朱琦、王少鹤等,曾国藩在其中也有一个很特殊的位置。曾国藩诗作中曾有"自仆宗涪公,时流颇忻向"句,自道其宗黄对一时风气的影响。而施山《望云楼诗话》也说"今曾相国酷嗜黄诗,诗亦类黄,风尚一变。大江南北,黄诗价重,部值千金"②,这也就是钱锺书《宋诗选注序》中所说的"黄庭坚的诗集卖过十两银子一部的辣价钱"③ 的情况,由此可见"桐城诗派"对宗宋诗风的推动作用。我们还要看到,这一派与"宋诗派"的关系十分密切,他们推尊山谷、"以文为诗",恰与道光咸丰年间宣南士大夫圈子中由程恩泽、祁寯藻等发端的"学人之诗"联姻,并借助曾国藩特殊的地位、声望与影响,使得宗宋诗风在道咸之际愈演愈盛,流风所至,至于清末民初。后来陈衍叙述当时的情况:"顾道咸以来,程春海、何子贞、曾涤生、郑子尹诸先生之为诗,欲取道元和北宋,进窥开天,以得其精神结构之所在,不屑貌为盛唐以称雄"④,也是将这两派合而论之。在这两派之外,当时还有以林则徐、陶澍、黄爵滋及"龚魏"为代表的经世致用论者构成了所谓的"经世派",这三个流派大致代表了道咸年间的诗坛。相对于汉学家的"以学为诗"和桐城派文人的"以文为诗","经世派"的所谓"志士之诗"的特色,或许可以概括为"以议论为诗"。我们可以清楚地看到,道咸诗人把一向认为的宋诗所谓的弊端也即"以文字为诗,以才学为诗,以议论为诗"看成是宋诗的"精诣"所在,并在这几个方面都作出了进一步的推展,道咸诗学思潮无疑是以宗宋为主流的。

道光咸丰的宗宋诗风进一步发展,遂流衍为后来的"同光体"。 所谓"同光体"是同治、光绪年间以至民国初年一个影响极大的宗宋的诗歌流派,它得名于其主将陈衍和郑孝胥,用陈衍的话来说,是他们用来"戏称同(治)光

---

① 参见魏泉《论道咸年间的宗宋诗风》,《文史哲》2004 年第 2 期。

② 转引自黄霖《近代文学批评史》,上海古籍出版社 1993 年版,第 113 页。

③ 钱锺书《宋诗选注》,人民文学出版社 1958 年版,第 10 页。

④ 《密堂诗钞序》,陈衍撰,陈步编《陈石遗集》,福建人民出版社 2001 年版,第 583 页。

（绪）以来诗人不墨守盛唐者"①的一个称号。同光体以宋诗特别是黄庭坚的诗歌作品为主要的学习对象，可以分为闽派、赣派、浙派三大支。这三派虽然宗尚不尽相同，但都主张学宋。其中，陈三立是赣派的首领。他十分推崇黄山谷诗奥莹而融通万象的境界，说："我诵涪翁诗，奥莹出妩媚。冥搜贯万象，往往天机备。世儒苦涩硬，了未省初意。粗迹捃毛皮，后生渺津逮"②。在创作他也以山谷为师，学其造句新警，力避凡近，故而诗语奇崛壮丽，极见功力，确能得山谷神髓。如《与纯常相见之明日遂偕寻莫愁湖至则楼馆荡没巨浸中仅存败屋数椽而已怅然有作》一诗云："别来岁月风云改，白日雷霆晦光彩。乖龙掉尾扫九州，掷取桑田换沧海。崎岖九死复相见，惊看各扪头颅在。旋出涕泪说家国，倔强世间欲何待？江南九月秋草枯，饭了携君莫愁湖。烟沙漠漠城西隅，巨浸汗漫没菰芦。颓墙坏屋挂朽株，飘然艇子浮银盂，兀坐天地吟老夫。四山眩转眺无极，向日渔歌犹在侧。绝代佳人不可寻，斜阳波面空颜色。千龄万劫须臾耳，吾心哀乐乃如此。起趁寒鸟啼入城，回头世外一杯水。"此诗确有山谷诗的一些典型特征。但陈三立"工诗而不以论诗称"③，真正对"同光体"诗歌创作进行理论总结的是陈衍。他一生于诗学甚为用力，著述浩繁，是近代著名的诗歌理论批评家。陈衍诗论的核心是所谓的"三元"说，他说："盖余谓诗莫盛于三元，上元开元，中元元和，下元元祐也。"④虽然是唐宋并称，但落脚点实际是在宋，他倡导的实际上是具有典型宋诗特征的"学人之诗"，这也是整个"同光体"的宗尚所在。

在这一节里，我们大致描述了明季至清前期在诗学论坛上占主流的各种主要的宗唐诗说和清中后期声势浩荡、影响甚大的宋诗运动，并约略勾勒出这两大派诗学在清代的发展、兴替的情况，由此我们可以清楚地看到在清中期也即乾嘉年间所发生的一次深刻的诗学思潮的转向。那么，这次诗学思潮的转向到

① 《沈乙盦诗序》，陈衍撰，陈步编《陈石遗集》，福建人民出版社2001年版，第507页。

② 《为濮青士观察丈题山谷老人尺牍卷子》，陈三立著，李开军校点《散原精舍诗文集》（增订本），上海古籍出版社2014年版，第126页。

③ 钱仲联主编《中国近代文学大系·诗词集一》，上海书店1991年版，第580页。

④ 陈衍《石遗室诗话》，辽宁教育出版社1998年版，第4页。

底是怎么发生的？谁在其中起到关键的作用？我们将在下文做出回答。

第二节　翁方纲与宋诗派的兴起

在上一节的论述里，我们可以清楚地看到，在清后期主导诗学论坛的宋诗派是诗学思潮转向最为明显而直观的表现，并且是它本身促成了转向的最终完成，陈衍所谓"前清诗学，道光以来一大关捩"①就是证明。那么我们可以由此推论，促使宋诗派产生的诗学思想就在这场诗学思潮的深刻转向中扮演了极为关键的角色，而这个诗说就是翁方纲的"肌理"说。

"肌理"说与后来的宋诗运动有直接的渊源关系。关于这点可分数端言之。其一，翁方纲与秀水派诗人钱载交游甚密，而钱载与宋诗派又有一定的关系。《石遗室诗话》中说"有清一代宗杜、韩者，嘉道以前推一钱箨石侍郎，嘉道以来，则程春海侍郎、祁春圃相国"，钱锺书先生也说"清人号能学昌黎者，前则钱箨石，后则程春海、郑子尹"②，就指明了这种师法选择上的传承姻缘。而关于翁氏与钱载的交游及之间诗学思想的相互影响，钱锺书先生在他的《谈艺录》一书中也屡屡谈及。我们先来看几则：

> （钱箨石）及与翁覃溪交好日深，习而渐化，题识诸什，类复初斋体之如《本草汤头歌诀》，不复耐吟讽矣。③
>
> 窃谓箨石受乾隆之知遇，与覃溪相结纳，就诗而论，亦一生之不幸多事也。④
>
> 姚元之《竹叶亭杂记》卷五记箨石、覃溪交最密，"每相遇必话杜诗，每话必不合，甚至继而相搏"云云。使饱孤老拳，中君毒手，二人及早绝交，箨石集中，或可省去数首恶诗耶。⑤

---

① 陈衍《石遗室诗话》，辽宁教育出版社 1998 年版，第 30 页。
② 钱锺书《谈艺录》，中华书局 1984 年版，第 177—178 页。
③ 钱锺书《谈艺录》，中华书局 1984 年版，第 179 页。
④ 钱锺书《谈艺录》，中华书局 1984 年版，第 179—180 页。
⑤ 钱锺书《谈艺录》，中华书局 1984 年版，第 180 页。

尽管钱先生对翁、钱二人之交颇致不满，但所叙却证明了二人密切交往且翁方纲对钱载诗学思想有重大影响的事实。翁方纲本人对此也有过叙述："方纲与箨石相知在通籍之前，而谭艺知心于同年中为最。自己卯春箨石自黎光桥移居宣南坊，方纲得与晨夕过从，至今十有八年。中间方纲使粤者八年，而前后共吟讽者则十年。十年论文之交，世固有之，至于心之精微人所难喻，方纲于箨石则固敢谓粗喻矣。"① 度其语气，二人之交确实非同一般。由此，我们可以得知，钱载在翁方纲影响后来的宋诗派诗学思想的过程中起到了一个中介的作用。其二，我们说过，程恩泽为晚清宋诗运动的倡导者之一，而程氏是凌廷堪的弟子，于翁方纲为再传弟子。也就是说，是翁氏的再传弟子起而倡导宋诗运动的，翁氏对宋诗派的影响也就不言自明了。后来程氏的主张得到其门人何绍基、郑珍、莫友芝等人的支持，在嘉道间风行，形成"学人诗派"，影响颇大，竟致改变了北方诗坛宗尚性灵及常州两诗派的诗风："都下亦变其宗尚张船山、黄仲则之风。潘伯寅、李莼客诸公稍为翁覃溪。"② "南袁北翁"的局面由此形成。其三，翁方纲与桐城派诸人也过从甚密，他的"言有物""言有序"说直接脱胎于桐城派的"义法"说。翁方纲所处的时代，桐城派已有相当的影响，姚鼐与翁方纲为同时人，二人也曾往复论诗，相互间产生影响是可以想见的。而姚鼐则对后来宋诗派的诗说产生过影响。钱基博在《陈石遗先生八十寿序》中说："桐城自海峰以诗学开宗，错综震荡，其原出李太白。惜抱承之，参以黄涪翁之生新，开阖动荡，尚风力而杜妍靡，遂开曾湘乡以来诗派，而所谓同光体者之自出也。"在作于次年的《现代中国文学史》的"四版增订识语"中，钱氏再次将此意拈出，谓"诗之同光体，实自桐城古文家之姚鼐嬗衍而来"③。这里钱基博先生为我们勾勒出一条由桐城姚鼐经曾国藩至"同光体"的诗学传承路数，参照我们之前说的翁方纲与姚鼐的诗学交流，应该说"肌理"说也完

① 《箨石斋诗钞序》。翁方纲《复初斋文集》卷四，文海出版社1966年版，第159—160页。

② 陈衍《石遗室诗话》，辽宁教育出版社1998年版，第1页。

③ 钱基博《现代中国文学史》，岳麓书社1986年版，第510页。

全可能通过这条途径对宋诗运动产生影响。

如果说翁方纲与宋诗派前驱如钱载、程恩泽和桐城派诸人的交往并对他们的诗学观产生较大的影响，这是我们可以看到的其对宋诗运动最表层也是最直接的影响的话，那么我们还应看到二者之间更深层的联系，那就是翁方纲通过对宗宋诗学进行"调整"，使其宗尚的内涵发生转变，从而促使宋诗派这样新型的宗宋诗学得以出现。翁方纲与之后的宋诗派在诗歌理想、审美趣味各方面都趋于相似，这绝对不是一种巧合。

关于翁方纲对宗宋诗学所作的调整，我们将放在下一节再详细加以分析。我们在这里主要论及的是翁方纲的诗说对宋诗的承继及对宋诗派的影响，从而梳理出其与宋诗派的内在联系。

"肌理"说与它之前的崇宋思潮或宗宋思潮最大的不同在于它抽绎出宋诗最本质的精神——"理"，而这点也为后来的宋诗派所继承。宋代由于重文的国策、尚理的时风对文人心理的浸染，大大激发了文人的理性精神，由此向诗歌创作衍射，便造成"宋人诗主理"[1] 这一宋诗最根本特征。无论是初构"宋调"的欧阳修、梅尧臣、苏舜钦，还是代表北宋后期这一"决定着宋诗最本质精神与面貌的关键性的重要阶段"诗坛的王安石、苏轼、黄庭坚、陈师道，抑或在一定意义上显示出典型的宋诗的基本特征的江西诗派，他们的代表诗作无不饱含一种强烈的理性精神。宋诗的尚理主要表现在几个方面：一是推崇伦理，严格要求诗歌作品的思想内容和诗人的道德修养，强化诗歌的政治色彩和道德色彩；二是崇尚玄理，体现了本体论和伦理学的一体化特点；三是作诗好议论以表现哲理或事理；四则为讲求内容方面的法则、法度，也即文理。而宋诗这种尚理的特质恰恰被翁方纲把握住了，这与他尊崇理学的思想背景是密不可分的。本来宋诗的理性精神在很大程度上就来自于以理学为代表的宋学[2]，故而翁方纲可以说在思想上与宋人相通。他在宋人的基础上进一步把"理"升华到诗歌本质的本体高度，并以此出发建构整个诗学体系，其中包括诗歌创作论、诗美学及诗史观，这点我们在第一章已有详论，可以说，"理"在他的诗

---

① 杨慎《升庵全集》卷五十八，商务印书馆 1937 年版，第 723 页。

② 参见许总《宋明理学与中国文学》，百花洲文艺出版社 1999 年版，第 127—163 页。

学中有着至高无上的地位。在翁方纲之后，宋诗派的诗人们也十分强调"理"在诗中的比重，实际上也是以"理"为主导建构诗学体系的。陈衍说："作诗文要有真实怀抱，真实道理，真实本领"①，其中"真实道理"就是他对作诗"且时时发明哲理"的要求，不仅如此，他的诗论还洋溢着一种理性精神②。宋诗派诗人所谓的"理"在很大程度上也集中在伦理层面，由此他们推尚诗教，何绍基在《题冯鲁川小像册论诗》中说："'温柔敦厚，诗教也。'此语将《三百篇》根柢说明，将千古做诗人用心之法道尽……诗要有字外味，有声外韵，有题外意；又要扶持纲常，涵抱名理。非胸中有馀地，腕下有馀情，看得眼前景物，都是古茂和蔼，体量胸中意思，全是恺悌慈祥，如何能有好诗做出来？"③同时他们又讲求诗人的自我修养，宋诗派诗人认为，诗文欲自立成家，不可专于诗文求之，而应先学为人。何绍基就说为人须"立诚不欺"，"就吾性情，充以古籍，阅历事物，真我自立"④我们再参看宋人所说的"'兴于诗'者，吟咏性情，涵畅道德之中而歆动之，有'吾与点'之气象"⑤、"为文要有温柔敦厚之气，对人主语言及章疏文字，温柔敦厚尤不可无"⑥、"古今诗人众矣，而杜子美为首，岂非以其流落饥寒，终身不用，而一饭未尝忘君也欤"⑦以及翁方纲所说的"诗者，忠孝而已矣，温柔敦厚而已矣"等言论，可以说，宋诗派所言与这些言论简直如出一辙。

由诗歌本质论出发，翁方纲又建构了他的诗美学，并由此确立了宋诗的美

---

① 陈衍《石遗室诗话》，辽宁教育出版社 1998 年版，第 99 页。

② 参见胡晓明、周薇《论陈衍诗学的理性特征》，《江西社会科学》2004 年第 5 期。

③ 何绍基著，龙震球、何书置校点《何绍基诗文集》，岳麓书社 1992 年版，第 815 页。

④ 《使黔草自序》，何绍基著，龙震球、何书置校点《何绍基诗文集》，岳麓书社 1992 年版，第 781 页。

⑤ 《河南程氏外书》卷三。程颢、程颐著，王孝鱼点校《二程集》，中华书局 1981 年版，第 366 页。

⑥ 杨时《龟山先生语录》卷一，《续编四库丛刊》本。

⑦ 《王定国诗集叙》，苏轼撰，孔凡礼点校《苏轼文集》，中华书局 1986 年版，第 318 页。

学原则。我们说，清初的崇宋诗学还只囿于汉魏盛唐诗的审美传统，后来的浙派对审美风格的取向也不出唐人，这成为它们不能扭转诗学风尚的一个十分重要的原因。而翁方纲却通过对宋诗进行研究总结，归纳出宋诗的审美特征，并把这个特征确立为最高的审美原则。我们通过他对吴之振《宋诗钞》的一段评价就能看得十分清楚：

> 吴《钞》云："元祐文人之盛，大都材致横阔，而气魄刚直，故能振靡复古。"其论固是。然宋之元祐诸贤，正如唐之开元、天宝诸贤，自有精腴，非徒雄阔也……吴《钞》大意总取浩浩落落之气，不践唐迹，与宋人大局未尝不合，而其细密精深处，则正未之别择。①

吴之振对宋诗审美精神的把握是"材致横阔，气魄刚直"，在翁方纲看来，这未尝不是宋诗的一个特征，但宋诗却别有"精腴"所在，那就是"细密精深"，也即翁氏标举的"细肌密理"。这种审美特征的内在精神在于"质实"，也就是说，翁方纲确立的宋诗的美学原则立足点在于"实"，无论是细密还是厚重都从一个"实"字中来。他在《石洲诗话》中多次对吴之振提出批评，就恰恰反映了清初以来诗学对宋诗审美精神理解的差异。翁氏的这种看法也被后来的宋诗派诗学所吸收。他们追求的也是质实、厚重、缜密的诗美境界，并把高标"神韵""性灵"者为目为"无实腹"。

此外，"实"既是一种美学标准，也是一种伦理要求。这种审美精神也贯穿在宋诗派的整个诗学体系中，融化为他们的价值标准。宋诗派重要的诗学理论家陈衍对诗歌的所谓"真实"要求就十分严格，甚至近乎苛刻。他认为诗歌的表现内容要真实，也就是他说的"余于诗文，无所偏好，以为惟其能与称耳"②。这里的"称"就是对诗中所写的时间、地点、人物身份的真实性的要

---

① 赵执信、翁方纲著，陈迩冬校点《谈龙录 石洲诗话》，人民文学出版社 1981 年版，第 112 页。

② 陈衍《石遗室诗话》，辽宁教育出版社 1998 年版，第 197 页。

求。有人作《咏庐山瀑布》："力穿深潭九地破，对足或抵欧罗巴"，陈衍纠正道"对足当抵美利坚"，强调地点的准确。陈三立挖苦张之洞与陈弢庵诗歌有纱帽气、馆阁气，陈衍认为他们身份如此，就不必回避。这是将身份的真实置于美学之上。所以他分析张之洞诗说："东来温峤，西上陶桓，牛渚江波，武昌官柳，文武也、旆旌也、鼓角也、汀洲冠盖也，以及岘首之碑，新亭之泪，江乡之梦，青琐湛辈之同浮沉，秋色寒烟之穷塞主，事事皆节镇故实，亦复是广雅口气，所谓诗中有人在也"①。不难发现，这些与翁方纲对"事境"的要求是一脉相承的。

把握了宋诗最本质的精神，确立了宋诗的美学原则，可以说，翁方纲的"肌理"说已经足以成为一种新型的宗宋诗说。然而，"肌理"说得以在清代诗学思潮的转向中发挥关键的作用，还在于它与宋诗和后来的宋诗派有更多密切的联系。其中之一就是它对学问的重视。按照翁方纲的说法，"宋人之学全在研理日精，观书日富"，在他看来，宋诗之"精诣"不只在"理"，也在"学问"上。实际也是如此，以学为诗本就是宋诗的基本特征之一。在宋代，由于文化教育的普及，读书成为当时士人的基本生活方式之一。王安石自称："某自百家诸子之书，至于《难经》《素问》《本草》诸小说，无所不读，农夫女工，无所不问。"②苏轼"每一书，皆作数过尽之"的"八面受敌"法，更是为世所称道。黄庭坚说："士大夫三日不读书，则义理不交于胸中，对镜觉面目可憎，向人亦语言无味。"③翁方纲还亲见黄庭坚所作读书摘记，凡 35 幅 732行，所录"皆汉晋间事"④。"无书不读"的读书生活，造就了"铺张学问以为富，点化陈腐以为新"⑤的诗风。许尹评黄庭坚诗："一句一字有历古人六七作

① 陈衍《石遗室诗话》，辽宁教育出版社 1998 年版，第 9 页。

② 《答曾子固书》，王安石撰，中华书局上海编辑所编辑《临川先生文集》卷七十三，中华书局 1959 年版，第 779 页。

③ 《记黄鲁直语》，《苏诗文集·苏轼佚文汇编》卷五。苏轼撰，孔凡礼点校《苏轼文集》，中华书局 1986 年版，第 2542 页。

④ 《跋山谷手录杂事墨迹》。翁方纲《复初斋文集》卷二十九，文海出版社 1966 年版，第 1185 页。

⑤ 王若虚《滹南诗话》，丁福保辑《历代诗话续编》，中华书局 2006 年版，第 518 页。

者，盖其学该通乎儒释老庄之奥，下至于巫卜百家之说，莫不尽摘其英华，以发之于诗。"① 因此，在作品中洋溢着浓郁的书卷气和学问气，充满着浓厚的人文旨趣，便成为宋诗一大特征②。在清代，诗学中重视学问的论点可谓层出不穷，在翁方纲之前，我们比较熟悉的就有钱谦益说的"诗文之道……苗长于学问"③，朱彝尊说的"天下岂有舍学言诗之理"④。在崇尚学养的时代风尚下，即使强调兴会和性灵的王士禛和袁枚也时有"为诗须博极群书"⑤"学力深，始能见性情"⑥"万卷山积，一篇吟成"⑦ 等表述。但是我们应该看到，他们都是以性情为中心来强调学问的。真正以学问为本的是浙派的诗说，厉鹗本人"学问淹洽，尤精熟两宋典实，人无敢难者"⑧，杭世骏更是从理论上正式提出"学人之诗"的口号。翁方纲在浙派的基础上，进一步打通诗与学问之界，并由于受清中期繁盛的经学研究的影响，自矜于其时"盈溢于宇宙"的"经籍之光"，故而在很大程度上把学问限定为考据一格，断言"为学必以考证为准"，"士生今日，宜博精经史考订，而后其诗大醇"⑨。而且他还有通过读书以提高士人品格的意图，他说过要通过读书与实践相结合的方法使得士人们"一身一家之日用伦理"与"一日间起念诚伪邪正，一接物之公私当否"⑩ 都符合封建伦理道德

---

① 任渊《黄陈诗集注序》. 黄庭坚著，任渊、史容、史季温注，黄宝华点校《山谷诗集注》卷首，上海古籍出版社 2003 年版，第 3 页。

② 参见郭英德《光风霁月：宋型文学的审美风貌》，《求索》2003 年第 3 期。

③ 《题杜苍略自评诗文》，钱谦益《牧斋有学集》卷四十九，《四部丛刊》本。

④ 《楝亭诗序》，朱彝尊《曝书亭集》卷三十九，世界书局 1937 年版，第 484 页。

⑤ 何世璂《然灯记闻》，王夫之等撰《清诗话》，上海古籍出版社 1999 年版，第 120 页。

⑥ 王士禛等《师友诗传录》，王夫之等撰《清诗话》，上海古籍出版社 1999 年版，第 125 页。

⑦ 袁枚《续诗品·博习》，王夫之等撰《清诗话》，上海古籍出版社 1999 年版，第 1029 页。

⑧ 沈德潜等编《清诗别裁集》，上海古籍出版社 2013 年版，第 969 页。

⑨ 《粤东三子诗序》，翁方纲《复初斋文集·集外文》，民国嘉业堂本。

⑩ 《读李穆堂原学论》。翁方纲《复初斋文集》卷七，文海出版社 1966 年版，第 286 页。

的要求。这些主张与后来的宋诗派十分相似。宋诗派的诗人们普遍强调学力根柢与书卷积蓄对诗歌创作的作用，并希冀通过读书来涵养性情，达到破万卷而理万物的效果。在郑珍论诗曰："我诚不能诗，而颇知诗意。言必是我言，字是古人字。固宜多读书，尤贵养其气。气正斯有我，学赡乃相济。"（郑珍《论诗示诸生时代者将至》）程恩泽说："性情又自学问中出"，"学问浅则性情焉得厚？"① 他们在作诗时也力求表现出深厚的学力。我们知道，学问体现在诗中主要是议论的精到、词语的提炼以及典故的运用。而相对于议论、语词，典故的运用更是学问的重要标识。宋诗派诗人在用典时讲究切合表达主题和对象以显示其对典故的熟稔程度。陈衍在其诗论里就记录了许多这类型的诗例。如陈季咸是能够"写出岑寂况味，用事雅切异常"②，而陈逸儒则是用典准确，用梅福、阮籍比喻自己，无论是身份、性格还是际遇都十分的相似，"可谓字字雅切"③。而更为突出的是，宋诗派继承了翁方纲"以考据为诗"的观点，用考证典故入诗，力图创造语必惊人、字忌习见的险怪效应，以盘旋拗折、艰涩黯淡的诗风，显示出学者的渊博与厚重。如被陈衍置于《近代诗钞》集首的祁寯藻，其诗"证据精确，比例切当"，被目为"学人之诗"④。更有所谓考据诗，以经史训诂、金石名物的考辨为主要内容。从翁方纲与宋诗派对学问的推重和理解中，我们也可以看出二者的独特关联。

宋诗还有一个突出的整体特征，那就是它的强烈的变革性。许总先生在他的《宋诗史》"引论"中引《四库全书总目提要》一段话来证明这一点，我们先来看看《总目提要》的这段论述：

> 宋代诗派凡数变，西昆伤于雕琢，一变而为元祐之朴雅，元祐伤于平易，一变而为江西之生新。南渡以后，江西宗派盛极而衰，江湖诸人欲变之，而力不胜，于是仄径旁行，相率而为琐屑寒陋，

① 《〈金石题咏汇编〉序》，程恩泽《程侍郎遗集初编》卷七，《程侍郎遗集》，道光二十五年刻本。
② 陈衍《石遗室诗话》，辽宁教育出版社1998年版，第163页。
③ 陈衍《石遗室诗话》，辽宁教育出版社1998年版，第210页。
④ 陈衍《石遗室诗话》，辽宁教育出版社1998年版，第381页。

宋诗于是扫地矣。

这段话说明了宋诗不仅在整体上表现出"新变代雄"的开辟精神，而且其内在的诗史衍进也得力于众多诗派力求自立门庭的精神和努力。有鉴于宋诗的这种超乎寻常的变革性，许总先生认为，"在整个诗史的嬗递流程中，宋诗的变革程度是最高的"①。但是，我们也应该看到另一面，那就是宋诗固有的保守特质。许先生在对宋诗史整体研究的基础上，得出这样一个结论：宋诗"自我回复的运行轨迹又显然与变革发展的精神与价值进程相悖逆，也就是说，其运行的终点并不是向更高境界与更高层次的转化与迈进，而是映带着衰世的回光退回到最初的低层次的起点"②。无疑宋诗同时具有创新与保守的双重性，而这与翁方纲和宋诗派的诗说是何其的相似。关于"肌理"说的二重性，我们在第一章已有详细论述，这里主要要分析的是宋诗派。我们通观宋诗派的诗论，其变革精神也是显而易见的。何绍基为问诗者现身说法，以为学诗要经历学古、脱化与自立三个环节。其中，他尤强调真我自立："学诗要学古大家，只是借为入手，到得独出手眼时，须当与古人并驱。若生在老杜前，老杜还当学我。此狂论乎？曰：非也。松柏之下，其草不植，小草为大树所掩也，不能与天地气相通也；否则小草与大树各自有立命处，岂借生气之于松柏乎？"③莫友芝也说："为诗不屑作经人道语。当其得意，如万山之巅，一峰孤起，四无凭藉，神眩目惊，自谓登仙羽化，无此乐也。"④可见宋诗派诗人以杜韩苏黄为其取法的楷模，而尤为看重其觅新世界的探险家精神和力破余地的本事，他们学古是为创新，复古旨在通变，故于宗宋也只是借为入手，到其出手时，标举"不俗"，强调"有我"而又贵有"诗之真者"。张维屏的"水当入海千条合，诗可

---

① 许总《宋诗史》，重庆出版社 1997 年版，第 12 页。

② 许总《宋诗史》，重庆出版社 1997 年版，第 14 页。

③ 《与汪菊士论诗》，何绍基著，龙震球、何书置校点《何绍基诗文集》，岳麓书社 1992 年版，第 822 页。

④ 《播川诗钞序》，莫友芝《邵亭遗集》，清光绪元年刻本。

呈天一字真。便到古贤须有我,独开生面肯依人"①,正可代表宋诗派诗人的共同追求。但是,和"肌理"说一样,宋诗派的诗论也带有儒家思想的某种保守特性,认为不管日月流转,斗转星移,只要熟读经史便可知古今事理,洞悉兴衰消长之机;明理养气,以孝悌忠信做人,便可自立于天地之间,大节不亏。在诗歌创作方面也是谨守温柔敦厚诗教,自以为如此便可得字外之味、声外之韵、题外之意。他们的变革自立也是袭用"以复古为创新"的模式,然而这种"以不变应万变"的心态和处事方式在又一次天崩地解的千年未见之变局面前,尤为显出堂吉诃德般的可笑与无力。

认真说起来,翁方纲与后来宋诗派诗人的诗学观点真的可谓一脉相承,这在很大程度上取决于他们类似的社会地位和思想背景。他们都身为朝廷命官,程恩泽、祁寯藻、曾国藩更是"以高位主持诗教者"②,因此他们都与官方立场比较一致,深受理学影响,信奉封建义理,纲常名教对他们来说可谓瀹心渍骨,既然具有共同的文化心理,那么对儒家诗教都表示心仪神往也就是很自然的了。这是他们都选择从理这一端来理解宋诗的一个原因,而且也正因为此,他们的诗说没有了清初崇宋诗学的遗民离异心绪,推崇的诗境也与浙派诗的孤峭寒瘦迥异。他们又基本上都是颇负盛名的朴学家,翁方纲自不待言,诸如程恩泽、祁寯藻、何绍基、郑珍、莫友芝等人也是享誉学界,封建名教和训诂考据在他们身上得到了完美的结合,所以他们不约而同地着意强调宋诗的"以学为诗"并将诗歌导入考证一途。由于强调理和学问,翁方纲和宋诗派诗人对宋诗的把握从清初的以欧、苏、陆一系为基点转为以黄庭坚为基点。他们虽也苏、黄并举,但其实效法的重点在黄庭坚。翁方纲认为黄诗最能反映出宋诗的审美精神,故而他同意刘克庄所说的黄庭坚为"为本朝诗家宗祖"的说法,把黄庭坚看作宋诗的代表,张穆称程恩泽为诗"初好温李,年长学厚,则昌黎、山谷兼有其胜"③,曾国藩自述"自仆宗涪公,时流颇忻向",何绍基等人则反

---

① 《覃溪先生有诗见怀,次韵奉报》,张维屏撰,关步勋、谭赤子、汪松涛标点《张南山全集》(三),广东高等教育出版社1994年版,第60页。
② 《近代诗钞叙》,陈衍辑《近代诗钞》第一册,商务印书馆1923年版。
③ 张穆《程侍郎遗集初编序》,程恩泽《程侍郎遗集》,道光二十五年刻本。

复称引黄庭坚"临大节而不可夺，此不俗人也"①之说以为其诗论之核心。联系施山《望云楼诗话》所记载的"今曾涤生相国学韩而嗜黄，风尚一变，大江南北，黄诗价重，部值千金"的史实来看，翁方纲之后的宗宋诗学确实是以效法黄庭坚为重心的。其中一个原因是因为苏轼在正统理学家看来较不符合温柔敦厚的诗教精神，杨时曾云："观苏东坡诗，只是讥诮朝廷，殊无温柔敦厚之气，以此人故得而罪之"②，朱熹也说："苏文害正道，甚于老佛"③，"语道学则迷大本，论事实则尚权谋……害天理，乱人心，妨道术"④，抨击不可谓不激烈，而这些理学家们对黄庭坚就是另外一个态度。朱熹就曾评价黄庭坚道："孝友行，瑰玮文，笃谨人也。观其赞周茂叔'光风霁月'，非杀有学问，不能见此四字；非杀有功夫，亦不能说出此四字。"⑤而翁方纲和宋诗派诗人宗黄的更为重要的一个原因是黄诗更符合他们的审美情趣和创作实践，典型的黄诗富于卷轴，"一字一句有历古人六七作者"，用典密度大而又能精当、稳妥、细密，简直就是翁氏及宋诗派诗人所推崇的"学人之诗"的典范。黄庭坚又注重语句的"锻炼"，讲究"文理"，"虽只字半句不轻出"，从而创造出一种与苏、陆的豪放粗直迥异的生新拗峭的审美风格。而这正是翁氏和宋诗派诗人所欣赏的。翁方纲提出的"黄诗逆笔说"其实就是对黄庭坚创作手法的一个总结。

其实，近代宋诗派虽号称学宋，但是也有自己的特色，从而表现出与典型宋诗的某种差异。比方说，近代宋诗派诗歌比宋人诗歌更重视描写生活的客观真实。宋诗尚理，宋诗的理是伦理，也是理趣、玄理。看起来宋诗反映的是日常化的生活，迎来送往，茶、食、花、酒、绘画、书法、音乐、服饰皆可入诗，但宋诗在日常生活的描绘中升华了对历史、社会、人生、政治的见解。宋

---

① 黄庭坚《书嵇叔夜诗与侄榎》。黄庭坚著，刘琳、李勇先、王蓉贵校点《黄庭坚全集》，四川大学出版社 2001 年版，第 1562 页。

② 杨时《龟山先生语录》卷二，《续编四库丛刊》本。

③ 黎靖德编，王星贤点校《朱子语类》卷第一百三十九，中华书局 1994 年版，第 3306 页。

④ 《答汪尚书》，朱熹《晦庵先生朱文公文集》卷三十，《四部丛刊》本。

⑤ 黄宗羲原著，全祖望补修，陈金生、梁运华点校《宋元学案》卷十九引，中华书局 1986 年版，第 810 页。

诗描写客观事物,客观事物只是诗人表现理的中介。随着明末清初宋明理学的衰落,清人在对宋诗的接受中或多或少摒弃了玄理的成分。考察近代宋诗派诗歌,他们往往把反映生活本身作为目的,着重对历史、社会、人生、景物等作真实的呈现。多呈现少议论成为近代宋诗的一个特点。"以才学为诗"也是说宋诗的一个特点。受清代学风影响,近代宋诗派则变本加厉,更加注重学问,并将之导入考证一途。可以说,近代宋诗派继承了宋人诗歌的特点,但在新的时代条件下又有所变化发展,而二者之间的这种差异其实是始于翁方纲的诗论的。

综上所述,我们不难看到翁方纲与宋诗派的兴起之间或直接显明或间接潜在的密切关联,也正因为此,"肌理"说才能在清代诗学思潮的转向过程中发挥如此巨大而关键的作用,从而在漫长的中国文学、诗学史上为自己争得一席之地。

第三节 "肌理"说的诗学史意义

了解了"肌理"说产生的时代文化背景和它的内涵、体系,我们现在就要探讨一下作为清代四大诗说之一的"肌理"说在诗学史上有何意义。相对于"神韵""格调""性灵"三说,大陆学者对"肌理"说的研究较少,给予的评价也相对较低。与之形成鲜明对照的是,台湾学者宋如珊在《翁方纲诗学之研究》一书中将翁方纲的诗学理论推举为"清代诗论之大成",评价又似乎太高,难以令人信服。因而,为了更准确地认识把握"肌理"说的价值和地位,发掘探究"肌理"说的诗学史意义就显得尤为必要。

首先,从某种意义上说,"肌理"说是清代宗宋诗学的结穴,张健先生在他的《清代诗学研究》一书中就提出了这样的看法①。诚然,"肌理"说脱逸出以汉魏盛唐诗歌为标准的价值系统,确立了宋诗的审美原则,可以说是清代宗宋诗学发展的最为成熟的型态。而基于这种认识,我们换一种角度来讲,则似乎又可以把"肌理"说看作是一种新型的宗宋诗学真正确立的开端。

---

① 参看张健《清代诗学研究》,北京大学出版社 1999 年版。

那么，翁方纲是如何开创一种新型的宗宋诗学的呢？答案很简单，就是他对之前的宗宋诗学进行了"调整"。我们之所以给"调整"加了个引号，是因为这种调整也许并非翁氏有意为之，只是各种时代、文化以及个人因素的合力使然。但不管怎样，它在客观上却确确实实使得宗宋诗学发生了非常显著的变化。

在前面我们已经大致描述了清初以至"肌理"说出现之前诗学论坛上出现的两次大的崇宋或宗宋的思潮。第一次是在顺治、康熙时期诗坛出现的影响甚大的崇宋热潮，但是我们认为，此时的这种崇宋思潮只能称之为"宋诗热"，而尚不能把它看作一个宗宋的诗学思潮，原因主要有以下两点。

其一，当时诗人虽然被目为祢宋祧唐，但实际上并没有脱离汉魏、盛唐诗歌的价值体系和审美框架，因而他们肯定宋诗的方式大体是通过强调宋诗对于唐诗的继承关系，在尊唐者的价值系统中肯定宋诗的价值与地位。也就是说，他们并没有确立宋诗独立的价值和意义，他们中的大多数人宗尚的实际上还是唐诗或者在他们看来接近唐诗的宋诗。当时对宋诗热产生巨大影响的钱谦益就说："自唐以降，诗家之途辙，总萃于杜氏。大历后以诗名家者，靡不由杜而出……宋、元之能，者，亦由是也。"[1] 如果说钱氏所言还基本符合客观史实的话，他如黄宗羲所说的"天下皆知宗唐诗，余以为善学唐者唯宋"[2] "夫宋诗之佳，亦谓其能唐耳，非谓舍唐之外能自为诗也"[3] 此类言论，就几乎完全抹杀了宋诗独立的价值和意义，而这恰恰代表了当时许多推崇宋诗的诗人的看法。更有甚者，有些学者提倡学习宋诗只是作为取法唐诗的一个途径，朱彝尊就是如此，所以后来翁方纲在《石洲诗话》中就说："竹垞先生则由元人而入宋而

---

[1] 《曾房仲诗序》，钱谦益著，钱曾笺注，钱仲联标校《牧斋初学集》卷三十二，上海古籍出版社 2009 年版，第 928—929 页。

[2] 《姜山启〈彭山诗稿〉序》，黄宗羲撰《南雷文定》后集卷一，商务印书馆 1937 年版，第 7 页。

[3] 《张心友诗序》，黄宗羲撰《南雷文定》前集卷一，台湾：商务印书馆 1970 年版，第 12 页。

入唐者也"①。此外，也有一些诗人确实偏好宋诗，但他们在主观上也没有明显的要确立宋诗自有的审美系统和独立的审美价值的意识和企图，甚至都不敢明目张胆地表示对宋诗的崇尚。他们能做的只是昭告世人宋诗不应被忽视和冷落。正因为此，吴之振在《宋诗钞》序中自述倡导宋诗的动机："非尊宋于唐也，欲天下黜宋者得见宋之为宋如此"②，吕留良在《答张菊人书》中也说："人遂以某为宗宋诗、嗜时文，其实皆非本意也。"③

这一时期主宋诗者之所以不能确立宋诗独立的审美价值也是由多方面因素造成的。他们倡导宋诗的动机就是很重要的一个原因。许多诗人是有惩于明七子肤廓失真的弊病而在主真重变的主导思想下提倡宋诗的，这样他们在意的是情感抒发的真实性，而不是宋诗与汉魏、唐诗传统的异质性。也有一些学者和"遗民诗人"是出于对沧桑变革的感慨和对故国故君的眷怀，以复兴古学为号召，以返经正学为救世之先务，主张诗歌创作要面对现实，以诗为史，质朴无华，慷慨言志。他们注重的是对表达内容和表达方式的改造，清初邵长蘅就指出：

> 杨子（地臣）之言曰：今天下称诗虑亡不祧唐而祢宋者。予曰：然。诗之不得不趋于宋，势也。盖宋人实学唐，而能夏逸唐轨，大放厥词。唐人尚酝藉，宋人喜径露。唐人情与景涵，才为法敛。宋人无不可状之景，无不可畅之情，故负奇之士不趋宋，不足以泄其纵横驰骤之气，而逞其赡博雄悍之才，故曰势也。④

这样看来，许多清初诗人之所以选择学习宋诗是为了在抒写上更自由，他们取

---

① 赵执信、翁方纲著，陈迩冬校点《谈龙录 石洲诗话》，人民文学出版社1981年版，第120页。
② 《宋诗钞·序》。吴之振、吕留良、吴自牧选，管庭芬、蒋光煦补《宋诗钞》，中华书局1986年版，第4页。
③ 《答张菊人书》，吕留良《吕晚村文集》卷一，台湾：商务印书馆1974年版，第80页。
④ 《研堂诗稿序》，邵长蘅《青门箓稿》卷四，《常州先哲遗书》本。

法的对象也就因此集中在宋代的苏轼、陆游乃至范成大、杨万里等人。这点我们从许多当时或后来的论诗者的言论中都可以得到证实。如在康熙二十三年（1684 年），李澄中序周屺公诗，在序中他说："近世诗人，类桃李唐而宗苏陆。"①康熙三十三年（1694 年）王泽弘撰《丛碧山房诗序》云："若今之为诗者，余惑焉。厌薄汉唐，崇奉苏陆，一则曰吾学子瞻，一则曰吾学放翁。"②后来者如张世炜在《宋十五家诗删序》中说："今三十年来，天下之诗皆宋人之诗，天下之家诵户习皆东坡、放翁之句。"③具体到主要诗人，钱谦益是"筋力于韩、杜，而成就于苏、陆"④，"论诗称扬乐天、东坡、放翁诸公"⑤，陈维崧则"多学少陵、昌黎、东坡、放翁"⑥，沈德潜在评价清初倡导宋诗的一个重要人物汪琬时也说："钝翁（汪琬）官部曹，后与王西樵昆弟称诗都下。风格原近唐人，中年后以剑南、石湖为宗。"而像"宋调"的一个典型代表黄庭坚则多为当时诗家所不取。即使是十分崇尚学问的朱彝尊也批评道："黄鲁直，吾见其太生"⑦，"江西宗派各流别，吾先无取黄涪翁"⑧（虽然朱彝尊晚年对黄庭坚诗的看法有所转变，但此时已与清初崇宋思潮无涉了）。因此，当时诗人对宋诗的理解至少可以说是不全面的，而理解出现了较大的偏差，建立宋诗独立的审美系统就无从谈起了。

其二，这次崇宋热潮尽管形成了风靡一时的创作热潮，但缺乏系统的诗学阐释和说明，理论表述不足。而且它也很快就由于自身的缺陷和内在矛盾以及统治者的压制而消歇。我们只要翻一下当时的史料，会很容易发现当时一些崇宋者的创作流于模袭。本来清初诗人如钱谦益等倡导宋诗是为了反对七子派的

---

① 《周屺公证山堂诗序》，李澄中《白云村文集》卷一，清康熙刻本。

② 庞垲《丛碧山房诗集》卷首，清康熙刻本。

③ 张世炜《秀野山房二集》，清道光二年重刊本。

④ 《西桥小集序》，王应奎《柳南诗文钞》，传本无刻书年月，约清乾隆间刊。

⑤ 沈德潜等编《清诗别裁集》，上海古籍出版社 2013 年版，第 1 页。

⑥ 《湖海楼诗钞小传》，郑方坤《名家诗钞小传》，中华书局 1991 年版。

⑦ 《橡村诗序》，朱彝尊《曝书亭集》卷三十九，世界书局 1937 年版，第 485 页。

⑧ 《题王给事又旦〈过岭诗集〉》，朱彝尊《曝书亭集》卷十三，世界书局 1937 年版，第 167 页。

摹拟汉魏、盛唐，在形式风格上求似古人，而缺乏真性情，但是在宋诗热兴起以后，很多诗人也只是在形式风格上求似宋人。反摹拟，这本是主宋者的口号，现在又成了主唐者的口号。徐乾学说：

> 学宋、元诗亦未易也。宋、元人之学唐，取其神理，今人之学唐，肖其口吻，所以失之弥远。今不探其本，转而以学唐者学宋、元，惟其口吻之似，则粗疏拗硬佻巧窒涩之弊，又将无所不至矣。故无宋、元人之学识，不可以学唐，无唐人之才致，不可以学宋、元。①

在徐乾学看来，主宋、元诗者恰恰就用七子派学唐诗的方式学宋、元诗，也是摹拟形似。邵长蘅批评宗宋者说：

> 学者病不好学深思，不能知前人根柢所在，而争剽贩于景响形模之间，妄分畛畦，前肤附唐人而赝，影掠李、何、王、李诸家而失，影掠苏、黄、范、陆、尤、杨诸家，而亦未为得。②

这确实道出了当时一些宗宋者的弊病。

还有，当时主宋者多师法苏轼、陆游等人，而苏、陆的诗风豪放且较为平易，比较不注重诗语的雕琢。他们的部分作品也不免粗豪而缺少余韵，遑论清初的这些学习者们。所以主宋者也因此招致了一些批评。王泽弘说："若今之为诗者，余惑焉。厌薄汉唐，崇奉苏陆，一则曰吾学子瞻，一则曰吾学放翁，鄙琐以为真，浅率以为老，自谓直接风雅之传，而风雅道消久矣。"（《丛碧山房诗序》）张世炜也说："宋人之诗妙在灵动警秀，不袭前人，而其病则在粗浮轻率，世之学宋人者徒以粗浮轻率为工，并其灵动警秀而失之，乃曰此宋人之法也，我学宋人者也。坏天下之诗者，莫此若也。"（《宋十五家诗删序》），都

---

① 《宋金元诗选序》，徐乾学《憺园全集》卷十九，清光绪九年重刻本。
② 《二家诗钞序》，邵长蘅《青门剩稿》卷四，《常州先哲遗书》本。

指出了当时"宋诗热"存在的问题。宋诗热的这些弊端也为当时一些倡导宋诗的主将所认识。比如说王士禛,他在《鬲津草堂诗集序》中说:"二十年来,海内贤知之流,矫枉过正,或乃欲祖宋祧唐,至于汉魏乐府、古选之音,荡然无复存者,江河日下,滔滔不返。"所以他随后就编撰《唐诗十选》《唐贤三昧集》,以纠正宋诗热之流弊。

此外,统治者的压制也是清初宋诗热迅速消歇的一个重要原因。一些主宋者怀抱对故国的思念及对新朝的不满,如被徐世昌称为"祧唐祖宋,大畅厥词,为诗派一大转关"①的查慎行就是如此。我们来看他的两首诗:

鱼米由来富楚乡,入秋饱啖只寻常。如今米价偏腾贵,贱买河鱼不忍尝。(《初入小河》)

翻覆兴亡阅两朝,老来刘濞气愈骄。十年宾客谋何密,四海渔盐利颇饶。西贡几曾归武库,南琛无复换文貂。徙薪可少长沙策,一掷金瓯险得枭。(《咏史八首》其一)

前诗流露出诗人对人民困苦生活的深刻同情和对清王朝的不满,后诗则借咏汉代吴王刘濞谋反,寓意吴三桂拥兵反清,讥刺清廷无能但又取得讨吴的成功。这类作品在清朝统治者看来自然是不可容忍的,提倡唐诗也就成为压制反对朝廷者的一个手段。康熙皇帝由此而宗唐:"诗至唐而众体悉备,亦诸法备该。故称诗者必视唐人为标准,如射之就彀率,治器之就规矩焉。"(《全唐诗序》)大学士冯溥也认为宋诗的风尚与清朝开国的盛世气象不相适合,要求严加整饬。

由于以上说的两大原因,我们认为清初的宋诗热还无法成为一个真正意义上的宗宋诗学思潮。而在它之后形成较大影响的是雍正、乾隆年间以浙派为中心兴起的宗宋热潮。这次宋诗热以学问为中心来理解和肯定宋诗,可以说把握了宋诗的一个典型特征。他们尊崇黄庭坚,强调用典,主张刻琢以形成独特的审美风格。这些理论在创作中也得到实践。应该说,浙派提出的诗学理论是清

① 徐世昌辑《晚晴簃诗汇》(第二册)卷五十六,中国书店1988年版,第72页。

代以来第一次比较系统的宗宋诗学理论的表述,开了宗宋诗学理论的先河。但是当时沈德潜崇奉盛唐而排斥宋诗,持格调说与厉鹗对峙,浙派并未能主导当时的诗学风尚,而且我们还应该看到,浙派与后来的宋诗派还是存在较大的差异。浙派主要学习黄庭坚的雕琢生涩,并且好用僻典,从"蒐猎奇书,穿穴异闻,作为古律,自成一家"①这个角度加以拓展。厉鹗就说过"诗之难,难于锻炼情景"②,可见着眼点仍在于"情景",这与后来的宋诗派着眼于"理"有根本的不同。在审美风格方面,浙派不仅追求生涩,其论诗也主清。厉鹗在《双清阁诗集序》说:

> 大抵诗之号清绝者,因乎迹以称心易,超乎迹以写心难……昔吉甫作颂,其自评则曰:"穆如春风"。晋人论诗,辄标举此语,以为微眇。唐僧齐己则曰:"乾坤有清气,散入诗人脾",盖自庙廊风谕以及山泽之臞所吟谣,未有不至于清而能言诗者,亦未有不本乎性情而可以言清者。③

杜甫《屏迹三首》之二有"心迹喜双清"句,诗人闵华取"双清"名其阁。厉鹗因此而认为"'清'之一字为风骚旨格所莫外"。他本人追求心迹双清,沈德潜也称其"诗品清高"④。追求雕琢生涩与追求清,前者可以说受宋人影响,而后者又可通于唐人。这两者在厉鹗身上得到了统一。徐世昌说:"樊榭性情孤峭,所作幽秀绝尘,思笔出于宋人,而又不失唐人之格韵,故能于王(士禛)、朱(彝尊)之外,自辟蹊径。"⑤可见,浙派对审美风格的取向仍不出唐人。

而更为重要的是,浙派理论所体现出来的宋诗精神与后来的宋诗派有较大

---

① 刘克庄《江西诗派小序》,中华书局 1985 年版,第 1 页。

② 《盘西纪游集序》。厉鹗著,董兆熊注,陈九思标校《樊榭山房集》,上海古籍出版社 2012 年版,第 751 页。

③ 《双清阁诗集序》。厉鹗著,董兆熊注,陈九思标校《樊榭山房集》,上海古籍出版社 2012 年版,第 737 页。

④ 沈德潜等编《清诗别裁集》,上海古籍出版社 2013 年版,第 969 页。

⑤ 徐世昌辑《晚晴簃诗汇》(第二册)卷六十,中国书店 1988 年版,第 148 页。

的不同。虽然其文化品格倾向沉潜、内敛，有宋人的某种精神，厉鹗其人更是在审美取向、心理特征、精神气蕴及创作风格等方面都与重书卷学问、重内在修养、重瘦硬清新的宋代人文特征遥相契合，强烈地传达出一种宋代文化的气息，但是其因出身寒微、落魄一生而形成的不谐于俗、耽闲爱静的个性与偏于冷寂清幽的创作心态与后来的宋诗派主流却是不相吻合的。不仅厉鹗如此，整个浙派也存在这个问题。

通过以上分析，我们知道，不管是清初的崇宋思潮，还是浙派诗学，它们都没能真正确立宋诗独立的地位，在审美取向方面仍囿于汉魏盛唐的传统，而且，它们与后来的宋诗派诗论也存在较为明显的差异。相比之下，翁方纲的"肌理"说则一方面率先抽绎出宋诗最本质的精神——"理"，并由此确立了宋诗独立的审美原则；另一方面又与道咸以后的宗宋诗学在诗歌理想、审美趣味等方面更为接近，对后者的影响也更为直接而显明。所以我们说，综观整个清代的宗宋诗学思潮，"肌理"说表现出一种前所未有的特质，可以说代表了一种新型的宗宋诗学的确立。

正因为"肌理"说具备这样的新型特质，得以与后来的宋诗运动精神相通，而道咸时期以至清季的宋诗运动又是清代诗学思潮转向最为显在的表现，所以我们可以据此推论，"肌理"说在清代诗学思潮转向的过程中发挥了十分关键的作用。放在整个诗学史的背景上看，清代诗学思潮在清中期也即乾嘉年间发生的这次转向使得宗宋诗学逐渐取代宗唐诗学成为诗学论坛的主流，这种状况一直伴随着中国古典诗学走向终结，这次转向其实包蕴着深刻的意义，因而在这次转向中发挥关键作用的翁方纲的"肌理"说在文学史上无疑也有着非同寻常的意义。这也就是我们所要讲的"肌理"说在诗学史上的第二个也是最为突出的意义。

同样放在文学史和诗学史的背景上看，我们还会发现，"肌理"说多多少少带有一点古典诗学的总结意味。陈文新先生在《中国古代四大诗学流别的纵向考察》一文中，将古代四大诗学流派的嬗递与中国古典诗的由"正"而"变"、由"变"而"亡"、由"亡"而"大异"的历程一一对应。他认为，"格调"说对应的是以汉魏古诗和初、盛唐律诗为代表的诗之"正"，这类诗在题材选择上继承风诗传统，"多本室家、行旅、悲欢、聚散、感叹、忆赠之词"，关注的是现实的社会人生，在美感特征上讲究"气格自在"并且"委婉悠圆"也即"格""调"兼取。"神韵"说对应的是以晋宋古诗和中唐律诗为代表的诗之"变"，这类诗的题材多选择"山林丘壑、烟云泉石之趣"，对审美的追求也以"清""远"为主。而"性灵"说对应的是以梁陈古诗和唐末律诗为代表的诗之"亡"或"尽敝"，《隋书·经籍志》对梁陈主导诗风的评价"清辞巧制，止乎衽席之间，雕琢蔓藻，思极闺闱之内"可以说明这类似的题材特征和审美取向。汉魏梁陈和有唐一代分别以古诗和律诗的形式把"正""变""亡"的诗歌历程展示了一遍，古典诗歌靠一般题材的迁移以寻求发展的道路已到了尽头。许学夷在《诗源辩体》中说："唐人既变而为轻浮纤巧，已复厌其所为，又欲尽去铅华，专尚理致，于是意见日深，议论愈切，故必至于鄙俗村陋耳。此上承元和而下启宋人，乃大变而大敝矣。"①抛开许氏的褒贬倾向，其所论确实符合诗歌发展的历程，宋人以议论为诗，事实上是将题材从"室家、行旅、悲欢、聚散、感叹、忆赠"和"青山白云、春风芳草"以及闺闱迁移到"理"上来，而在表现方式上，则由注重呈现转为注重演绎、说明和铺叙。这样看来，由"正"而"变"、由"变"而"亡"、由"亡"而"大变"就代表了中国古典诗歌大致的发展历程。而以诗歌发展史对照诗学发展史，我们又会发现二者之间惊人的一致性②。诗学理论与诗歌创作的发展历程一前一后若合符辙，只是理论相对于创作天然有一个滞后性。考察一下近古诗学史，可以发现，无论是明人的"格调"说还是清人的"格调"说都推崇作为诗之"正"的盛唐诗，神韵派则偏嗜六朝及唐人的山水诗，性灵派在题材选择和审美情趣等方面又与梁陈、唐末有着千丝万缕的关系，而翁方纲的"肌理"说在这纷呈的诗说之后，则起到了一个总结的作用，恰恰与它所尊崇的宋诗在诗歌史上的所起的作用相当。从这个角度上看，"肌理"说的出现乃是诗学发展的必然，它所具备的古典诗学的总结特质也同样有着学理上的必然性。

此外，"肌理"说所确立的审美原则立足于"实"，它追求质实的诗境，强调诗歌内容要包含切实的"理味"和"事境"，推崇正面实作的创作手法，以

---

① 许学夷著，杜维沫校点《诗源辩体》，人民文学出版社 2001 年版，第 308 页。

② 参见陈文新《中国古代四大诗学流别的纵向考察》，《文学评论》2003 年第 3 期。

"妙在实处"的宋诗为最高典范，这种审美价值取向经由它倡导贯穿整个清代中晚期的宋诗运动，成为古代诗学的最后一抹回光。其实这种现象的出现也并非偶然，实用理性本就是中国传统思想在自身性格上所具有的特色。这种实用理性没有走向闲暇从容的抽象思辨之路，也没有沉入厌弃人世的追求解脱之途，而是执着于人间世道的实用探求①，并与中国文化、科学、艺术各个方面相互联系相互渗透。由此看来，"肌理"说与它所影响的整个宋诗运动在封建社会的末期以诗学的方式追求和谐的人伦秩序，标举质实的审美理想，似乎也就成为中国古典诗学发展的必然趋归。可见，从中国文化发展的角度看，"肌理"说也是带着那么一点总结的意味的。

"肌理"说作为儒家诗教在封建社会末期的新发展，既带有一点创新的因子，又不可避免地映带了末世的特征。但它究竟还是以其独特的内涵、相对严密的体系以及所发挥的特殊而又重要的作用为自己在浩繁的诗学史上争得了一席之地。"肌理"说产生于崇儒思潮一以贯之的清代，明显带有作为官方意识形态的理学的价值色彩，然而它所处的时代又正逢乾嘉经学的盛行，于是经学和理学在它身上以一种奇妙的方式组合了起来，这也是"肌理"说作为一种独特存在的依据。而更为重要的是，一直并未引起人们足够重视的"肌理"说在清代诗学的发展历程中扮演了一个十分重要而关键的角色，可以说，是它拉开了清代诗学思潮转向的序幕，力图另辟蹊径，别开一片天地；然而也是它，用古老的腔调，同时为古代诗学献上最后一曲带着悲凉色彩的挽歌。就是这么一个"肌理"说，透过它，让我们看到了古代诗学发展历程的一个侧影。虽然诗学的进程在漫长的古代已经走向终结，但在一个新的时代面前它又扬起了不落的风帆，而它在古代所经行的轨迹正在以另外一种形式上演。历史总是不断地在重复着，或许这也并非什么坏事，因为，这样一来，只要我们勘透了其中的规律，也就可能明白了前进的方向。更让我们自信的是，我们拥有更广阔的视野，更睿智的思辨，更科学的态度以及更自由的思想，在浩邈无穷的宇宙和历史面前，我们鉴往而知来，识得盈虚之有数，也就不至于太过惶惑和迷茫了。

① 参见李泽厚《中国思想史论》上册，安徽文艺出版社 1999 年版，第 307 页。

下　编

当代视野下的唐宋诗一体进程

　　唐宋诗之争在古代走过它曲折的诗学历程，其实也从一个侧面反映出两种不同的诗歌范式、诗人类型、诗美追求的分野乃至基于不同立场对文学本质理解的差异。因此，它已然超越了唐宋诗的范围，具有更深层次的文学史和文学批评史、理论史的意义。而在今天的视野观照下，唐宋诗在古代诗歌发展史上又是以一个独特的身份而存在的，那就是成熟的文人诗。自汉末开始出现的文人吟唱至此汇为洪流，蔚为大观并凝定为两种基本范式。

　　不仅如此，唐宋诗的发展又自成一个自足的逻辑进程。从诗体构建和诗美历程的角度观察，可以发现唐宋两代的诗歌处于某一共同进程之中，唐宋诗人的"尚奇"追求也在某种程度上设定唐宋诗史的演进逻辑，相比于之前的汉魏六朝及之后的元明清诗歌显示出某种同质化的倾向。或许，从这样的角度出发，今天的我们能超越古人的唐宋诗之争，也一定程度上弥合近人诗分唐宋的看法，彰显出我们这个时代的诗学关怀。

第一章　唐宋时代的诗体建构

中国古典诗歌的形式经历一个漫长的演化史。自《诗经》始，四言成为基本范式，尔后楚辞有所突破，如果将"兮"等语气词也算在内的话，屈赋大多是六言七言。汉乐府则逐渐由杂言转向整齐的五言，对文人五言诗的形成起到至关重要的作用。五言诗一旦产生，就成为一种极为稳定的诗歌体裁，贯穿整个古代诗歌史的始终。七言则成熟较晚，尽管刘勰认为"六言七言，杂出《诗》《骚》"[①]，严羽则谓"七言起于汉武《柏梁》"[②]，但其较多出现是到六朝的事了，成熟则要晚至唐宋。除了句式以外，声律也是中国古代诗体构建的关键。依照以声律为主的格律标准，古代诗歌可笼统分为古近二体。通观整个诗体的发展史，我们惊奇地发现诗体最终的定型并取得巨大的创作成就是在唐宋两代，这在某种意义上也可作为我们将此两朝诗歌视为一体的依据。下面我们先分论近体、古体在唐宋时代的确立新变或多向发展，以诗体发展为视角揭示其完足的逻辑进程，在此基础上再分析其共同的在固定格式下对篇章体制结构的锤炼创新。

第一节　近体的确立与新变

在中国古代诗史上，近体的确立经历了一个漫长复杂的过程。近体诗是相对于古体诗而言的一种从南朝至隋唐时代逐渐走向成熟乃至定型的新诗体，因

---

① 刘勰著，范文澜注《文心雕龙注》，人民文学出版社 1958 年版，第 570 页。

② 严羽《沧浪诗话》，中华书局年 1985 版，第 10 页。

其有严格的格律要求，又称格律诗。可以说，一套形成规范的较为严格的格律就是其最显著的特征。它讲求平仄又有一定的范式，而这种相对固定的范式的形成实际上经历了一个较为长期的发展过程，到了初唐才基本确立了下来。

近体诗与古诗的区别突出地表现在声律上，不过这种区别更准确地讲是在体调上。在永明体之前，五言体调经历了从古到近的重大变化。这种所谓"体调"的变化不仅表现在声律上，也表现在题材的拓展、体式的创新、抒情结构的处理、对偶句式的变化等方面。这可能是近体化进程中一个更为重要也更起决定意义的内在因素。因为"近体诗的形成固然以声律为必要前提，而其产生的根源还是五言诗体式结构和表现方式在发展中的自然变化"。"前人看古近之变，往往着眼于声律。但五言诗的雅俗沿革，并非源于声律，而且在齐梁相当长的时期内，也并非完全与声律同步。这种变化是随着诗歌题材、体式、表现的渐变逐渐发生的，四声八病的提倡正逢其时，于是自然融入五言趋俗的潮流，最后在梁陈时期形成格调浅俗的近体，冲击了格调沉厚的古体。"① 比如说近体演进过程中所形成的超稳定的四联八句的形式与"近调"浅狭单调的取材有着内在的关联。正因为这类诗歌偏重于咏物、闺情、离别等主题雷同、内容单薄的题材，所以抒情方式大多没有明言直道，而是需要读者从情景的组合和对照之中去体会，也就适应了围绕某一个主题或某种感觉展开、最后落到一点立意或巧思上的不作全面铺陈的短篇。首起尾结、二句一层、四层四转势的八句体结构也由此形成，甚至律诗中间两联以对仗的形式组合恐怕也与此不无关系。再如近体中同样非常常见的绝句体，虽然"并非由联句切下来的断句，本来就可独立成章"，但其"形成的关键"却"在于其构思集中于一点的基本表现方式决定了四句可独立成篇的体式"②，可见近体格式规范的形成乃至思致含蓄的美学特征与南朝时代五言诗题材的拓展、表现方式的创新都有密切的关联。

但近体诗最突出的特征无疑是声律，近体声律法则的最终确立是在初唐，而其较为明确的肇始则可以溯至南朝。早在春秋时期，中国古典诗歌就有对

---

① 参见葛晓音《从江鲍与沈谢看宋齐五言诗的沿革》，《学术研究》2010 年第 3 期。
② 葛晓音《南朝五言诗体调的"古""近"之变》，《中国社会科学》2010 年第 3 期。

于用韵、声调的讲求，至少在两千三百年前就出现了"诗言志，歌永言，声依永，律和声"（《尚书·尧典》）这样的说法。实际上，可能正像刘勰所说的："夫音律所始，本于人声者也。声含宫商，肇自血气，先王因之，以制乐歌"①，诗歌中声律的形成既有自然的因子，又有人为的因素。从《诗经》押韵以平声为主的情况看，当时已经初步有了对于声调的模糊意识。到了南朝，周颙所著的《四声切韵》明确提出了平上去入四声作为诗歌创作的依据，后来沈约又提出了"八病"，强调了四声之间的搭配关系："五色相宣，八音协畅，玄黄律吕，各适物宜。欲使宫羽相变，低昂互节；若前有浮声，则后须切响。一篇之内音韵尽殊，两句之中轻重悉易。妙达此旨，始可言文。"（沈约《宋书·谢灵运传》）从此开始形成了一种注重格律的诗体，就是永明体。永明体实际上可以看作是在近体诗确立之前的一种初步成型的格律诗。但"四声八病"的创作原则有其缺陷，而且正如我们前面所说，诗歌中声律的形成本就有自然的因子，"四声八病"的原则在很大程度上抹煞了这种自然因素，"酷裁八病，碎用四声"②，过分讲求人为，极为繁琐严苛，缺乏一个可操作性强的统一的规则，以至于连沈约也不能完全恪守。清人王夫之曾经说过："《乐记》云：'凡音之起，从人心生也。'固当以穆耳协心为音律之准。'一三五不论，二四六分明'之说，不可恃为典要。"③"一三五不论，二四六分明"尚且不须步步谨守，遑论繁琐严苛的"四声八病"。正是在这个意义上，一种新的格律诗体才有其产生的必然性，也就开启了永明体到近体探索的历程。根据何伟棠先生的研究，永明体到近体的演变大致可以概述为五言诗调声原则从二五字异声过渡到二四字异声，从四声律到平仄律过渡，并增加了粘对的原则。他明确指出了刘滔的声律新论、佚名的《诗章中用声法式》、元兢的《调声三术》在导引此一声律演变或发展动向中的作用和意义："在梁武帝中、后期，刘滔的二四字异声新论和标举平声的用声法，促成了演变和过渡中的头一次飞跃，排除了大部分的

---

① 刘勰著，范文澜注《文心雕龙注》，人民文学出版社 1958 年版，第 552 页。

② 释皎然《诗式》，中华书局 1985 年版，第 2 页。

③ 王夫之《薑斋诗话》卷下，王夫之等撰《清诗话》，上海古籍出版社 1999 年版，第 12 页。

二、四字同平仄格，确立了四类六式的律联的新体制，奠定了过渡体的基础。在唐高宗中后期，又有元兢的换头法，实际是粘和对的规则，为近体成熟和定型化阶段的到来提供了重要的理论指导。换头法的倡行，极大地推动了声律的演变和发展，它使上联和下联之间、上句和下句之间的多少总是带点随机性质的一配二的搭配关系转换成一配一的粘的关系和对的关系，从而排除了所有联间失粘和句间失对的各种非律格式，使一个完全合乎粘对规范的一元化的近体诗声律格式体系得以建立起来。这个一元化的声律格式体系，无烦冗之弊，有易于识记、易于掌握运用之利，于是就不可避免地促成了声律演变发展过程的另一次新的更大的飞跃"。何先生又对齐永明至唐神龙间 220 年的入律的五言诗作了定量分析，计算出了各类声律格式的出现频率，据以划分出了永明以来诗律嬗变的三个时期，证明了近体诗发展成熟和定型化的时间是在唐高宗咸亨至中宗神龙的 30 余年间，代表人物是沈佺期、宋之问、李峤、杜审言、杨炯，而律诗的基本构律规则——粘对规则在那时的沈、宋、李、杜、杨诗中已经确立："这五位诗人的粘式律篇，无论单算律诗、长律或连绝句算在一起，出现率都达 80% 以上。"[1] 这就比诸如"梁陈诸家，渐多俪句，虽名古诗，实堕律体"[2]，"唐初创近体诗，字必属对偶，声必谐平仄，由是诗分二体"[3]，"五言律阴铿、何逊、庾信、徐陵已开其体，初唐人研揣声音，稳顺体势，其制大备"[4] 等等古人的说法对近体诗最终确立时间的界定及在其中起到关键作用诗人人选的确定都更为精确了。可以说直到初唐，真正意义上的近体诗才开始它的发展旅程。

然而，这个旅程仍远未结束。一直到盛唐，近体诗才迎来了它发展的第一个高峰。作为一种具有特殊形式的诗歌，其最突出的本质特征在其特定的格律准则，而这与这种诗体的抒情方式、表现内容、审美内蕴以及可能发展的方向开拓的空间都有着内在的关联。海外华人学者高友工曾指出："一种格律的形式，只有当它的形式要素对诗的总体艺术效果产生重大作用时，它才能被认为

---

① 何伟棠《永明体到近体》，广东高等教育出版社 1994 年版，第 137 页。

② 徐师曾《文体明辨序说》，人民文学出版社 1962 年版，第 107 页。

③ 吴澄《谷山樵唱歌序》，《吴文正公集》卷十一，《四库全书》本。

④ 沈德潜《唐诗别裁集·凡例》，中华书局 1975 年版，第 4 页。

在艺术上是有价值的，在其最富活力的状态下，诗的形式在创作过程的形式中起着不可或缺的作用。因而，在一首成功的诗作中，形式是诗人构思中不可缺少的一部分，它与诗人意境的实现不可分离。"① 这就从哲学的高度来把握格律这一"有意味的形式"（[英]克莱夫·贝尔语）了。事实上，诗人创造近体诗独有的美学品格与其对形式的探索是同构的，因此，近体诗形式成熟新变的过程某种意义上也是这种美学品格丰富、定型的过程。就五律而言，"初唐体制浓厚，格调整齐，时有近拙近板处。"因此，"王、孟、储、韦"在初唐"陈、杜、沈、宋，典丽精工"一路之外，创造出符合五律诗体表现的"清空闲远"的美学风格。胡应麟在谈到唐代五律时说："曲江之清远，浩然之简淡，苏州之闲婉，浪仙之幽奇，虽初、盛、中、晚，调迥不同，然皆五言独造。"② 姚鼐也说："盛唐人诗，固无体不妙，而尤以五言律为最。此体中，又当以王、孟为最，以禅家妙悟论诗者正在此耳。"③ 这种由诗体产生的美学风格有其相对的固定性，是由五言律体特殊的句式、韵式、结构决定的，这从无论是稍后的大历诗人、中唐后的贾姚还是宋初的"晚唐体"、宋末的"永嘉四灵"那里都可以得到验证。

王孟可以说是开创了一个"传统"，而杜甫则寻求突破这个"传统"并树立一个新的"传统"。他的五律写得苍凉而顿挫，朴拙而华丽。试举数例。《春望》首联"国破山河在，城春草木深"看似平淡，却对仗工稳，寄慨颇深。"国破"已沉痛迫中肠，却睹山河依旧，五字之中顿挫情生，偏偏草木无情之物，却年年如约绽放，本非有意"以乐景写哀"，却使我们"倍其哀乐"。平淡的语词寄寓深切的情感是杜甫的独得之秘。《月夜忆舍弟》颈联"有弟皆分散，无家问死生"一句，看似朴质，甚至有点"村夫子"味道，但细味之，就会发现这一联不仅对仗工整灵活，而且是彼时情感的最艺术化的表达。"无家问死生"作为"有弟皆分散"的结果，到底指的是诗人自己的死生已无人过问，还

① 高友工《律诗的美学》，[美]倪豪士编选、黄宝华等译《美国学者论唐代文学》，上海古籍出版社1994年版，第24页。

② 胡应麟《诗薮》内编卷四，中华书局1958年版，第57页。

③ 姚鼐《今体诗钞》，上海古籍出版社1986年版，第1页。

是他想要有所挂念，但家人分散流离已然让他无从问讯，语义含混。如果是前者，诗人感受到的是一种深切的孤独；如果是后者，他更感到无限的迷惘。但是不管为何，即使我们究竟难以完全理解诗人内心莫大的悲哀，但诗人却能用这么一种艺术的方式让千百年而下的我们真切地感受到他的痛苦，进而理解人类的所有苦难。正如陆时雍《诗镜总论》所言："少陵五言律，其法最多，颠倒纵横，出人意表"①，杜甫的写法异于王维，"善于用事，及常语多离析或倒句"②，运用简省而有质感的笔墨，内蕴谨严有度的章法，平直中有奇致，浅易中见沉郁。如《奉济驿重送严公四韵》颔联"几时杯重把？昨夜月同行"，仇兆鳌评说此联"语用倒挽，方见曲折。若提昨夜月在前，便直而少致矣"③。杜甫确为五言律注入了一种新的生命，使这一形式充满"意味"。这一写法在后世也成为五律的一种传统，翻开宋人诗集，"便令江汉竭，未厌虎狼求""余生偷岁月，无地避风尘"（章甫《即事》）、"有天不雨粟，无地可埋尸"（戴复古《庚子荐饥》）这样的诗句随处可见，与老杜是同一路数，虽然整体看来有的"遂忘构局之精深"，但亦"有层次照应转折"（顾安《唐律消夏录》），可见杜诗五律路数的深远影响贯串唐宋。

和五律一样，七律也是在初唐就已经定型。明人胡震亨说"自景龙始创七律"④，可以从初唐中宗景龙三年（709年）群臣同写《奉和初春幸太平公主南庄应制》诗中得到证明，这些诗里面"内有七首通首合律"⑤，符合格律者近80%，其后武则天统治时期创作出的"君臣嵩山石淙赓和诗"也大部分合律或基本合律⑥。当然，相对于五律而言，总的来说初唐时期成熟的七言律诗还太少，格律还不够精严，更谈不上气象的雄浑，意蕴的深厚了。七律成熟的任务要到杜甫手上才算完成。七律本孕育于宫廷，一开始多为宫廷应制之作。后来王维、李颀等诗人拓展了七律的题材，出现了早朝倡和、送别、寄怀、题记、咏物、边

---

① 陆时雍《诗镜总论》，丁福保辑《历代诗话续编》，中华书局2006年版，第1415页。

② 王得臣《麈史》，中华书局1985年版，第32页。

③ 杜甫著，仇兆鳌注《杜诗详注》，中华书局1979年版，第916页。

④ 胡震亨《唐音癸签》卷十，上海古籍出版社1981年版，第93页。

⑤ 周勋初主编《唐诗大辞典·唐诗大事年表》，江苏古籍出版社1990年版，第64页。

⑥ 参看龚祖培《七律的定型者究竟是谁》，《中州学刊》2009年第5期。

塞等内容，但李颀七律仅七首，王维也不过二十首。据统计，在杜甫之前所有诗人创作的七律总共只有246首①，而杜甫一人就创作了150余首（方回《瀛奎律髓》以为杜甫七律有159首，浦起龙《读杜心解》则以为151首），在内容和题材方面也极大地拓展，怀古、感时、行旅、寄赠、闲居等各各都有，时局的动乱、民生的凄苦、无力回天的忧愤、有家难归的哀伤，时或水中鸥鹭的相亲相近、邻翁对饮的相乐相知，无不熔铸在他的七律中。当然，对于作品数量、题材内容来说，这种诗体在美学上的成熟可能更为重要，因为从本质上讲，这是它之所以被称为诗的关键所在，而且似乎一种诗体总有适合它的特殊的美学品格。清人方东树在《昭昧詹言·通论七律》中把王维、杜甫的七律分为二大派别，他说："何谓二派？一曰杜子美，如太史公文，以疏气为主。雄奇飞动，纵恣壮浪，凌跨古今，包举天地，此为极境。一曰王摩诘，如班孟坚文，以密字为主。庄严妙好，备三十二相，瑶房绛阙，仙官仪仗，非复尘间色相，李东川次辅之，谓之王、李。"②应该说，王维的作品更接近初唐七律高华壮丽的美感，而杜甫在此之外，加以雄浑苍茫、拗峭瘦硬、清新浅俗。七言八句五十六字，任其颠倒纵横，自由驰骋，演绎出无数风格，开后人无数门径。尽管王、杜何者为高在后代有过争论，胡震亨在《唐音癸签》中说道："七言律独取王、李而绌老杜者，李于鳞也。夷王、李于岑、高，而大家老杜者，高廷礼也。尊老杜而谓王不如李者，胡元瑞也。谓老杜即不无利钝，终是上国武库；又谓摩诘堪敌老杜，他皆莫及者，王弇州也。意见互殊，几成诤论"③，但持折衷观点的显然更多，王维、杜甫创作的七律所表现出来的美学特征在后来的接受视野中一直被视为高标。

而对于一种格律诗的定型，不能不提到的是格律的完善。七律的格律尽管在初唐后期已经基本完备，但只有到杜甫手上才臻于精密。首先来讲声律，其实初唐七律声律已近缜密，但杜甫似乎要"通过诗歌的格律化以重获音乐性"④，他在"唐初律诗盛行，而其法愈密"的基础上"神明变化，遂为

① 程千帆、张宏生《七言律诗中的政治内涵》，《文艺理论研究》1988年第2期。
② 方东树《昭昧詹言》，广文书局1962年版，第557页。
③ 胡震亨《唐音癸签》卷十，上海古籍出版社1981年版，第93—94页。
④ 张节末、徐承《作为审美游戏的杜甫夔州七律——以中古诗歌律化运动为背景》，《学术月刊》2009年第9期。

用双声迭韵之极"（周春《杜诗双声迭韵谱括略》卷一）。自然，"如两玉相扣，取其铿锵"的迭韵和"如贯珠相连，取其婉转"[①]的双声在诗人"新诗改罢自长吟"的时候是会带给他别样的美感体验的。杜甫于律诗声律的锤炼确实是我们所难以想象的。在杜甫之前，七律久负盛名的王维名篇《积雨辋川庄作》颔联失粘，另一名篇《和贾舍人早朝大明宫之作》颔联、颈联、尾联出句末字"殿""动""诏"全用去声，纯属上尾。而"老杜律诗单句句脚必上、去、入皆全"（清董文涣《声调四谱图说》引朱彝尊语）。王力在《汉语诗律学》中补充说："朱彝尊说：'老杜律诗单句句脚必上去入俱全。'……杜诗并非每首如此，只能说是多数如此。""首句若不入韵，势必有两个出句句脚的声调相同，但声调相同的句脚必须隔离。"[②]以杜甫《曲江二首》为例，"其一第三、五、七句末字：'眼''翠''乐'，上、去、入声俱全；其二第三、五、七句末字：'有''见''转'，上、去、上声递用，两上声隔离使用；《曲江对酒》第三、五、七句末字：'落''弃''远'，入、去、上声俱全；《曲江对雨》第三、五、七句末字：'落''辇''会'，入、上、去声俱全。杜甫曲江七律组诗，每首出句句脚上、去、入声递用，声律上之戛戛独造，亦已超越前人"[③]。

再看对句。杜甫七律之对句可谓出神入化，其七律按 151 首算，"首联对仗的 70 首，占 45%，仅比五律低 6%；尾联对仗的 36 首，占 25%，反比五律高出 18%"，远高出其他创作七律的著名诗人如王维、李商隐。[④]他又有通首全对者，如名篇《登高》。这种写法其实唐初已多见，来看李峤的两首诗：

---

① 李重华《贞一斋诗说》，王夫之等撰《清诗话》，上海古籍出版社 1999 年版，第 935 页。

② 王力《汉语诗律学》，上海教育出版社 2005 年版，第 122 页。

③ 邓小军《杜甫曲江七律组诗的悲剧意境》，北京大学学报（哲学社会科学版），2011 年第 4 期。

④ 参见舒志武《大而能化，工而能变——论杜甫七律首尾联的特殊对仗》，《华南农业大学学报》（社会科学版）2004 年第 4 期。按，舒文计算比例有误。杜甫七律按 151 首算，首联对仗者 70 首，应占 46%，比五律 51% 低 5%；尾联对仗者 36 首，应占 23%，比五律 7% 高出 16%。

　　主家山第接云开，天子春游动地来。羽骑参差花外转，霓旌摇
曳日边回。还将石溜调琴曲，更取峰霞入酒杯。鸾辂已辞乌鹊渚，
箫声犹绕凤凰台。（《奉和初春幸太平公主南庄应制》）

　　凤城景色已含韶，人日风光倍觉饶。桂吐半轮迎此夜，蓂开七
叶应今朝。鱼猜水冻行犹涩，莺喜春熙弄欲娇。愧奉登高摇彩翰，
欣逢御气上丹霄。（《人日侍宴大明宫》）

虽然内容较单薄，不免有"今日惟观对属能"（李商隐《漫成五章》其一）之
讥，但不能否认，也是写得气韵流转，没有堆砌滞涩之弊，这对"转益多师"
且通达初唐"当时体"的杜甫无疑是有影响的。当然，杜甫的作品自然是不可
同日而语，就《登高》而言，不仅四联皆对，对仗工整细密，而且写得波澜起
伏，感情丰沛。首联不仅隔句对，而且当句也对，语义绵密，意象纷呈，几
乎一字一景，令人目不暇接。无怪乎有人感叹说："凡人作诗，一句说得一件
物事，多说得两件；杜诗一句能说得三件、四件、五件事物……此其所以为
妙。"①颔联则改密为疏，足见阴阳虚实之妙，又对上联纷呈意象做一统摄，使
之融构成一个整体的境界。颔联由景生情，景在情中。王夫之说明"情中景"
的时候举"诗成珠玉在挥毫"为例，其实用"万里悲秋常作客，百年多病独登
台"同样非常精当。此联情思沉郁，寄意绵邈，一唱三叹，感慨万千。宋人罗
大经曾评析这一联云："盖万里，地之远也；秋，时之惨凄也；作客，羁旅也；
常作客，久旅也；百年，暮齿也；多病，衰疾也；台高，迥处也；独登台，无
亲朋也。十四字间含八意，而对偶又精确。"②在时间与空间之中展开情感，这
确实是杜甫对句精秘之所在。在他之前，七律中间的有名的对句往往只就空间
一个维度展开，如王维的"云里帝城双凤阙，雨中春树万人家"（《奉和圣制从
蓬莱向兴庆阁道中留春雨中春望之作应制》）、祖咏的"万里寒光生积雪，三边
曙色动危旌"（《望蓟门》）、李颀的"南川粳稻花侵县，西岭云霞色满堂"（《寄

---

①　吴沆《环溪诗话》引张右丞语，中华书局 1985 年版，第 4 页。

②　罗大经《鹤林玉露》乙编卷五，中华书局 1983 年版，第 215 页。

綦毋三》)、崔颢的"河山北枕秦关险，驿树西连汉畤平"(《行经华阴》)、崔曙的"三晋云山皆北向，二陵风雨自东来"(《九日登望仙台呈刘明府》)以及李白的"三山半落青天外，二水中分白鹭洲"(《登金陵凤凰台》)，而杜甫似乎更善于同时在时空的二重维度里展现其渺小而悲壮的存在。他的诗集里如"江山有巴蜀，栋宇自齐梁"(《上都牵寺》)、"吴楚东南坼，乾坤日夜浮"(《登岳阳楼》)、"五更鼓角声悲壮，三峡星河影动摇"(《阁夜》)、"锦江春色来天地，玉垒浮云变古今"(《登楼》)、"越裳翡翠无消息，南海明珠久寂寥"(《诸将五首》其四)、"三峡楼台淹日月，五溪衣服共云山"(《咏怀古迹五首》其一)、"万里伤心严谴日，百年垂死中兴时"(《送郑十八虔贬台州司户伤其临老陷贼之故阙为面别情见于诗》)、"三年笛里关山月，万国兵前草木风"(《洗兵马》)、"窗含西岭千秋雪，门泊东吴万里船"(《绝句四首》其三)这样的句子比比皆是，这其中大多数是七律的联句。时间的渺远和空间的辽远在七律特定的结构里面形成一种特殊的空间和张力，不仅"尤工远势古莫比"，更重要的是，通过这看似单纯的对句却赋予了七律某种形而上的意味。当我们再回过头读读初唐如"愧奉登高摇彩翰，欣逢御气上丹霄""羽骑参差花外转，霓旌摇曳日边回"这样的对句，会惊讶地发现，是杜甫重新赋予了律联乃至这种诗体以生命。当然了，这可能因为杜甫居台阁日短，没有多少时间空间展露揄扬润色之才，于是就很自然地把七律作为抒发个人情怀与身世之感、寄托历史沉思的诗型。然而这并不是谁都能做得到的，如果只是优孟衣冠尺寸学之，则往往失于肤廓，明人或有此病。杜甫对句中"当句对""隔句对""续句对"等多种形式，有些其实并非其首创，但却是他最早用在七律的格式里。他对对仗进行孜孜以求的探索，有意识地打破常规节奏和意群安排，最大程度地增强诗歌语言的弹性与张力，留下了许许多多的名句，如："三顾频烦天下计，两朝开济老臣心"(《蜀相》)、"丛菊两开他日泪，孤舟一系故园心"(《秋兴八首》其一)、"波漂菰米沉云黑，露冷莲房坠粉红"(《秋兴八首》其七)、"酒债寻常行处有，人生七十古来稀"(《曲江二首》其二)、"昨日玉鱼蒙葬地，早时金碗出人间"(《诸将五首》其一)、"可怜怀抱向人尽，欲问平安无使来"(《所思》)，等等。有这样在七律中工于造对的"传统"，自然就有"鸟下绿芜秦苑夕，蝉鸣黄叶汉宫秋"(许浑《咸阳城东楼》)、"深秋帘幕千家雨，落日楼台一笛风"(杜牧《题宣州开元寺水阁》)、"玉玺不缘归日角,锦帆应是到天涯"(李商隐《隋宫》)、"永忆江湖归白发,欲回天地入扁舟"(李商隐《安定城楼》)、"雪岭未归天外使,松州犹驻殿前军"(李商隐《杜工部蜀中离席》)、"此日六军同驻马,当时七夕笑牵牛"(李商隐《马嵬》其二)、"回日楼台非甲帐,去时冠剑是丁年"(温庭筠《苏武庙》)、"下国卧龙空寤主,中原逐鹿不由人"(温庭筠《过五丈原》)、"树色连云春泱漭,风光著草日晴明"(欧阳修《出省有日书事》)、"沧波万古流不尽,白鸟双飞意自闲"(欧阳修《和韩学士襄州闻喜亭置酒》)、"落木千山天远大,澄江一道月分明"(黄庭坚《登快阁》)、"心犹未死杯中物,春不能朱镜里颜"(黄庭坚《次韵柳通叟寄王文通》)、"初怪上都闻战马,岂知穷海看飞龙"(陈与义《伤春》)、"小楼一夜听春雨,深巷明朝卖杏花"(陆游《临安春雨初霁》)、"每惜好春如我老,谁能长日伴人闲"(陆游《出游归鞍上口占》)等等句式灵活、对仗精切、意蕴丰富的"传承"了。而要特别指出的是,这种律联并不是完全等同于其他文学体裁如赋体的对句,它与七律形式美学的形成和内在意义的表达有着至关重要的关联,这从杜甫和杜甫之后许多诗人利用对句进行七律的篇章结构的新变可以看出。

杜甫七律又往往体现谨严的章法,这种章法同时暗示流转的思绪。仇兆鳌在注解杜甫时说:"唐人七律,多在四句分截,杜诗于此法更严。张性《演义》拈夔府京华作主,以听猿山楼应夔府,以奉使画省应京华,逐层分顶。说似整齐,然未知杜律章法,而琐琐配合,全非作者本意。后面长安、蓬莱、昆明、昆吾四章,旧注各从六句分段,俱未合格。今照四句截界,方见章法也。"① 按照他的见解,《秋兴八首》都是四句分截。据董就雄先生统计,杜甫七言律诗凡151首,仇兆鳌标明是四句分截的,占了七成。② 但实际上,杜诗章法并非如此刻板,而是更加灵活多变的,一如其微妙的意识流动。《登楼》一诗是杜甫晚年入蜀后所作的名篇:

---

① 仇兆鳌《杜诗详注》卷十七,中华书局1979年版,第1847页。

② 董就雄《仇注杜诗〈秋兴八首〉四句分截数说析论》,《山西大学学报》2007年第1期。

花近高楼伤客心，万方多难此登临。锦江春色来天地，玉垒浮
云变古今。北极朝廷终不改，西山寇盗莫相侵。可怜后主还祠庙，
日暮聊为梁甫吟。

首句即有转折，"花近高楼"本人所乐见，却偏偏伤客心；下句交待原由，"此登临"照应"高楼"，"万方多难"照应"伤客心"。颔联即接写"登临"所见，锦江裹挟着无边的春色充溢在这天地之间，由景及情，唐王朝似有中兴气象，诗人不禁欢欣，但遥望玉垒浮云，又不免惆怅。"变"字系上系下，既指浮云在古今漫长的历史中不断变幻，又指古今世事如白云苍狗变幻无常。这样一来，不唯写景，亦是说史；不唯说史，亦是论今。此一联对仗精切，字面华丽，融写景、抒情、议论于一炉，堪称古今绝对；而一写乐景，一写哀景，又对应首联哀乐交融无痕，最见章法。颈联乍一看则显突兀又重拙，其实这在杜甫律诗中也常见，如"吴楚东南坼，乾坤日夜浮"下接"亲朋无一字，老病有孤舟"（《登岳阳楼》），"星垂平野阔，月涌大江流"下接"名岂文章著，官因老病休"（《旅夜书怀》）。但仔细体味，就会发觉"北极朝廷"一句其实是因上句古今世事朝代如浮云变幻而发，连接"北""极"两入声字凸显其急迫，又以"终不改"三字作掷地有声不容质疑言，诗人极口分辩的声容跃然纸上，虽然漂泊西南仍一派孤忠，读之令人掩涕；而"北极朝廷终不改"自然"西山寇盗莫相侵"了，既是就时事所感发，也是语义逻辑之所顺延。这一句词严义正，浩气凛然，在如焚的焦虑之中透着坚定的信念，诗的情调到此一扬。但尾联却直转急下。诗人站在蜀国故地，眼见历史又以一种方式重演，不禁思绪渐渐沉落而归于混茫。全诗章法奇妙，首联一句之中即有哀乐，颔联则有上下对句分写哀乐，颈联尾联则是一联写哀一联写乐，一如涟漪逐层荡开。全诗则往复回环，吞吐抑扬，开阖变化，"格法、句法、字法、章法，无美不备，无奇不臻"[1]。杜甫还创造一种七律组诗的形式，各诗之间潜气内转，意脉相连，"道

---

① 管世铭《读雪山房唐诗序例》，郭绍虞编选，富寿荪校点《清诗话续编》，上海古籍出版社 1983 年版，第 1553 页。

他是连，却每首断，道他是断，却每首连，倒置一首不得，增减一首不得"①，真如清人黄子云所言："杜之五律、五七言古，三唐诸家亦各有一二篇可企及；七律则上下千百年无伦比。其意之精密，法之变化，句之沉雄，字之整练，气之浩汗，神之摇曳，非一时笔舌所能罄"②。在他之后的唐宋诗人中，刘禹锡、柳宗元将七律刻削为精警凝炼，白居易则化之以纡徐坦易，而"东坡学之，得其流转"。最能继承杜甫七律的艺术技巧的或许是晚唐的李商隐和黄庭坚，义山"得其浓厚"，将丰富的感情融汇在严整的形式里，达到精密、圆熟、和谐的境界，形成了沉博密丽的独特风格；山谷则"得其奥峭"③，瘦硬奇崛，别具一格。

　　杜甫律诗特别是七律的创作其实潜在地也带来了创作态度的一种深层演化。一是创作的功利性、实用性目的增强，寄赠、酬答无施不可，题材内容相应扩大，中唐以后文人七律创作数量的急剧增加就与此有关。施子愉先生曾把《全唐诗》中存诗在一卷以上的诗人的作品作了统计，其中七律诗的数量是：初唐 72 首，盛唐 300 首，中唐 1848 首，晚唐 3683 首。④随着数量的激增，内容趋向通俗化、日常化，韵律、风貌也发生巨大的转变。自德宗贞元至文宗大和年间，七律大都韵律轻松、结构澹荡、平易晓畅。从元稹的《遣悲怀》三首就能看出这种新变之所在，其中有"顾我无衣搜荩箧，泥他沽酒拔金钗。野蔬充膳甘长藿，落叶添薪仰古槐"般平实的叙事，"诚知此恨人人有，贫贱夫妻百事哀""惟将终夜长开眼，报答平生未展眉"般平实的抒情，即使用典，"邓攸无子寻知命，潘岳悼亡犹费词"也毫不艰涩费力。波及而宋，王禹偁、欧阳修、苏轼乃至陆游、刘克庄诸人的七律亦大多澹荡自然。不过，这也时时暴露七律"体格日卑，气运日薄"的"衰态"⑤，堕入另外一种滑熟，明清以还，

———————

①　叶嘉莹《杜甫秋兴八首集说》载金圣叹语，河北教育出版社 2000 年版，第 22 页。

②　黄子云《野鸿诗的》，王夫之等撰《清诗话》，上海古籍出版社 1999 年版，第 850 页。

③　施补华《岘佣说诗》，王夫之等撰《清诗话》，上海古籍出版社 1999 年版，第 991 页。

④　转引自沈祖棻《唐人七绝诗浅释》，上海古籍出版社 1981 年版，第 20 页。

⑤　胡应麟《诗薮》，上海古籍出版社 1979 年版，第 100 页。

此弊尤甚。与之相反，另一种变化则是游戏化的创作态度："蜀中五年，杜诗中平添许多冠以'戏……歌'、'戏作……'、'戏为……'之名的作品，显示了强烈的游戏冲动。"① 虽然游戏性的笔墨古已有之，之前像宋玉的《登徒子好色赋》、东方朔的《答客难》、孔稚珪的《北山移文》、王勃的《檄英王鸡》都有某种游戏的味道，不过游戏化对素以"言志"为旨归的诗来讲却有着不一样的意义。而且，一个值得注意的变化是游戏化的创作心态使得诗人更加醉心于格律形式的探索，李商隐即及后来的西昆诸子用事的精密以及以用事来展开诗歌语言、黄庭坚对于语词的锤炼和篇章结构的构造、宋代七律被大量用于步韵、唱和或戏赠等充满竞争或戏谑意味的场合，实际都是这一倾向的代表。总的来说，晚唐以迄宋朝的七律大致融合杜甫和元、白的特点，一面造句学杜之精琢而渐失其浑厚，一面声口似元、白之流易而又暗暗锤炼其辞，盖合老杜、元白以成自家面目。仅以苏轼《竹阁》诗为例："海天兜率两茫然，古寺无人竹满轩。白鹤不留归后语，苍龙犹是种时孙。两丛恰似萧郎笔，十亩空怀渭上村。欲把新诗问遗像，病维摩诘更无言"，除了不像山谷诗音节拗峭外，全诗几乎句句用典，但又轻松流转不落痕迹，看作杜诗与白诗的结合可，看作杜诗潜在因素的发挥亦未尝不可。其实，上述两种倾向在杜诗中都已孕育，而在杜甫之后的唐宋诗史中则得到进一步的推拓。无论是从创作的数量、题材、格律、美学建构还是心态的微妙转变，杜甫在七律的最终定型和新变的过程都起到至关重要的作用。"由于他的继承和创新，中唐以后，七律甚至后来居上，超过五律而成为律诗的典范体裁和人们普遍采用的主要诗歌形式。"② 而我们用那么多的篇幅来讲杜甫，不只是看到他在唐宋诗史中的转折意义，更是看到他的连接枢纽的价值，正因为这么一个文学史上独特的存在，我们把唐宋作为一个完整的文学史时代来论述才成为可能，也才有客观依据。在下文关于绝句、古体歌行、诗美创新等部分我们仍然会再阐明杜诗这个独特存在的独特意义。

事实上，近体的新变还有一个非常重要的途径，这就是援古入律、运古于

① 张节末、徐承《作为审美游戏的杜甫夔州七律——以中古诗歌律化运动为背景》，《学术月刊》2009 年第 9 期。

② 许总《杜诗以晚期律诗为主要成就说》，《中州学刊》1988 年第 6 期。

律。说到这点，我们同样绕不开杜甫。李白五律常夹以散句，也创作许多风神萧散的名篇，如《塞下曲》（五月天山雪）、《夜泊牛渚怀古》等，皆"一气呵成，无对待之迹，有流行之乐，境地高绝。"① 不仅李白，他如储光羲、孟浩然、王昌龄等，五律亦常句不琢炼，格不整崎，在苏味道、沈佺期、宋之问、杜审言等句剪字裁、精密无隙的五律之外别立一格（沈德潜也说不用对偶、通篇全散的《夜泊牛渚怀古》"匪垂典则，偶存标格而已"②），但似乎这只是风气使然；而杜诗格律的变化则可更看作是一种艺术上苦心孤诣的探寻。杜甫的援古入律是全方位的。首先最突出的是声律。律诗在杜甫手上已经完全成熟，但过分的字谐句顺则往往使律诗流于委靡。有意识地使用拗句，可使律诗在婉转流丽中增加一些质朴劲健、峭拔顿挫的特色。在杜甫一百五十余首律诗中，有拗体二十八首，其中如《崔氏东山草堂》《题省中院壁》等诗中有"落花游丝白日静，鸣鸠乳燕青春深""有时自发钟磬响，落日更见渔樵人"这样的句子，皆从拗折之中见波峭之致。特别是《白帝城最高楼》一诗，叶嘉莹先生认为"正可以为杜甫成熟之拗律的代表作品"，"由尝试而真正达到了一种成熟的境地，以拗折之笔，写拗涩之情，然有独往之致，造成了杜甫在七律一体的另一成就"③。而且我们从这首诗里也可以看到杜甫援古入律的另一个方面——句法的变异。像"独立缥缈之飞楼""杖藜叹世者谁子"都是有意借用古诗甚至散文化的句式造成拗峭之致，以便更好地抒发激切的情感。在题材方面，杜甫也有意用律诗继承汉魏古诗"感于哀乐，缘事而发"的传统，如《秋笛》《王命》《征夫》《诸将五首》等作品都可谓"以古之比兴就今之声律"。此外，援古入律还表现在美学特征上的借鉴。如果说"庄严妙好"、高华壮丽的初唐七律带给我们的是一种静态的美感，"象征了一种和谐圆满的精神"④，杜甫"雄

---

① 田雯《古欢堂集杂著》卷二，郭绍虞编选，富寿荪校点《清诗话续编》，上海古籍出版社 1983 年版，第 702 页。

② 沈德潜《说诗晬语》，王夫之等撰《清诗话》，上海古籍出版社 1999 年版，第 539 页。

③ 叶嘉莹《杜甫秋兴八首集说》，河北教育出版社 2000 年版，第 41—43 页。

④ 高友工《文学研究的美学问题（下）：经验材料的意义与解释》，《中国美典与文学研究论集》，台湾大学出版中心 2004 年版，第 98 页。

奇飞动、纵恣壮浪"①的七律则把七言古诗的开阖动荡引入七律这种"处处都体现了孤立、并列、等值、均衡而对称的构型与节奏"的形式之中,尽管看似严整,但充满动感,因而"凌跨古今,包举天地"。当然,这里有诗人自觉的努力创造,也离不开一个时代精神的滋养。比如说,这种动荡的美感在大历时期的律诗中是十分鲜见的。

杜甫的这种援古入律、运古于律的做法在后世得到广泛的继承和推拓。晚唐皮日休、陆龟蒙效其"吴体",其实也就是拗律。黄庭坚在这方面走得更远,其七律 311 首,拗体就有 153 首,竟占总数之半。"小雨藏山客坐久,长江接天帆到迟""黄流不解涴明月,碧树为我生凉秋""清谈落笔一万字,白眼举觞三百杯""持家但有四立壁,治病不蕲三折肱"等句子都以其整体上拗折的音调、奇崛的风貌为人所称赏,代表着黄庭坚的诗歌成就和诗学理念。白居易则从另一角度加以承继,在《放言五首》的诗序中他说:"元九在江陵时,有《放言》长句诗五首,韵高而体律,意古而词新……予出佐浔阳,未届所任,舟中多暇,江水独吟,因缀五篇,以续其意耳。"元、白《放言》诗的体裁都属于七律。试举白居易《放言五首》其二:"世途倚伏都无定,尘网牵缠卒未休。祸福回还车转毂,荣枯反覆手藏钩。龟灵未免刳肠患,马失应无折足忧。不信君看弈棋者,输赢须待局终头。"此诗在格律上是一首标准的七律,但和传统题材不同,全诗以议论为主。白居易认为这样的诗源自李颀,但较大规模地把议论引入七律的应该是杜甫。试看他的《诸将五首》《又呈吴郎》,皆"韵高而体律,意古而词新",既有律诗严格的格律,又有古诗高古、疏放的韵味。这是运古入律的另一种方式。当然了,今天看来,白居易学得并不像,《放言》诸诗抛开内涵不谈,更像后来的邵康节体。但他在七律里面夹杂大量议论的做法,也不失为杜甫与晚唐诸子及宋人之间的一个过渡。

讲完五律和七律,最后我们来谈谈绝句,主要谈七绝在唐宋的演变(排律承袭齐梁体的成分较多,在唐代的发展主要是在篇幅的宏阔上,这点我们放在第三节讨论)。闻一多先生在《说唐诗》中曾经说过这样的话:"七绝当是诗的

---

① 方东树《昭昧詹言》,广文书局 1962 年版,第 557 页。

精华，诗中之诗，是唐诗发展的最高也是最后的形式。"① 闻先生的话是否有失偏颇值得商榷，但他评价的立场我们却是可以理解的。胡应麟认为绝句"语半于近体（律诗）而意味深长过之，节促于歌行（古诗）而咏叹悠永倍之"，是从绝句的声调和表情作用而言，而闻先生似乎更是站在诗与生命同构的高度去阐发的。中国诗学素有这样的传统，诗与生命是同源的，与生命形式是同构的。钟嵘在《诗品》里早就说："气之动物，物之感人，故摇荡性情，形诸舞咏"②，明人谢榛有谓："诗有造物。一句不工，则一篇不纯，是造物之不完也。造物之妙，悟者得之。譬诸产一婴儿，形体虽具，不可无啼声也"③，都是这种理念的表达和论述。而这就是盛唐七绝真美之所在。我们以往总太注意于盛唐七绝吸取民歌风调而形成的那种风神绰约、摇曳多姿的美，醉心于它的"兴象玲珑，句意深婉，无工可见，无迹可寻④，却有点忽视这种美的深刻内涵。尽管这些七绝有很多是代言体的诗歌，但是我们读着"更吹羌笛关山月，无那金闺万里愁""忽见陌头杨柳色，悔教夫婿觅封侯""玉颜不及寒鸦色，犹带昭阳日影来""羌笛何须怨杨柳，春风不度玉门关"这样的诗句，不会不感受到其中所洋溢着的丰沛的生命激情，更不用说那些直接高唱自己灵魂的生命之歌了。"醉卧沙场君莫笑，古来征战几人回""莫愁前路无知己，天下谁人不识君""今夜不知何处宿，平沙万里绝人烟""洛阳亲友如相问，一片冰心在玉壶""纸上相逢无纸笔，凭君传语报平安""飞流直下三千尺，疑是银河落九天""但用东山谢安石，为君谈笑净胡沙""且就洞庭赊月色，将船买酒白云边""劝君更尽一杯酒，西出阳关无故人"，哪一句不是脍炙人口？哪一句不是直指人心？这是一个时代的赐予。"盛唐绝句继承汉魏六朝抒情诗的表现传统，多表现传统的征夫思妇、闺情、宫怨、关山离别等典型的情感事件"⑤，而这些

---

① 闻一多著，蒙木编《闻一多说唐诗》，北京出版社 2015 年版，第 299 页。

② 钟嵘著，曹旭集注《诗品集注》，上海古籍出版社 1994 年版，第 1 页。

③ 谢榛《四溟诗话》卷一，丁福保辑《历代诗话续编》，中华书局 2006 年版，第 1139 页。

④ 胡应麟《诗薮》内编卷六，中华书局 1958 年版，第 110 页。

⑤ 钱志熙《论绝句体的发生历史和盛唐绝句艺术》，《中国诗歌研究》2008 年。

"情感事件"，严羽认为"往往能感动激发人意"①，也就是能唤起我们即使不是相同或相似至少也是共通的生命体验。因而在后来很多人的观照视野中，盛唐成为七绝最为辉煌的时代，而代表诗人就是一个"俊爽"而长于"览胜纪行"、一个"含蓄"而工于"宫辞乐府"的李白和王昌龄②。

而稍后杜甫的七绝却迥乎不同。研究者认为，原因大概有二：一是受蜀地民歌影响。夏承焘先生《论杜甫入蜀以后的绝句》一文指出，杜甫入蜀以后的绝大部分七绝都和当地民歌有关，其七绝艺术变化盛唐，正是学习当代民间文学的成果。③二是因为杜甫七绝回归的是晋宋徒诗的传统。"杜甫变体七绝的渊源是发端于晋宋的徒诗体七绝，而非盛唐乐府体七绝，因而在题材、体制、句法和风格上都呈现出和盛唐七绝迥然不同的风貌。"④由此出发，杜甫七绝更加注重书写个人化、日常化的生活和情感，集中如《绝句漫兴九首》《江畔独步寻花七绝句》等描写日常乡野风光的作品随处可见，还有咏大雁、鸬鹚、楸树等种种"幽事"之作，甚至以诗代简，投诗以求桃树、绵竹、桤木，这样的诗或许很难"感动激发人意"，但会比代言体的七绝更贴近诗人自己的生命体验。对于理解他的人来说，自能识得其"诗人雅趣"，而对于不理解的人则"俱无所解"了。（李重华《贞一斋诗说》："杜老七绝欲与诸家分道扬镳，故尔别开异径，独其情怀，最得诗人雅趣。"⑤杨慎《升庵诗话》卷十三云："杜子美诗，诸体皆有绝妙者，独绝句本无所解。"⑥胡应麟《诗薮》"子美于绝句无所

---

① 严羽《沧浪诗话》，中华书局年 1985 版，第 41 页。

② 叶燮《原诗》："七言绝句，古今推李白、王昌龄。李俊爽，王含蓄，两人辞调意俱不同，各有至处。"王夫之等撰《清诗话》，上海古籍出版社 1999 年版，第 610 页。

③ 夏承焘《月轮山词论丛》，中华书局 1979 年版，第 182—189 页。

④ 刘青海《对杜甫变体七绝的再认识——兼论与初唐七绝之关系》，《文学遗产》2011 年第 4 期。

⑤ 李重华《贞一斋诗说》，王夫之等撰《清诗话》，上海古籍出版社 1999 年版，第925 页。

⑥ 杨慎《升庵诗话》卷十三，丁福保辑《历代诗话续编》，中华书局 2006 年版，第903 页。

解，不必法也"，"五七言俱无所解者，少陵。"①)

杜甫于七绝的这种新变深刻地影响之后的七绝创作。中晚唐诗人尽管推崇盛唐七绝的自然风神，但却普遍地采取徒诗体的写法来进行写作七绝（大约只有一个李益例外）。他们大量的作品将平实、琐碎乃至凡庸的生活引入诗歌，竟比杜甫走得更远。"意必尽言，言必尽兴"②，"以道得人心中事为工，意尽而语竭"③，无复盛唐"婉曲回环""句绝而意不绝"④之妙。当然这并不是说中晚唐七绝全部汗漫不收，一无可取，胡震亨《唐音癸签》载《艺圃撷余》语："晚唐诗萎靡无足言，独七言绝句，脍炙人口，其妙至欲胜盛唐，"⑤更不是说"主意"的写法落入第二乘。其实，所谓的"主气""主意"也只是大概而言，杜甫自不必说，《赠花卿》《江南逢李龟年》二诗寄意无尽，即如盛唐大家王昌龄的七绝也往往含意微婉，而中唐以后如"日暮汉宫传蜡烛，轻烟散入五侯家""纵然一夜风吹去，只在芦花浅水边""长恨春归无觅处，不知转入此中来"这样"主意"的句子无疑也都是七绝一体的杰作。只是就诗史演化的角度看，我们必须指出晚唐七绝往往可分为写景、说理二体，其"主意"之作也往往是有意为之乃至"为诗造意"。这里我们只着重讲讲刘禹锡、杜牧和李商隐等在当时特别秀出的七绝作手，他们的七绝都可谓"主意"的代表。刘禹锡的《乌衣巷》《石头城》，杜牧的《赤壁》《夜泊秦淮》《题乌江亭》都寄托了对历史的独到见解和无限感慨，《秋词》《山行》《汴河阻冻》则表达出对人生的深刻理解；而"寄托深而措辞婉"的李商隐更是"实可空百代无其匹也"⑥。我们只消读读下面几首诗就能明了为何叶燮给了如此高的评价了：

---

① 胡应麟《诗薮》内编卷六，中华书局 1958 年版，第 105、112 页。
② 陆时雍《诗镜总论》，丁福保辑《历代诗话续编》，中华书局 2006 年版，第 1422 页。
③ 牟愿相《小澥草堂杂论诗》，郭绍虞编选，富寿荪校点《清诗话续编》，上海古籍出版社 1983 年版，第 919 页。
④ 杨载《诗法家数》，何文焕辑《历代诗话》，中华书局 2004 年版，第 732 页。
⑤ 胡震亨《唐音癸签》卷十，上海古籍出版社 1981 年版，第 102 页。
⑥ 叶燮《原诗》，王夫之等撰《清诗话》，上海古籍出版社 1999 年版，第 610 页。

回望高城落晓河，长亭窗户压微波。水仙欲上鲤鱼去，一夜芙蓉红泪多。(《板桥晓别》)

初闻征雁已无蝉，百尺楼高水接天。青女素娥俱耐冷，月中霜里斗婵娟。(《霜月》)

青雀西飞竟未回，君王长在集灵台。侍臣最有相如渴，不赐金茎露一杯。(《汉宫词》)

珠箔轻明拂玉墀，披香新殿斗腰支。不须看尽鱼龙戏，终遣君王怒偃师。(《宫妓》)

风露凄凄秋景繁，可怜荣落在朝昏。未央宫里三千女，但保红颜莫保恩。(《槿花》)

梦泽悲风动白茅，楚王葬尽满城娇。未知歌舞能多少，虚减宫厨为细腰。(《梦泽》)

"义山诗佳处，大抵类此。咏物似琐屑，用事似僻，而意则甚远"①。其实，中晚唐这样"主意"的作品其实是不胜枚举的，只是这时候作品太多，往往鱼龙混杂，良莠不齐。如王楙《野客丛书》中所例举的诗句"西施若解亡人国，越国亡来又是谁""今宵有酒今宵醉，明日愁来明日愁"则着意于新论，不免刻露太尽。

到了宋代，七绝写作延续中唐以来"主意"之余波并进而精粹为"主理"，"气格"显得更高，"大略浅意深一层说，直意曲一层说，正意反一层、侧一层说。诚斋又能俗语说得雅，粗语说得细，盖从少陵、香山、玉川、皮、陆诸家中脱化而出也"②。这点似乎不须赘言。当然了，"宋人七绝，种族各别"，其艺术渊源和手法都是多种多样的，江西诗派取法老杜，王安石对"唐人诗集博观而约取"③，杨万里回归"晚唐"，各自"出奇入幽"，俨然成为了"宋诗精华"。(叶燮《原诗》："宋人七绝，种族各别，然出奇入幽，不可端倪处，竟有轶驾

① 张戒《岁寒堂诗话》，丁福保辑《历代诗话续编》，中华书局2006年版，第461页。
② 陈衍《石遗室诗话》，辽宁教育出版社1998年版，第224页。
③ 叶梦得《石林诗话》，何文焕辑《历代诗话》，中华书局2004年版，第419页。

唐人者。"①陈衍《宋诗精华录》所录十之八九为近体，又以七言绝句为多，自序云："窃谓宋诗精华，在此不在彼也。"②）而或有意境绝佳如盛唐绝者，如苏舜钦的《夏意》《淮中晚泊犊头》《初晴游沧浪亭》，欧阳修的《自河北贬滁州初入汴河闻雁》，晁端友的《宿济州西门外旅馆》，王安石的《悟真院》《夜直》，苏轼的《南堂》《书李世南所画秋景》，郑獬的《送禅雅归姑苏》等，似乎都"不著一字，尽得风流"。但细味这些诗作却不似盛唐之"自然"，"与唐人尚隔一关"③。宋代诗人的"取境"，本质上仍然是一种"炼意"，而且炼得更加地深曲精密，是中晚唐七绝演变的延续，这是一方面。另一方面，延续着杜甫以来徒诗体七绝的作法，宋人七绝创作更显随意，往往一口气口占数绝，随感而发，或深挚感人，或浅切有味。仔细想来，也只有七绝这种诗歌体裁最能直接快速方便地抒发当下真切独得的情感，闻一多先生谓"七绝当是诗的精华，诗中之诗"，原有以也。由此也可看出，一种诗体的演变——就七绝而言，是由乐府体变为徒诗体——本有着其内在的规定性和必然性。

在这一节，我们讲了近体诗在唐宋两代的定型和新变。我们可以看到，这两代诗人以其各自不同的独有的精神气质，对近体诗这种特殊体裁所包孕的可能性做了最为充分的开掘，使之走向辉煌。然而一个不能否认的客观事实是，当这种可能性被开掘殆尽，近体诗也在唐宋两代诗人的手上走向没落。宋代以后诗人们于此体实已无太大的开拓了。这也从诗体发展的角度再一次论证了我们将唐宋作为一个完整的文学史时代的客观依据。

第二节　古体歌行的多向发展

相比于近体，唐宋诗人于古体似乎可资借鉴的要多得多。五言古诗早于汉魏就颇为发达，"是众作之有滋味者也"④；七言歌行于魏晋以来也日渐成熟，

---

① 叶燮《原诗》，王夫之等撰《清诗话》，上海古籍出版社1999年版，第610页。

② 陈衍评选，曹旭校点《宋诗精华录》，江西人民出版社1984年版，第2页。

③ 《沧浪诗话》评王安石绝句语。严羽《沧浪诗话》，中华书局1985年版，第13—14页。

④ 钟嵘著，曹旭集注《诗品集注》，上海古籍出版社1994年版，第36页。

至梁陈已十分风靡。但综观唐宋诗史，我们可以发现，古体歌行在这六百余年间才真的得以多向发展，大放异彩。如果说，初唐的歌行是"小荷才露尖尖角"，那么直到两宋，古体依然"老树着花无丑枝"。在唐宋诗史上，古体歌行确乎是浓墨重彩的一笔。

在具体论述之前，我们有两个问题需要说明。一是关于七言古诗和歌行的关系。胡应麟说："七言古诗，概曰歌行"①，实在是比较笼统的说法。从诗体发生学的角度看，二者部分同源，即就同源的部分看，都来自于乐府，但乐府于歌行是近源，如被视为七言歌行之祖的曹丕《燕歌行》即被看作汉魏乐府古题，后梁陈隋朝乐府则衍生出带有歌辞性题目的七言歌行，歌行的发生发展始终离不开乐府；而相形之下，乐府于七古则是远宗；另外，"在七言乐府形成的早期，另有一种七言诗并非脱胎于乐府，而是来自五言古诗"②。从二者体貌上看则区别更为明显，刘熙载说："七古可命为古、近二体：近体曰骈、曰谐、曰丽、曰绵，古体曰单、曰拗、曰瘦、曰劲。一尚风容，一尚筋骨。此齐梁、汉魏之分，即初、盛唐之所以别也"③，讲的实际上就是七言歌行与七言古诗在体调上的区别。因此，七古与歌行并不能完全看作一体，不过二者在诗史上纠结的情况比较复杂，如葛晓音先生将七言歌行"界定为非乐府题的带有歌辞性题目的七言古诗"，但又说"这二者根据题目区分是很容易的，然而要科学地说明其体调的不同，却相当困难"，因为在诗史上二者常常相互渗透交融，不仅初唐如此，盛唐以后也是如此。也就是说，歌行与七古在诗史上的区别又没有我们所想的那么大，在它们中间存在一个相当大的"灰色地带"，许多作品看作歌行可，看作古诗亦可。鉴于此，我们拟将七古与歌行合而述之（存量很少的五言歌行则不论），而对其分合之情况在具体论述中做处理。第二个问题是关于乐府。严格地说，乐府不是一种体裁，或者说不是与律诗、绝句、古体、歌行同一层面的概念（律诗与歌行也未必是同一层面的）。胡应麟就说过：

---

① 胡应麟《诗薮》内编卷三，中华书局1958年版，第39页。

② 葛晓音《初盛唐七言歌行的发展——兼论歌行的形成及其与七古的分野》，《文学遗产》1997年第5期。

③ 刘熙载《艺概》，上海古籍出版社1978年版，第72页。

"世以乐府为诗之一体，余历考汉、魏、六朝、唐人诗。有三言、四言、五言、六言、七言、杂言、近体、排律、绝句。乐府皆备有之……是乐府于诸体无不备有也。"① 当然，我们也要看到，用这些具体诗歌体裁创作的乐府与这些体裁一般的作品就体貌、格调乃至题材、写法上来看有诸多不同，五言乐府与一般五古不同，竹枝词与一般七绝不同，乐府总的来说仍可看作一大类。不过，乐府与这些诗体交错纠结，个中情况十分复杂。特别是"唐人达乐者已少，其乐府题，不过借古人体制，写自己胸臆耳，未必尽可被之管弦也"②，因此关于乐府的发展演变，我们同样拟放在各体中进行讨论（本节主要就古体歌行而言）。

那下面我们就来谈谈唐宋时代古体歌行的发展。"诗道不出乎变复"③，古体歌行在唐宋突破性的发展所由路向亦是如此。只是这"变复"有"复中之变"，有"变中之复"，有"求复而得变"，有"求变而得复"，有"复多而变少"，有"复少而变多"；有些诗人复古之意图、途径类似，实际效果却千差万别；有些诗人你分不清他到底是要"求复"还是"求变"，总而言之，情况比较复杂，也就构成了发展的多重路向。为了论述的方便，我们先就"复""变"两端述之。唐代古体歌行对前代传统集大成式的总结和恢复，首先就表现在五言古诗的创作上。相较于其他诗体，五古在唐代以前就显得非常成熟。刘勰在《文心雕龙·明诗》中说："暨建安之初，五言腾踊：文帝陈思，纵辔以骋节；王徐应刘，望路而争驱。"④ 建安以后，五言诗已经完全取代了四言诗在诗坛的统治地位，成为中国诗歌的主要体裁。在接下来的漫长时光里一路逶迤前行，五古的发展成为中国文学史上一道非常迷人的风景线。大体说来，先唐的五古有几种类型，曰汉魏，曰太康，曰元嘉，曰齐梁⑤。面对如此丰厚的遗产，唐人该何去何从？唐初自陈隋而来，文人多来自南朝，也就大多沿袭齐

① 胡应麟《诗薮》内编卷一，中华书局 1958 年版，第 12 页。

② 沈德潜《唐诗别裁集》，中华书局 1975 年版，第 5 页。

③ 吴乔《围炉诗话》，郭绍虞编选，富寿荪校点《清诗话续编》，上海古籍出版社 1983 年版，第 471 页。

④ 刘勰著，范文澜注《文心雕龙注》，人民文学出版社 1958 年版，第 66 页。

⑤ 参见葛晓音《论西晋五古的结构特征和表现方式》，《中华文史论丛》2007 年第 2 期；《南朝五言诗体调的"古""近"之变》，《中国社会科学》2010 年第 3 期。

梁体式，此时的五言诗与其是古诗，不如说是声律尚未纯完的近体。于是唐代五古的逻辑起点很自然地就从反对齐梁陈隋之风开始。从陈子昂大力标举"汉魏风骨"并付诸实践起，复古之风开始盛行。陈子昂《感遇》三十八首兴寄遥深，质朴真切，境界浑茫，直追汉魏；与之枹鼓相应的则前有张九龄，后有李太白。所谓"唐五言古诗凡数变，约而举之：夺魏、晋之风骨，变梁、陈之俳优，陈伯玉之力最大，曲江公继之，太白又继之。《感遇》《古风》诸篇可追嗣宗《咏怀》、景阳《杂诗》"，王士禛在《五言诗选凡例》中的这一段话大致勾勒出唐前期五古复古一派发展的基本脉络。陈子昂复古的途径据葛晓音先生考察主要是几点。首先是改造篇章结构，"破除了律诗的定格，变成四句一层，或通首不分层次，大多数都用散句"；"其次是在句法方面，采用汉魏古诗中常用的呼应、递进、反问、赞叹、虚词转折连接等句式，使句意连绵不断、相续相生"；"第三，学习阮诗以比兴、典故、议论相穿插的表现方式，以及汉魏诗中常用的一些情景模式"，"吸取了汉魏诗将典故和比兴化为故事的叙述或单个场景的表现方式"①。应该说，在"犹沿六朝绮靡之习"的唐初，陈子昂"直接汉魏，骨峻神竦，思深力遒，复古之功大矣"②。但陈子昂的问题一是只注重摹拟，却"失自家体段"③，二是把握住汉魏古诗的某些表现原理并加以推拓，但有矫枉过正之处，反而失却古诗之自然。相比之下，张九龄的五古更显委婉而有风雅遗音。这首先在于其诗"包孕深厚，发舒神变，学古而古为我用，毫不为古所拘"④，其次则在于秉承古诗的比兴手法而形成风格的"雅正冲淡，体合《风》《骚》"⑤，故而沈德潜才会说"陈正字起衰而诗品始正，张曲江继续而诗

① 葛晓音《陈子昂与初唐五言诗古、律体调的界分——兼论明清诗论中的"唐无五古"说》，《文史哲》2011 年第 3 期。

② 施补华《岘佣说诗》，王夫之等撰《清诗话》，上海古籍出版社 1999 年版，第 978 页。

③ 叶燮《原诗》，王夫之等撰《清诗话》，上海古籍出版社 1999 年版，第 569 页。

④ 厉志《白华山人诗说》卷一，郭绍虞编选，富寿荪校点《清诗话续编》，上海古籍出版社 1983 年版，第 2277 页。

⑤ 高棅《唐诗品汇》，上海古籍出版社 2012 年版，第 46 页。

品乃醇"①。不过，陈、张二人于唐代五古的新立都可谓居功至伟，而且陈子昂的影响或许还要大些。

在这之后，李白巍然而成一大家数。从创作精神来讲，李白是陈子昂"复古"理论的忠实响应者。他宣称："自从建安来，绮丽不足珍"(《古风五十九首》其一)，"梁陈以来，艳薄斯极，沈休文又尚以声律，将复古道，非我而谁与?"②"复古"精神不可谓不高调。在题材选择上，则多采取汉魏与两晋古诗中常见的题材内容：咏史、忧世、刺时、抒怀，并有游仙、任侠、艳情之作，应用的也是汉魏古诗"兴寄"的手法，"言侠、言仙、言女、言酒，特借用乐府形体耳"，不可"认作真身"③，"其间用事深切，言情笃挚，缠绵往复，每多言外之旨"④。诗中又多有身世之感和老庄玄理，自是魏晋以迄陈子昂一路诗风的传承。在句法上也是与陈子昂一样用汉魏古诗中常用的呼应、递进、反问、赞叹、虚词转折连接等句式。如"感我涕沾衣"(《古风五十九首》其二)、"茫然使心哀"(《古风五十九首》其三)这样的咏叹调式和"谁怜李飞将，白首没三边"(《古风五十九首》其六)、"如何舞干戚，一使有苗平"(《古风五十九首》其三十四)、"安得郢中质，一挥成斧斤"(《古风五十九首》其三十五)、"春风笑于人，何乃愁自居"(《拟古十二首》其五)这样的反问句式都很常见。从五古分类上看，李白古风、乐府、酬应这三类五古都能与与汉魏一一对应，且都成就巨大，汉魏后无人望其项背。"在后代五言古诗的作者中很难找到三个类别都有较大创作实绩者，陶渊明无乐府，谢灵运无杂诗，鲍照三类略为具备。唐代陈子昂无乐府，孟浩然无古风、乐府，李颀、岑参、杜甫无古风，王维、王昌龄、高适、储光羲三项略备，但很不平衡。"⑤不过，李白五古仍然是有唐古之特色的。在其古诗中，颇有"绿酒晒丹液，青娥凋素颜"(古风

---

① 沈德潜《唐诗别裁集》，中华书局 1975 年版，第 10 页。

② 孟棨《本事诗·高逸》，丁福保辑《历代诗话续编》，中华书局 2006 年版，第 14 页。

③ 刘熙载《艺概》，上海古籍出版社 1978 年版，第 59 页。

④ 乾隆御选，冉苒校点《唐宋诗醇》，中国三峡出版社 1997 年版，第 15 页。此处原书句读不确，径改。

⑤ 汤华泉《李白五古三论》，《苏州科技学院学报》(社会科学版) 2009 年第 3 期。

五十九首》其三十）、"紫燕栖下嘶，青萍匣中鸣"（《邺中王大劝入高凤石门山幽居》）这样杂有齐梁情调的"清词丽句"，并且其写近体时就不大在意格律，创作古体更是如此，所以尽管他的五古还是有齐梁诗的影子，诗中多对偶与入律的现象，但相较于他人则多一份自然。因为古诗本就偶杂律句，如果力避近体格律，反觉拗峭生涩。从这点看，李白五古也是集汉魏六朝之大成。

从以上论述我们可以看出，陈子昂、李白这一路大致可以看作是复中有变，追求回复传统而在不自觉中发生变化。相比之下，杜甫及其后劲的五古创作则更具"革命意义"。

与陈子昂一样，杜甫的五古创作也是以反对齐梁作为逻辑起点的，但与陈相比，他在更多方面表现出异于汉魏古诗的特点，而且这种变异是颠覆性的。杜甫的诗体意识很强，他的五古进一步将陈子昂所强调的力避律句、句式散化加以极端推拓，但却是采用古文句法，而非陈子昂式的带着明显汉魏腔调的反问、赞叹、递进等句式；虚词也多非用以句子间的转折，而是放在句中，这都使得他的五古少了很多汉魏风味，而具有"以文为诗"的特征。这种做法在他之后成了五古创作的主流套路。韩愈诗"千以高山遮，万以远水隔"（《路傍堠》）、"三十骨骼成，乃一龙一猪"（《符读书城南》）及《南山诗》连用五十一"或"字，都为显例。在杜甫之外，还有一人需要指出，他就是同时代的元结。其五古亦多散文化句式，如其《石鱼湖上作》：

> 吾爱石鱼湖，石鱼在湖里。鱼背有酒樽，绕鱼是湖水。儿童作小舫，载酒胜一杯。座中令酒舫，空去复满来。湖岸多敧石，石下流寒泉。醉中一盥漱，快意无比焉。金玉吾不须，轩冕吾不爱。且欲坐湖畔，石鱼长相对。

此诗造语有意追求古朴浅易和散文笔法，以近古风，但实际上失之浅率，与汉魏之浑朴真挚有别，与杜甫《赠卫八处士》一类自然亲切而具顿挫之致的作品也不同，倒是后来的元白与之相似。元稹诗有云："荆有泥泞水，在荆之邑郛。郛前水在后，谓之为后湖"（《后湖》），王建亦有诗云："雨中梨果病，每树无数个。小儿出户看，一半鸟啄破"（《园果》）；就是以硬语盘空著称的韩愈亦有此等句法。其《庭楸》诗云："朝日出其东，我常坐西偏。夕日在其西，我常坐东边。当昼日在上，我在中央间。"这种句法当与李白诗"天若不爱酒，酒星不在天。地若不爱酒，地应无酒泉"（《月下独酌四首》其二）一样，来自民间俗辞俚语，而与杜甫的融古文句法入诗不同，从中又可看出"以文为诗"之一端。

　　杜诗不仅有古文之句式，还有古文之篇法。清人方世举说："古人五言长篇，各得文之一体。《焦仲卿妻》诗传体，杜《北征》序体，《八哀》状体，白《悟真寺》记体，张籍《祭退之》诔体，退之《南山》赋体。赋本六义之一，而此则《子虚》《上林》赋派。长短句任华《寄李白、杜甫》二篇书体，卢仝《月蚀》议体，退之《寄崔立之》亦书体，《谢自然》又论体"①，所举诗篇大多为唐人作品，可见五古与各种文体的结合或者说五古在写法上的开拓大多是在有唐一代完成的。而其中的关键人物是杜甫。关于这一点，同是清人的管世铭有一段话可供参考："杜工部五言诗，尽有古今文字之体。《前后出塞》《三别》《三吏》，固为诗中绝调，汉、魏乐府之遗音矣。他若《上韦左丞》，书体也；《留花门》，论体也；《北征》，赋体也；《送从弟亚》，序体也；《铁堂》《青阳峡》以下诸诗，记体也；《遭田父泥饮》，颂体也；《义鹘》《病柏》，说体也；《织成褥段》，箴体也；《八哀》，碑状体也；《送王砅》，纪传体也。可谓牢笼众有，挥斥百家。"②从中我们不难发现杜甫对五言古诗的"古文化"改造（此处谓杜甫《北征》为赋体，其诗实更接近班彪、潘岳的《北征赋》《西征赋》，而韩愈《南山诗》则是《子虚赋》《上林赋》之体例，有所差别，这是需要指出的）。

　　句式的古拙还与平仄和用韵有关。杜甫五古喜欢用一些古拙的拗句，以增加古奥的趣味，又喜欢押仄声韵特别是入声韵，并且不转韵一韵到底，如其《自京赴奉先县咏怀五百字》以入声韵中质、物、月、曷、黠、屑六部通押。在这点上《箧中集》诗人与之十分相似。《箧中集》诗歌大量使用仄声字（此集全为五古），如沈千运《感怀弟妹》诗前八句"今日春气暖，东风杏花拆。

① 钱仲联《韩昌黎诗系年集释》，上海古籍出版社1984年版，第460页。
② 管世铭《读雪山房唐诗序例》，郭绍虞编选，富寿荪校点《清诗话续编》，上海古籍出版社1983年版，第1546页。

筋力久不如，却羡涧中石。神仙杳难准，中寿稀满百。近世多夭伤，喜见鬓发白"，押的全是入声字，给人古拗生硬之感。又如其《濮中言怀》中有"壮年失宜尽，老大无筋力"，从字词上看虽也是平白如话、浅显质朴，但这两句中仄声字很多，10 个字里面有 6 个字是仄声，形成拙涩、倔硬的音韵效果。后来韩愈变本加厉，其五古 134 首，127 首一韵到底，52 首押仄声韵，最长的一首《南山诗》102 韵，押仄韵，一韵到底。宋人深谙此道，亦如法炮制。如苏轼《迁居临皋亭》诗云："我生天地间，一蚁寄大磨。区区欲右行，不救风轮左。虽云走仁义，未免违寒饿。剑米有危炊，针毡无稳坐。岂无佳山水，借眼风雨过。归田不待老，勇决凡几个。幸兹废弃余，疲马解鞍驮。全家占江驿，绝境天为破。饥贫相乘除，未见可吊贺。澹然无忧乐，苦语不成些"，押仄声韵，追求的也是这种效果。即使到南宋，并非"宋调"典型的范成大五言古诗仍然有这种古拗生硬的感觉。其《大暑舟行含山道中雨骤至霆奔龙挂可骇》用字也是较为狠重，语式亦颇为拗峭，至此我们可知所谓"杜式五古"影响之所及。

在题材方面，杜甫不似李白继承曹植、阮籍、郭璞等魏晋诗人的传统，多写古人往事，借古讽今，或借言神仙、美女、侠客以寄意；而是直接书写今人时事，并着意向两个方向扩展。一是事关经国大业的"宏大叙事"，如"三吏""三别"《塞芦子》《留花门》等。一是生活化、日常性的题材，似乎刻意消解崇高和深刻（当然，仍有以琐事寄深意的成分，如《种莴苣》中"两旬不甲坼，空惜埋泥滓。野苋迷汝来，宗生实于此。此辈岂无秋，亦蒙寒露委。翻然出地速，滋蔓户庭毁。因知邪干正，掩抑至没齿"云云），如《种莴苣》《园官送菜》《园人送瓜》《课伐木》《行官张望补稻畦水归》《暇日小园散病将种秋菜》《信行远修水筒》《驱竖子摘苍耳》《催宗文树鸡栅》等。无论何种题材，都具有史传文体的实录叙事和征实的性质，更重要的是，这些作品都贯注了作者自身最鲜活的生命，从而具有某种"诗性"。不过，作为题材的拓展尽管为后世的古诗发展开拓了空间，但和所有伟大的作品一样，在后世对其尊崇学习的过程中，也不可避免被僵化理解和程式化模仿的命运。白居易宣称，杜甫《新安吏》《石壕吏》《潼关吏》《塞芦子》《留花门》之章，'朱门酒肉臭，路有冻死骨'之句，亦不过三四十首"，而他自己"忽忽愤发，或食辍哺，夜辍寝，不量才力，欲扶起之"①，却某种程度上将杜甫的诗性创作引向了模式化的"非诗"的困境。而白氏《贺雨》《观刈麦》《重赋》《读汉书》《议婚》这类诗，在后世又绵延不绝，李商隐《行次西郊作一百韵》与杜诗相较已稍显略逊于诗味，宋人韩琦《苦热》、王禹偁《感流亡》、欧阳修《赠杜默》、苏舜钦《吴越大旱》、梅尧臣《田家语》、王安石《兼并》《感事》、范成大《劳畲耕》等亦步后尘。这些诗其上者恻怛忧国，感激涕零；其下者不过押韵之文耳。另一面，日常化的书写又走入近乎琐碎凡庸丑怪病态的极端。这点经韩愈而至梅尧臣，可谓发挥到极致。日常景象在韩愈笔下变得险怪而丑陋，比如他写寒冷是"气寒鼻莫嗅，血冻指不拈"（《苦寒》），而梅诗则写了不少儿子头上的虱子、厕所里乌鸦在啄食蛆虫、老而丑的妓女、松动的残牙、喉间痰响、餐后腹泻之类的东西。诗而至此，不知可谓一厄否？不过，题材的开拓毕竟为诗歌发展提供了广阔的空间，一些好的作品如苏舜钦的《吴越大旱》，融昌黎震荡光怪的盘空硬语和乐天为时为事的诗歌理念于一炉，亦庶几近杜。而且五古到了杜甫手上变成纪事、叙事、反映时事、言志和陈述政见的实用诗体，带有明显的"诗史"与"政论"性质，某种意义上也拓展了这种诗体的表现功能。

李攀龙曾在《唐诗选序》里批评陈子昂的古诗："唐无五言古诗，而有其古诗。陈子昂以其古诗为古诗，弗取也。"②确实，陈子昂、李白一路尽管标举汉魏，但时势使然——具体地说，一是因为唐人不免综融汉魏晋宋齐梁古诗之特色而形成新的风格；二是抽象地理解汉魏古诗的某些原理并加以绝对化，而缺乏古诗本来自具之天真——唐人有其古诗而无汉魏之古诗。同为明人的陆时雍对于唐古诗与汉古诗曾经作过八个方面的比较："观五言古于唐，此犹求二代之瑚琏于汉世也。古人情深，而唐以意索之，一不得也；古人象远，而唐以景逼之，二不得也；古人法变，而唐以格律之，三不得也；古人色真，而唐以

---

① 白居易《与元九书》。白居易著，朱金城笺校《白居易集笺校》，上海古籍出版社1988年版，第2791页。

② 李攀龙选，蒋一葵笺释《唐诗选》，清华大学图书馆藏明刻本《四库全书存目丛书》集部第309册，庄严文化事业有限公司1997年版，第1页。

巧绘之,四不得也;古人貌厚,而唐以姣饰之,五不得也;古人气凝,而唐以佻乘之,六不得也;古人言简,而唐以好尽之,七不得也;古人作用盘礴,而唐以径出之,八不得也。"①抛开其立场不言,陆氏确实基本上把握住了汉、唐古诗基本风貌的差异。而在陈、李之外,即使是被视为"其源出于渊明,以萧散冲淡为主"②的韦应物、柳子厚五言古诗,其实仍属唐古的范畴。试举几例:

> 今朝郡斋冷,忽念山中客。涧底束荆薪,归来煮白石。欲持一瓢酒,远慰风雨夕。落叶满空山,何处寻行迹。(韦应物《寄全椒山中道士》)
>
> 久为簪组累,幸此南夷谪。闲依农圃邻,偶似山林客。晓耕翻露草,夜榜响溪石。来往不逢人,长歌楚天碧。(柳宗元《溪居》)
>
> 悠悠雨初霁,独绕清溪曲。引杖试荒泉,解带围新竹。沉吟亦何事?寂寞固所欲。幸此惜营营,啸歌静炎燠。(柳宗元《初夏雨后寻愚溪》)
>
> 杪秋霜露重,晨起行幽谷。黄叶覆溪桥,荒村唯古木。寒花疏寂历,幽泉微断续。机心久已忘,何事惊麋鹿?(柳宗元《秋晓行南谷经荒村》)

韦诗句意两句一转,仍是齐梁标准的八句范式;所举柳诗亦是如此,且表现出两种新特征:一是体格、风味差似五律,简直可以看作押仄声韵的五律;二是不时间有律化的对句,如上引诗中的"闲依农圃邻,偶似山林客""黄叶覆溪桥,荒村唯古木"等句。又如其《南涧中题》:"秋气集南涧,独游亭午时。回风一萧瑟,林影久参差。始至若有得,稍深遂忘疲。羁禽响幽谷,寒藻舞沦漪。去国魂已游,怀人泪空垂。孤生易为感,失路少所宜。索寞竟何事?徘徊只自知。谁为后来者,当与此心期",亦基本合律,特别是前后几句与律句如

---

① 陆时雍《诗镜总论》,丁福保辑《历代诗话续编》,中华书局 2006 年版,第 1413 页。

② 许学夷著,杜维沫校点《诗源辩体》,人民文学出版社 2001 年版,第 239 页。

合卯榫。由此可知，即如受陈、李影响较小的韦、柳，其五古仍体现鲜明的唐古特色，也即一面综融前代，汉魏晋宋齐梁之面貌皆隐约可见，一面与近体相互影响，在互渗互绝的状态下迤逦前行。

但如果说与汉魏古诗差异最大的，应属杜、韩诗。从上面论述我们可知，杜诗于五古演进是具革命性意义的。他的诗不用"汉魏诗将典故和比兴化为故事的叙述或单个场景的表现方式"的创作原理，而是直书现实生活，并变大写意式的主观铺写为细致化的客观描摹，又或者直接发表政见、史论，所以尽管也将古乐府与汉魏古诗中的叙事技巧和对话手法运用到五古中去，并在精神上继承汉魏乐府"感于哀乐，缘事而发"（《汉书·艺文志》）的传统（"诗史"是另外一种意义上的"比兴"），但仍与古诗面貌大异。其追求古奥的趣味，力避偶句、律句，似乎是在复古，也实为大变；其不换韵的作法及超大体量的篇幅亦与古诗异趣（虽然李白《经乱离后天恩流夜郎忆旧游书怀赠江夏韦太守良宰》篇幅也很大，但杜甫长篇明显比李白多；更重要的是，从杜甫开始，五古有普遍增长的趋势）。故而施补华在《岘佣说诗》中说："少陵五言古千变万化，尽有汉、魏以来之长而改其面目……故于唐以前为变体，于唐以后为大宗，于三百篇为嫡支正派。"① 之后韩愈亦步趋其法并推拓之。从这个意义上说，杜、韩五古更可作为异于汉魏古诗的唐古之代表。当然也可以换一种思路，把陈子昂、李白包括韦、柳的五古看做"唐古"，而将杜、韩、欧、苏、半山之五古视为"宋古"。这样，或许更能深入文学史的实际，也更能从五古这一诗体窥见唐宋两代作为完整的文学史时代的发展路向。

相比于五古，唐代的七言古诗歌行更似横空出世而卓荦古今。萧涤非先生在《杜甫研究》中指出"从诗体的发展上来说，唐人写作五言古诗只不过是一个继承和解放的过程，而唐人的写作七言古诗，则是一个发扬和创造的过程。七言古体诗才是唐诗独有的面目，才是唐人的拿手好戏。"② 林庚先生并认为七

---

① 施补华《岘佣说诗》，王夫之等撰《清诗话》，上海古籍出版社1999年版，第978页。

② 萧涤非《杜甫研究》，齐鲁书社1980年版，第120页。

古歌行可作为唐诗之代表："那解放的语言，奔放的情操，新鲜的旋律，豪迈的抒情，构成了唐诗的最鲜明的色调。"① 这与七古歌行自由的体式密切相关。有一个有趣的现象。中国传统诗学一向主张诗歌要"温柔敦厚""主文谲谏"，但对于七古这种诗体则似乎较少这种要求。即使强调诗歌的社会功用，讲到七言古诗也多是欣赏其"感激涕零""忠诚恻怛"，如王嗣奭评杜甫《哀王孙》说："通篇哀痛顾惜，潦倒淋漓，似乱而整，断而复续，无一懈语，无一死字，真下笔有神。"② 这实在与诗体的特性有关。七古尽可以"无首无尾，变幻错综"③，"似乱而整，断而复续"，但却不好吞吞吐吐，即使如老杜《哀江头》"半露半含，若悲若讽"④，也仍然"词气如百金战马，注坡蓦涧，始履平地"⑤。这样，反而在思想上的束缚要少。老杜的"儒术于我何有哉，孔丘盗跖俱尘埃"（《醉时歌》），恐怕也只能用七古的体式来表达。反过来说，即如骏发豪放的李白，其五古诗语若"人心若波澜，世路有屈曲"（《古风五十九首》其二十三）、"斗酒强然诺，寸心终自疑"（《古风五十九首》其五十九）、"长绳难系日，自古共悲辛"（《拟古十二首》其三）、"今日风日好，明日恐不如"（《拟古十二首》其五）、"世路如秋风，相逢尽萧索"（《游敬亭寄崔侍御》）等等，却自然而然都带有一种温厚蕴藉的体段。相较于讲求含讽不尽、欲吞欲吐的五古而言，七言古诗"横说竖说"，自由度要大得多。因而胡应麟就指出："五言古御辔有程，步骤难展；至七言古，错综开阖，顿挫抑扬，而古风之变始极。"⑥ 王士禛《香祖笔记》云："韩、苏七言诗学《急就篇》句法，如'鸦鸱雕鹰雉鹄鹍''雒驱骊骆骊骝驎'等句，予既载之《池北偶谈》，近又得五言数语：韩诗'蚌螺鱼鳖虫'、卢仝'鳗鳢鲇鲤鳅，鹥鹅鸽鸥凫'、蔡襄'弓刀甲盾弩，筋皮毛骨羽'。

① 林庚《唐诗综论》，人民文学出版社1987年版，第58页。
② 王嗣奭《杜臆》，上海古籍出版社1983年版，第42页。
③ 胡应麟《诗薮》内编卷三，中华书局1958年版，第46页。
④ 黄生撰，徐定祥点校《杜诗说》，黄山书社2014年版，第87页。
⑤ 魏庆之《诗人玉屑》卷十四，商务印书馆1938年版，第255页。
⑥ 胡应麟《诗薮》内编卷五，中华书局1958年版，第78页。

然此种句法，间作七言可耳，五言即非所宜，解人当自知之"①，也从一个侧面说明这点。正像胡应麟说的，七古的发展已超出其一个单独诗体的意义，"古风之变"至此乃"始极"。

不过，我们也要看到，对七言诗歌创作规律的探索在先唐早已有之。刘宋时期鲍照的《拟行路难十八首》一改曹丕《燕歌行》句句用韵而为隔句用韵并尝试平仄互出与换韵，到了萧梁时期，"七言新体"已基本定型。试看梁元帝萧绎《燕歌行》：

> 燕赵佳人本自多，辽东少妇学春歌。黄龙戍北花如锦，玄菟城前月似蛾。如何此时别夫婿，金羁翠眊往交河。还闻入汉去燕营，怨妾心中百恨生。漫漫悠悠天未晓，遥遥夜夜听琴更。自从异县同心别，偏恨同时成异节。横波满脸万行啼，翠眉渐敛千重结。并海连天合不开，那堪春日上春台。惟见远舟如落叶，复看遥舸似行杯。沙汀野鹤啸羁雌，妾心无趣坐伤离。翻嗟汉使音尘断，空伤贱妾燕南陲。

全诗用韵有平有仄，换韵时首句入韵，并有许多合乎后来近体黏对格律的诗句如"燕赵佳人本自多，辽东少妇学春歌。黄龙戍北花如锦，玄菟城前月似蛾""还闻入汉去燕营，怨妾心中百恨生。漫漫悠悠天未晓，遥遥夜夜听琴更"等，也包含多种对法和虚词勾连的方式，与后来初唐歌行的差别主要在篇幅上，从中可见出所谓"王扬卢骆当时体"之来源。

初唐歌行就是一面延续梁陈七言诗探索之趋势，并更大程度上借鉴六朝小赋的对法与宛转之情调，以及以篇之体式承袭汉大赋之规模，而成为歌行发展史上一个重要而不可再被复制的存在。四杰之歌行，铺张夸饰，气势丰沛，词采富丽，情韵宛然，"韵则平仄互换，句则三五错综，而又加以开合，传以神情，宏以风藻，七言之体，至是大备"②。看着那些如"舞蝶临阶只自舞，啼鸟

---

① 王士禛《香祖笔记》，商务印书馆 1934 年版，第 13 页。
② 胡应麟《诗薮》内编卷三，中华书局 1958 年版，第 44 页。

逢人亦助啼"（骆宾王《艳情代郭氏答卢照邻》）、"相怜相念倍相亲，一生一代一双人""千回鸟信说众诸，百过莺啼说长短。长短众诸判不寻，千回百过浪关心。何曾举意西邻玉，未肯留情南陌金。南陌西邻咸自保，还瑸归期须及早"（骆宾王《代女道士王灵妃赠道士李荣》）、"五霸争驰千里马，三条竞骛七香车""五丁卓荦多奇力，四士英灵富文艺。云气横开八阵形，桥形遥分七星势"（骆宾王《畴昔篇》）、"北堂夜夜人如月，南陌朝朝骑似云。南陌北堂连北里，五剧三条控三市"（卢照邻《长安古意》）般精巧的连绵、双拟、回文对法以及上下蝉联、重迭复沓的句式，读着"他乡冉冉消年月，帝里沉沉限城阙。不见猿声助客啼，唯闻旅思将花发。我家迢递关山里，关山迢递不可越。故园梅柳尚馀春，来时勿使芳菲歇"（骆宾王《畴昔篇》）、"此时空床难独守，此日别离那可久。梅花如雪柳如丝，年去年来不自持"（骆宾王《代女道士王灵妃赠道士李荣》）、"得成比目何辞死，愿作鸳鸯不羡仙。比目鸳鸯真可羡，双去双来君不见"（卢照邻《长安古意》）、"娼家少妇不须矉，东园桃李片时春。君看旧日高台处，柏梁铜雀生黄尘"（王勃《临高台》）般动情的歌唱，真予人目不暇接眼花缭乱之感，并让久耽于六朝纤弱萎靡的我们有一种荡气回肠之畅快与感动，这不仅是"宫体诗的自赎"，这简直就是整个中国文学的自赎，是中古时代人性的复苏！而在"四杰""狂风暴雨后"的刘希夷、张若虚的歌行里所展现的"宁静爽朗的黄昏"和"风雨后更宁静更爽朗的月夜"[1]，则与郭震、张说七古中更为劲健的气骨，共同昭示着盛唐七古歌行高峰的到来。

其实盛唐时期的王维、高适等人的七言歌行还是有着"四杰"的影子的，王之《燕支行》《老将行》《桃源行》，高之《燕歌行》《古大梁行》《邯郸少年行》，并有初唐歌行对仗精工、时杂律句且情调婉畅、圆美流转之特征，如"卫霍才堪一骑将，朝廷不数贰师功"（《燕支行》）、"少妇城南欲断肠，征人蓟北空回首"（《燕歌行》）等都对得十分工整流丽，而如"一身转战三千里，一剑曾当百万师"（《老将行》）、"汉家烟尘在东北，汉将辞家破残贼"（《燕歌行》）这样独特的句式，与初唐歌行诗语"此时离别那堪道，此日空床对芳沼"（《艳情代郭氏答卢照邻》）、"个时无数并妖妍，个里无穷总可怜""此时空床难独守，此日别离那可久"（《代女道士王灵妃赠道士李荣》）何其相似。特别像

---

[1] 闻一多撰，傅璇琮导读《唐诗杂论》，上海古籍出版社 1998 年版，第 17 页。

王维的《不遇咏》开头四句云："北阙献书寝不报，南山种田时不登。百人会中身不预，五侯门前心不能"，与"五丁卓荦多奇力，四士英灵富文艺。云气横开八阵形，桥形遥分七星势"（骆宾王《畴昔篇》），若出同一声口。即使是无歌辞题的七言古诗如高适的《封丘作》《留别郑三、韦九兼洛下诸公》等也多少带有这种特征（当然，这类古诗没有歌行体复沓的结构、有规律的转韵并较少勾连的虚词）。只是盛唐许多七古歌行变"四杰"之"骈中间散，以散行骈"为"散中间骈，以骈凝散"①，"骈语之中，独能顿宕"②，而如《老将行》《燕歌行》之魄力沉雄、格调高亢为初唐所未有。

真正在七古歌行中开始极尽变化纵横、错综曲折之能事的，是岑参和李白。岑参的《白雪歌送武判官归京》《走马川行奉送封大夫出师西征》《轮台歌奉送封大夫出师西征》《热海行送崔侍御还京》等诗，不仅奇幻峭丽，而且节奏多变，奔腾跳掷，而李白更是"无首无尾，变幻错综"，初唐之体格似已扫地尽矣。但正如毛先舒所言："古歌行押韵，初唐有方，至盛唐便无方。然无方而有方者也，亦须推按，勿得纵笔以扰乱行阵，为李将军之废刁斗也"③，这里说的虽是换韵，但也可引申至章法。李白的古体歌行似乎以气为主，但实际上仍是以意行之，只是"意接词不接"，才予人"如天上白云，卷舒灭现，无有定形"④之感。且不说似乎有点例外的"最有纪律可循"⑤的《忆旧游寄谯郡元参军》，就是《蜀道难》《远别离》《梦游天姥吟留别》《庐山谣寄卢侍御虚舟》《北风行》《襄阳歌》《将进酒》《梁甫吟》《梁园吟》《答王十二寒夜独酌有怀》等诗，皆有一篇之主脑，意脉也隐约若现，细细品味自然可见，试以《梦游天姥吟留别》一诗略作分析。此篇纯然写梦，又碰到李白这样的作家来写，照

---

① 赵昌平《从初盛唐七古的演变看唐诗发展的内在规律》，《中国社会科学》1986年第6期。

② 宋育仁《三唐诗品》，引自陈伯海主编《唐诗汇评》，上海古籍出版社2015年版，第1310页。

③ 毛先舒《诗辨坻》，郭绍虞编选，富寿荪校点《清诗话续编》，上海古籍出版社1983年版，第76页。

④ 方东树《昭昧詹言》，广文书局1962年版，第382页。

⑤ 乾隆御选，冉苒校点《唐宋诗醇》，中国三峡出版社1997年版，第83页。

理说应该天马行空，无迹可求。不过，我们稍加寻绎，不难发现其中之"纪律"。诗一开头以"信难求"之"瀛洲"为宾衬出"云霞明灭或可睹"的"天姥"，切入主题，又以真写幻，明明为幻境却故作实境，亦真亦幻（"或"字可见），极尽构思之妙，用语亦简省对称，恰到好处；再以"五岳""赤城"乃至"四万八千丈"的"天台"先后烘托天姥之高大奇绝，如排山倒海喷涌而来，出人意外，然而妙境还在其后。有了这么一些烘托反衬，天姥之雄奇已吊足人胃口，一句"我欲因之梦吴越，一夜飞度镜湖月"显得轻松自然，毫不费力地就把自己也把读者带入神游天姥的梦境之中，再次照应题目中的一层意思。因为提到镜湖，再接着讲到剡溪，自然而然联想起谢灵运（谢灵运有诗云："暝投剡中宿，明登天姥岑"），此时诗人不仅是得古人之高兴，临古人之胜迹，更似古人灵魂附体，着谢公之木屐，登青云之高梯，而接下去一大段就开始铺写在天姥山中所见到的的奇异的场景：始而"千岩万转"，"迷花倚石"，忽然一声霹雳，石扉洞开，只见日月照耀，众神来集，光华灿烂，境界既迷离惝恍又澄澈壮丽。就在此刻，如同一支曲子在高入云霄之后直转急下，"忽魂悸以魄动，恍惊起而长嗟"，诗人一下子从梦境跌落到现实，"向来之烟霞"还留有余温，"觉时之枕席"已历历在目，不觉悟出"世间行乐亦如此，古来万事东流水"的人生哲理，那何不放白鹿于青崖之间，纵游吴越山水呢？于是就此作别。读到这里，我们才恍然大悟，原来前面所写全是铺垫，全是为自己之出行与留别寻找理由和说辞。最后顺势大呼："安能摧眉折腰事权贵，使我不得开心颜"，不管是当作临别赠语还是归隐感言，都是题中应有之义。正如《唐宋诗醇》所言："此篇夭矫离奇，不可方物，然因语而梦，因梦而悟，因悟而别，节次相生，丝毫不乱。"[①]"夭矫离奇，不可方物"是言其"貌"；"节次相生，丝毫不乱"是言其"法"。延君寿《老生常谈》在论及此篇时亦说："奇离惝恍，似无门径可寻。细玩之，起首入梦不突，后幅出梦不竭，极恣肆幻化之中，又极经营惨淡之苦"[②]。总之，《梦游天姥吟留别》一诗结构似《九歌·湘夫人》，

---

① 乾隆御选，冉苒校点《唐宋诗醇》，中国三峡出版社 1997 年版，第 92 页。

② 延君寿《老生常谈》，郭绍虞编选，富寿荪校点《清诗话续编》，上海古籍出版社 1983 年版，第 1814 页。

而针脚细密，更有迹可循，不过作者又不似有意经营，而是一气贯之，任其所往。有过创作经验的人或许能体会到，像李白这一类型的作家在创作之前可能只有一个大概的意思，或者积蕴着某种强烈的情绪，很多意思很多句子是在创作过程中随着一股气喷涌而出，笔由气使，连作诗者本人都有"文章本天成，妙手偶得之"的感觉。后来苏轼说他作文以意为主，"常行于所当行，常止于不可不止"①，可谓得太白之神髓。因此，李白的古风歌行自然与初唐步武齐整的作品迥异。

葛晓音先生认为，盛唐时期歌行和乐府之间的差距逐渐增大，"最显著的一点便是松浦友久先生所指出的：盛唐典型的歌行'大致采取作者个人的第一人称视点，因而场面本身也是与作者个人的主体经验直接关联着的'。与乐府'视点的第三人称化、场面的客体化'不同（松浦友久《中国诗歌原理》第八篇）。而歌行的这种变化使之在体调上与盛唐迅速增多的七古趋于接近。"在前面我们把李白的七古歌行合而论之，也正因为其在体调上几无差别。尽管葛先生认为盛唐歌行和七古的分野还是大致可见的："最重要的区别是盛唐歌行……仍保持着乐府'一篇之中，三致意焉'的基本特征。只是主要不依靠字法和句式的重叠反复，而转为情感或层意的复沓。而七古则层次比较单一，即使一首诗中有多种含义，也不求复沓的效果。此外歌行大多用乐府式的顺叙结构，七古一般没有叙述语气，因而即使都是散句化的七言，歌行总带有反复吟叹的情韵，七古则更多即兴的直白或议论。"②但这只是就层意而言，从实际文本情况看，如李白《醉后答丁十八以诗讥余捶碎黄鹤楼》从题目上看虽然是一首标准的七言古诗，不过其诗云："黄鹤高楼已捶碎，黄鹤仙人无所依。黄鹤上天诉玉帝，却放黄鹤江南归。神明太守再雕饰，新图粉壁还芳菲。一州笑我为狂客，少年往往来相讥。君平帘下谁家子，云是辽东丁令威。作诗调我惊逸兴，白云绕笔窗前飞。待取明朝酒醒罢，与君烂漫寻春晖"，仍是有比较鲜明的初

---

①　苏轼《自评文》。苏轼撰，孔凡礼点校《苏轼文集》，中华书局 1986 年版，第 356 页。

②　葛晓音《初盛唐七言歌行的发展——兼论歌行的形成及其与七古的分野》，《文学遗产》1997 年第 5 期。

唐歌行流丽的风调。岑参七古也有这种情况，其《与独孤渐道别长句兼呈严八侍御》《送费子归武昌》不仅四句一转韵，蝉联而下，平仄互出，有如初唐体制，诗中"中酒朝眠日色高，弹棋夜半灯花落"，"鱼龙川北盘溪雨，鸟鼠山西洮水云"，"路指凤凰山北云，衣沾鹦鹉洲边雨"更是对仗工整之律句。李、岑等人的七古在某些方面比其歌行更近初唐。

以上主要谈及的是盛唐七古歌行之变与不变，但真正大的变革自杜甫始。葛晓音先生在同一篇文章里提到："李白之变是在综合齐梁初唐歌行形制特点的基础上，运用其天才任意挥洒，而造成的'变化莫测'之变。杜甫的变，则是在发展盛唐歌行散句化倾向的基础上，取法于汉魏五言行诗，从篇法到句式彻底改变初唐歌行体调特征而'独构新格'之变。""从这个意义来说，李白歌行的出现说明齐梁以来乐府歌行的发展已到极限。李白之后，在乐府歌行传统体制的范围内已没有创变的余地。这就促使杜甫只能站在违反传统体调特征的起点上独创新格。"她认为杜甫主要从两个方面进行变革：一方面是从歌行的最早源头即五言行诗去寻找新的规范，"不但吸取了汉乐府诗以及歌谣对话、问答、叙事、以及提炼题材的创作原理，就连取题、诗体都采用了汉乐府的三字题和五言体。""另一方面是打破初盛唐歌行语言畅达易晓的传统规范，寻求与描绘对象的神情特点相协调的语感节奏，以艰涩拗口的字法句式取得声情顿挫的效果。"葛先生的观点自然是建立在对汉魏行诗经齐梁歌行以迄杜甫歌行创作的发展历程细致考察的基础上得出的结论，相当富有创见，而且分析也十分细致。比如她说杜甫的一些咏物咏人的歌行，最常用手法的是将双声叠韵扩展到连用几个声母相近相同或韵母相近相同的字，举的例子如"乐游古园崒森爽"（《乐游园歌》）、"累累埤堁藏奔突，往往坡陀纵超越。角壮翻同麋鹿游，浮深簸荡鼋鼍窟。"（《沙苑行》）、"恶若哮虎子所监""翠蕤云旓相荡摩"（《魏将军歌》）等等，并特别拈出《荆南兵马使太常卿赵公大食刀歌》中"镂错碧罂鹨鹈膏""鬼物撇捩辞坑壕""魑魅魍魉徒为耳，妖腰乱领敢欣喜"这样的句子，说这是"堆砌双声叠韵字和难字的典型，与力求声情悠扬流畅的歌行正格完全相反"。不过另一方面，与李白、岑参相比，杜甫的许多歌行作品更近于初唐规则换韵、注重对偶并有咏叹体调的形式，不仅《四库全书总目提要·大复集》点名指出的《洗兵马》《高都护骢马行》，即如《骢马行》《题李尊师松

树障子歌》《丹青引赠曹将军霸》《古柏行》《最能行》《戏为韦偃双松图歌》
《病后遇过王倚饮赠歌》《沙苑行》《冬狩行》都是如此（《冬狩行》无换韵，但
歌咏体调鲜明），并且杂有许多律对，如：

> 昼洗须腾泾渭深，朝趋可刷幽并夜。（《骢马行》）
> 已知仙客意相亲，更觉良工心独苦。（《题李尊师松树障子歌》）
> 敧帆侧舵入波涛，撇漩捎濆无险阻。（《最能行》）
> 巾拂香馀捣药尘，阶除灰死烧丹火。（《忆昔行》）

这里且还不论不合近体格律的对句如"霜皮溜雨四十围，黛色参天二千
尺""苦心岂免容蝼蚁，香叶终经宿鸾凤"（《古柏行》）、"白摧朽骨龙虎死，黑
入太阴雷雨垂"（《戏为韦偃双松图歌》）、"疟疠三秋孰可忍，寒热百日相交战。
头白眼暗坐有胝，肉黄皮皱命如线"（《病后遇过王倚饮赠歌》）"骅骝作驹已汗
血，鸷鸟举翮连青云。词源倒倾三峡水，笔阵独扫千人军""风吹客衣日杲杲，
树搅离思花冥冥"（《醉歌行》）等等。正因为此，胡应麟才会说：李、杜二家，
"阖辟纵横，变幻超忽，疾雷震电，凄风急雨，歌也；位置森严，筋脉联络，
走月流云，轻车熟路，行也。太白多近歌，少陵多近行。"[1]从中我们亦可见歌
行从初唐发展至杜甫的内在潜转与传承。当然，不管怎么说，"杜甫在盛唐七
言散句化的基础上，进一步使七言句能自由地适应古语、俗语和当代口语等一
切语言的自然节奏，使七言体的表现力得到最充分的发挥"，确也为中唐张、
王乐府之先河。

杜甫之后，元、白在体格和风调上承袭初唐，而加以叙事因子，创作出
《连昌宫词》《长恨歌》《琵琶行》等名篇，辞采清丽，婉转多姿，情韵动人，
传唱一时。同时的刘禹锡和之后的李涉、郑嵎、韦庄等人也有此类创作，特别
是韦庄的《秦妇吟》影响很大。元、白又同样用浅切俗尽的语言和叙事笔法来
进行新乐府创作，反映民生疾苦和讽谕时政为其内容特征和精神导向。这是
将杜甫有些歌行的散句化和乐府精神推拓至另一个极致，前则有张籍、王建，

---

① 胡应麟《诗薮》内编卷三，中华书局 1958 年版，第 46 页。

张之《野老歌》《寄衣曲》《筑城词》《牧童词》《白鼍吟》《促促词》《山头鹿》《废居行》《江村行》，王之《凉州行》《寒食行》《当窗织》《促刺词》《簇蚕辞》《水运行》《水夫谣》《田家行》《东征行》《羽林行》《射虎行》，尽脱初唐婉转蝉联之体调，换韵随意，造语简洁，多白描而少铺排，学杜甫以俗语、口语入诗并描写风俗、讽兴时事，"慨然有古歌谣之遗"[1]，又不似初唐以来短歌而近行诗，别为七古歌行之一种。元、白之新乐府则没有张王乐府的民间情调，而有一种有点令人生厌的"士大夫口气"[2]。不过我们也要看到，像白居易的《卖炭翁》《新丰折臂翁》《杜陵叟》《上阳白发人》《红线毯》《秦吉了》等诗，叙事手法高超，有的诗篇中所描写的人物形象已具有典型性，这与中唐叙事文学如传奇、变文、俗讲、说话、弹词的繁荣有关，为七古创作开启新气象。

同样的，在七古中增多叙事成分的并在用辞、想象等方面都发露无余还有韩愈，他的有些作品如《陆浑山火一首和皇甫湜用其韵》《月蚀诗效玉川子作》《和虞部卢四酬翰林钱七赤藤杖歌》等甚有小说化之倾向，不过其七古最鲜明的特色在于集中学习杜甫散句化、好押仄韵且一韵到底、多盘空硬语，并运以古文章法之特征，奇崛险怪，排奡妥贴，以致之后出现"门户竞开"的局面："卢仝之拙朴，马异之庸猥，李贺之幽奇，刘叉之狂谲，虽浅深高下，材局悬殊，要皆曲径旁蹊，无取大雅"[3]，杜、韩成为中唐至宋七古歌行取法之大宗。

晚唐总体上讲近体创作繁荣而古诗衰歇，就七古而言，品类驳杂，大都取法前代而无特色。这个时期值得一提的是取法中唐李贺"长吉体"的晚唐乐府创作，特别是李商隐，其《燕台诗四首》深受李贺诗风影响，设辞秾丽，诡僻顽艳，但篇幅较长吉七古为长，无"惜成章者少耳"[4]之弊，且情感缠绵悱恻，不止徒见华彩，艺术成就更高。温庭筠的《鸡鸣埭曲》《水仙谣》则风格类似，与李贺相近，但创作实绩实不如义山。不过他们的这类七古歌行都有着重要的

---

① 《唐音癸签》引高棅评语,胡震亨《唐音癸签》卷七,上海古籍出版社 1981 年版,第 66 页。

② 罗宗强《隋唐五代文学思想史》,中华书局 2003 年版,第 176 页。

③ 胡应麟《诗薮》内编卷三,中华书局 1958 年版,第 48 页。

④ 施补华《岘佣说诗》,王夫之等撰《清诗话》,上海古籍出版社 1999 年版,第 989 页。

意义，就是"渐入诗余"①，这又是中古诗歌形式之一大转关，值得重视。当然，李商隐也有《韩碑》一类"正正堂堂""鹰扬凤翔"之作，不过不仅"在尔时如景星庆云，偶然一见"②，而且意义殊不及《燕台诗四首》，此暂略过。

宋人七古在唐代基础上加以整合。清人延君寿说"七古，高、岑、王、李是一种，李、杜各一种，李长吉一种，张、王乐府一种，韩一种，元、白又一种，后人几不能变化矣"③，似乎宋代七古歌行已无自家面目。白体诗人王禹偁《酬安秘丞歌诗集》学李白，《拍板谣》又学李贺，《乌啄疮驴歌》"铁尔拳分钩尔爪，折乌颈分食乌脑。岂唯取尔饥肠饱，亦与疮驴复儜了"云云几与后来"诚斋体"无异，《对雪示嘉佑》才是乐天体段。欧阳修兼学李白与韩愈，《庐山高赠同年刘中允归南康》学李用骚体句式，并拟韩之用险韵；《食糟民》虽句法多变，有似李白《日出入行》《远别离》《蜀道难》等篇，但绝无想象之辞，多变的句法却不予人变换错综、惝恍莫测之感。范成大的《催租行》《后催租行》《缫丝行》《冬春行》则学得张、王神髓。陆游融化李杜，取李豪迈之声口与杜谨严之文法，合成一种，但既无太白之飘逸，也无少陵之艰涩，却多少杂入乐天之流易。由此看来，宋人取径颇广，不过究其实际，得杜、韩沾溉者为多，一言以蔽之，"以文为诗"也。如苏舜钦《庆州败》《城南归值大风雪》，欧阳修《日本刀歌》《食糟民》等均可作一篇古文看。以欧阳修《巩县初见黄河》为例：

> 河决三门合四水，径流万里东输海。巩洛之山夹而峙，河来啮山作沙嘴。山形迤逦若奔避，河益汹汹怒而詈。舟师弭楫不以帆，顷刻奔过不及视。舞波渊旋投沙渚，聚沫倏忽为平地。下窥莫测浊且深，痴龙怪鱼肆凭恃。我生居南不识河，但见禹贡书之记。其言河状钜且猛，验河质书信皆是。昔昔帝尧与帝舜，有子朱商不堪嗣。

---

① 胡应麟《诗薮》内编卷三，中华书局 1958 年版，第 48 页。
② 沈德潜《唐诗别裁集》，中华书局 1975 年版，第 127 页。
③ 延君寿《老生常谈》，郭绍虞编选，富寿荪校点《清诗话续编》，上海古籍出版社 1983 年版，第 1799 页。

皇天意欲开禹圣,以水病尧民以溃。尧愁下人瘦若腊,众臣荐鲧帝曰试。试之九载功不效,遂殛羽山惭而毙。禹羞父罪哀且勤,天始以书畀於姒。书曰五行水润下,禹得其术因而治。凿山疏流浚畎浍,分擘枝派有条理。万邦入贡九州宅,生人始免生鳞尾。功深德大夏以家,施及三代蒙其利。江海淮济洎汉沔,岂不浩渺汪而大。收波卷怒畏威德,万古不敢肆凶厉。惟兹浊流不可律,历自秦汉尤为害。崩坚决壅势益横,斜跳旁入惟其意。制之以力不以德,驱民就溺财随弊。盖闻河源出昆仑,其山上高大无际。自高泻下若激箭,一直一曲一千里。湍雄冲急乃迸溢,其势不得不然尔。前岁河怒惊滑民,浸漱洋洋淫不止。滑人奔走若锋镞,河伯视之以为戏。呀呀怒口缺若门,日啖薪石万万计。明堂天子圣且神,悼河不仁嗟曰嘻。河伯素顽不可令,至诚一感惶且畏。引流辟易趋故道,闭口不敢烦官吏。遵涂率职直东下,咫尺莫可离其次。尔来岁星行一周,民牛饱刍邦羡费。滑人居河饮河流,耕河之坝浸河溃。嗟河改凶作民福,呜呼明堂圣天子。

全篇用杜、韩文法,一韵到底,"但见禹贡书之记""以水病尧民以溃""众臣荐鲧帝曰试""岂不浩渺汪而大""其势不得不然尔"都是古文句法,特别是取法于韩愈的古体诗,有了许多叙事的因子乃至小说化的成分。但与韩愈一样,其想象出于搜肠刮肚精思结撰,与李诗之一气驱使、天马行空不类。而且,就通篇章法看,布局分明,章法整饬,穷形极相,刻露至尽,也是得法于韩愈,并且同样也有韩诗"微嫌少变化。"(施补华《岘佣说诗》云:"韩公七古,殊有雄强奇杰之气,微嫌少变化耳。"[①])之弊;不似李诗想落天际自不必言,与杜甫"《奉先咏怀》《北征》等编""于潦倒淋漓、忽反忽正、若整若乱、时断时续处得其章法之妙"(《诗归》,钟惺于《自京赴奉先县咏怀五百字》题下按

---

① 施补华《岘佣说诗》,王夫之等撰《清诗话》,上海古籍出版社 1999 年版,第 988 页。

语）①，显得"若有照应，若无照应，若有穿插，若无穿插，不可捉摸"（谭元春评《北征》语）②，也不尽相同。

但如果我们就此认为宋人七古歌行就是唐代的翻版，那就大错特错了。宋人七古歌行较之唐古特色之所在，套用杜牧评价李贺的话，就是"少加以理"③。这"理"字可作二义解，一为义理，一为文理。就义理而言，读读我们前面所举的《庆州败》《日本刀歌》《食糟民》以及王安石的《河北民》《开元行》《收盐》等诗，对比对比苏舜钦的《城南归值大风雪》和韩愈的《辛卯年雪》，自会明了。就文理而言，则在杜、韩古文章法基础上加以变化，可谓穷形尽变，这方面表现得最为突出的就是苏轼了。清人王士禛说："七言古若李太白、杜子美、韩退之三家，横绝万古，后之追风蹑影，唯苏长公一人。"④延君寿在说完我们前引"七古，高岑王李是一种，李杜各一种，李长吉一种，张王乐府一种，韩一种，元白又一种，后人几不能变化矣"一段话后紧接着说："东坡虽是学前人，其横说竖说，喜笑怒骂，跌宕自豪，又自成一种。"⑤苏轼七古以其结构形式的多种多样，就足以"自成一种"，张智华先生将其结构概括为三种：双线、分合及对比结构。双线结构根据线索结构在诗中所起的作用又可分为主宾、并列与虚实双线结构；分合结构则有的先合后分，有的先分后合，有的先合后分再合，有的先分后合再分；对比结构也有对比反衬和对比映衬之别⑥，分析细致，可参看，此处不再赘述。需要指出的是，宋代七言古诗歌行蕴含"理"的文体特征与宋人冷静的个性、内省的思维习惯及对外物——

---

①　钟惺、谭元春选评，张国光等点校《诗归》，湖北人民出版社 1985 年版，第 374 页。

②　钟惺、谭元春选评，张国光等点校《诗归》，湖北人民出版社 1985 年版，第 366 页。

③　杜牧《李长吉歌诗叙》。陈治国编《李贺研究资料》，北京师范大学出版社 1983 年版，第 4 页。

④　王士禛《带经堂诗话》卷二十九，同治广州藏修堂重刊本。

⑤　延君寿《老生常谈》，郭绍虞编选，富寿荪校点《清诗话续编》，上海古籍出版社 1983 年版，第 1799 页。

⑥　张智华《苏轼七言古诗的结构艺术》，《安徽师大学报》1995 年第 1 期。

当然也就包括诗法——格物致知的追求是密切相关的。

而关于七古与歌行的分合，我们再做下简单论述。宋代古诗歌行的差异已很不明显，我们举几个例子。苏轼《法惠寺横翠阁》诗不用"歌""行""吟""谣""引""篇"一类的题目，也不是乐府体，从题目上看是标准的七言古诗。其诗云："朝见吴山横，暮见吴山从。吴山多故态，转侧为君容。幽人起朱阁，空洞更无物。惟有千步冈，东西作帘额。春来故国归无期，人言秋悲春更悲。已泛平湖思濯锦，更看横翠忆峨嵋。雕栏能得几时好，不独凭栏人易老。百年兴废更堪哀，悬知草莽化池台。游人寻我旧游处，但觅吴山横处来"，全诗颇有回环复沓、偶对天然并假以虚词勾连的歌行风味。其中"春来故国归无期，人言秋悲春更悲。已泛平湖思濯锦，更看横翠忆峨嵋"等句更是直接从骆宾王《艳情代郭氏答卢照邻》诗句"独坐伤孤枕，春来悲更甚。峨眉山上月如眉，濯锦江中霞似锦"中脱化而来。而一向以拗峭著称的黄庭坚诗，其《还家呈伯氏》同样是七古。诗中"贱贫孤远盖如上此，此事端于我何有。扛囊粟麦七十钱，五人兄弟二十口。官如元亮且折腰，心似次山羞曲肘。北窗书册久不开，筐箧黄尘生锁钮。何当略得共诗论，况乃雍容把杯酒"云云，可谓与高适《封丘作》同一机杼。特别是诗歌开头八句"去日樱桃初破花，归来著子如红豆。四时驱迫少须臾，两鬓飘零成老丑。永怀往在江南日，原上急难风雨后。私田苦薄王税多，诸弟号寒诸妹瘦"，几乎全以近体格律行之，"四时"一联更是律对，而《封丘作》末四句亦符合近体黏对规则，且"乃知梅福徒为尔，转忆陶潜归去来"同样是律对。如果说，高诗古体合律可能是初唐歌行流风所及，那么，黄诗则可作为唐以后七古与歌行体重新结合的证据。这里虽然有举例的性质，但却同样能说明宋代古诗与歌行合流的现象存在。其实到南宋，我们看陆游的《关山月》《金错刀行》《山南行》《九月一日夜读诗稿有感走笔作歌》《胡无人》《九月十六日夜梦驻军河外遣使招降诸城觉而有作》《五月十一日夜且半梦从大驾亲征尽复汉唐故地见城邑人物繁丽云西凉府也喜甚马上作长句未终篇而觉乃足成之》《秋声》《大风登城》等诗，无论是乐府、歌行还是七言古诗，几乎无甚差别，歌行无复重叠复沓的结构，古诗却有婉转流利的声口，可见这两种诗体已基本融合。

最后，还有一点需要指出，唐宋古体歌行发展的一个重要背景是近体的成熟与新变，其发展路径正是在与近体相互交融、混杂又相互规避、划界中展开的；或者换句话说，没有近体的成熟，唐宋古体歌行的多向发展是难以想象的。以近体为参照物，唐宋古体的发展大概有三个路向：一是出现明显的近体特征。不仅我们前面讲到的初唐体歌行以及之后包括杜甫在内的一些诗人创作的歌行都有律句且为数不少，有些古体诗体式也与近体诗如出一辙，如我们前面同样说到的柳宗元的《溪居》《初夏雨后寻愚溪》《秋晓行南谷经荒村》等五古即是如此。二是刻意地回避近体格律，对此清人从多个角度加以总结。《师友诗传录》记王士禛语："七言古平仄相间换韵者，多用对仗，间似律句无妨。若平韵到底者，断不可杂以律句。大抵通篇平韵，贵飞扬；通篇仄韵，贵矫健。皆贵顿挫，切忌平衍"①，李重华说"自唐沈宋创律，其法渐精，又别作古诗，是有意为之，不使稍涉于律，即古近迥然二途，犹度曲者，南北两调矣"②，翟翚《声调谱拾遗》说韩愈《八月十五夜赠张功曹》"纯用古调，无一联是律者"③，清人对唐宋古体的归纳虽有失于绝对之嫌，但古体虽不像近体那样有严格的声律格式，把古体说成另一种形式的格律诗或许太过夸张，但其也有自己并不严格的规则和禁忌，郑先朴所说的"入律之戒惟平韵七古最严，平韵五古次之，仄韵诗又次之"④，王渔洋提倡的七古平韵"出句终以二、五为凭，落句终以三平为式"⑤，都是从一定的作品分析中得出的结论，尽管不完全准确，但验之唐宋人古体诗特别是杜、韩、苏诗，则此句律倾向较为显明，不为无意为之。此外如皮日休的《奉酬鲁望夏日四声四首》、梅尧臣的《舟中夜与家人饮》也可看作特别的声调试验下的古体作品。第三，古体与近体结合似乎能催生新的诗体，这以刘长卿的五言诗最为典型。张戒在《岁寒堂诗话》中早就指

---

① 王士禛等《师友诗传录》，王夫之等撰《清诗话》，上海古籍出版社1999年版，第135页。

② 李重华《贞一斋诗说》，王夫之等撰《清诗话》，上海古籍出版社1999年版，第923页。

③ 翟翚《声调谱拾遗》，中华书局1991年版，第17页。

④ 郑先朴《声调谱阐说》，清光绪十年刻本。

⑤ 翁方纲《王文简古诗平仄论》，王夫之等撰《清诗话》，上海古籍出版社1999年版，第228页。

出："韦苏州律诗似古，刘随州古诗似律"①，据孙建峰《刘长卿五言诗特殊体式之考述》②中所归纳，刘长卿大约有五言不换韵仄韵诗 67 首，不限长短，基本上都是按照"○平○○仄，○仄○○仄。○仄○○平，○平○○仄。○平○○仄，○仄○○仄。○仄○○平，○平○○仄"的特殊体式所写，这种体式不符近体格律规范，但又合粘对规则，介于近体与古体之间，确实是古诗律化的一个显著特例。试举文房一诗：

> 悠然钓台下，怀古时一望。江水自潺湲，行人独惆怅。新安从此始，桂楫方荡漾。回转百里间，青山千万状。连崖去不断，对岭遥相向。夹岸黛色愁，沈沈绿波上。夕阳留古木，水鸟拂寒浪。月下扣舷声，烟中采菱唱。犹怜负羁束，未暇依清旷。牵役徒自劳，近名非所向。何时故山里，却醉松花酿。回首唯白云，孤舟复谁访。
> （《奉使新安自桐庐县经严陵钓台宿七里滩下寄使院诸公》）

全诗符合特定的格律，分毫不爽。刘长卿其他的五古作品很多也是这样，如《晚泊湘江怀故人》《桂阳西州晚泊古桥村主人》《夕次檐石湖梦洛阳亲故》及《湘中纪行》中的《浮石濑》《秋云岭》《花石潭》《横龙渡》《石围峰》和《龙门八咏》中的《渡水》《水西渡》等等，这一定不是巧合，而是作者有意识地在构建一种范式。关于这种范式，我们在稍前的张说、王维、孟浩然等人的诗作中偶有所见，如张诗《相州山池作》、王诗《齐州送祖三》、孟诗《秋登兰山寄张五》等（孟诗末一句不合），但可能是因为这种范式平仄互杂，轻重悉异，故多有暗合，如王维《别綦毋潜》《别弟缙后登青龙寺望蓝田山》《送张舍人佐江州同薛据十韵》等诗也多有此等句式，即如杜甫《北征》、白居易《和梦游春诗一百韵》中也能找出"虽乏谏诤姿，恐君有遗失。君诚中兴主，经纬固密勿""因寻菖蒲水，渐入桃花谷。到一红楼家，爱之看不足。池流渡清泚，草嫩蹋绿蓐。门柳暗全低，檐樱红半熟"这样的句子，但如刘长卿分毫不爽者

---

① 张戒《岁寒堂诗话》，丁福保辑《历代诗话续编》，中华书局 2006 年版，第 460 页。

② 孙建峰《刘长卿五言诗特殊体式之考述》，《中国韵文学刊》2010 年第 1 期。

甚少。这种范式的其中一个句式"〇仄〇〇平，〇平〇〇仄"第二、第五字异声，与永明体调声原则相同，其粘对手法的运用，则与元兢"换头法"有关，这种体式的来源，尚值得深究。

通过以上简略分析，我们可以见出，在对前代丰厚的遗产加以总结提升的基础上，唐宋两代的古体歌行创作形成既综融前代又有自己特色的创作格局，并且内生出颠覆性的变革因子，崭新开辟别立一宗，在这两代六百年的时间里将这种新变的可能性推拓至几乎无以复加的境地，我们在其中看到的是一个完足的过程。其实参以近体诗发展，又何尝不如是；即如下章所要讨论的审美境界的构建与深化，我们同样能看到这么一个令人惊叹的美的历程。唐宋两朝作为文人诗发展的高峰，确乎是一个完整的文学史时代。

第三节　篇章体制的精心锤炼

无论是近体的新变代雄还是古体的多向推拓，在这个过程中，唐宋诗人都给我们展现了前所未有的作品规模、结构、组合方式，显现出他们对篇章体制的精心锤炼。单就形式上的意义说，这也都可以看作是中国诗史上一次重大的变革。

对于唐宋诗人于篇章体制的锤炼，我们可以有几个观照的维度。首先是体制规模。如果不算骚赋这种特殊诗体，唐代之前最长的诗大约要数《悲愤诗》和《古诗为焦仲卿妻作》了，《古诗为焦仲卿妻作》是典型的叙事诗，而"蔡琰之作，自始至终实叙，诗中所写的悲苦历程，作为故事看，自具首尾，曲折动人，从中国古代诗歌创作的实际情况出发，应该视为第一人称的叙事诗"，真正的抒情长诗并未出现。"自两晋至隋，玄言诗、山水诗、宫体诗先后盛行，士族的腐化与时世的分裂动乱，使文人缺乏大气包举的胸襟魄力。孕育和产生叙情长篇，只有留给诗歌更为繁荣，社会生活空前地富有活力的唐代了。"①

仅就篇幅而言，唐代诗歌就令人耳目一新。唐代五古作起来动不动就五十

① 余恕诚《论唐代的叙情长篇》,《唐代文学研究》(第三辑)——《中国唐代文学学会第五届年会暨唐代文学国际学术讨论会论文集》, 1992 年。

韵、一百韵。不算唐初"时带六朝锦色"的齐梁体，开元天宝以后，长篇五古随处可掇，如李白的《经乱离后天恩流夜郎忆旧游书怀赠江夏韦太守良宰》，杜甫的《自京赴奉先咏怀五百字》《北征》，韩愈的《南山诗》《赴江陵途中寄赠三学士》，张籍的《祭退之》，白居易的《游悟真寺诗》，李商隐的《行次西郊作一百韵》，杜牧的《感怀诗》，皮日休的《吴中苦雨因书一百韵寄鲁望》，乃至杜牧的略杂艳情的《张好好诗》《杜秋娘诗》等，就是其中比较有名的几篇。七言古诗、歌行则从唐初起就体量惊人 ①，如骆宾王《帝京篇》《畴昔篇》《艳情代郭氏答卢照邻》《代女道士王灵妃赠道士李荣》，卢照邻《长安古意》《行路难》等，一改六朝歌行《白纻歌》《河中之水歌》华靡纤弱、体制短小的特点，皆足震古烁今。之后韩愈《谒衡岳庙遂宿岳寺题门楼》《月蚀诗效玉川子作》《石鼓歌》《陆浑山火和皇甫湜用其韵》，白居易《长恨歌》《琵琶行》，元稹《连昌宫词》，韦庄《秦妇吟》，都是洋洋洒洒数百言甚或至上千言，卢仝《月蚀诗》更是有一千七百余字之多。其间盛唐七古篇幅有所收敛，但较之鲍照等前人作品，篇幅仍是大大扩展了，像李白的《蜀道难》《忆旧游寄谯郡元参军》《答王十二寒夜独酌有怀》，杜甫的《奉先刘少府新画山水障歌》《韦讽录事宅观曹将军画马图》《洗兵马》等诗篇幅亦不小。

而在某些方面更有创作难度的五言排律，唐人写起来也是下笔不休。当然，排律并非一般五七言律的延长，而是从齐梁新体诗演化而来，谢灵运《湖中瞻眺》、庾信《奉和山池》诗中已具排律雏形，但体制很短，仅限于五韵十韵。初唐五排最长的要数杜审言的《和李大夫嗣真奉使存抚河东四十韵》，而杜甫承其乃祖笔力，晚年所作《秋日夔府咏怀奉寄郑监李宾客一百韵》首开百韵长律之先例。之后"白香山窥破此法，将险韵参错前后，略无痕迹"，更是"绰有余裕"②。元白的《代书诗一百韵寄微之》《和梦游春诗一百韵》《东南行一百韵》《酬翰林白学士代书一百韵》《代曲江老人百韵》《酬乐天东南行诗

---

① 这里歌行体的杂古归入七古，参见葛晓音《中古七言体式的转型——兼论"杂古"归入"七古"类的原因》，《北京大学学报》哲社版，2008 年第 2 期，而之后古文体的杂古能否归入，尚待探讨。

② 李重华《贞一斋诗说》，王夫之等撰《清诗话》，上海古籍出版社 1999 年版，第926 页。

一百韵》，用排律唱和，蔚为大观。到宋代，白体诗人作起诗来，仍是如此。严羽在《沧浪诗话》中曾说："少陵有百韵律诗，白乐天亦有之，而本朝王黄州有百五十韵五言律。"① 韩孟诗派则经常采取另一种方式构筑长篇，那就是联句。自汉武帝《柏梁诗》起，其后有宋孝武帝《华林都亭曲水联句效柏梁体诗》、梁武帝《清暑殿效柏梁体》、北魏孝文帝《县瓠方丈竹堂飨侍臣联句诗》等仿作。一般文士如陶渊明、鲍照、谢朓、杜甫等也都有联句作品，但篇幅都不大，像杜甫等人创作的《夏夜李尚书筵送宇文石首赴县联句》也就十六句。而韩孟等人诸联句中如《城南联句》竟然有三百零六句。其他如《远游联句》有七十六句，《会合联句》有六十八句，《纳凉联句》有八十四句，《征蜀联句》有八十八句，孟郊没有参与的《晚秋郾城会合联句》也足足二百句之多，真可谓是"崭新开辟"②。虽然"联篇累牍，有伤诗品"③，但天地间或不可无此体。而且韩孟也力图在这长篇联句中寻求变化，最典型的就是《城南联句》打破一人一联的成规，创造出"先出一句，次者对之，就出一句，前人复对之"的跨句联法。过去都是每人作二句或四句，概念是完整的，对偶也是由各人自己结构。现在韩愈改为从第二句联起，就必须先对上句，然后作第二联的上句，留给对方去找下句。这样就避免了一人自作对联。在思想内容方面，要先补足对方出句的诗意，然后自己提出半个概念，让对方去补足。这样的联句，就比较难作了。自从韩愈创造这个联句形式后，唐诗中只有陆龟蒙、皮日休、嵩起三人的《报恩南池联句》用过这个联法。宋代以后，联句作者很多，则一般都是用跨句联法作五言、七言律诗。

　　唐代诗人在宫廷应制、考试制度和文会燕集等因素的影响下，唱和活动迅速发展。初盛唐之唱和仍沿袭六朝，仅是"和意"。自元和以后，元白首开次韵之风，赓和不绝，明人王应麟《困学纪闻》引陆游《跋吕成叔和东坡尖叉

---

　　① 严羽《沧浪诗话》，中华书局1985年版，第22页。

　　② 魏庆之《诗人玉屑》引《雪浪斋日记》语。魏氏驳之，认为联句古已有之。不过如此巨大篇幅的联句确自韩孟始。魏庆之《诗人玉屑》卷十五，商务印书馆1938年版，第264页。

　　③ 沈德潜《说诗晬语》，王夫之等撰《清诗话》，上海古籍出版社1999年版，第535页。

韵诗》尝云："古诗有倡有和，有杂拟、追和之类，而无和韵者。唐始有用韵，谓同用此韵。后有依韵，然不以次。最后有次韵，自元、白至皮、陆，其体乃成。"① 但即使元、白、皮、陆，"亦多勉强凑合处。宋则眉山最擅其能，至有七古长篇押至数十韵者"②，也即费衮《梁溪漫志》③中所说的"荆公、东坡、鲁直押韵最工，而东坡尤精于次韵，往返数四，愈出愈奇"。于是，次韵之风"始于元、白作俑，极于苏、黄助澜，遂成艺林业海"④。到了最后，不但和韵，又有再和、重和、自和、赠和、追和乃至与古人和，"乃以此而斗工，遂至往复有八九和者"⑤。

再者就是组诗。唐代之前的组诗较长者如阮籍的《咏怀八十二首》、陶渊明的《饮酒二十首》、鲍照《拟行路难十八首》均非作于一时，有些时间跨度还很长，并且各诗之间无论就创作者的意图还是就接受者的感官而言，都不是一个严整的组合。而李白的《秋浦歌十七首》《永王东巡歌》，杜甫的《前出塞九首》《后出塞五首》《秦州杂诗二十首》《秋兴八首》，白居易的《新乐府五十首》《秦中吟十首》，元稹的《和李校书新题乐府十二首》，则多作于一时或较短时间内，且往往有意合之甚或围绕一个主题，组成一个严密的整体。又有许多大型组诗，如唐末胡曾《咏史诗》竟达一百五十首，简直就是诗歌版的断代史。同时周昙、汪遵、孙元晏等人也有类似作品，组诗容量甚或更大。罗虬则有写艳情的《比红儿诗一百首》，范成大写有《四时田园杂兴六十首》和使金七十二绝句，汪元亮写有《湖州歌九十八首》，唐宋两代又有许多诗人如王建、宋白、王珪、曹勋等写作题为《宫词》的大型组诗。并且，一些诗人还利用组诗的形式有效弥补了有些诗体单篇篇幅短小、写意未尽的缺陷。比如杜甫用《绝句漫兴九首》《江畔独步寻花七绝句》《夔州歌十绝句》等组诗写景，增加

---

① 王应麟《困学纪闻》卷十八，上海古籍出版社 2015 年版，第 511 页。

② 李重华《贞一斋诗说》，王夫之等撰《清诗话》，上海古籍出版社 1999 年版，第 929 页。

③ 费衮《梁溪漫志》卷七，上海古籍出版社 1985 年版，第 74 页。

④ 贺裳《载酒园诗话》，郭绍虞编选，富寿荪校点《清诗话续编》，上海古籍出版社 1983 年版，第 282 页。

⑤ 严羽《沧浪诗话》，中华书局 1985 年版，第 40 页。

景物的丰富性和层次感，以取得大谢体长篇五古移步换景的效果。宋元以还，七绝往往连篇作意，题材也早已溢出写景的苑囿，如前面说到的范成大的田园题材和其他诗人的宫廷生活题材。而像元稹《杂忆五首》首首皆有"忆得"什么什么云云，则可视作将《四愁歌》演化作七绝组诗的创例。七言古诗形成组诗也有新的范例。如蔡襄的《四贤一不肖》组诗每首诗相互独立、完足又相互衔接、补充，分咏各个人物又形成对一个历史事件的详细记录，建构出来的组诗关系类似于陶渊明的《形影神》，但其将史传叙事的模式引入组诗之中并得以高效利用正史列传前后互现的叙事手法，则是对组诗效率的极大提高和对组诗模式的杰出创造。

其实唐宋诗人不仅能大，也能小。短古、绝句往往写得曼妙入神，含不尽之意于言外。先唐短古、绝句本自民歌和骚体短章中来，多有民歌骚赋之风神。但与唐诗相比，却略乏情韵。究其原因，就有篇章体制的因素在。我们可以试举几例作对照。《玉台新咏》载汉代无名氏四首古绝，质朴可爱，如其一云："藁砧今何在，山上复有山。何当大刀头，破镜飞上天"，冲口而出，极具本色，然对照李商隐《夜雨寄北》，尽管与之第三句句式略同，却无李诗回环往复的结构，也就少了李诗既缠绵悱恻又空灵曼妙的情韵。再如李白和他十分崇拜的谢朓都写过题为《玉阶怨》的乐府小诗，谢诗云"夕殿下珠帘，流萤飞复息。长夜缝罗衣，思君此何极"，只是平平写去，而李诗"玉阶生白露，夜久侵罗袜。却下水精帘，玲珑望秋月"，在第三句处作一转折，更富情思。而梁鸿的《五噫歌》确乎慷慨古直，但平铺直叙，略少变化，与陈子昂《登幽州台歌》在古今天地人我的矛盾对照格局中寄寓浓厚悲哀带给我们的审美感受也是不可同日而语的。把鲍照的《拟行路难》和李白的《行路难》做下比较，也有同样的感受。当然，并非平铺直叙就创造不出美的情韵，像王维的《送别》、李白的《金陵酒肆留别》、柳宗元的《渔翁》，都采取顺序叙述的结构，但情韵宛然，奥妙就在结尾处的欲尽不尽；而杜甫《悲陈陶》更是能在顺叙中蕴含曲折，尤可见出唐人对构筑短章颇有心得。如果篇幅再稍微长一点，甚至可作几番转折。如李颀的《古意》："男儿事长征，少小幽燕客。赌胜马蹄下，由来轻七尺。杀人莫敢前，须如猬毛磔。黄云陇底白云飞，未得报恩不能归。辽东小妇年十五，惯弹琵琶解歌舞。今为羌笛出塞声，使我三军泪如雨"，短短十二句有三次顿挫跌宕，情绪起伏，把勇士报国与思乡的矛盾情绪刻画得淋漓尽致。再如王维的《陇头吟》，方东树评价道："起势翩然。'关西'句转。收浑脱沉转，有气势，有远势，有厚气。此短篇之极则"①，不为无见。

宋人更是如此。范仲淹的《江上渔者》、梅尧臣的《陶者》都是有名的古绝，与王之涣《登鹳雀楼》、李白《静夜思》、孟浩然《春晓》、柳宗元《江雪》、元稹《行宫》、张祜《宫词》等诗于三四句平平写去或宕开一层不同，范、梅之诗却于此作一转折。结构不同，予人的感觉也就不同，这或许也是宋调与唐音做出区别的一个小地方。黄庭坚更是作小绝的高手，他的《戏咏蜡梅二首》摇曳多姿，风味不浅，其古体七绝《题竹尊者轩》《龟壳轩》《秋声轩》也是如此。而提到五七言古诗歌行，宋人尽管也有篇幅较大者，如王禹偁《谪居感事》《酬种放征君一百韵》、苏舜钦《城南感怀呈永叔》《城南归值大风雪》，梅尧臣《书窜》，范仲淹《和葛闳寺丞接花歌》，欧阳修《班班林间鸠寄内》《巩县初见黄河》，王安石《再用前韵寄蔡天启》，苏轼《石鼓歌》，黄庭坚《还家呈伯氏》，张耒《八盗》、邹浩《悼陈生》等，然其妙处在彼而不在此，惯于内敛的宋人更善于在固定或精炼的语辞中安排结构，寓千里之势于尺幅之中。苏轼早年所写的《江上看山》是首短古，大致可分为前后两截，由此构成一种特殊的审美效果和脉脉情思。同样是短古，黄庭坚的《王充道送水仙花五十枝欣然会心为之作咏》则设想奇特，顿挫生姿，结尾一句"坐对真成被花恼，出门一笑大江横"，逸枝旁出，从杜甫《缚鸡行》处学来。陈长方《步里客谈》说"断句辄旁入他意，最为警策"②，山谷深得其妙。

至于说到收尾，山谷那是颇有心得。《王直方诗话》记载黄庭坚语曰："作诗正如作杂剧，初时布置，临了须打诨，方是出场。"③以黄氏《子瞻诗句妙一世乃云效庭坚体盖退之戏效孟郊樊宗师之比以文滑稽耳恐后生不解故次韵道之子瞻送杨孟容诗云我家峨眉阴与子同一邦即此韵》一诗做说明，前面十六句全在讲苏轼的诗艺高妙、自己如何崇拜云云，而结尾却陡然一转，没头没脑地说

---

① 方东树《昭昧詹言》，广文书局 1962 年版，第 376 页。

② 陈长方《步里客谈》，中华书局 1991 年版，第 6 页。

③ 郭绍虞辑《宋诗话辑佚》，中华书局 1980 年版，第 14 页。

了句:"小儿未可知,客或许敦庬。诚堪婿阿巽,买红缠酒缸"。表面看来,这完全离题了,实际并非如此。作者说自己的孩子或许可与阿巽相配,正表明他的诗才不足与苏轼相匹。由于这个主旨前面已反复说过,所以收结处不再犯重,而改用诙谐的语气,打诨出场。

我们前面讲了那么多,实际上已经涉及唐宋诗人对篇章结构锤炼的问题了。这种锤炼体现在几个方面。有时候他们是通过对不同文体特质的吸收来改造诗歌篇章的。如初唐歌行在六朝小赋音声朗练、谐婉浏亮的基础上融合大赋体裁,写得波澜壮阔。卢照邻的《长安古意》、骆宾王的《帝京篇》、王勃的《临高台》等篇什都采用与京都大赋一样的全景俯瞰的视点铺写帝京长安繁华壮丽的景象,又描绘了贵族与市井是奢华生活,面面俱到,气势恢宏。而这类歌行体结尾处寥寥数语如"山川满目泪沾衣,富贵荣华能几时? 不见只今汾水上,唯有年年秋雁飞"(《汾阴行》)、"寂寂寥寥扬子居,年年岁岁一床书。独有南山桂花发,飞来飞去袭人裾"(《长安古意》)、"君看旧日高台处,柏梁铜雀生黄尘"(王勃《临高台》),也是"劝百讽一"的赋体展现。对此明人许学夷曾加以概括:"绮靡者,六朝本相;雄伟者,初唐本相也。"[1] 这是就美感特质而言,其实初唐歌行"绮靡"和"雄伟"的特质都是从赋体而来。之后长庆体歌行在此基础上又与传奇互有借鉴,张祜就曾嘲戏白居易的《长恨歌》为《目连变》,清人何焯也指出《长恨歌》为"传奇体",正是歌行与传奇小说结合的证据。李商隐《燕台四首》写作艳情题材虽然不似"中晚唐诗人多敷衍为叙事长歌",而是"独出蹊径,将其镕铸成纯粹抒情之篇章"[2],但"精神上实与传奇相通",不妨看作"另类的诗体传奇"[3]。正是由于与其他文体的融构,唐代歌行才显现出独有的篇章特色。

五七言古则多章法古文,写得严整又顿挫生姿。短古我们前面已略作说明,而于长古更为显明。李白 "《蜀道难》《远别离》《天姥吟》《尧祠歌》等

① 许学夷著,杜维沫校点《诗源辩体》,人民文学出版社 2001 年版,第 140 页。

② 刘学锴、余恕诚《李商隐诗歌集解》,中华书局 1988 年版,第 97 页。

③ 参看董乃斌主编《中国文学叙事传统研究》第五章《古典诗词的叙事分析》,中华书局 2012 年版,第 204—207 页。

无首无尾，变幻错综，窈冥昏默"①，往往给人以"意接词不接，发想无端，如天上白云，卷舒灭现，无有定形"②、"此殆天授，非人可及"③的感觉。实际上，李白这些诗取法于《庄》《骚》，融汇乐府民歌，并非全无章法可循。如《蜀道难》一唱三叹，回旋往复，奔放恣肆而又针脚细密。《唐宋诗醇》则评《忆旧游寄谯郡元参军》一诗"此篇最有纪律可循。历数旧游，纯用叙事之法。以离合为经纬，以转折为节奏，结构极严而神气自畅"④；就是"断如复断，乱如复乱"的《远别离》实际上也是"辞意反复行于其间者，实未尝断而乱也"（范梈《木天禁语》）。当然了，相比之下，"王、李、高、岑"廉角钩折，在顿挫中求整饬，于纵横处见工稳，"驰骋有余，安详合度"⑤，更见章法。而杜甫七古法中有变，变中有法，万怪惶惑又有迹可循，随兴漫与又惨淡经营，实非寥寥数语可尽之。如《观公孙大娘弟子舞剑器行》《丹青引赠曹将军霸》等诗，取法于《左传》《公羊》《史记》，主要融散文的文法入诗；《洗兵马》一诗层次井然，结构严谨，每段一转韵，平仄相间，王嗣奭对此加以说明："一篇四转韵，一韵十二句，句似排律，自成一体"⑥。又如七古组诗《乾元中寓居同谷县作歌七首》，施补华在《岘佣说诗》中总结其章法云："同谷七歌，首章'有客有客'，次章'长镵长镵'，三章'有弟有弟'，四章'有妹有妹'，皆平列。五章'四山多风'忽变调，六章'南有龙兮'又变调，七章忽作长调起，以抗脏之词收足。有此五六章之变，前四章皆灵有七章长歌作收，前六章皆得归宿，章法可学。然二章'长镵长镵'，与'弟''妹'不类，又不变之变"，于这些地方都可见出杜甫对古诗章法的布置安排，观杜以后诗史，确乎"七古以少陵为正宗"。不过这只是就诗体基本面貌而言，实际上各家仍是略有区别。

---

① 胡应麟《诗薮》内编卷三，中华书局 1958 年版，第 46 页。

② 方东树《昭昧詹言》，广文书局 1962 年版，第 382 页。

③ 沈德潜《唐诗别裁集》，中华书局 1975 年版，第 84 页。

④ 乾隆御选，冉苒校点《唐宋诗醇》，中国三峡出版社 1997 年版，第 83 页。

⑤ 沈德潜《唐诗别裁集》，中华书局 1975 年版，第 3 页。

⑥ 王嗣奭《杜臆》，上海古籍出版社 1983 年版，第 78 页。

韩愈七古，较之杜甫，就"微嫌少变化耳"[①]；欧阳修古诗"全是有韵古文"[②]，然则本自韩来，与杜诗"于潦倒淋漓、忽反忽正、若整若乱、时断时续处得其章法之妙"[③]也不尽相同。苏轼诗则多有率意而成者，快心露骨，于此之中时见精密处。如《游金山寺》一诗，通篇意绪自首句"我家江水初发源，宦游直送江入海"出，无出"我家""宦游"二语之范围。"试登绝顶望乡国"中"乡国"一词，由于诗末"江山如此不归山，江神见怪惊我顽。我谢江神岂得已，有田不归如江水"云云，往往被理解成"故乡"之义，实际上这不是一个偏义复词，而兼有家国两义。只有作如此解，才能理解此时站在镇江这个特殊的地理位置和处在人生、仕途尴尬境地的诗人感叹"江南江北青山多"背后隐含着的进退失据、彷徨无依的心绪。由此也更能明白什么叫"以文为诗"，什么叫"每作一篇先立大意，长篇须曲折三致意乃成章耳"（《王直方诗话》引黄庭坚语）[④]了。

而古诗歌行的用韵，也与篇章结构的形成有莫大的关系。初唐七古歌行的押韵大抵按照平仄互换，"四语一转，蝉联而下"（冒春荣《葚原诗说》），转韵和转意存在着规律性的对应关系。到了盛唐，押韵更加灵活自由，韵与意之间的转换关系更加复杂多样。正如毛先舒所言："古歌行押韵，初唐有方，至盛唐便无方"，举较为典型者如岑参，其《走马川行奉送封大夫出师西征》句句用韵，且三句一转韵，打破古诗惯有的节奏，更见军情之紧急。《轮台歌奉送封大夫出师西征》则大多两句转韵，节奏亦较紧促，偏于末四句却一韵流转而下，予人奏捷的轻松愉快之感。可见用韵也是唐人费安排处，正是"然无方而有方者也，亦须推按，勿得纵笔以扰乱行阵，为李将军之废刁斗也"（毛先舒《诗辩坻》）。陈仅也说："此中亦实有规矩，难以言传。其法莫备于杜诗，有每

---

① 施补华《岘佣说诗》，王夫之等撰《清诗话》，上海古籍出版社 1999 年版，第 988 页。

② 李调元《雨村诗话》，郭绍虞编选，富寿荪校点《清诗话续编》，上海古籍出版社 1983 年版，第 1532 页。

③ 钟惺、谭元春选评，张国光等点校《诗归》，湖北人民出版社 1985 年版，第 374 页。

④ 郭绍虞辑《宋诗话辑佚》，中华书局 1980 年版，第 4 页。

段八句四句法律森严者，有间以促韵者，有变化不可端倪者，大抵前纡徐而后急促，所谓乱也。熟玩之自能心领神会。"(《竹林答问》)从这里可以看出杜诗用韵之法则，并且与李白相比，杜甫七古虽较少明用骚体，但也将骚之精神融贯其中，显现出一种高层次的文体融合。还有一点需指出，"中唐以前，七古极少一韵到底的，柏梁体当然是例外。只有杜甫的七古有些是一韵到底。直到韩愈以后，一韵到底的七古才渐渐盛行。"①唐人的用韵确实为后人所模仿领会，并在此基础上生新创造，只要看一些宋人的七古便可明白，如苏轼《秧马歌》、王令《龙角歌和崔公度伯易》学韩愈《陆浑山火和皇甫湜用其韵》为平韵"柏梁体"，文同《蒲生钟馗》为仄韵"柏梁体"，黄庭坚《博士王扬休碾密云龙同事十三人饮之戏作》则如杜甫的《荆南兵马使太常卿赵公大食刀歌》为转韵"柏梁体"，个中变化实多，此不赘述。

就近体而言，唐宋人的篇章锤炼显现出另外一种手段。因为近体大多有固定的格式规范，句数有限定，不能换韵，该对仗的地方还一定要对仗。有鉴于此，唐宋诗人就挖空心思地改造其中各部分的结构、改变各联各句之间的关系以完成篇章结构的创新。杜甫律诗的离析倒句、照应转折前文已经说过，后人于此得沾溉者甚多。如欧阳修，钱锺书先生评其七律云："开阖动荡，沉着顿挫，不特杨、刘、苏、梅所未有，即半山、东坡、山谷亦每不及也。"②其《席上送刘都官》诗云："都城车马日喧喧，虽有离歌不惨颜。岂似客亭临野岸，暂留罇酒对青山。天街树绿腾归骑，玉殿霜清缀晚班。莫忘西亭曾醉处，月明风溜响潺潺"。仇兆鳌认为杜诗多在四句分截③，确否先且不论，即欧阳修此诗确实是"四句分截体"。前四句以"都城""野岸"相对，烘托此时离别之"惨颜"；并且颔联上句直承上联，下句再写目前情状与之相对，打破了以联为单位的叙述结构，也形成特殊的叙事和情感节奏，章法奇特。颈联则宕开一层，预想刘都官此别后供职京师之情形，末联再反照当下真切的情景，又作一对照，而惜别之情寓之言外，令人回味无穷。《戏答元珍》一诗则四联三转，尤

---

① 王力《汉语诗律学新版》，上海教育出版社 1979 年版。

② 钱锺书《谈艺录》，中华书局 1984 年版，第 241 页。

③ 仇兆鳌在注解杜甫时说："唐人七律，多在四句分截，杜诗于此法更严。"《杜诗详注》卷十七，中华书局 1979 年版，第 1847 页。

见抑扬顿挫之妙。钱先生说黄庭坚诗"开阖动荡、沉着顿挫"每不及欧阳修，但黄庭坚自有其独得之秘。方东树《昭昧詹言》云："大抵山谷所能，在句法上远……每篇之中，每句逆接，无一是恒人意料所及，句句远来"①，又说："山谷之妙，起无端，接无端，大笔如椽，转折如龙虎，扫弃一切，独提精要之语，每每承接处中亘万里，不相联属，非寻常意计所及"②。就是一联之中，黄庭坚也有意营造多重经验单元，而且这些经验单元在给人的情感体验方面并非和谐统一，而是彼此矛盾，由此构成诗句内部的意义冲突，构建诗句内部的戏剧性张力。如其《寄黄几复》诗颔联，"'桃李春风'与'江湖夜雨'，这是'乐'与'哀'的对照；'一杯酒'与'十年灯'，这是'一'与'多'的对照。'桃李春风'而共饮'一杯酒'，欢会极其短促。'江湖夜雨'而各对'十年灯'，飘泊极其漫长。快意与失望，暂聚与久别，往日的交情与当前的思念，都从时、地、景、事、情的强烈对照中表现出来，令人寻味无穷。"③

七绝的正宗是王、李一路的乐府体七绝。元人杨载《诗法家数》曰："绝句之法，要婉曲回环，删芜就简，句绝而意不绝，多以第三句为主，而第四句发之。有实接，有虚接。承接之间，开与合相关，反与正相依，顺与逆相应，一呼一吸，宫商自谐。大抵起承二句固难，然不过平直叙起为佳，从容承之为是。至如宛转变化，工夫全在第三句，若于此转变得好，则第四句如顺流之舟矣"（杨载《诗法家数》），说得就是这一类七绝。但如此作来千篇一律或令人生厌。杜甫基于它对七绝诗体的独特认识，借鉴初唐徒诗体七绝的作法，创新了七绝的内部构造。清人黄子云《野鸿诗的》对此极口称赞："（七绝）……往往至第三句意欲取新，作一势喝起，末或顺流泻下，或回波倒卷，初诵时殊觉醒目，三遍后便同嚼蜡。浣花深悉此弊，一扫而新之；既不以句胜，并不以意胜，直以风韵动人，洋洋乎愈歌愈妙。如寻花也，有曰：'诗酒尚堪驱使在，未须料理白头人。'又曰：'桃花一簇开无主，可爱深红爱浅红。'……方悟少陵七绝实从三百篇来，高驾李、王诸公多矣。"这里说到的杜诗《江畔独步寻

---

① 方东树《昭昧詹言》，广文书局 1962 年版，第 458—459 页。

② 方东树《昭昧詹言》，广文书局 1962 年版，第 458 页。

③ 《宋诗鉴赏辞典》，上海辞书出版社 1987 年版，第 504—506 页。

花七绝句》其五中"桃花一簇开无主,可爱深红爱浅红"一句,出句与对句并无轻重之分、抑扬之别,只是一笔平平写去,却写出物态之自得,而流连光景之意,自可言外得之,正所谓"无意求工而别有风致"者。杜甫又在短短四句变换各种对仗法式。有对起散结者,如《江南逢李龟年》,首句不入韵,显得声情跌宕。有散起对结格者,如《江畔独步寻花七绝句》其六、其七,"繁枝容易纷纷落,嫩蕊商量细细开""即遣花开深造次,便教莺语太丁宁"这类结句非但不显淤滞,反而深挚有味。又有四句皆对者,如著名的《绝句》"两个黄鹂鸣翠柳"即为此格,并且四句看似不相连属,却能糅合成一个整体。又有一三、二四句相互勾连,是为扇对。如《存殁口号二首》分写存殁二人:"席谦不见近弹棋,毕曜仍传旧小诗。玉局他年无限笑,白杨今日几人悲"(其一)、"郑公粉绘随长夜,曹霸丹青已白头。天下何曾有山水,人间不解重骅骝"(其二),这种格式在后来黄庭坚的《病起荆江亭即事十首》之八中得到继承:"闭门觅句陈无己,对客挥毫秦少游。正字不知温饱未,西风吹泪古藤州。"还是那句话,这并不是纯粹的形式创新,作为一种"有意味的形式","此诗虽分列两人两事,却由于诗的深层隐有黄庭坚本人在,从而使得其对陈、秦两人不同诗风的分别概括具有了内在的深刻联系。"① 只不过这些改造亦有流弊,陈衍就说"荆公绝句,多对语甚工者,似是作律诗未就,化成截句"②,这也是需要看到的。

唐宋诗人还注重锻造诗序。唐诗中有名的诗序有杜甫的《观公孙大娘弟子舞剑器行并序》、元结的《春陵行并序》、白居易的《琵琶行并序》、杜牧的《杜秋娘诗并序》等,宋人在此基础上精心纂构,不仅诗序叙事愈发细密精彩,如王十朋《左原纪异》、李彭《蝴蝶诗》、徐积《淮阴义妇》等诗之序几可作传奇志异小说看,而且诗序与诗歌正文相互补充,"不但进一步拓展了诗歌对事的容量,而且帮助诗歌在叙事的同时保持凝练含蓄的语言特色,帮助诗歌找到诙谐风趣等多元化的叙事表现"③,诗序成为了诗歌篇章体制中不可或缺的一部分。

---

① 许总《宋诗史》,重庆出版社 1997 年版,第 471 页。

② 陈衍《宋诗精华录》评王安石《金陵即事三首》(录二首)其一语。陈衍评选,曹旭校点《宋诗精华录》,江西人民出版社 1984 年版,第 2 页。

③ 周剑之《宋诗叙事性研究》,中国社会科学出版社 2013 年版,第 128 页。

最后我们再来看下唐宋诗人发明的一种构建组诗的独特方式，有的是利用声调的变化来组建组诗，如皮日休《奉酬鲁望夏日四声四首》：

平声

塘平芙蓉低，庭闲梧桐高。清烟埋阳乌，蓝空含秋毫。冠倾慵移簪，杯干将哺糟。脩然非随时，夫君真吾曹。

平上声

沟渠通疏荷，浦屿隐浅筱。舟闲攒轻苹，桨动起静鸟。阴稀馀桑闲，缕尽晚茧小。吾徒当斯时，此道可以了。

平去声

怡神时高吟，快意乍四顾。村深啼愁鹃，浪霁醒睡鹭。书疲行终朝，罩困卧至暮。吁嗟当今交，暂贵便异路。

平入声

先生何违时，一室习寂历。松声将飘堂，岳色欲压席。弹琴奔玄云，劚药折白石。如教题君诗，若得札玉册。

诗体不古不近，音节特异，以此组诗，每诗章法布置却如律诗。此种篇法，实为唐后所特有，也只能为唐后所特有。有的是利用不同的诗体来参错成篇，如李商隐《无题四首》，由两首七律、一首五律、一首七言古体组成，将古体与近体组合成组诗，无形中构成一种结构的张力。此组诗之四云"何处哀筝随急管，樱花永巷垂杨岸。东家老女嫁不售，白日当天三月半。溧阳公主年十四，清明暖后同墙看。归来展转到五更，梁间燕子闻长叹"，将流动疏朗、别具风情的古体与相对谨饬又设色秾艳的近体两相对映，从而形成一种独特的审美意味（甚至可以融入民歌风味，北朝民歌《地驱乐歌》即有云："老女不嫁，蹋地呼天。"）。

通过以上几个观照的维度，我们发现，在篇章体制的锤炼方面，唐宋两代的诗人们所迸发的创造力是惊人的。唐人推陈出新，宋人又变本加厉，他们共同为完善中国古典诗歌的诗型做出贡献并垂范后人。由此看来，即使单就这一方面来看，唐宋两代都是一个完整的构建篇章体制的文学史时代。

第二章　唐宋诗的美学进程

上一章从诗体建构发展的角度阐述了唐宋诗的一体进程，本章则试图从另外一个角度也即古典诗歌所创造的美的历程阐述我们所理解的唐宋诗整体观。我们认为，从综融前代诗美以达到正态的极致再正中求变开始变态之美的追寻，并在这正中求变，变中归正，正变往复的过程中完成审美境界的深化，构成人和审美对象的自由关系，用诗歌的形式实现对现实世界的超越，唐宋两代的诗美建构同样经历一个完足的自成逻辑的历程。

第一节　正态美的极致

在探讨唐宋诗人为我们创造怎样的美之前，我们似乎要先回答一个问题：什么是美？不过这不是一个容易回答的问题，两千多年前苏格拉底就曾感叹："美是难的"[①]；更或许这就是一个伪命题，"是一个语言的陷阱，因为这个命题已经暗含了'美'是一个实体或实体的属性，从而误导人们循着实体论的思路，从认识论的角度去进行美学研究。"而实际上，"美不是实体，而是一种对象，它不能离开审美主体而独立存在。意义也不是实体，它是生存体验的产物，是被把握的世界，对象世界是作为意义呈现在我们面前的。美不是实体，而是一种意义，是作为意义被领悟的"[②]。因此，我们与其说唐宋诗人创造出一

---

① 柏拉图《大希庇阿斯篇》，柏拉图著，朱光潜译《柏拉图文艺对话集》，重庆出版社 2016 年版，第 194 页。

② 杨春时《关于美的本质命题的合理性问题》，《中文自学指导》2005 年第 3 期。

种被称作"美"的实体，毋宁说他们成功地唤醒了我们对某种意义的领悟和体验，甚至是诱导我们发现了新的意义，尽管我们所领悟体验的与诗人们自己领悟体验的以及他们想让我们领悟体验的意义必然不尽相同，但这并没有什么关系。

　　我们之前谈起盛唐诗歌的美学特点，总会提到几个关键词（词组）：刚健昂扬的风骨、兴象玲珑的诗境以及清新秀发的风格，似乎谁编写文学史都绕不过去。诚然，这是盛唐诗美最显性的特征，或者说我们能体验到的最显性的意义。虽然前人已多有论述，我们这里还是稍微做下展开。早在初唐时代，四杰和陈子昂就标举"气凌云汉，字挟风霜"①"骨气端翔，音情顿挫，光英朗练，有金石声"②的审美理想，这种作为风骨表征的理想化的文学样态在开天诗坛得到了最高层次、最大规模的实现。盛唐诗人的作品中贯注了明朗的感情基调、雄浑壮大的气势和精神力量。他们推崇建安风骨又洗汰了其悲凉的情调，充满了昂扬奋发的精神。这点最直接地体现在他们积极用世和对功名的强烈渴求上。在盛唐诗歌中，我们随处可见这样的呐喊："富贵吾自取，建功及春荣"（李白《邺中赠王大》）、"冲天羡鸿鹄，争食羞鸡鹜。望断金马门，劳歌采樵路"（孟浩然《田园作》）、"吾与二三子，平生结交深，俱怀鸿鹄志，共有鹡鸰心"（孟浩然《洗然弟竹亭》）、"十年守章句，万事空寥落。北上登蓟门，茫茫见沙漠。倚剑对风尘，慨然思卫霍"（高适《淇上酬薛三据兼寄郭少府微》）、"莫言贫贱即可欺，人生富贵自有时"（崔颢《长安道》）、"少小虽非投笔吏，论功还欲请长缨"（祖咏《望蓟门》）、"耻作明时失路人"（常建《落第长安》），甚而夸下海口，视成就功业为探囊取物，唾手可得："长风破浪会有时，直挂云帆济沧海"（李白《行路难》其一）、"天生我材必有用，千金散尽还复来"（李白《将进酒》）、"但用东山谢安石，为君谈笑净胡沙"（李白《永王东巡歌》其二）、"钓周猎秦安黎元，小鱼麀兔何足言"（李白《留别于十一兄逖裴十三游塞垣》）、"公侯皆我辈，动用在谋略"（高适《和崔二少府登楚丘

① 王勃《平台秘略赞·艺文》，王勃《王子安集》，四部丛刊本。
② 陈子昂《与东方左史虬修竹篇》，陈子昂《陈拾遗集》，上海古籍出版社1992年版，第10页。

城作》)、"古来青史谁不见，今见功名胜古人"（岑参《轮台歌奉送封大夫出师西征》》)、"终当拂羽翰，轻举随鸿鹄"（王昌龄《酬鸿胪裴主簿雨后北楼见赠》)。这样的大话在后人看来似乎是不可想象的，以致引来了不少非议，但这些非议恰恰成为盛唐精神一去不返的证明。

盛唐诗人们又经常会把自己的这种主体精神投射贯注到他们所观察的任何对象上，或者说赋予他们以新的意义。这些对象可以是实实在在的人，可以是意想中的人，可以是动物，是植物，甚至是自然和社会中存在的任何物体、现象。王维笔下的老将"少年十五二十时，步行夺取胡马骑。射杀山中白额虎，肯数邺下黄须儿"（《老将行》)，游侠则"相逢意气为君饮，系马高楼垂柳边"（《少年行》)。李白笔下的人物，吕尚"广张三千六百钓，风期暗与文王亲"，郦食其"东下齐城七十二，指挥楚汉如旋蓬"（《梁甫吟》)，鲁仲连"谈笑三军却"（《奔亡道中作》五首其三），都带着英雄主义的色彩。他所描绘的山水也往往雄奇而瑰丽：庐山"黄云万里动风色，白波九道流雪山"（《庐山谣寄庐侍御虚舟》)、华山"西岳峥嵘何壮哉，黄河如丝天际来"（《西岳云台歌送丹丘子》)、泰山"六龙过万壑，涧谷随萦回"（《游泰山》六首其一）、鸣皋山"峰峥嵘以路绝，挂星辰于岩崾"（《鸣皋歌送岑征君》)，而"峨眉高出西极天，罗浮直与南溟连"（《当涂赵炎少府粉图山水歌》)，幽州之地则"燕山雪花大如席，片片吹落轩辕台"（《北风行》)。盛唐诗人怀抱着"黄沙百战穿金甲，不破楼兰终不还"（王昌龄《从军行》七首其四）的壮志，塞外苦寒在他们眼中幻化成"忽如一夜春风来，千树万树梨花开"（岑参《白雪歌送武判官归京》)的奇景，军旅生活让他们感到无比自豪："近来能骑马，不弱并州儿"（岑参《北庭西郊候封大夫受降回军献上》)，甚至死亡也充满诗意："醉卧沙场君莫笑，古来征战几人回"（王翰《凉州词》)。这种气质是具有时代的普遍性的。开元、天宝时代的杜甫写起胡马、画鹰来也是"所向无空阔，真堪托死生"（《房兵曹胡马》)，"何当击凡鸟，毛血洒平芜"（《画鹰》)，丝毫没有后期诗歌那种阴郁悲凉的色彩。

在这样的情绪观照中，无论是人是物，都充满着奋发的精神、傲岸的气度和热烈的情思。就连空寂的山林，在盛唐人笔下也绝无"夕阳依旧垒，寒磬满空林"（刘长卿《秋日登吴公台上寺远眺》)的冷清、"千山鸟飞绝，万径人踪灭"(柳宗元《江雪》)的荒寒、"南山塞天地，日月石上生"(孟郊《游终南山》)的奇险、"砚中枯叶落，枕上断云闲"(贾岛《僻居无可上人相访》)的幽僻和"山静似太古，日常如小年"(唐庚《醉眠》)的枯槁，"明月松间照，清泉石上流。竹喧归浣女，莲动下渔舟"(王维《山居秋暝》)、"木末芙蓉花，山中发红萼。涧户寂无人，纷纷开且落"(王维《辛夷坞》)、"人闲桂花落，夜静春山空。月出惊山鸟，时鸣春涧中"(王维《鸟鸣涧》)、"桃花流水窅然去，别有天地非人间"(李白《山中问答》)、"时有落花至，远随流水香"(刘眘虚《阙题》)这些典型的盛唐山水诗句展现给我们的是活泼泼的自然和活泼泼的心，如果套用《二十四诗品》中的诗学话语，展现的简直就是"采采流水，蓬蓬远春；窈窕深谷，时见美人。碧桃满树，风日水滨；柳荫路曲，流莺比邻"一般的"纤秾"的意境。

是的，盛唐诗歌昂扬的风骨也是凝结在这样玲珑剔透的诗境之中的，这又成为这种有着典型意义的诗歌范式的典型特征。南宋人严羽提起盛唐诗，开口就是那么几句："盛唐诗人惟在兴趣，羚羊挂角，无迹可求。故其妙处透彻玲珑，不可凑泊，如空中之音，相中之色，水中之月，镜中之象，言有尽而意无穷。"[1] 其实在他之前，晚唐的司空图已对这种诗境做出精彩的刻画："近而不浮，远而不尽"[2]，"如蓝田日暖，良玉生烟，可望而不可置于眉睫之前也"[3]。在他之后，王士禛标举"神韵"，一时蔚为大宗。不过，细考之，司空图和王士禛都偏爱于王孟一路清淡诗风，他们的主张也大都是对这一类诗风的理论总结；相比之下，严羽更准确地道出几乎包括所有风格的盛唐诗都共同具备的兴象玲珑的特征。

这种特征一般以为是诗人主体与他所描写的客体之间完美无间地交融的产物，即所谓的情景交融。对此我们可以举出太多的例子了。比如李白的《玉阶怨》，诗云："玉阶生白露，夜久侵罗袜。却下水精帘，玲珑望秋月"，通篇玲珑剔透，全无杂质，写出来的只是一个冷清的氛围，一轮秋月，秋月在水晶帘

---

① 严羽《沧浪诗话》，中华书局1985年版，第6—7页。

② 《与李生论诗书》，司空图《司空表圣文集》，上海古籍出版社1994年版，第24页。

③ 《与极浦书》，司空图《司空表圣文集》，上海古籍出版社1994年版，第42页。

上的反光，和一个思妇望月的剪影，而诗所要表现的这个思妇的幽怨、哀婉、无聊、落寞，以及诗人心里满含的同情、怜惜，扩而广之对人类所有情感的感动和对人生执着的爱恋，全在言外，"近而不浮，远而不尽"，"可望而不可置于眉睫之前"。如果说写女性更能写出这种宛妙的意境，那我们再看一首李白的诗。其组诗《秋浦歌》第十四首写道："炉火照天地，红星乱紫烟。赧郎明月夜，歌曲动寒川"，诗写冶夫的劳作，全与闺情无涉。然此冶夫劳作中的情怀，与诗人此时无法言说的感触，全浑茫在那一片月色下的粼粼波光和高亢曲音之中，个中种种兴味，亦令人涵咏不尽。再如经常提到的王昌龄的《从军行》，清人黄叔灿《唐诗笺注》评之曰："'缭乱边愁'而结之以'弹不尽'三字，下无语可续，言情已到尽头处矣。'高高秋月照长城'，妙在即景以托之，思入微茫，似脱实黏，诗之最上乘也。"[1] 这就是说，弹不尽的"边愁"，用"高高秋月照长城"的景来加以烘托和渲染，没有直言，但却比直言更能令人"思入微茫"，富有更多的情味，这就是盛唐人的典型写法，这就是盛唐诗典型的美。

"现代哲学认为，世界不是实体而是对象和意义。把世界当作与主体无涉的实体，实际上是一种理论上的虚构。现代哲学认为人与世界都是存在的构成因素，而不是对立的主体与客体，也不是孤立的实体"。因而，所谓的物我无间，情景交融，更准确的表述或许是"人与世界的关系变成为主体间性的关系，即审美主体把世界也当作平等的主体，与之交流、沟通、共鸣，达到充分的融合"[2]。正因为如此，盛唐诗给我们的感受才是那样的圆融无间，诗人与他所描写的东西猝然相遇，然后紧密拥抱在了一起，分不清何者为我，何者为物，以至于王夫之感叹道："情景虽有在心在物之分，而景生情，情生景，哀乐之触，荣悴之迎，互藏其宅"[3]。虽然王氏并不一定懂得对象世界并不是作为实体而是作为被领悟的意义而存在，不过他借用佛家术语"现量"，讲求"即

---

① 黄叔灿《唐诗笺注》，清乾隆刻本。

② 杨春时《关于美的本质命题的合理性问题》，《中文自学指导》2005 年第 3 期。

③ 王夫之《薑斋诗话》，王夫之等撰《清诗话》，上海古籍出版社 1999 年版，第 6 页。

景会心"，"宾主历然"，"心中目中与相融浃，一出语时，即得珠圆玉润"①，实际上已体味到盛唐诗歌的这种本质特征。

　　而说到自然清新的风格和语言，则是我们非常容易感受到的。盛唐诗歌是有着明显的口语化特征的，往往是在明白晓畅的诗句中寄寓深沉的情思。李白的诗"举头望明月，低头思故乡"（《静夜思》）、"请君试问东流水，别意与之谁短长"（《金陵酒肆留别》）、"两人对酌山花开，一杯一杯复一杯"（《山中对酌》）、"小时不识月，呼作白玉盘。又疑瑶台镜，飞在青云端"（《古朗月行》）、"天若不爱酒，酒星不在天。地若不爱酒，地应无酒泉"（《月下独酌四首》其二）、王维的诗"来日绮窗前，寒梅着花未"（《杂诗》）、"愿君多采撷，此物最相思"（《相思》）、"独在异乡为异客，每逢佳节倍思亲"（《九月九日忆山东兄弟》）、孟浩然的诗"夜来风雨声，花落知多少"（《春晓》）、"何当载酒来，共醉重阳节"（《秋登兰山寄张五》）、高适的诗"归来向家问妻子，举家尽笑今如此"（《封丘作》）、"虏酒千钟不醉人，胡儿十岁能骑马"（《营州歌》）、岑参的诗"马上相逢无纸笔，凭君传语报平安"（《逢入京使》）、"醉坐藏钩红烛前，不知钩在若个边"（《敦煌太守后庭歌》）、王昌龄的诗"闺中少妇不知愁，春日凝妆上翠楼。忽见陌头杨柳色，悔教夫婿觅封侯"（《闺怨》）、崔颢的诗"昔人已乘黄鹤去，此地空余黄鹤楼。黄鹤一去不复返，白云千载空悠悠"（《黄鹤楼》），无不是如此。而且他们有明确的理论自觉。岑参在《送张献心副使归河西杂句》中称赞张献心的诗"爱君词句皆清新，澄湖万顷深见底，清水一片光照人"，李白在《经乱离后天恩流夜郎忆旧游书怀赠江夏韦太守良宰》中评韦太守诗"览君荆山作，江鲍堪动色。清水出芙蓉，天然去雕饰"，都显见其美学追求。

　　关于盛唐诗的这种新的美学范式的成因，学者往往从诗史演进的角度分析，认为是融构汉魏风骨与齐梁词采的结果。早在唐初，魏徵就提出"掇彼清

---

① 王夫之《薑斋诗话》卷下，王夫之等撰《清诗话》，上海古籍出版社1999年版，第8、9页。

音，简兹累句，各去所短，合其两长，则文质彬彬，尽美尽善矣"①的审美构想，而殷璠在他成书于天宝十三载的《河岳英灵集》中评价他所选的当代诗篇"既闲新声，复晓古体。文质半取，风骚两挟。言气骨则建安为传，论宫商则太康不逮"②，更是隐含了盛唐诗歌是对前代诗美类型兼融的看法。在我们今天看来，作为唐人选唐诗的经典选本，殷璠对其当代诗歌的美学特质的把握还是十分准确的。这在清代吴乔《围炉诗话》中也得到证明："盛唐诗亦甚高，变汉、魏之古体为唐体，而能复其高雅；变六朝之绮丽为浑成，而能复其挺秀"。③不过，从更广阔的民族美学演进的角度考察，盛唐诗美实际上是民族美学从先秦到唐代正向发展的结晶和最高程度的体现。

因为盛唐诗人标举建安风骨，故而一般把盛唐风骨溯源至建安，实际上，从中国诗歌的源头开始，无论在文学欣赏还是创作实践上，人们都很重视阳刚雄健之美，这一审美特点的背后有其深厚的思想渊源。作为先民智慧结晶的《周易》认为，天地间有一股生生不息的力量，所谓"生生之谓易"(《周易·系辞上传》)。正因为这股力量，四时得以交替，万物得以生息。这力量是无比刚健的，《乾·文言传》曰："大哉乾乎？刚健中正，纯粹精也"，《大壮·象》曰："大壮，大者壮也。刚以动，故壮。大壮利贞，大者正也。正大而天地之情可见矣！"效法天的刚健，人要有刚直不阿的品质。《乾·象传》说："天行健，君子以自强不息"，《大畜·象》又说："大畜，刚健笃实辉光，日新其德，刚上而尚贤。"刚健踏实是君子必须的品质。正是由于有这样的思想，形成了几千年来中国士大夫的集体无意识，他们身上流淌着昂扬奋发的生命激情，热切地渴盼着建功立业，扬名后世。但在很多时候，外在环境并没有给他们充分实现自我的机会，从感叹"道不行，乘桴浮于海"(《论语·公冶长》)的孔子到悲吟"利剑不在掌，结友何须多"(《野田黄雀行》)的曹植，从愤慨"世胄蹑高位，英俊沉下僚"(《咏史》)的左思到无奈"日月掷人去，有志不获骋"

---

① 魏征《北史·文苑传序》，李延寿《北史》卷八十三，中华书局 1974 年版，第 2782 页。

② 殷璠《河岳英灵集·集论》，《四库丛刊》本。

③ 吴乔《围炉诗话》，郭绍虞编选，富寿荪校点《清诗话续编》，上海古籍出版社 1983 年版，第 471 页。

（《杂诗》十二首其二）的陶潜，他们本该昂扬进取的高歌却异化成愤激悲慨的低吟。即使有时候这种低吟变奏成像刘禹锡"种桃道士归何处，前度刘郎今又来"（《再游玄都观》）的高傲的宣言，但终难掩其悲哀。只有生逢开元、天宝盛世的诗人，时代给了他们相对自由的环境和看似公平的竞争机会，他们才能唱出那些高昂的曲子。从这个意义上说，盛唐诗的昂扬风骨是刚健的民族审美观在一个历史上非常特殊的时期达到的顶峰。

玲珑诗境也是如此。一般认为，意境的发现有得于佛学的启示。两晋南北朝时期，佛教佛性论繁荣起来，而佛性所论最重要的便是境界[1]。在众多的汉译佛经中即屡屡出现"境界""法境"等专用术语与概念。入唐以后，佛教更为盛行，佛教所谈的境界理论及其意旨内涵，也渗透到文学理论的范畴。如佛教"境界"，概言之，即"心之所游履攀缘者，谓之境，如色为眼识所游履，谓之色境，乃至法为意识所游履，谓之法境"[2]，排除其中佛法的具体内容，"境"的构成就是心识之对象，也就是心与物的相缘相生。王昌龄《诗格》论诗境，正与此义相同。"如果说，王昌龄论诗境，较多执着于诗的创作构思的本身，虽然运用'境'的概念，并未表明其与佛教之'境'的关系，那么，在稍后的皎然诗论中则明确表明了这一点。"[3]皎然的诗境说恰是对盛唐创作的总结，而这也间接证明了盛唐诗境与佛教境界内在的关联。

或许，中国人对"境"的把握和追寻还可以推溯到更久远的时代。中国传统哲学对"道"的体验和描述，都带有神秘的意味，都多少有"心之所游履攀缘者"的内涵，与佛家所谓"法境"类似。对于"道"，孔子可以因之而"三月不知肉味"（《论语·述而》），老子用"恍兮惚兮""窈兮冥兮"（《道德经》第二十一章）之类神秘的言说去表述，但还说难以名之；庄子则感受到了"天地有大美而不言"（《庄子·知北游》）。虽然这里面所提到的"道"内涵有所不同，而且也没有直接提到意境，但先哲这些对道的体验和后来者对境的体验在感觉层面无疑有相通的成分，也有助于佛学佛性论在中国的本土化吸收。就诗

---

① 参阅吕澂《中国佛学源流略讲》，中华书局 1979 年版，第 119—120 页。

② 丁福保《佛学大辞典》，文物出版社 1984 年版，第 1247 页。

③ 许总《论盛唐诗歌意境特征及其审美范式的形成》，《人文杂志》1996 年第 4 期。

歌创作而言，我国古代的诗歌美学思想，一向强调心物之间的兴发感应。《乐记》说："人心之动，物使之然也。"① 陆机《文赋》云："悲落叶于劲秋，喜柔条于芳春。"② 钟嵘《诗品》说："气之动物，物之感人，故摇荡性情，形诸舞咏。"③ 刘勰《文心雕龙》也说："感物吟志，莫非自然。"④ 这些表述都可以看出中国古人对于心物之间感应的强调。也就是说，在古人眼里，诗是在现实生活的感动之下，诗人内心所形成起来的一股强大的艺术感染力量，诗是心物交感的艺术结晶。

但中国早期诗歌，心物的对应并不密合无间，或者说与审美对象的主体间性的关系并没有完全建立起来。《诗经》中所描写的景物多是因物起兴，甚或袭用套语，"所言他物"与"所咏之词"的关系并不密切，出现颂美诗《小雅·鸳鸯》与怨刺诗《小雅·白华》同用"鸳鸯在梁，戢其左翼"起兴的情况也就不足为奇了。很多诗看似实写景物，但往往只是凑韵需要，如《王风·黍离》连写"彼稷之苗""彼稷之穗""彼稷之实"，与《楚辞》纯写意中之象几乎无异，与中唐诗以心役物也似乎更为接近，而与盛唐诗那种兴象玲珑的诗境则有明显区别。当然，《诗经》中的诗也有一些发兴幽眇，"兴在有意无意之间"的佳作，如《秦风·蒹葭》《郑风·野有蔓草》等，可见心物对应是中国传统诗学很早就开始追求的目标。《诗经》中又有些体物精微的句子，如以"依依""霏霏"状柳、雪之貌，以"夭夭"形容小桃，以"沃若"体貌柔叶，并寓特定情感于其中，也可看作中国诗歌心物交融最早的成功实践。两汉之诗，虽然不乏"秋风萧瑟，洪波涌起"（曹操《观沧海》）之句，"惊风飘白日"（曹植《箜篌引》）之辞，景中含情，但其时诗多兴寄，往往归于"悠悠使我哀"（曹操《苦寒行》）、"翩翩伤我心"（曹植《杂诗》六首其一）般的直接抒怀。魏晋以降，随着庄玄哲学的融汇与兴盛，由言意之辨的哲学认识论生发的观物取象、得意忘象成为审美思维的基本方式，作为"象"的自然物象本身

---

① 《礼记·乐记第十九》，陈澔注《礼记集说》，上海古籍出版社1987年版，第204页。

② 金涛声点校《陆机集》，中华书局1982年版，第1页。

③ 钟嵘著，曹旭集注《诗品集注》，上海古籍出版社1994年版，第1页。

④ 刘勰著，范文澜注《文心雕龙注》，人民文学出版社1958年版，第65页。

也得到重视，诗人们显然更注重摹绘真实的自然景物。玄言诗中的山水物象固多玄理的依附，但物象本身已经成为一种境界的表达。最有代表性的就是陶渊明，"山气日夕佳，飞鸟相与还"（《饮酒》其五），"众蛰各潜骇，草木纵横舒"（《拟古》其三），"霭霭停云，濛濛时雨"（《停云》），都融兴寄于自然描写中，让人千载之下，犹能遥想其诗就后的"风味"。其后谢灵运更是注力于景物的摹写，"大必笼天海，细不遗草树"（白居易《读谢灵运诗》），显示出高超的艺术水准。但在后来人看来，他作品的标准化程式是前半写景，后半抒情言理，所以尽管在《诗经》和汉魏诗的基础上进一步将写景提到与抒情、言理的同等位置，形成一种景、情、理的协调对应关系，但就作品的面貌而言，仍然存在情景截分为两橛以及绘景写物散乱琐碎的毛病。

"而盛唐诗歌则从诗史演进历程与审美心理特征的角度看，唐代诗人对艺术意境的成功创造，正是一方面对南北朝时代形成的心物对应关系以及对真实自然空间的审美发现的继承与发展，另一方面又克服并弥合了其情景截分两橛以及绘景写物散乱琐碎的弱点的结果。"[①]并且，盛唐诗人不只是在技术层面比谢灵运们更推进一步，力图使分为两橛的情景合而为一；更重要的是，他们与所面对的对象的关系发生了微妙的变化，审美对象具有了主体的性质，而不是谢灵运诗中"连岩觉路塞，密竹使径迷"（《登石门最高顶》）、"涧委水屡迷，林迥岩逾密"（《登永嘉绿嶂山》）的异质化存在。从诗史演进的角度看，这些审美对象终于建立起与人的主体间性关系，而摆脱了被用以起兴、比附、寓理、抒怀，甚而开张声色、竞技炫巧的功利化、理念化的角色定位。回过头来，我们不禁讶异于庄子所谓的"天地与我并生，而万物与我为一"（《庄子·齐物论》）、"天地有大美而不言"的至境，刘勰所谓的"神与物游"[②]的理想，竟然在盛唐诗中那一抹返照在青苔上的余晖，那无处不在的夕岚，那在风中开落的芙蓉花，那洞庭湖中君山的倒影，那一曲散入春风的玉笛，那若有若无的竹露的清响里得以显现，真可谓"一沙一世界，一花一天堂"（［英］布莱克《天真的预言》）。

---

① 许总《论盛唐诗歌意境特征及其审美范式的形成》，《人文杂志》1996 年第 4 期。

② 刘勰著，范文澜注《文心雕龙注》，人民文学出版社 1958 年版，第 493 页。

再者，盛唐诗自然清新的美也代表了中国传统美学最高的审美追求。"作为一种具有鲜明的民族思维方式的审美命题，对自然天真的崇尚最早来自以老庄为肇始的道家思想，对唐代而言，可谓渊源久远。老子论宇宙本原云'域中有四大，而人居其一焉，人法地，地法天，天法道，道法自然'（《老子》第二十五章），以'自然'为人伦、社会、天地之道的最高法则与终极依据……庄子云'真者，所以受于天也，自然不可易也，故圣人法天贵真，不拘于俗'（《庄子·渔父》），进而将自然与天真揉为一体，使天地社会之道与人的精神情感通融起来，这也就为'自然'成为主体观照自然方式的审美范畴提供了转化契机。魏晋时期，在社会生活状况与文学自觉思潮的综合作用下，'法自然'遂成为一个根本的美学命题，士人既由政坛仕途转向田园山林，与人力罕至的自然山水朝夕相处，又渴求人的精神超然解脱，保持心性的天真状态，由是，道论之'玄'理便转换为审美之'真'趣。"①虽然"魏晋以降，在渐次显现的文学贵族化趋向中，从西晋诗坛的典则颂圣渐入南朝宫廷的华美雕饰，自然趣味丧失殆尽"，但清新秀发仍是南朝以来诗歌美学的共同追求，钟嵘标举"自然英旨"，推崇"思君如流水""高台多悲风""清晨登陇首""明月照积雪"这样"多非补假"的"古今胜语"。这不仅是钟嵘个人的审美趣味所在，也代表了当时许多诗人和诗论家的美学理想和创作追求。同时代的沈约就提出"易见事""易识字""易读诵"的"三易"说②。谢灵运作诗虽"寓目辄书"，伤于"繁复"，但不掩其"如初发芙蓉，自然可爱"③之誉；谢朓则追求"好诗圆美流转如弹丸"④。并且，我们只要对中国先唐诗歌稍作浏览，不难发现其语言总

---

① 许总《论盛唐诗歌审美理想的双重构建》，《学习与探索》1995 年第 2 期。

② 《颜氏家训》引。颜之推著，叶玉泉译注《颜氏家训》，岳麓书社 2016 年版，第 146 页。

③ 《南史·颜延之传》记鲍照评语。李延寿《南史》卷三十四，中华书局 1975 年版，第 881 页。

④ 《南史·王昙首传附王筠传》载：约尝启上，言晚来名家无先筠者。又于御筵谓王志曰："贤弟子文章之美，可谓后来独步。谢朓常见语云：'好诗圆美流转如弹丸'。近见其数首，方知此言为实。"李延寿《南史》卷二十二，中华书局 1975 年版，第 609—610 页。

体上是由古奥趋向于平易。在这个意义上来讲，清新秀发自然的风格是我们民族长久以来的美学追求，而这在盛唐达到了真正的巅峰——因为盛唐诗自然天真而富有韵味，既不同于汉魏古诗的质直，也不同于乐府民歌的浅露；既不同于元白的俗尽，也不同于杜甫之后大量运用口语入诗的朴拙，是对繁复雕缛和浅俗直白的双重超越，是"画工"与"化工"的完美统一。

　　至此，我们不难发现，盛唐诗歌的这些美学特点实际上是我们民族长久以来对于美的建构的自然的顺延，是正态美发展的极致。不过，如果我们把视野稍微放宽，就会发现唐宋诗歌对民族美学的正向追求远不止于此。在宋代，由于内忧外患的时局，也由于相对宽松的言论环境，诗人们政治社会意识普遍强化，救亡扶危的责任感和参政议政的热情相交织，促使他们创作出大量的政治诗、爱国诗、悯农诗。钱穆先生在《中国近三百年学术史》第一章引论称："盖自唐以来之所谓学者，非进士场屋之业，则释道山林之趣，至是而始有意于为生民建政教之大本。"[1] 宋人为国为家的使命感是真正融入了生命，他们的人格美也自然含蕴在诗中，不为沽名钓誉，不为博取功名，不为阿谀奉承，不为文饰诗篇。就是一生写作小词流连花酒之间的柳永也有《煮海歌》这样的悯农之作，其他文人士大夫更不待言。如果说盛唐的诗美主要是由魏晋以来人格自由的正向发展得来，那么，典型的宋诗之美则在很大程度上源于传统的士人人格力量的展现，是"孔曰成仁，孟曰取义"的人格追求在诗艺中的完美展现，是"温柔敦厚""主文谲谏"的诗教理想在诗史上的成功实践。宋代的诗人看不起"唐季二三子""区区物象磨穷年"（梅尧臣《答裴送序意》），看不起"其识污下，诗词十句九言妇女、酒耳"[2]"华而不实，好事喜名，不知义理之所在"[3] 的李白，看不起诗如"寒虫号"（苏轼《读孟郊诗》二首其一）、"起居饮食，有戚戚之忧"[4] 的孟郊，就连"诗圣"杜甫，他极写穷愁的《乾元中寓居同谷县

---

① 　钱穆《中国近三百年学术史》，台湾：商务印书馆 1980 年版，中华书局 1984 年影印本，第 3 页。

② 　惠洪《冷斋夜话》卷五引王安石语。释惠洪《冷斋夜话》，中华书局 1985 年版，第 23 页。

③ 　苏辙著，曾枣庄、马德富校点《栾城集》，上海古籍出版社 2009 年版，第 1552 页。

④ 　苏辙著，曾枣庄、马德富校点《栾城集》，上海古籍出版社 2009 年版，第 1554 页。

作歌七首》都被朱熹批得体无完肤："杜陵此歌，豪宕奇崛，诗流少及之者。顾其卒章叹老嗟卑，则志亦陋矣。人可以不闻道哉"[1]。他们不同于元白志业不遂后就流于颓唐委琐，也不同于韩愈汲汲于仕进不免自己所恶之"足将进而趑趄，口将言而嗫嚅"（《送李愿归盘谷序》）；不同于孟郊、贾岛的幽僻孤寒，也不同于唐季诸子的淡漠无聊，他们诗中所展现出来的高度的责任感和伟岸的人格于愈趋专制的明清时代普遍缺失，就是"长太息以掩涕兮，哀民生之多艰"的屈原，也不可能有那么一种作为来自底层士子的"先天下之忧而忧，后天下之乐而乐"的精神，这些都是宋诗展现出来的新的意义，是传统美学正向发展的某种极致。

在这一节，我们试图探讨了唐宋诗歌所展现出来的传统审美观正向发展的结晶，这种美的正向发展的极致其实就是审美境界得以深化的一种表现，关于这点，我们放到第三节再加以详述。

第二节　变态美的追寻

在看过唐宋诗展现出来的正态美之后，我们会感觉到唐宋诗的美感或者说我们在唐宋诗中所领悟的美的意义远不止于此。它更为丰富，也更为怪诞。我们尝试用变态美这个概念去加以涵纳。所谓变态，是与正态相对而言。在中国古典诗学的语境中，"正变"这个概念包含着特定的伦理道德色彩，正如《毛诗序》所云："王道衰，礼义废，政教失，国异政，家殊俗，而变风、变雅作矣"[2]；但另一方面，抛开这种伦理观念不言，正变本身并非截然分立，而是对立统一的：正中有变，变中有正，正变往复，才构成诗歌发展的潮流。叶燮在《原诗》中说过："乃知诗之为道，未有一日不相继相禅而或息者也"[3]，吴乔在

---

[1]　朱熹《跋杜工部同谷七歌》，朱熹《晦庵先生朱文公文集》卷八四，《四库丛刊》本。

[2]　毛公传，郑玄笺，孔颖达等正义，黄侃经文句读《毛诗正义》，上海古籍出版社1990年版，第18页。

[3]　叶燮《原诗》，王夫之等撰《清诗话》，上海古籍出版社1999年版，第565页。

《围炉诗话》中也说："诗道不出乎变复"①。具体到诗歌美学，正而趋变正是其发展的内在动力，既符合美学发展的逻辑，也符合作为主体去体验揭示美的意义的发展逻辑。

首先，我们对文学史的事实做一简单回顾。诗至中唐，可谓万怪惶惑。贞元中至元和年间的诗坛上，活跃在诗坛的有韩愈、孟郊、贾岛、李贺、卢仝等诗人，他们所写的东西和写这些东西的手法都是我们之前所未见的。孟郊不厌其烦地写"清苦"的深秋月色，"粗疏"的老虫鸣声，滴破梦境的"冷露"，像梳子一样划过骨头的"峭风"；在韩愈的诗里，许多美丽的风景变换了模样：洞庭湖无复李白笔下的明净和杜甫笔下的雄壮，而显得光怪震荡，"炎风日搜搅，幽怪多冗长。轩然大波起，宇宙隘而妨。巍峨拔嵩华，腾踔较健壮。声音一何宏？轰辚车万辆，犹疑帝轩辕，张乐就空旷。蛟螭露笋簴，缟练吹组帐。鬼神非人世，节奏颇跌踢"（《岳阳楼别窦司直》）；终南山无复王维笔下的静雅和祖咏笔下的秀丽，而显得雄奇万状："春阳潜沮洳，濯濯吐深秀。岩峦虽崒崪，软弱类含酎。夏炎百木盛，荫郁增埋覆。神灵日歔欷，云气争结构。秋霜喜刻轹，磔卓立癯瘦。参差相叠重，刚耿陵宇宙。冬行虽幽墨，冰雪工琢镂。新曦照危峨，亿丈恒高袤"（《南山诗》），更不用说那些本来就不常见也不常入诗不常被以为美的山火、月蚀了。不同于孟郊以瘦骨嶙峋、瘁索枯槁为美，韩愈以光怪震荡、怒突奔腾为美，李贺倾心于把向来为人们所厌恶的东西写得色彩斑斓，他把冷寂的秋野、荒废的旧宫、惨烈的战场、阴森的墓地、凶狠的山匪，甚至是无情的时间流逝和可怕的生命凋零，都着上了某种绮艳的色彩：

云根苔藓山上石，冷红泣露娇啼色。荒畦九月稻叉牙，蛰萤低飞陇径斜。石脉水流泉滴沙，鬼灯如漆点松花。（《南山田中行》）

云生朱络暗，石断紫钱斜。玉碗盛残露，银灯点旧纱。（《过华清宫》）

角声满天秋色里，塞上燕脂凝夜紫。半卷红旗临易水，霜重鼓

---

① 吴乔《围炉诗话》，郭绍虞编选，富寿荪校点《清诗话续编》，上海古籍出版社1983年版，第471页。

寒声不起。(《雁门太守行》)

　　草如茵,松如盖。风为裳,水为珮。油壁车,夕相待。冷翠烛,劳光彩。(《苏小小墓》)

　　雀步蹙沙声促促,四尺角弓青石簇。黑幡三点铜鼓鸣,高作猿啼摇箭箙。彩巾缠跤幅半斜,溪头簇队映葛花。山潭晚雾吟白鼍,竹蛇飞蠹射金沙。(《黄家洞》)

　　南风吹山作平地,帝遣天吴移海水。王母桃花千遍红,彭祖巫咸几回死?(《浩歌》)

　　吹龙笛,击鼍鼓。皓齿歌,细腰舞。况是青春日将暮,桃花乱落如红雨。(《将进酒》)

如果说之前屈原《九歌》特别是《山鬼》一篇就曾营造出这种迷离、婉丽、深邃、幽隐的意境,李贺则更进一步把所有他看到的一切都赋予哀感顽艳甚至颓废阴森的情调,有我们之前列举的那些在传统诗材中并不美好的事物,他甚至饶有兴味地大量描写鬼魂;也有向来被热烈讴歌的美好,如精美的青花紫石砚和葛布,如曼妙的箜篌弹奏,如引人神往的仙境,如青春,这样就使得他的许多诗作都像那秋坟的鬼唱、秋郊的鬼哭一般,令人惊悚,同时也令人感受到别样的美。杜牧说李贺的诗,“少加以理,奴仆命《骚》可也”①,殊不知正因为“无理”,李贺诗才具有不同于屈原、李白的独特意义。法国哲学家萨特说:“现实的东西绝不是美的,美是一种只适合意象的东西的价值,而且这种价值在其基本结构上又是指对世界的否定。这也就是为什么将道德的东西同审美的东西混淆在一起是愚蠢的。”②如果说美是一种意义的话,李贺让我们领悟体验到的这前所未有的意义,可能和波德莱尔让十九世纪的法国人体验到的一样。至于卢仝,则更是一个追求怪异之美的作者,连韩愈都说他“往年弄笔嘲同异,怪辞惊众谤不已。近来自说寻坦途,犹上虚空跨绿骈”(《寄卢仝》)。谢榛

---

　　① 杜牧《李长吉歌诗叙》。陈治国编《李贺研究资料》,北京师范大学出版社 1983 年版,第 4 页。

　　② 萨特著,褚朔维译《想象心理学》,光明日报出版社 1988 年版,第 292 页。

在《四溟诗话》中曾说过："予夜观李长吉、孟东野诗集，皆能造语奇古，正偏相半，豁然有得，并夺搜奇想头，去其二偏。险怪如夜壑风生，暝岩夜堕，时时山精鬼火出焉；苦涩如枯林朔吹，阴崖冻雪，见者靡不惨然"①，正可看作是对这个诗派美学特点的整体评价。

而几乎同时，却出现一个美学趣味完全相反的诗派。在早一点的时候，王建、张籍就开始大量创作明白晓畅的诗作，张王乐府也由此获得一种别样的艺术趣味。李绅、元稹、白居易则将这种语言风格进一步推拓。白居易在《新乐府序》公然宣称他新乐府的语言特点和创作动机："其辞质而径，欲见之者易谕也。其言直而切，欲闻之者深诫也"②，在之后不久的《寄唐生诗》中又加以强调："非求宫律高，不务文字奇，惟歌生民病，愿得天子知。"元白的新乐府创作基本就是遵循这样的理念，元稹的十二首新乐府、白居易的五十首新乐府就是这种理念的成功实践。而更能说明问题的是，这种浅切轻俗的语言风格不仅出现在这一派诗人的新乐府创作中，还成为他们大多数诗作的典型风格。翻开《白氏长庆集》，触目可见"读君学仙诗，可讽放佚君。读君董公诗，可诲贪暴臣。读君商女诗，可感悍妇仁。读君勤齐诗，可劝薄夫敦。上可裨教化，舒之济万民。下可理情性，卷之善一身"（《读张籍古乐府》），这样放笔写去流荡不收的排比句式；"前年当此时，与尔同游瞩。诗书课弟侄，农圃资童仆。日暮麦登场，天时蚕坼簇。弄泉南涧坐，待月东亭宿。兴发饮数杯，闷来棋一局"（《孟夏思渭村旧居寄舍弟》），这样娓娓道来不加检束的叙述笔法；"贤者为生民，生死悬在天。谓天不爱人，胡为生其贤？谓天果爱民，胡为夺其年？茫茫元化中，谁执如此权"（《哭孔戡》），这样咄咄逼人发露欲尽的说理议论；"感此因念彼，怀哉聊一陈。男儿老富贵，女子晚婚姻。头白始得志，色衰方事人。后时不获已，安得如青春"（《秋槿》），这样喻旨浅显略无含蕴的兴寄感怀。罗宗强先生把白氏的《初与元九别，后忽梦见之。及寤，而书适至，兼寄

---

① 谢榛《四溟诗话》卷四，丁福保辑《历代诗话续编》，中华书局 2006 年版，第 1217 页。

② 白居易《新乐府序》。白居易著，朱金城笺校《白居易集笺校》，上海古籍出版社 1988 年版，第 136 页。

〈桐花诗〉。怅然感怀，因以此寄》与杜甫的《梦李白》二首作比较，认为白诗写梦失去杜诗"迷离惝恍的梦境特色"，全篇"感情也就随着这说尽说白而归之于平淡。与杜甫忆念李白的那种浓烈情思比，相差简直不可以道里计"①。其实白诗这样的写法必然造成其笔下的梦境没有杜甫、李商隐那样迷离惝恍的特色，其《梦裴相公》《梦与李七、庾三十二同访元九》都是如此，但这种写法作为一种艺术手法本身并无问题，白居易不少闲适感伤的诗也写得浅切有味，只是往往失之过详，发露过尽的说理也开了宋诗议论不休的先河。故而张戒在《岁寒堂诗话》中说："元、白、张籍诗，皆自陶、阮中出，专以道得人心中事为工，本不应格卑，但其词伤于太烦，其意伤于太尽，遂成冗长卑陋耳。"② 这又可以看作中唐诗坛韩孟之外的另一种的"怪"。

　　韩孟诗派和元白诗派所创造的美、所揭示的意义都大悖于传统的美学追求，或是无复优美清新的慕尚，或是打破兴象玲珑的诗境，并且造成的既深远又深刻的影响。晚唐的李商隐和温庭筠深受李贺诗风的浸染，此风至宋初而不绝；牧之、义山虽素崇杜、韩而轻元、白，其《杜秋娘诗》《行次西郊作一百韵》等长篇五古实较杜、韩五古之磅礴淋漓、雄奇纵恣、忽断忽续为远而与元、白之纡徐晓畅、寸步不失、题旨显豁为近，乐天的影响在唐末皮日休、杜荀鹤、曹邺等人身上也都有鲜明体现。曹邺《捕鱼谣》云："天子好征战，百姓不种桑；天子好少年，无人荐冯唐；天子好美女，夫妻不成双"，从题旨到语言都与白居易极为相似；到宋初白体还与西昆、晚唐二体鼎足而三。宋代的欧、苏则兼取韩愈的险怪和白居易的平易，形成更深层次的整合和融构，典型意义上的"宋调"里自有韩孟、元白两诗派的美学因子。那在这里，我们就要问一个问题，为什么诗至中唐，就产生出如此丰富多样而怪异的美感呢？显然，外在的社会结构和思想文化的变化是一个非常重要的原因。唐王朝从贞元初起，时代的走向出现了另外一种复杂的局面。一方面，军阀混乱，王纲解纽，人们对统一的政治权威的藐视，在文化上表现为对秩序的冲击。从思想上讲，由于唐代自始至终缺乏绝对权威、定于一尊的官方意识形态，儒释道三家

---

① 罗宗强《隋唐五代文学思想史》，中华书局 2003 年版，第 180—181 页。

② 张戒《岁寒堂诗话》，丁福保辑《历代诗话续编》，中华书局 2006 年版，第 459 页。

互相抗衡，也互相消解，致使人们的思想比较开放。尤其是藩镇割据以后的政治多元化，更使这种开放在一定程度上得到加强，而且人们处于战乱频仍中，其迷惘、失落与颓废的心态，也加重了整个社会的求奇求怪的倾向。人们敏感于超常的事物，社会上灵怪之风大盛，文化界亦以奇怪风调相高。另一面，中唐士人的阶层构成显然更为平民化，其审美情趣必然趋向世俗化和娱乐化，而从白居易《与元九书》中"又闻有军使高霞寓者，欲娉倡妓，妓大夸曰：'我诵得白学士《长恨歌》，岂同他妓哉？'由是增价……自长安抵江西，三四千里，凡乡校、佛寺、逆旅、行舟之中，往往有题仆诗者。士庶、僧徒、孀妇、处女之口，每每有咏仆诗者"①云云，可见整个社会对诗歌的消费需求巨大，消费群体也十分多元，由此种诗歌创作者与接受者的动态互动也必然造成一些作家所创作诗歌语言的流于通俗。而抛开作为文学作品创作者和文学商品生产者的身份，就纯粹的传统士人身份而言，这个时候的士人怀着强烈的入世之心，政治功利化的文学观使得他自觉地追求晓畅俗尽的诗歌风格，就像白居易"其辞质而径""其言直而切"是"为君、为臣、为民、为物、为事而作，不为文而作也"②，而这些士子在志业不遂时产生的抑塞不平之气又可能使他们形成对奇崛瑰突、万怪惶惑的美的欣赏与追慕。因此，元白、韩孟美学追求的两极分化有着相当深刻的社会文化原因。

不过，美学的深层演变显然是更为内在的原因。在传统的美学追求正向发展到巅峰使得人们餍足于正态美的极致之后，必然会有对新的意义追寻的欲望推动美的历程。这种转变早在天宝后期的杜甫诗歌中就已显现，胡应麟在《诗薮》中就曾敏锐地指出："盛唐一味秀丽雄深。杜则精粗、巨细、巧拙、新陈、险易、浅深、浓淡、肥瘦，靡不毕具。参其格调，实与盛唐大别"③。叶燮则指出杜诗于美学上兼具继承与开拓两种意义："杜甫之诗，包源流，综正变。自甫以前，如汉魏之浑朴古雅，六朝之藻丽秾纤、澹远韶秀，甫诗无一不备。然

① 白居易《与元九书》。白居易著，朱金城笺校《白居易集笺校》，上海古籍出版社1988年版，第2793页。

② 白居易《新乐府序》。白居易著，朱金城笺校《白居易集笺校》，上海古籍出版社1988年版，第136页。

③ 胡应麟《诗薮》内编卷四，中华书局1958年版，第68页。

出于甫，皆甫之诗，无一字句为前人之诗也。自甫以后，在唐如韩愈、李贺之奇纍，刘禹锡、杜牧之雄杰，刘长卿之流利，温庭筠、李商隐之轻艳，以至宋、金、元、明之诗家，称巨擘者，无虑数十百人，各自炫奇翻异，而甫无一不为之开先。"①我们在上一章就说过，杜甫一改盛唐绝句"兴象玲珑，句意深婉"的特点，呈现出瘦硬、闲雅、老健、奇崛、粗朴甚至鄙俚等多样的风格，给读者带来"气格才情，迥异常调，不徒以风韵姿致见长"②的新鲜的审美感受。其又有对字句进行改造变异形成新的美感的，如其七律有名句云："酒债寻常行处有，人生七十古来稀"（《曲江二首》其二），又云："永夜角声悲自语，中天月色好谁看"（《宿夜》）。在这些喟叹中我们不仅感受到一种人生的荒诞和悖论，而且同时它又以独特的语言组合方式带给我们一种陌生化的美感，而且不用像五言取代四言做字数上的改变，只是在惯用的语式中做语法结构和修辞手法的调整和创新。就上举杜诗两联而言，"酒债寻常行处有"中的"寻常"用"经常""平常"义而借其"八尺为寻，倍寻为常"本义，以与"七十"相对，是为借对。"永夜角声悲自语"可作拟人解，言角声悲凉如自语，也可解作诗人闻得角声悲凉，在丧乱之际悲哀自语；"中天月色好谁看"一联则音节拗峭，于"好"字处做一停顿，引出"谁看"短短一问，更觉悲痛苍凉，与"杖藜叹世者谁子"（《白帝城最高楼》）中的"者"同一功用。月色独好，而谁在看？诗人孤独望月已不待言，他乡未卜音信的兄弟姊妹是否也"隔千里兮共蝉娟"？月色如此美好，却偏向别时圆，此时此刻，又有谁想看？谁忍看？单独截出的"谁看"二字便可生发无穷含蕴，可以肯定，这所造成的审美冲击力在这些诗句产生之初会更为强烈。后来黄庭坚"着重于'意必新奇'，如'蜂房各自开户牖''阴风搜枯山鬼啸，千丈寒藤绕崩石''夜谈帘幕冷，霜月动金蛇'等奇警描述和喻意，皆未经人道，出人意表。又如'心犹未死杯中物，春不能朱镜里颜''未生白发犹堪酒，垂上青云却佐州'等，则从平常之意中烹

---

① 叶燮《原诗》，王夫之等撰《清诗话》，上海古籍出版社1999年版，第569—570页。

② 杜甫撰，仇兆鳌详注《杜诗详注》，中华书局1979年版，第902页。

炼变化出新意，曲折含蕴，耐人寻思"①，显然有得于此。与少陵同时代的《箧中集》诗人群体用涩调极写穷愁，也开中唐孟郊、贾岛以至宋代陈师道寒瘦诗风的先声。黄、陈合流，凝定为"宋调"的基本质素，其近源确乎在达到诗美正态极致的盛唐之后。

当然美的历程要比我们试图用理念性的语言所描述的丰富得多，它似乎遵循着特殊而复杂的理路，我们从某种维度出发去考察，顶多也只能达到片面的深刻。我们说过，"变"自"正"中而出，在盛唐诗美巅峰之后，其典型性的美感也在悄然发生着变异；酝酿至中唐，我们眼前一亮，仿佛那些千奇百怪是凭空而来一般，但难道我们没有从韩诗的狠重怒张中看到盛唐刚健昂扬的影子么？没有看到时代变异使得盛唐"公侯皆我辈，动用在谋略"（高适《和崔二少府登楚丘城作》）的"心事"变成李贺般既想"擎云"（《致酒行》）又"愁谢如枯兰"（《开愁歌》）的焦灼么？没有看到张、王、元、白的流易在开元、天宝时代的李白、岑参的诗中就已有所显现么？没有看到中唐的这种搜研创意、逞才施巧、怒张蹈厉、无所不用其极在之后的晚唐"共同束敛简约为意新语工境象清冷"而体现出一种"特具文士幽栖雅意的人文意趣"②么？这一放一收，不就是老子所谓的"反者道之动"（《道德经》第四十章）么？这其中当然有时代审美风尚和审美情趣变异的因素，但既然诗歌的创作者是具体的个体，诗歌美学的变化往往反映他们鲜活的个性；并且处于特定的诗学场域中的诗人，特别是一些诗派领袖，也会经常采取特定的诗学策略来宣扬理念，扩大影响。赵翼在《瓯北诗话》中指出，韩愈见"李杜已在前，纵极力变化，终不能再辟一径。惟少陵奇险处，尚有可推扩，故一眼觑定，欲从此辟山开道，自成一家"③，这种行为实际上已暴露出韩愈狠戾尚奇不肯因袭的性格和避免"与世沉浮，不自树立，虽不为当时所怪，亦必无后世之传也"④的诗学策略。同

---

① 许总《宋诗史》，重庆出版社 1997 年版，第 456—457 页。

② 韩经太《论唐人山水诗美的演生嬗变》，《文学遗产》1998 年第 4 期。

③ 赵翼《瓯北诗话》。郭绍虞编选，富寿荪校点《清诗话续编》，上海古籍出版社 1983 年版，第 1164 页。

④ 韩愈《答刘正夫书》。韩愈著，钱仲联、马茂元校点《韩愈全集》，上海古籍出版社 1997 年版，第 192 页。

样的，元稹说他作诗"常欲得思深语近，韵律调新，属对无差，而风情宛然"，但"江湖间多有新进小生，不知天下文有宗主，妄相仿效"①，说得好像很不情愿的样子，但心中所想恐怕也未必如是吧。

而如果沿用我们上一节对于美的本质命题的理解的话，在建构中唐诗美的巨大变异的过程中，诗人与时代的共同作用就交结在一点上，那就是盛唐诗中审美主体与审美对象主体间性关系的消失，或许这才是唐代诗歌美学类型转变的深层原因和深刻体现。我们上一节已经分析过，在《诗经》和汉魏古诗的时代，在宋齐"俪采百字之偶，争价一字之奇"②的创作实践中，与审美世界的主体间性关系还未完全确立起来，只有到盛唐，这种关系才得以确立，盛唐诗也才体现出一种无与伦比的兴象玲珑的美，达到正态美的极致。不过，在盛唐之后，这种关系逐渐遭到破坏。大历诗风虽然仍延续回味着盛唐精雅的贵族品格，但细读其时之诗，诗中所写物象的性质和地位已经发生微妙的变化。据蒋寅先生的研究，在大历代表诗人刘长卿的诗中，"客观事象、物态却丧失了它们的本体性存在，成为程式化的东西。这最明显的当然表现在意象的选用上。刘长卿诗中，一些意象出现得相当频繁，如芳草（青草、草色，75 例）、白云（54 例）、青山（36 例）、夕阳（落日、斜晖，45 例）、潮水（33 例）等，另外，还有象沧州、落叶、柳色、莺声、流水、飞鸟、钓竿、孤云、明月等词也层出不穷。它们在诗中的功能，象征性、隐喻性远大于描述性和写实性。这些词往往有经典性的出处，所以在诗中出现时总附着原典的意指，而这意指对作品的意义要远大于物象本身。于是一个个物象几乎就成了某种情绪类型的代码。"③其实变化还要在这之前。我们读到的杜诗里的那些句子，如"青惜峰峦过，黄知橘柚来"（《放船》）、"碧知湖外草，红见海东云"（《晴》）、"绿垂风折笋，红绽雨肥梅"（《陪郑广文游何将军山林》）、"香稻啄馀鹦鹉粒，碧梧栖老凤凰枝"（《秋兴八首》其八）等等，一般只认作是语法上的变异和作者的先锋

---

① 元稹《上令狐相公诗启》，元稹《元氏长庆集》，上海古籍出版社 1994 年版，第 299 页。

② 刘勰著，范文澜注《文心雕龙注》，人民文学出版社 1958 年版，第 67 页。

③ 蒋寅《刘长卿与唐诗范式的演变》，《文学评论》1994 年第 1 期。

性试验，殊不知产生变异的内在机理正是杜甫强化了的主体意识对审美对象进行投射，"故物皆着我之色彩"。明人屠隆就反驳一位"里中友人"所谓"杜万景皆实，而李万景皆虚"的言论，其言："且杜若《秋兴》诸篇，托意深远，《画马行》诸作，神清横逸；直将播弄三才，鼓铸群品，安在其万景皆实？"①杜甫的这种这种倾向再进一步发展就是中唐的"以心役物"了。

中唐诗人的主体意识都极强，韩愈把自己比作"非常麟凡介之品汇匹俦"的"怪物"②，孟郊大喊"出门即有碍，谁谓天地宽"（《赠崔纯亮》），李贺自言"我有迷魂招不得，雄鸡一声天下白。少年心事当挈云，谁念幽寒坐鸣呃"（《致酒行》），刘叉自夸"诗胆大于天"（《自问》），就是性格似乎更为平易随和的白居易也自称"不惧权豪怒，亦任亲朋讥。人竟无奈何，呼作狂男儿"（《寄唐生》）。正是这种强化的主体意识造成诗人与审美对象的疏离也即所谓主体与客体的撕裂。在中唐诗里，与审美对象——包括所描写物象和所使用的文字语言——的主体间性的关系消失了，审美对象成为了一种创作主体试图征服或者赏玩的对立性存在。不再有盛唐诗里那种二者猝然相遇后的紧密相拥，创作主体与审美对象之间存在着一种紧张的关系，甚至主体内部也发生分裂——"心与身为仇"（孟郊《夜感自遣》）——当然由此也构筑了一种新的张力。无论是元白还是韩孟，都试图毫发无遗地再现客观物象，也都试图赋予客观物象以新的主观意义，呈现出一种再现与表现的奇异扭结和融构。所以一方面，中唐以后的诗歌创作仍然是诗人追求自由的人格体现，但另一方面，这种追求出现了变异，他们追求"文章得其微，物象由我裁"（孟郊《赠郑夫子鲂》）、"笔补造化天无功"（李贺《高轩过》），追求"窥奇摘海异，恣韵激天鲸。肠胃绕万象，精神驱五兵"（韩愈、孟郊《城南联句》），追求"龙文百斛鼎，笔力可独扛"（韩愈《病中赠张十八》）、"奸穷怪变得，往往造平淡"（《送无本师归范阳》），追求用韵"譬如善驭良马者，通衢广陌，纵横驰逐，惟意所之。至于水

---

① 《与友人论诗文》。屠隆撰，李亮伟、张萍校注《由拳集》，浙江大学出版社 2016 年版，第 640 页。

② 韩愈《应科目时与人书》。韩愈著，钱仲联、马茂元校点《韩愈全集》，上海古籍出版社 1997 年版，第 191 页。

曲螳封，疾徐中节，而不少蹉跌"的"天下之至工"①。他们以心役物，结撰怪辞，多有荒诞不经之语：

> 时闻丧侣猿，一叫千愁生。(孟郊《下第东南行》)
>
> 林柯有脱叶，欲堕鸟惊救。争衔弯环飞，投弃急哺鷇。(韩愈《南山诗》)
>
> 猩猩鹦鹉皆人言，山魈吹火虫入碗，鸩鸟咒诅鲛吐涎。(卢仝《寄萧二十三庆中》)

其实那只猿猴是否真的死了老伴，那只鸟是否会去救一片落叶，那些鹦鹉猩猩到底会不会说人话，山魈会不会吹火，鸩鸟会不会诅咒人，这些都不重要，重要的是在诗人们看来它们就是这样，就应该这样。元、白同样如此。本来张王乐府描写细腻，"求取情实"②，但元稹十二首新乐府"变写亲身感受为写闻说，变具体描写为叙述与议论……变感情的诗为理性的诗"③，白居易五十首新乐府虽然写作技巧比元稹要高一些，"但以理念写诗则一"④。这也是某种意义上的"以心役物"。

　　不过，唐诗总体上还是以外在景象见胜的，韩愈笔下的南山虽然雄奇万状，但基本面貌还在，作者也是颇费心力去描绘外物的。李贺诗中的"羲和敲日玻璃声"(《秦王饮酒》)、"秋坟鬼唱鲍家诗"(《秋来》)、"青狸哭血寒狐死"(《神弦曲》)，虽多幻象，但毕竟是作为一个个被曲解了的外在物象而存在的。降而至晚唐，由于无可聊赖的时代主题使得诗人们淡泊世事，就像韩愈说的"是其为心，必泊然无所起，其于世必淡然无所嗜，泊与淡相遭，颓堕委靡溃败不可收拾"⑤，诗人们的意识主体是渐渐消隐的。虽然仍有"撷芳林下，拾翠

---

① 欧阳修《六一诗话》，何文焕辑《历代诗话》，中华书局 2004 年版，第 272 页。

② 胡应麟《诗薮》内编卷五，中华书局 1958 年版，第 82 页。

③ 罗宗强《隋唐五代文学思想史》，中华书局 2003 年版，第 176 页。

④ 罗宗强《隋唐五代文学思想史》，中华书局 2003 年版，第 178 页。

⑤ 韩愈《送高闲上人序》。韩愈著，钱仲联、马茂元校点《韩愈全集》，上海古籍出版社 1997 年版，第 214 页。

岩边，沙之汰之，始辨辟寒之宝；载雕载琢，方成瑚琏之珍"①的自觉，实际
上作品却往往"句冷不求奇"（李山甫《酬刘书记一二知己见寄》），缺乏力度，
不过这却歪打正着地获得了某种主体与客体的平衡。

　　而这种平衡在典型的宋调中再次被打破，宋诗中主体的高扬达到了无以复
加的境地，宋诗之变亦达到了吴乔所谓的"惟变不复，唐人之诗意尽亡"②的
无以复加的境地。今天我们来看唐宋诗之别，就其风貌而言，"唐诗以韵胜，
故浑雅，而贵蕴藉空灵；宋诗以意胜，故精能，而贵深折透辟。唐诗之美在情
辞，故丰腴；宋诗之美在气骨，故瘦劲。唐诗如芍药海棠，华茂繁采；宋诗如
寒梅秋菊，幽韵冷香"③。袁枚则说："三唐之诗，金、银也。不搀合铜、锡……
宋元以后之诗文，则金、银、铜、锡，无所不搀。"④表面上唐宋诗美之别看起
来是"丰神情韵"与"筋骨思理"的区别⑤，是纯净之美与驳杂之美的不同，
是青春变成苍老，秾艳变成素淡，丰腴变成瘦硬，精雅变成朴拙，含蓄变成俗
尽，但其实质原因却在于宋人主体心性也即所谓的"意"的高扬对人与审美对
象平衡关系在中唐基础上的进一步破坏，或者说建立了另外一种类型的平衡。

　　宋人是用自己的主体精神去涵摄万物万有的。苏轼对此曾有明确的表达：
"百川日夜逝，物我相随去。惟有宿昔心，依然守故处"（《初秋寄子由》）、"但
应此心无所住，造物虽驶如吾何"（《百步洪》）、"此心安处是吾乡"（《少年
游·南海归赠王定国侍人寓娘》）。无论外物如何，我心依旧；换句话说，只要
我心依旧，外物如何都不重要。如果说中唐诗人是以心中所感所念去扭曲外在
物象的话，那么，典型的宋代诗人则是以强大的心性去涵纳统摄万物（宋人
将这种主观统摄隐藏在注重写实的背后）。"红波翻屋春风起，先生默坐春风
里。浮空眼缬散云霞，无数心花发桃李"（苏轼《独觉》）云云，虽然似乎也属

①　韦庄《又玄集序》。韦庄撰《又玄集》，古典文学出版社 1958 年版，第 1 页。
②　吴乔《围炉诗话》，郭绍虞编选，富寿荪校点《清诗话续编》，上海古籍出版社
1983 年版，第 471 页。
③　缪钺《论宋诗》。缪钺《诗词散论》，上海古籍出版社 1982 年版，第 36 页。
④　袁枚著，王英志批注《随园诗话》，凤凰出版社 2009 年版，第 125—126 页。
⑤　钱锺书《谈艺录》，中华书局 1984 年版，第 2 页。

于"凭空结撰,心花怒生"①,但细味之,则与韩诗有所不同。韩愈是在外在物象实有的基础上加以想象发挥乃至扭曲变形,而苏诗则是用强大的精神力量对外在环境进行改造。这就是宋人的"奇特解会"②,这就是宋诗的"筋骨思理",这就是吴之振所谓的"皮毛落尽,精神独存"③。正因为此,苏轼可以被贬谪至荒僻的岭南还自足于"南来万里真良图"(《四月十一日初食荔枝》),可以因为"日啖荔枝三百颗"而"不辞长作岭南人"(《食荔枝》二首其二),甚至"九死南荒"亦无所恨,因为"兹游奇绝冠平生"(《六月二十日夜渡海》)。其实不止苏轼,范仲淹被贬时也十分达观:"我无一事逮古人,谪官却得神仙境"(《和葛闳寺丞接花歌》);欧阳修道:"曾是洛阳花下客,野芳虽晚不须嗟"(《戏答元珍》)、"我亦且如常日醉,莫教弦管作离声"(《别滁》);黄庭坚则"未到江南先一笑,岳阳楼上对君山"(《雨中登岳阳楼望君山二首》其一)、"我自只如常日醉,满川风月替人愁"(《夜发分宁寄杜涧叟》),更有江西诗派中人"古心莫为世情改,老眼聊凭文字遮"(谢逸《怀吴迪吉》)、"以彼有限景,写我无穷心"(李彭《次九弟游云居韵兼简郑禹功博士》),典型"宋调"的代表诗人和代表诗派都显示出这种强大的精神力量。精神力量如此强大,那么在盛唐诗里审美主体与审美客体相对平等的关系则衍变为审美主体涵容审美客体而形成另一种新的相对和谐的关系。于是,在宋人的诗里,客观事象、物态同样丧失了它们的本体性存在,成为某种理念的表达;而且,不同于刘长卿式的程式化意象,不同于韩、孟的心造怪奇,也不同于元、白的功利化创作,宋人将万物万有当作"理"的显现只是自然而然的思维惯式,在他们眼里,"百啭千声随意移,山花红紫树高低"(欧阳修《画眉鸟》)、"横看成岭侧成峰,远近高低各不同"(苏轼《题西林壁》)、"飞来峰上千寻塔,闻说鸡鸣见日升"(王安石《登飞来峰》)、"松柏生涧壑,坐阅草木秋。金石在波中,仰看万物流"(黄庭坚《次韵杨明叔见饯十首》其九)、"落木千山天远大,澄江一道月分明"(黄庭

---

① 《唐宋诗醇》评《陆浑山火和皇甫湜用其韵》语。乾隆御选,冉苒校点《唐宋诗醇》,中国三峡出版社1997年版,第613页。

② 严羽《沧浪诗话》,中华书局1985年版,第7页。

③ 《宋诗钞·序》。吴之振、吕留良、吴自牧选,管庭芬、蒋光煦补《宋诗钞》,中华书局1986年版,第3页。

坚《登快阁》)、"人事自生今日意，寒花只作去年香"（陈师道《次韵李节推九日登南山》)、"半亩方塘一鉴开，天光云影共徘徊"（朱熹《观书有感二首》其一）无不是一理之分殊，尽管这些诗人未必都是传统意义上的理学家。

我们之前说过，诗人创作所使用的语言文字也可视为审美对象。盛唐诗清新澹荡的语言风格显示出诗人与他所运用的语言文字之间平等自然轻松愉悦的关系，而在中唐诗甚至更早一点的杜诗里，语言文字与创作主体的这种主体间性的关系逐渐消失，成为了一种创作主体试图征服或者赏玩的对立性异质化存在。杜甫追求"语不惊人死不休"（《江上值水如海势聊短述》)，韩愈崇尚"狂词肆滂葩，低首见舒惨"（《送无本师归范阳》)、"横空盘硬语，妥帖力排奡"（《荐士》)，白居易致力于"其辞质而径""其言直而切"，后来的苦吟诗人"两句三年得，一吟双泪流"（贾岛《题诗后》)、"吟安一个字，捻断数茎须"（卢延让《苦吟》)。这种注力于文字本身的倾向在宋人特别是黄庭坚诗里达到极致。我们先来看宋调先驱梅尧臣的一首诗：

> 夫君康乐裔，顾我子真派。湛然怀清机，超尔寻虚界。暂来香园中，共憩寒松大。先生醉复吟，长老言不坏。信与赏心符，宁同俗士爱。杖屦恣游遨，池塘仍感慨。焚香露莲泣，闻磬霜鸥迈。青板今已空，浊醪谁许载。软草当熊绁红，低筭挂缨带。不觉月明归，候门童仆怪。（《依韵和希深游大字院》)

这是首依韵诗，"卦"韵本就是险韵，加之要与原作同韵脚，诗人只好生造句子，诗中"共憩寒松大""长老言不坏""池塘仍感慨"云云，虽不至令人费解，但仍给人以奇崛瘦硬的感觉。我们从中可见创作动因、方法的改变造成的诗歌语言与创作者之间相对平等关系的消泯会给诗歌美感带来多大的变化。再如陈与义的《观我斋再分韵得下字》诗云："平生功名手，嗜静如食蔗"，如果不是分韵得"下"字，恐怕这"蔗"一字一般也下不到，但是，正是因为创作手法和创作伦理的改变，才予我们以新的美感体验。

而更明显的例子则是山谷诗。相比于唐人总体上"情必极貌以写物"，黄庭坚更注重"辞必穷力而追新"①。他在写"白蚁战酣千里血"(《题槐安阁》)、"蜂房各自开户牖"(《题落星寺四首》其三)、"爱酒醉魂在,能言机事疏"(《和钱穆父咏猩猩毛笔》)的时候,注意力并不在所描写的物象身上,而是集中在文字本身——用什么样的文字和怎样用这些文字。他注重谋篇布局和锻句炼字,注重挖掘与具体物象可能有联系的典故,注重运用典故的新奇语言、角度以及为获取这些语言、角度艰难寻索而带来的游戏快感。钱锺书先生就指出这些诗句用典"均就现成典故比喻字面上,更生新意;将错而遽认真,坐实以为凿空"②。我们再看看黄庭坚自己的创作体会和别人对他诗作的理解就能更明白这一点:

用一事如军中之令,置一字如关门之键。③

老杜作诗,退之作文,无一字无来处。④

但熟观杜子美到夔州后古律诗,便得句法。简易而大巧出焉。⑤

豫章稍后出,会萃百家句律之长,究极历代体制之变,蒐猎奇书,穿穴异闻,作为古律,自成一家,虽只字半句不轻出。⑥

陈言务去,杜诗与韩文同,黄山谷、陈后山诸公学杜在此。⑦

黄山谷诗,语必生造,意必新奇。⑧

---

① 刘勰著,范文澜注《文心雕龙注》,人民文学出版社 1958 年版,第 67 页。

② 钱锺书《谈艺录》,中华书局 1984 年版,第 22 页。

③ 黄庭坚《跋高子勉诗》。黄庭坚著,刘琳、李勇先、王蓉贵校点《黄庭坚全集》,四川大学出版社 2001 年版,第 669 页。

④ 黄庭坚《答洪驹父书》。黄庭坚著,刘琳、李勇先、王蓉贵校点《黄庭坚全集》,四川大学出版社 2001 年版,第 475 页。

⑤ 黄庭坚《与王观复书》。黄庭坚著,刘琳、李勇先、王蓉贵校点《黄庭坚全集》,四川大学出版社 2001 年版,第 471 页。

⑥ 刘克庄《江西诗派小序》,中华书局 1985 年版,第 1 页。

⑦ 刘熙载《艺概》,上海古籍出版社 1978 年版,第 68 页。

⑧ 陈衍辑《宋十五家诗选·山谷诗选》,清康熙刻本。

黄庭坚对诗的关注点和他人对其关注点大多在字句层面。更甚者，黄庭坚还发明"夺胎换骨"法："山谷咏明皇时事云：'扶风乔木夏阴合，斜谷铃声秋夜深。人到愁来无处会，不关情处亦伤心。'全用乐天诗意。乐天云：'峡猿亦无意，陇水复何情。为到愁人耳，皆为断肠声。'此所谓夺胎换骨者是也。"① 这种创作方法与托名王昌龄作的《诗格》中所谓"处身于境，视境于心，莹然掌中，然后用思，了然境象，故得形似"②，差别何其之大。平心而论，本来"文之为德也大矣，与天地并生"，"日月叠璧，以垂丽天之象；山川焕绮，以铺理地之形"，用中国人"天人合一"的观念看，"夫以无识之物，郁然有彩，有心之器，其无文欤？"故而在中国传统诗学评价语境下，文人如若不"雕琢情性，组织辞令"③，那还叫文人么？并且皎然《诗式》早就指出"偷语""偷意""偷势"为历代诗家所不免，但像山谷如此之注心于字句，则实际上不仅造成诗歌创作方式的深层演化和凝定，而且也带来诗歌美感的深刻变异和转型。后来对江西诗派有着深刻反思的杨万里在《答建康府大军库监门徐达书》中说道："大抵诗之作也，兴，上也；赋，次也；赓和不得已也。我初无意于作是诗，而是物是事适然触乎我，我之意亦适然感乎是物是事，触先焉，感随焉，而是诗出焉，我何与哉，天也"④，虽然说的是反对赓和之作，但却可看作其对致力于字句的创作方式的扬弃和对"感兴"回归的召唤。当然，我们并不是说黄庭坚就完全没有对所咏物事的感动，且某种意义上对前人成句有所触动并激发"夺胎换骨"的创作热情也是一种感动；我们也不是说李白、王维们就纯然是随口吟咏，不讲究文字安排，只是说以黄庭坚为典型的宋人在创作诗篇的时候把注意力更多地集中在字句本身极大地改变了中国古典诗歌的范式，这也正印合了严羽对"近代诸公""以文字为诗"的论断。

---

① 曾季狸《艇斋诗话》，丁福保辑《历代诗话续编》，中华书局 2006 年版，第 314—315 页。

② 张伯伟编著《全唐五代诗格汇考》，江苏古籍出版社 2002 年版，第 172 页。《诗格》虽非王昌龄所作，但成书至迟不晚于贞元初，仍可看作是对盛唐和大历诗歌的理论总结。

③ 刘勰著，范文澜注《文心雕龙注》，人民文学出版社 1958 年版，第 2 页。

④ 杨万里《诚斋集》卷六七，《四库丛刊》影宋钞本。

因此，所谓的"变态"也是相对而言的；不仅与"正态"相对，而且一种"变态"之于另一种"变态"也是相对的。站在唐诗发展历程中看，中唐诗美相对于盛唐是一种"变态"；但如果从一个更长的时间维度和一个人与审美对象关系演化变异的维度去考察的话，"宋调"于"唐音"又何尝不是另一种更大更显著的"变态"呢？尽管宋诗的特征在杜、韩诗中已现端倪，但"宋调"与"唐音"相对立的本质特征却是在北宋中期才最终确立，并成为诗史上唐诗体式之外的另一个独特存在的。同时，"变态"与"正态"既相对，但又是扭结交错在一起的。吴乔在《围炉诗话》中说："变乃能复，复乃能变，非二道也。汉、魏诗甚高，变《三百篇》之四言为五言，而能复其淳正。盛唐诗亦甚高，变汉、魏之古体为唐体，而能复其高雅；变六朝之绮丽为浑成，而能复其挺秀"①，就举出了不少例证。即便是吴乔说的"惟变不复"的宋诗，整体表现出的所谓"宋调"固是变态之极，但其体现的至大至刚的精神气格却又是民族美学刚健一面的正向发展的结果。当然了，我们不能因此陷入相对主义的泥淖之中，正与变还是有其相对独立的概念界限的。不能因为一种文学典型同时具有正态美和变态美，就以为正态与变态了无等差，因为一个不争的事实是，任何一种美学形态，它的形成都是复杂的，既包含传统美感的正向发展，也有变异的成分在里面；就具体的艺术样式而言，它可能延续传统的正向发展多一些，也可能变异的成分多一些。我们抽象地划分正态美、变态美，只是为了言说的方便，而实际情况往往要复杂得多。不要忘了，两千多年前苏格拉底就曾说过："美是难的"。

第三节　审美境界的深化

基于上面两节对于美的理解，讲到审美境界的深化，我们首先要提到一个关键词：自由。为了说明这一点，这里我们援引杨春时先生的一段话：

---

① 吴乔《围炉诗话》，郭绍虞编选，富寿荪校点《清诗话续编》，上海古籍出版社1983年版，第471页。

　　审美是什么？审美是一种生存方式，而且是独立的、超越现实生存方式的自由的生存方式。在这个自由的生存方式中，主体获得了自由和全面发展，成为审美个性。同样，审美对象也不再是与人分离、对立的客体，而成为与人交往、对话，并达到充分互相理解、互相融合的另一个主体，它成为自由人交往的对象。现实世界是死寂的客体，是人的对立物，人类占有和征服它，它也抵抗和威胁着人类。因此，现实的世界不是自由的对象。与现实世界不同，美作为审美对象与人的关系是自由的，或者说，它本身也是自由的。它已经恢复了主体的身份，并且作为自由的主体与我交往，达到充分的融合。人与世界的对立在这里消失了。我们之所以欣赏美，就在于它把自由还给了人，也还给了世界自身。只有面对自由的世界，人本身才是自由的。由于审美已经被界定为自由的生存方式，我们可以在这个基础上界定美，即把美定义为自由的生存中所面对的对象世界。这就是说，所谓美不是实体或实体的属性，而是一种对象，自由的主体所面对的对象。

审美作为超越现实的生存方式，同时也是超越现实的体验方式。在这个超越的体验方式中，人领悟了世界的意义，世界不再是不可把握的"自在之物"了，而成为可以理解的意义世界了。审美对世界意义的领悟实际上是对存在意义的领悟。在现实的把握中，世界是作为现实意义呈现出来的，它不具有超越性。经验的世界和知性的世界都不是本真的世界，因为它没有呈现出存在的意义。审美的世界或美则是本真的世界，因为它呈现出存在的意义。当我们发现美时，就已经以超越的方式领悟了世界的意义。我们之所以欣赏美，就是因为它把超越的意义呈现给我们。由于已经把审美界定为超越的体验方式，我们可以在这个基础上把美定义为超越性的体验所呈现的意义世界。这就是说，所谓美，不是实体或实体的属性，而是一种意义、超越的意义，也就是存在意义的显现。①

_____

①　杨春时《关于美的本质命题的合理性问题》，《中文自学指导》2005 年第 3 期。

这里提到，在审美活动中，人和审美对象同是自由的，二者之间的关系也是自由的。由此我们可以推论，诗歌的写作者和欣赏者，只有保持自由，只有保持对现实世界的超越，美作为意义才可以显现出来。用这样一种观点来观照唐宋诗，我们对这一段文学史，对在这一段文学史里审美境界的深化或许会有更深刻的认识。

我们先来看下作为正态美的极致的盛唐诗歌，它的创作者与其审美对象达到怎样一种高度的自由。在开元天宝盛世，"今逢四海为家日"的广阔疆域和"海内富实""行千里不持尺兵"①的良好经济、治安状况允许诗人们——被壮伟时代激发起的雄心和特殊的选拔机制也促使他们——北上幽燕，南下吴越，西至巴蜀，东临海峤甚而远赴西域，策马雄边，他们的诗篇也就随着他们的足迹和心灵进一步"由宫廷走到市井"，"从台阁移至江山与塞漠"②。他们漫游干谒，自由交往，而非如俗儒一般"十年守章句"（高适《淇上酬薛三据兼寄郭少府微》），"窗间老一经"（王维《送赵都督赴代州得青字》）。相对宽松的政治环境使得他们既"万里不惜死"，又敢于"天子呼来不上船，自称臣是酒中仙"（杜甫《饮中八仙歌》），相对开放的思想格局也使得他们对儒、仙、侠、禅兼收并取，没有受到任何禁锢。他们无须像司马相如临终时还要战战兢兢地献《封禅书》，无须像阮籍穷途当哭，无须像王羲之"年减十岁时"就得诈熟眠以全身；他们的张狂不是像徐渭一样"或槌其囊，或以利锥锥其两耳"的愈老愈狂，他们更不屑"避席畏闻文字狱，著书都为稻粱谋"（龚自珍《咏史》）的委琐和无奈，时代的赐予使得他们的自由人格发育得最为健全。读读他们的诗吧："我本楚狂人，凤歌笑孔丘"（李白《庐山谣寄卢侍御虚舟》）、"三杯容小阮，醉后发清狂"（李白《陪侍郎叔游洞庭醉后三首》其一）、"兴酣落笔摇五岳，诗成笑傲凌沧洲"（李白《江上吟》）、"揄扬九重万乘主，谑浪赤墀青琐贤"（李白《玉壶吟》）、"昔在长安醉花柳，五侯七贵同杯酒。气岸遥凌豪士前，风流肯落他人后"（李白《流夜郎赠辛判官》）、"我本渔樵孟诸野，一生自是悠悠者。乍可狂歌草泽中，宁堪作吏风尘下"（高适《封丘作》），无不透露

---

① 欧阳修、宋祁撰《新唐书》卷五十一《食货一》，中华书局 1975 年版，第 1346 页。
② 闻一多撰，傅璇琮导读《唐诗杂论》，上海古籍出版社 1998 年版，第 25 页。

出高傲伟岸的人格气度。就是一向奉儒守官的杜甫喝醉了酒，也是大呼"儒术于我何有哉，孔丘盗跖俱尘埃"（《醉时歌》），"以虹霓为丝，明月为钩"①临沧海钓鳌，"龙巾拭吐，御手调羹，贵妃捧砚，力士脱靴"②即便是自为夸饰，也只有这样的诗人能如此大言不惭。他们的精神是自由而通脱的，是魏晋以来人格自由发展的顶峰。对此，许总先生曾有一段精彩的说明："正是基于对执着的功业理想与洒脱的英雄气度的讴歌，开天诗坛形成为中国知识分子传统的达则兼济天下、穷则独善其身的完美人格建构的典型体现。他们在功业理想方面以'申管晏之谈，谋帝王之术'（李白《代寿山答孟少府移文书》）而自负自期，在处世原则方面则以'虽登洛阳殿，不屈巢由身'（李白《送岑征君归鸣皋山》）而自勉自警，既不屑于追逐稻粱利禄，又采取蔑视权贵的态度，无论是在抒怀言志，边塞风光，还是在隐逸山林、羁旅行役的题材中，大多包含着对'贵贱结交心不移'（李白《箜篌谣》）的气节情操与'布衣一言相为死'（王维《送李睢阳》）的豪侠精神的由衷颂美，从而体现出对自身人格的完善与心灵世界的自由的追求。"③

　　正因为这种自由的人格，我们会看到，盛唐时代人与人的关系是通脱的，人与自然的关系是非功利的，而人与自我的关系则是真诚的。在盛唐诗里，我们经常能读到这样的诗句："岂不思故乡？从来感知己"（高适《登垄》）、"故人有斗酒，是夜共君醉。努力强加餐，当年莫相弃"（陶翰《送朱大出关》），就像许先生上面所举的诗句"贵贱结交心不移""布衣一言相为死"中写的一样，盛唐诗人情怀坦荡，平等交往，没有一点矫揉造作，留赠友人则曰"桃花流水深千尺，不及汪伦送我情"（李白《赠汪伦》），闻友远谪则曰"我寄愁心与明月，随君直到夜郎西"（李白《闻王昌龄左迁龙标遥有此寄》），呼朋饮酒则曰"主人何为言少钱，径须沽取对君酌"（李白《将进酒》），与友共醉则曰"我醉君复乐，陶然共忘机"（李白《下终南山过斛斯山人宿置酒》）至而"忘形到尔汝，痛饮真吾师"（杜甫《醉时歌》），酒意阑珊则曰"我醉欲眠卿且去，

---

① 赵令畤撰《侯鲭录》，中华书局 1985 年版，第 54 页。
② 傅璇琮主编《唐才子传校笺》，中华书局 1987 年版，第 389 页。
③ 许总《论盛唐诗歌审美理想的双重构建》，《学习与探索》1995 年第 2 期。

明朝有意抱琴来"（李白《山中与幽人对酌》）。他们心中充满了对友朋崇高人格真诚的叹赏："陈侯立身何坦荡，虬须虎眉仍大颡。腹中贮书一万卷，不肯低头在草莽"（李颀《送陈章甫》）、"夫子虽蹭蹬，瑶台雪中鹤。独立窥浮云，其心在寥廓"（李白《游敬亭寄崔侍御》），对自己的人格也没有丝毫怀疑："洛阳亲友如相问，一片冰心在玉壶"（王昌龄《芙蓉楼送辛渐》二首其一）。友朋的不幸际遇令他们扼腕："不见李生久，佯狂真可哀。世人皆欲杀，吾意独怜才"（杜甫《不见》）、"万里伤心严谴日，百年垂死中兴时"（杜甫《送郑十八虔贬台州司户，伤其临老陷贼之故，阙为面别，情见于诗》），他们之间无需更多避讳，直道"便与先生应永诀"，也不用担心引起对方的不快。直到有一天，"访旧半为鬼"，在"惊呼热中肠"（杜甫《赠卫八处士》）之余，仍可"九重泉路尽交期"。在这里我们看到的是多么纯净的一种人际关系，这样的交往只能在平等、自由、真诚、通脱的两个或多个主体之间才能进行。

盛唐诗人对待自然也是这样。在他们看来，自然本是自然而然——"谁挥鞭策驱四运？万物兴歇皆自然"，与其"驻景挥戈，逆道违天"，不如像草木一般，"不谢荣于春风"，"不怨落于秋天"，更可"囊括大块，浩然与溟涬同科"（李白《日出入行》）。这几乎可臻于庄子逍遥游的境界。万物也是如此，鸟声不会乱耳，虎心亦是向善，燕任它自去自来，鸥定为相近相亲；"窗外鸟声闲，阶前虎心善"（王维《戏赠张五弟諲三首》其一）、"人鸟不相乱，见兽皆相亲"（王维《戏赠张五弟諲三首》其三）与"后路起夜色，前山闻虎声。此时游子心，百尺风中旌"（孟郊《京山行》）相比，所写心境何等不同。李白诗"相看两不厌，只有敬亭山"（《独坐敬亭山》），有人说不如"悠然见南山"的无意自然，但在陶诗里，南山是在不经意中遇见的，"山花人鸟，偶然相对"，于是融合成"一片化机，天真自具"（王士禛《古学千金谱》），分不清何者为我，何者为物，俨然庄周化蝶的境界。而在李白诗中，山之存在于我是自觉的，我是有意去看山的，并且就带着一颗平等亲近的心去看他；山之于我亦如是。物我并非完全相融，在彼此感知里各是独立的存在，但又都彼此怀着相亲相近相恋相慕的心。在盛唐，谁也不会把月亮写成"玉碗不磨著泥土，青天孔出白石补。兔入臼藏蛙缩肚，桂树枯株女闭户"（韩愈《昼月》）这样丑陋的样子，她同样与人是亲近的："江清月近人"（孟浩然《宿建德江》），甚至可以是酒伴："花间一壶酒，独酌无相亲。举杯邀明月，对影成三人……我歌月徘徊，我舞影零乱。醒时同交欢，醉后各分散。永结无情游，相期邈云汉。"（李白《月下独酌四首》其一）就像朋友一样，诗人与月亮的关系既真诚又通脱，在一起是无穷的欢乐，但谁也不去束缚谁。稍后的杜甫与自然的关系已有了点微妙的变化。他虽有"自去自来堂上燕，相亲相近水中鸥"（《江村》）之心，却也不乏"新松恨不高千尺，恶竹应须斩万竿"（《将赴成都草堂途中有作，先寄严郑公五首》其四）之语。就像我们前面例举的其与友朋酬答寄怀之诗，虽深情缱绻，但已略无盛唐高朗情思和豪侠意气。但杜甫将传统的人伦情怀扩而广之，"先天下之忧而忧，亦先万物之忧而忧，深爱同胞，亦深爱自然，爱而忧之，却毫无侵扰之意，可谓能造于自由的伦理境界。其《江亭》诗云'水流心不竞，云在意俱迟。寂寂春将晚，欣欣物自私。'而《后游》诗又云'江山如有待，花柳更无私。'山水无私供人美，春光有限人亦哀，爱物有心，留春无计，故愿其善自珍重。这'自私'与'无私'间的微妙意味，不正也是伦理哲学的核心命题吗？在这里，对山水风光的态度，既是一种生活情感，也是一种哲学精神"[①]。这是从盛唐自由人格中孕育出来的一种新型的伦理关系，是盛唐诗美为我们揭示的新的意义。

盛唐诗人对待自我同样显得非常真诚。他们听从自己内心的呼唤："安能摧眉折腰事权贵，使我不得开心颜"（李白《庐山谣寄卢侍御虚舟》），也真诚地对待自己内心的隐秘。我们可以举王维的一首诗来看。钱穆先生曾把王维的诗句"雨中山果落，灯下草虫鸣"（《秋夜独坐》）和陆游的诗句"重帘不卷留香久，古砚微凹聚墨多"（《书室明暖终日婆娑其间倦则扶杖至小园戏作长句二首》其一）拿来做比较，认为王诗"这样一个境，有情有景，拿来和陆联相比，便知一方是活的动的，另一方却是死而滞的了"[②]。钱先生的审美感觉很敏锐，讲得也很好，我们试着再做一点发挥。"重帘不卷留香久"一句，了无意味。为什么呢？诗人明明白白道出了个因果：因为重帘不卷，所以留香久；并

---

① 韩经太《论唐人山水诗美的演生嬗变》，《文学遗产》1998 年第 4 期。

② 钱穆《中国文学论丛·谈诗》。转引自侯敏主编《现代新儒家文论点评》，暨南大学出版社 2016 年版，第 244 页。

加了点文人情趣在里面，好像燃一炉香坐着是多高雅的事儿；"古砚微凹聚墨多"也是这样，古砚是微凹还是不凹有何关系？此砚古与不古又有何关系？聚墨多，是暗示可以写很多字么？是暗示作者颇有闲情逸致，忙人之所闲，闲人之所忙，关在书房里一写就一整天么？难道这就能证明其高雅么？当然，钱先生讲"尽有人买一件古玩，烧一炉香，自己以为很高雅，其实还是俗。因为在这环境中，换进别一个人来，不见有什么不同，这就算做俗"①，也或不尽然。因为陆放翁毕竟能体会到这一点雅趣，才把它写下来。只是这终究只是一点雅趣罢了，往高了说，是有点审美的人生态度，不过仍然是太役于物，太过用心，以致只专注于香气是不是漏逸了，墨水多不多，把自己也给幽隔了。王维虽亦多"归来且闭关"（《归嵩山作》）、"惆怅掩柴扉"（《归辋川作》）之语，但从其诗句"流水如有意，暮禽相与还""菱蔓弱难定，杨花轻易飞"可见其与外在世界的相通，可见其在方丈容膝之地仍然连接着宇宙的无穷广大。苏轼《宝绘堂记》说："君子可以寓意于物，而不可以留意于物"②，可谓知言。而我们再看王维的那句诗："雨中山果落，灯下草虫鸣"，在这里诗人只是坐着，就着一豆昏灯，听着外边的雨声虫声，偶尔还有山果落下的声响。钱先生谓"落"字和"鸣"字"这两字中透露出天地自然界的生命气息来"，而"摩诘诗之妙，妙在他对宇宙人生抱有一番看法，他虽没有写出来，但此情此景，却尽已在纸上"。这确乎是对中国古典诗歌意境的绝妙阐发。王维并没有向我们展示他有多高雅绝俗，他只是静静坐着，独自体悟宇宙与人生的无穷奥秘，也无须向我们证悟。他的许多诗都是这样，"兴阑啼鸟换，坐久落花多"（《从岐王过杨氏别业应教》），"坐看苍苔色，欲上人衣来"（《书事》），"行到水穷处，坐看云起时"（《终南别业》）都写坐着；有时候他又不明写，只用暗示的笔法，"返景入深林，复照青苔上"（《鹿柴》），"彩翠时分明，夕岚无处所"（《木兰柴》），"返"字、"复"字、"时"字中都有时光的轮回流转，诗人在此中不就是坐着么？他又没弹琴，又没啸歌，又不禅诵，只是呆呆坐着。再看钱穆先生举的那首诗，

① 钱穆《中国文学论丛·谈诗》。转引自侯敏主编《现代新儒家文论点评》，暨南大学出版社 2016 年版，第 243 页。

② 苏轼撰，孔凡礼点校《苏轼文集》，中华书局 1986 年版，第 2069 页。

诗题就叫《秋夜独坐》，王维是有多喜欢坐啊。于是我们就自然而然会问，王维坐着干啥？在想什么？他看见真实的自己了吗？体悟到生命的种种不自由和自由了吗？生死是最大的不自由，每个人出生和死亡某种意义上都是被迫的，但我们又不是都无能为力，束手就擒，在这不自由中追寻自由就充满了既悲壮又美妙的意义；再合着诗人给我们提供的一幅幅天地之间生生不息的画境，这里就有很多可以想象的空间，我们也可以从这样一种境界中跟着去体悟属于我们自己的领悟，关乎生命的领悟。一点儿都不需要明说。苏轼有一首诗《司命宫杨道士息轩》，诗里"黄金几时成，白发日夜出"便是从王诗化出，但一开始就絮絮叨叨："无事此静坐，一日似两日。若活七十年，便是百四十"，和白居易一般；又有点因为"若活七十年，便是百四十"而感到占了便宜的意思，与王维之心下澄明，了然无碍，意境总是有所差别。倒是大历时候司空曙有一句"雨中黄叶树，灯下白头人"（《喜外弟卢纶见宿》），意境与王诗十分相仿，但却缺少王诗中活泼泼的生命气息，缺少在不自由中追寻自由这种既悲壮又美妙的意义。相形之下，在陆游诗里我们更是只感到一点微薄的雅趣罢了，况且这点雅趣还是很多俗人都在追捧的"雅趣"。陆游纵然是寓目辄书，即景会心，帘本不卷，砚本微凹，不劳拟议，但是他把这些写下来，却无法给我们展示一种高远深沉的生命境界。清代阎若璩作《潜邱札记》也说道："今人第以其'疏帘不卷留香久，古砚微凹聚墨多'等句，遂认作苏州一老清客耳"[1]，可见诗之高下，境之高下，良有以也。钱先生认为这高下区别在动与不动，而其实也在对待自我的真与假上。

而且我们还要指出，盛唐诗人的情感不仅真实，而且高华。汉魏人的古诗，每多"荡子行不归，空床难独守"，"何不策高足，先据要路津。无为守穷贱，辘轳长苦辛"之句，真实是真实，却略嫌鄙陋。与之相比，盛唐诗人尽管也多出身寒庶，但更注重正直品性的建构。许总先生就曾指出一个值得玩味的现象："自开元第一位贤相姚崇作《冰壶颂》之后，王维、李白、王昌龄、常建等诸多诗坛巨擘皆有诗以冰壶自喻，足见其道德——人格建构的心理指

---

① 阎若璩《潜邱札记》，《清代诗文集汇编》编纂委员会编《清代诗文集汇编》一四一，第 125 页。

向。"① 由此可见，盛唐诗高华壮丽的美实源于创作者高华壮丽的人格。

正因为有如此自由且高华的人格，盛唐诗人的想象显得无拘无束，不带任何的伦理比附，不为想象而想象。就以李白诗为例：

> 划却君山好，平铺湘水流。巴陵无限酒，醉杀洞庭秋。(《陪侍郎叔游洞庭醉后三首》其三)
>
> 此江若变作春酒，垒麹便筑糟丘台。(《襄阳歌》)
>
> 黄鹤之飞尚不得过，猿猱欲度愁攀援。(《蜀道难》)
>
> 且就洞庭赊月色，将船买酒白云边。(《陪族叔刑部侍郎晔及中书贾舍人至游洞庭》其二)
>
> 忆昔洛阳董糟丘，为余天津桥南造酒楼。(《《忆旧游寄谯郡元参军》》)
>
> 霓为衣兮风为马，云之君兮纷纷而来下。虎鼓瑟兮鸾回车，仙之人兮列如麻。(《梦游天姥吟留别》)
>
> 吾欲揽六龙，回车挂扶桑。北斗酌美酒，劝龙各一觞。富贵非所愿，为人驻颓光。(《短歌行》)

这些都是我们熟悉的句子。这里面恢张奇崛的想象不像韩愈搜肠刮肚，"冥观洞古今，象外逐幽好"(《荐士》)，以求骇人耳目，没有李贺一般的病态心理，也绝少屈原似的悲愤情调，而是充满了豪迈的气度和潇洒的风神。但这是属于李白的，盛唐诗人的自由人格又使得他们不屑相袭。岑参有自己的异采："西头热海水如煮。海上众鸟不敢飞，中有鲤鱼长且肥。岸傍青草常不歇，空中白雪遥旋灭。蒸沙烁石燃虏云，沸浪炎波煎汉月"(《热海行送崔侍御还京》)；孟浩然有自己的体验："游女昔解佩，传闻于此山。求之不可得，沿月棹歌还"(《万山潭作》)；李颀有自己的想象："董夫子，通神明，深松窃听来妖精"(《听董大弹胡笳声兼寄语弄房给事》)；王之涣有自己的"移情"："羌笛何须怨杨柳，春风不度玉门关"(《凉州词》)。因为诗人自由的人格，盛唐诗美又美在

---

① 许总《论盛唐诗歌审美理想的双重构建》，《学习与探索》1995年第2期。

众美争胜；若以山喻之，雄浑如终南，秀丽似匡庐，瑰奇有如黄山，各尽其美不屑相袭恰如张家界千岩竞秀，浩瀚莫辨更似昆仑山莽莽苍苍。

盛唐自由的诗美还包含一层题中应有之义，那就是潇洒、通脱而不着力，既像玄学所谓的"得意忘言"（王弼《周易略例·明象》），又如禅宗宣示的"用心即错"（《五灯会元》卷十一）。如太白《峨眉山月歌》，二十八字中着五地名，王世贞评价道："使后人为之，不胜痕迹矣，益见此老炉锤之妙。"[①]其实，李诗与其说是炉锤之妙，毋宁如王世懋所说："作诗到神情传处，随分自佳，下得不觉痕迹，纵使一句两入，两句重犯，亦自无伤。如太白《峨眉山月歌》，四句入地名者五，然古今目为绝唱，殊不厌重。"（《艺圃撷金》）这样看来，盛唐诗美所揭示的意义本质上是一种更加深刻的自由，如果说人类的进程是从必然王国走向自由王国，那么，盛唐诗恰好满足了我们这种隐秘而坚定的欲望，它让我们兴奋、神往，让我们变得年轻而天真，它又让身处此岸的我们在可望不可即中体验痛苦并在永恒的不完美中获得某种快感。

不过话说回来，并不是说只有这种高度的自由才给我们带来美感，面对不自由时不断地挣扎、追求、搏击——或许由此带来浓厚的怅恨、些许的迷惘和短暂的休憩，但终究获得某种程度的自由——同样带给我们美感，或许这才是我们人生的真实写照，契合我们内心的真实体验，毕竟美是需要审美者用自己能够领悟的方式去赋予它意义的。就是盛唐诗人也不是绝对自由的，他们只是达到了相对似乎更高层次的自由罢了；而随着中国时代走势的转向，作为古人心目中"百代之中"[②]和今人心目中"中国文学史前后分期的支点"[③]的中唐的到来，人与外在世界的关系发生了似乎不可逆转的异化：与自然的关系愈发功利，与他人的关系变得紧张，而与自我的关系则不免显得矫饰——即便称不上矫饰，也包含更多的用力和不自然，努力地改变着自己的模样。

在中唐，人与自然的关系发生巨大的变异。我们渐渐读不到王维笔下的

① 王世贞《艺苑卮言》，丁福保辑《历代诗话续编》，中华书局 2006 年版，第 1009 页。

② 叶燮《已畦集》卷八《百家唐诗序》，民国二十四年 (1935) 长沙中国古书刊印社汇印叶启倬辑《郎园先生全书》本。

③ 林继中《文化建构文学史纲（中唐—北宋）》，三秦出版社 1994 年版，第 9 页。

"草木蔓发，春山可望，轻鲦出水，白鸥矫翼，露湿青皋，麦陇朝雉"展示出来的"深趣"①，取而代之的是一种既想对自然亲近而又早已疏远的无聊意绪："时到幽树好石，暂得一笑，已复不乐"②，"以其境过清，不可久居，乃记之而去"③。并且在儒学复兴的大背景下，"儒家的'实践'精神"使得人们对待自然的态度"主要不是从自然本体论的角度出发，而是从实践论的角度，从社会学、伦理学的角度，人与自然的关系本质上是对自然的实践关系。持有这种观点之后，人与自然物的关系就谈不上平等了，人的能动性被最大限度地被强调和张扬。自然物在人的面前始终是被动的、服从的，甚至是被扭曲的。人与自然的对话，实际上就成为人与人的对话的一种变形。"④我们只须读读韩愈的《鳄鱼文》："昔先王既有天下，列山泽，罔绳擉刃，以除虫蛇恶物为民害者，驱而出之四海之外……夫傲天子之命吏，不听其言，不徙以避之；与冥顽不灵而为民物害者：皆可杀。刺史则选材技吏民，操强弓毒矢，以与鳄鱼从事，必尽杀乃止。其无悔！"⑤文中昌黎张大其辞，极尽威逼利诱之能事，即使是考虑到文章创作者的身份差异——王维是欣赏自然的隐士而韩愈此时是必须改造自然改善民生的"天子之命吏"，韩文表现出来的人与自然平等自由的关系被破坏的程度仍然令人感到惊异。这种破坏还将持续，他们宣称"物象由我裁"（孟郊《赠郑夫子鲂》），试图"笔补造化"（李贺《高轩过》），此倾向至宋代而造极，主体精神涵摄一切。关于这点我们在上一节已有所论述，此处不赘。

与自我的关系也在发生改变，用通俗一点的话说，就是越来越和自己过不去。韩愈有一篇文章，《送高闲上人序》，文章说：

---

① 王维《山中与裴秀才迪书》。王维撰，赵殿成笺注《王右丞集笺注》，上海古籍出版社 1998 年版，第 332 页。

② 柳宗元《与李翰林建书》。柳宗元著《柳河东集》，中华书局 1964 年版，第 495 页。

③ 柳宗元《至小丘西小石潭记》。柳宗元著《柳河东集》，中华书局 1964 年版，第 473 页。

④ 王志清《美在自美:盛唐诗美观的生态本位特质》，《内蒙古社会科学》（汉文版）2004 年第 4 期。

⑤ 韩愈《鳄鱼文》。韩愈著，钱仲联、马茂元校点《韩愈全集》，上海古籍出版社 1997 年版，第 318 页。

　　往时张旭善草书，不治他伎。喜怒窘穷，忧悲愉佚，怨恨思慕，酣醉无聊，不平有动于心，必于草书焉发之。观于物，见山水崖谷，鸟兽虫鱼，草木花实，日月列星，风雨水火，雷霆霹雳，歌舞战斗，天地事物之变，可喜可愕，一寓于书。故旭之书，变动如鬼神，不可端倪，以此终其身，而名后世。今闲之于草书，有旭之心哉？不得其心，而逐其迹，未见其能旭也。为旭有道：利害必明，无遗锱铢，情炎于中，利欲斗进，有得有丧，勃然不释，然后一决于书，而后旭可几也。今闲师浮屠氏一死生解外胶，是其为心，必泊然无所起，其于世必淡然无所嗜，泊与淡相遭，颓堕委靡溃败不可收拾，则其于书得无象之然乎？ [1]

他认为一个人必须"利害必明，无遗锱铢，情炎于中，利欲斗进，有得有丧，勃然不释"，才有可能创作出好的作品来，这不过是他"大凡物不得其平则鸣"（《送孟东野序》）言论的翻版。很难想象，持有这种"斗争哲学"，怎么能体验到"时吟招隐诗，或制闲居赋"（王维《田家赠丁禹》），"闭关久沉冥，杖策一登眺"（孟浩然《宿终南翠微寺》），"日落数归鸟，夜深闻扣舷"（岑参《汉上题韦氏庄》）这样清高妙远的生活状态。

　　盛唐诗人追求高洁的人格，虽也有种种无奈："义不游浊水，志士多苦言"（储光羲《采菱词》），但更多出于一种对崇高人格的自觉仰慕，是自己发自内心的需要："虽登洛阳殿，不屈巢由身"（李白《送岑征君归鸣皋山》）、"若使巢由栖梏于轩冕兮，亦奚异于夔龙蟊蟗于风尘"（李白《鸣皋歌送岑征君》）；同时他们也并非要努力做个道德家，在诗里总是赤裸裸地呼唤功名，渴求富贵，李白甚而"诗词十句九言妇女、酒耳"，哪管别人评价他"识见污下"（惠洪《冷斋夜话》卷五引王安石语），他只遵从内心的呼唤，但却不会因此而人格分裂。中唐诗人则有所不然。欧阳修尽管从道统和文统的角度极为推重韩

────────────

[1]　韩愈《送高闲上人序》。韩愈著，钱仲联、马茂元校点《韩愈全集》，上海古籍出版社1997年版，第214页。

愈，但在《与尹师鲁第一书》中他还是不为尊者讳："每见前世有名人，当论事时，感激不避诛死，真若知义者，乃到贬所，则戚戚怨嗟，有不堪之穷愁形于文字，其心欢戚无异庸人，虽韩文公不免此累。"①宋人亦是如此，他们要不断地给自己心理暗示："百川日夜逝，物我相随去。惟有宿昔心，依然守故处"（苏轼《初秋寄子由》）、"抗脏自抗脏，伊优自伊优。但观百岁后，传者非公侯"（黄庭坚《次韵杨明叔见饯十首》其九），就像陶渊明要不断地给自己打气："托身已得所，千载不相违"（《饮酒二十首》其四）、"且共欢此饮，吾驾不可回"（《饮酒二十首》其九）一样，这里面其实多了许多挣扎。我们只消看看苏轼写的前后《赤壁赋》，创作时间相隔不过三个月，但其中表现出来的深刻矛盾，恰是诗人内心挣扎的真实写照。

就人际关系而言，中唐以后的诗坛尽管也有许多"伟大的革命友谊"传为佳话，但韩孟、元白、皮陆降而至荆公、苏、黄及江西诗派的唱和、联句活动，却往往是"吃了饱饭，思量到人不到处"②，争奇斗险，力求压倒对方。"蓬莱文章建安骨，中间小谢又清发。俱怀逸兴壮思飞，欲上青天揽明月"（李白《宣州谢朓楼饯别校书叔云》），盛唐诗句里为我们描绘的那种人与人之间轻松、愉悦、潇洒、豪纵的感觉开始变得有点紧张。从表面上看这只是诗歌创作方式的改变，深层却蕴含着创作主体间关系和文学生成生态的变化。

于是乎，他们开始把跟自己、跟他人、跟自然外物过不去的劲儿用在"挦撦奇字，诘曲其词，务为不可读以骇人耳目"③，用在"蒐猎奇书，穿穴异闻，作为古律，自成一家，虽只字半句不轻出"④上。他们追求的平淡，不再是盛唐式的"清水出芙蓉，天然去雕饰"（李白《经乱离后天恩流夜郎忆旧游书怀赠江夏韦太守良宰》），而是"奸穷怪变得，往往造平淡"（韩愈《送无本师归

---

① 欧阳修著，李逸安点校《欧阳修全集》，中华书局 2001 年版，第 999 页。

② 黎靖德编，王星贤点校《朱子语类》卷第一百四十，中华书局 1994 年版，第 3327页。

③ 赵翼《瓯北诗话》。郭绍虞编选，富寿荪校点《清诗话续编》，上海古籍出版社1983 年版，第 1165 页。

④ 刘克庄《江西诗派小序》，中华书局 1985 年版，第 1 页。

范阳》），极尽曲折锻炼后的似乎"不烦绳削而自合"①的诗成后境界。这种境界"平淡如山高水深，似欲不可企及"②，但实际上却是经过"宁律不谐不使句弱，用字不工不使语俗"的刻苦锤炼。在他们看来，就连杜子美也是到夔州后才得以"句法简易，而大巧出焉"的。

晚唐诗看似回归到某种创作主体与审美对象平等自由的关系，但就举山水诗来说，"盛唐山水诗美，其间含融着人格的平实与崇高，故其景象相应地表现为写实的清纯高远。而体现着盛唐之外别成一境之美的晚唐格调，其间含融的人格范型，应该说是一种雅意的清高。雅意，是特意表现的文人'士气'，而清高者，自有一种高蹈出尘的自赏和孤逸，故其景象也就相应地表现为意态凸出的清冷幽静。"③也就是说，晚唐山水诗所"特意"构筑，"沙之汰之""载雕载琢"而成的淡泊诗境已经不可能再像盛唐诗那样自然而然"莹彻玲珑，不可凑泊"了。

不过，就像我们之前提到的，"审美作为超越现实的生存方式，同时也是超越现实的体验方式"，在不自由中寻求自由，在沉重的现实面前忘我游戏同样带给我们美感。当韩、孟臆想着"窥奇摘海异，恣韵激天鲸。肠胃绕万象，精神驱五兵"（《城南联句》）；李贺耽溺于"玉宫桂树花未落，仙妾采香垂佩缨。秦妃卷帘北窗晓，窗前植桐青凤小。王子吹笙鹅管长，呼龙耕烟种瑶草。粉霞红绶藕丝裙，青洲步拾兰苕春"（《天上谣》）的梦境；欧阳修在《庐山高赠同年刘中允归南康》诗中用"三江"窄韵实践他对韩愈诗的理解；苏轼以高扬的主体精神涵摄万物，超脱现实的不如意；黄庭坚沉心于"夺胎换骨""点铁成金"，"宁律不谐不使句弱，用字不工不使语俗"；陈师道窝在被窝里展开诗歌梦想的翅膀的时候，他们都在用自己的方式超越庸常，追寻自由，获得美的体验和享受，也带给我们美的体验和感受。举首诗为例，苏轼《雪后书北台壁二首》其二，形容雪后之景曰："城头初日始翻鸦，陌上晴泥已没车。冻合

① 黄庭坚《题意可诗后》。黄庭坚著，刘琳、李勇先、王蓉贵校点《黄庭坚全集》，四川大学出版社 2001 年版，第 665 页。

② 黄庭坚《与王观复书之二》。黄庭坚著，刘琳、李勇先、王蓉贵校点《黄庭坚全集》，四川大学出版社 2001 年版，第 471 页。

③ 韩经太《论唐人山水诗美的演生嬗变》，《文学遗产》1998 年第 4 期。

玉楼寒起粟，光摇银海眩生花。"据说道经以项肩骨为"玉楼"，以目为"银海"，故"冻合玉楼"下接"寒起粟"，"光摇银海"下接"眩生花"。可见，苏轼善以学问入诗已达到了何等精深的地步。王安石对此赞叹不已，亦足见典型的宋诗作者都是"技术流"。我们一向以为抒情的诗歌才是好诗，才能引起读者共鸣，产生美感。就这首诗来看，或许事实并非如此。苏轼在游戏中获得某种自由，"其意若玩世"①，而如果读者看懂了的话——不只是如纪昀评点《瀛奎律髓》卢氏广州刻本时所说的"地如银海，屋似玉楼"，理解为白描写景——那么，是可以也获得某种游戏的快感的。这就是一种特别的审美体验。然而，就像几百年前韩愈们在盛唐的格式面前，虽然写得出"天街小雨润如酥，草色遥看近却无"（《早春呈水部张十八员外二首》其一）的句子，但却找不到自由的快感转而师心作怪一样，当后来的江西诗派又在黄、陈的套路中丧失了追求个体自由的勇气和热情的时候，陈与义、杨万里也必然会去挣脱桎梏，投身外在世界，重获某种自由。而他们用回归唐诗的方式，既是一种诗学策略的选择，同时似乎也是古典诗美历程的必然路向。

宋人本质精神在于主体的高扬，发展到江西诗派，却演化为对外在世界的屏蔽与拒斥。闭门觅句，"左规右矩，不遗余力"②，虽自以为"作诗立意，不可蹈袭前人"③，但终究是"屋下架屋"，只在句法拗折、语意生新、"宁律不谐不使句弱，用字不工不使语俗"等黄庭坚式的"以故为新"上下功夫，成为一种集体化创作的凝定模式，"拘狭"而"少变化"（刘克庄《后村先生大全集》卷九十五）。可以看出，江西诗派末流从创作主体的羁绊到创作模式的凝定，都走向了自由的反面，与美的本质渐行渐远。于是诗派中人渐生不满，穷极思变，吕本中提倡"活法"，试图打破凝定的创作模式，而陈与义则努力挣脱被拘限的主体精神，面向广阔的外在世界寻求灵感与诗意："醒来推户寻诗去，乔木峥嵘明月中"（《寻诗绝句》）、"物象自堪供客眼，未须觅句户长扃"

---

① 释惠洪《冷斋夜话》，中华书局 1985 年版，第 20 页。

② 胡仔《苕溪渔隐丛话》前集引吕本中《与曾吉甫论诗第二帖》，《四库备要》本。

③ 吕本中《童蒙诗训》引徐俯语。郭绍虞辑《宋诗话辑佚》，中华书局 1980 年版，第 589 页。

（《寺居》），尽管有时会"安排句法已难寻"（《春日二首》其一），但也颇有所得："荒村终日水车鸣，陂南陂北共一声。洒面风吹作飞雨，老夫诗到此间成"（《罗江二绝》其一）、"蛛丝闪夕霁，随处有诗情"（《春雨》）。而到孝宗朝，"中兴四大家"中的陆游、范成大、杨万里更是以其对外在世界的独特书写标志着宋诗史上第二座艺术高峰的到来。陆游笔下的边塞生活、范成大笔下的田园杂兴、杨万里笔下的山水情趣，一时间似乎复现了盛唐边塞诗派和山水田园诗派的盛况。而且，他们也有着相应的理论自觉、创作心得和审美感受：

> 闭门觅句非诗法，只是征行自有诗。（杨万里《下横山滩头望金华山四首》其二）
>
> 城里哦诗枉断髭，山中物物是诗题。（杨万里《寒食雨中同舍约游天竺得十六绝句呈陆务观》其九）
>
> 万象毕来，献予诗材……涣然未觉作诗之难也。①
>
> 大抵此业在道涂则愈工。②
>
> 君诗妙处吾能识，正在山程水驿中。（陆游《题萧彦毓诗卷后》）

杨万里更是有超越宗派的雄心："传宗传派我替羞，作家各自一风流。黄陈篱下休安脚，陶谢行前更出头。"（《跋徐恭仲省干近诗三首》其三）这些都可看做在新的时代条件下诗人们追寻新的创作自由和生命自由的努力。

美既为自由的生存中所面对的对象世界，那么，实现对自由新的阐释，也就实现了审美境界的深化；而之所以可以称作"深化"，必定不是简单的"复现"。尽管陆、范、杨诸子之诗似乎再现了情景交融的意境，但经过宋代理性精神的熏陶和洗礼，他们的诗毕竟仍是宋人之诗。许总先生就曾敏锐地指出："从陆游诗的整体看，既体现了宋诗的基本精神与艺术特色，又以开放的态势

---

① 《荆溪集序》。杨万里《诚斋集》卷八十，《四库丛刊》影宋钞本。

② 《广西通志》卷二百二十四载陆游与杜思恭书。谢启昆修，胡虔纂，广西师范大学历史系、中国历史文献研究室点校《广西通志》，广西人民出版社 1988 年版，第 5790 页。

汲纳了唐诗的抒情传统与审美范式，既投身现实又超然物外，既热情迸涌又不溺陷于情海，既富于伤感又不终于伤感，由多重因素的融织而构成宋诗史上又一道独特的波峰。"①他又说："杨万里作为意欲回复唐诗传统的诗人，努力打破江西派自我内省的束缚而走向现实世界，感受着'不是风烟好，何缘句子新'的实践结果，而其作为'以学人而入诗派'的宋代学者与诗人，则又不得不重视心胸造诣，营造着'不是胸中别，何缘句子新'的内在根基。"②大抵说来，盛唐诗人大多即景会心，而宋人纵是有感于景，也大多喜欢揣想，"未到江南"就"先一笑"（黄庭坚《雨中登岳阳楼望君山二首》其一），到了以后还得思入一层："银山堆里看青山"（其二），其实这并非目所实见。盛唐诗人写花，大概也不会想这花"有主"还是"无主"，"有力"还是"无力"，宋人则不然："无主荷花到处开"（苏轼《六月二十七日望湖楼醉书六首》其二），本自老杜"桃花一簇开无主"（《江畔独步寻花七绝句》其五）中来；"两岸桃花总无力"（杨万里《寒食雨中同舍约游天竺得十六绝句呈陆务观》其五云），则或脱胎于秦少游的"无力蔷薇卧晓枝"（《春日》）。在这"有主""无主""有力""无力"之间，实已悄然逗露出杜诗之后审美主体与审美对象主体间性的逐渐消泯和宋人标志性的"奇特解会"。

说到审美主体与审美对象主体间性的消泯，我们从杨万里的诗中能略见仿佛。他在《净远亭晚望》诗中写道："鹭鹚娇红野鸭青，为人浮没为人鸣"，在另外一首诗《晓经潘葑》里则写道："油窗着雨光不湿，东风忽转西风急。篷声萧萧河水涩，牵船不行人却立。雨中篙师风堕笠，潘葑未到眼先入。岸柳垂头向人揖，一时唤入《诚斋集》，从中可以见出，所有山光水色，召之即来，挥之即去；娇红鹭鹚青青野鸭，亦是为我浮没为我鸣，"万象从君听指挥"（《和段季康左藏惠四绝句》其四），不仅王、孟般"行到水穷处，坐看云起时"（王维《终南别业》）、"浮舟触处通，沿洄自有趣"（孟浩然《北涧泛舟》）的委运任化、自然不住心了然无迹，就是李白与自然平等相对的"相看两不厌"、无所拘役的"永结无情游"等种种情怀也荡然无踪。诚斋又有诗云："见说前

① 许总《宋诗史》，重庆出版社1997年版，第682—683页。
② 许总《宋诗史》，重庆出版社1997年版，第737页。

头山更好，且留好句未须吟"（《舟过黄田谒龙母护应庙二首》其一），即可见出其与同样作为审美对象的语言文字的关系，究竟是中唐以来诗歌语言主体地位沦落的延续。这样看来，尽管诚斋诗清新圆活，富于自然之趣，尽管他立志"要踏唐人最上关"（《送彭元忠县丞北归》），但其诗终究不是唐人之诗，他所谓的"我初无意于作是诗，而是物是事适然触乎我，我之意亦适然感乎是物是事，触先焉，感随焉，而是诗出焉，我何与哉，天也"（《答建康府大军库监门徐达书》）虽是发乎内心的创作体会，却与唐人的兴会自然有着本质差异，"犹有唐人是一关"（杨万里《读唐人及半山诗》）；但也正因为此，杨诗所表现出来的新鲜活泼的自然机巧之趣才造就中国古典诗歌审美境界的进一步深化。

本来，宋诗不仅整体上构成与"唐音"相对的"宋调"，其本身就处于不断的变化之中："庆历以后，欧、梅、苏、王数公出，而宋诗一变。坡公之雄放，荆公之工练，并起有声。而涪翁以崛奇之调，力追草堂，所谓江西派者，和之者最盛，而宋诗又一变。建炎以后，东夫之瘦硬，诚斋之生涩，放翁之清圆，石湖之精致，四壁并开，乃永嘉徐、赵诸公以清虚便利之调行之，见赏于水心，则四灵派也，而宋诗又一变……"[1] 至南宋，宋诗出现了某种复归"唐音"的趋向。而就诚斋诗而言，如其"夫子自道"："予生好为诗，初好之，既而厌之。至绍兴壬午，予诗始变，予乃喜。既而又厌之，至乾道庚寅，予诗又变。至淳熙丁酉，予诗又变"[2]，某种意义上其"诗风转变的十七年，实际上也就是整个南宋诗风变革的一个缩影和显著标志"[3]。这样联结起来看，杨万里诗风转变的最突出的意义就在于通过其"触先焉，感随焉，而是诗出焉"的理论自觉试图追攀唐人兴会自然的天真状态，创造出一种"死蛇解弄活泼泼"（葛天民《寄杨诚斋》）的生命境界，但同时又不可避免地带有宋型文化赋予的理趣与机锋，从而形成一种新的美学特征，也具体而微地展示了一次主体在追求自由过程中既"有意"又"无意"、既"得意"又"失意"的实现美的客观历程。并且，在赵宋的末世，完成这样一次美的"回归"，也使我们不无遗憾地

---

① 全祖望《宋诗纪事序》。全祖望《鲒埼亭集》卷二十四，《四部丛刊》本。

② 《南海集序》。杨万里《诚斋集》卷八十，《四库丛刊》影宋钞本。

③ 许总《宋诗史》，重庆出版社 1997 年版，第 724 页。

看到古典诗歌美学范型在唐宋两朝的自足与穷尽，似乎没有更大的开拓空间留予后世。明清以来的"唐宋诗之争"某种意义上来讲就是对两种美学范型的争论；将唐宋作为一个完整的文学史时代，从这个角度看，也有其客观依据。

最后再做点补充，我们之前讲到的唐宋诗史上所有"惊心动魄"的正态美的极致与变态美的追寻，无不从各自角度深化了古典诗歌的审美境界，这种追寻的动力就来自于创作主体对当下庸常生活的不满足，对生命之谜的探索，对自由的永恒追求，对建构与他所面对的世界的新的自由关系的努力——这种关系是平等？是亲和？是征服与被征服？是加以赏玩？抑或其他？种种阐释与实践也就为审美境界的深化提供了可能。在唐宋之前，我们看到魏晋风流，看到汉赋的铺张扬厉和永明体的"因难见巧"，这同样是那个时代的诗人对自由的向往与追求。不过，就诗之一体而言，恐怕没有哪个时代的诗人能达到这样一种深刻的自由的境地，能展示给我们这样一个完足的探索旅程，从而在我们面前揭开全新的美的意义。阿根廷诗人博尔赫斯在《诗艺》中这样写道："要看到在日子或年份里有着 / 人类的往日与岁月的一个象征，要把岁月的侮辱改造成 / 一曲音乐，一声细语和一个象征。要在死亡中看到梦境，在日落中 / 看到痛苦的黄金，这就是诗 / 它不朽又贫穷，诗歌 / 循环往复，就像黎明和日落。"①这样看来，"唐宋诗之争"在某个层面又是对两种超越凡庸追求自由、"改造岁月的侮辱"的诗学方式何者为优的争论。

但事实真的就和我们所描述的一样吗？至少应该谨慎乐观。看看我们所做的工作吧，为了言说的方便，我们笼统地把各种美学类型划分为正态变态并由此勾勒出一条正而复变、变而复正、正变往复、逐渐深化的诗美历程，而早在二十世纪三十年代，英国著名史学家巴特菲尔德就在《辉格党对历史的解释》中对所谓的辉格史观作了深刻有力的批判。在布特菲尔德看来，辉格党人解释的历史是一部"自由民主"的英雄从各种保守专制的势力和个人那里赢得让步的进步的历史，但这部历史是有问题的，它是用当前的观点来解释，或者说重

---

① 博尔赫斯著，陈东飚、陈子弘译《博尔赫斯文集·诗歌随笔卷》，海南国际新闻出版中心 1996 年版，第 104 页。

构历史，并不是真正发生的历史 ①。以此作为参照，我们对美的历程的解释是否也是一种辉格党式的先验"重构"是很值得怀疑的。但至少我们提供了一个视角，真实的历史如何则仍需要我们更加认真严谨诚实负责地去探寻追索还原接近，尽管永远也不可能完全还原甚或不可能无限接近。

---

① 参看 [英] 巴特菲尔德著,李晋译《辉格党式的历史阐释》,生活·读书·新知三联书店 2013 年版。

第三章 "尚奇"观与唐宋诗史的演变

第一节 作为诗学概念的"奇"

"奇"从字义上讲包含以下三个基本内涵：一、不偶（耦），即与偶相对，引申为命运不好；二、不正，即与正（雅正）相对。（《文心雕龙·体性》："雅与奇反"）；三、异，即特殊、非常、反俗。作为诗学概念的"奇"与其字义相关，但情况更为复杂。首先，从狭义上讲，它指称一种特殊的审美风格，与"诡""怪""诞"等批评术语所指称的比较接近甚至时或等同（字义上也接近，如《文选》王褒《洞箫赋》"趣从容其勿述兮，骛合遝以诡谲"句，李善注云："诡谲，犹奇怪也"①），并且也常相互组合成含义与单字意思相近的词组。不过"奇"与"诡""怪""诞"还是存在差别。这种区别不仅在美学风格和价值判断上，也在于所涵摄的指称范围。与"诡""怪""诞"所表达的含义较为单一不同，"奇"往往是以范畴的形态存在的。这个范畴的序列可以包括奇怪、奇异、奇妙、奇丽、奇伟、奇崛、奇古、奇肆、奇趣等，也包括高奇、雄奇、珍奇、神奇、惊奇、新奇、清奇等，形成蔚为大观的"奇"的审美范畴家族。②

当然，"奇"与"诡""怪""诞"更大的区分在于在古典诗学的语境中，"奇"不仅只是作为一种特定风格存在，它还有更深广的内涵。它可以指代一

---

① 萧统编，李善注《文选》卷十七，中华书局 1977 年版，第 245 页。

② 郭守运《古文批评中的"奇"范畴索论》，《中国社会科学院研究生院学报》，2008年第 5 期。

种在审美层面或伦理层面异于常规（正统）的作品风貌或创作技法。在古人的诗学观念中，"奇"与"正"是一对相对的概念，无论在在审美形态还是在创作技法层面都可作如是观。在《文心雕龙》中，我们经常可以看到这样的表述："奇正虽反""辞反正为奇""逐奇而失正"（《定势》），在《知音》篇中刘勰还把"观奇正"视为品评文章"优劣"的"六观"之一。需要指出的是，所谓"正"，既包含"常规"之义，也包括"雅正"之义，在这两种意义上，"奇"都可以被视作与之相对并互补的概念存在，这是较为广泛意义上的"奇"而不是接近于"诡""怪""诞"含义的狭义的"奇。

从更广义的角度看，"奇"甚至可以泛指文人所追求的一种具有超越性质的能凸显其本质存在的创作目标。在这个意义上，"新"和"奇"是比较接近的。谢榛《四溟诗话》中道出创作者的一种隐秘心理："凡袭古人句，不能翻意新奇，造语简妙，乃有愧古人矣"①，黎简批点韩愈诗时则说得更明白："李唐以来，作诗而不出力求新，断难讨好……大抵近千年以后，作诗不自抵死生新，决难名家"②，田雯论诗也主张生新出奇，其《枫香集序》云："诗变而日新，则造语命意必奇，皆诗人之才与学为之也。夫新非矫也，天下事无一不处日新之势，况诗乎？"③ 从这些言论中我们可以见出在作为创作源动力的层面，"新"与"奇"的趋一。吴乔在《围炉诗话》中更是举出了一个有说服力的个案："于李、杜后，能别开生路自成一家者，惟韩退之一人。既欲自立，势不得不行其心之所喜奇崛之路。"④

概括而言，诗学语境中"奇"包含三个层次：一是指奇异出众的风格。不仅指语辞，也可能是对某一诗体风格的要求，如钟惺评《古诗十九首》时辨

① 谢榛《四溟诗话》卷三，丁福保辑《历代诗话续编》，中华书局 2006 年版，第 1179 页。

② 黎简批清秀野草堂刻本《昌黎先生诗集注》，复旦大学图书馆藏。

③ 田雯《古欢堂集》卷二十四，影印文渊阁《四库全书》第 1324 册，集部二六三别集类，台湾：商务印书馆 1986 年版。

④ 吴乔《围炉诗话》卷三，郭绍虞编选《清诗话续编》，上海古籍出版社 1983 年版，第 560—561 页。

古诗与乐府之别云:"乐府能著奇想,著奥辞,而古诗以雍穆平远为贵;乐府之妙在能使人惊,古诗之妙在能使人思"①,刘将孙《跖肋集序》云:"长篇兼文体,或从中而起,或出意造作,不主故常,而收拾转换,奇怪百出"②。当然所谓奇异的风格可以各有所偏,或雄奇伟丽,或清奇涩苦,或瑰奇顽艳,或怪奇诡谲。二是指超凡脱俗或异于正统的内涵。所谓超凡脱俗和异于正统的价值判断指向不同,但实际上又不可分。如韩孟诗派造境尚幽僻险怪,写意尚狂怪怒张,开辟诗歌史上奥兀奇僻的美学风格,既超脱凡俗,在一定程度上也是对传统儒家"温柔敦厚"诗教的背离。有时候,这种"奇"内涵的展现并不一定表现在外在风格的奇异上。据周紫芝《竹坡诗话》,苏轼曾教诲其侄云:"大凡为文,当使气象峥嵘,五色绚烂,渐老渐熟,乃造平淡"③,这里所说的是两种不同的诗歌境界,中盛年时作诗,一般是奇气郁起,逞巧追新,有意识地求新求奇,但渐老以后,复归于平淡。《书唐氏六家书后》则因书论文:"永禅师书骨气深稳,体兼众妙,精能之至,反造疏淡,如观陶彭泽诗,初若散缓不收,反复不已,乃识其奇趣。"④范温《潜溪诗眼》亦云:"自曹、刘、沈、谢、徐、庾诸人,割据一奇,臻于极致,尽发其美,无复余蕴,皆难以韵与之。唯陶彭泽体兼众妙,不露锋芒,故曰:'质而实绮,臞而实腴。'初若散缓不收,反复观之,乃得其奇处。"⑤外在风貌不仅可以平淡,甚至可以粗俗朴拙。张戒认为杜诗的粗俗语"非粗俗,乃高古之极也"⑥,"高古"可视作"奇"之一种;罗大经《鹤林玉露》也说:"余观杜陵诗,亦有全篇用常俗语者,然不害其为超

---

① 钟惺、谭元春《古诗归》,明万历年间刻本。

② 刘将孙《养吾斋集》卷十,商务印书馆 1935 年版,沈阳出版社翻印《四库全书珍本初集》本。

③ 周紫芝《竹坡诗话》,中华书局 1981 年版,第 22 页。

④ 苏轼《书唐氏六家书后》,苏轼著,孔凡礼点校《苏轼文集》,中华书局 1986 年版,第 2206 页。

⑤ 郭绍虞辑《宋诗话辑佚》(上),中华书局 1980 年版,第 373 页。

⑥ 张戒《岁寒堂诗话》卷上,丁福保辑《历代诗话续编》,中华书局 2006 年版,第 450 页。

妙"①,"超妙"者亦"奇"。《漫叟诗话》则说:"诗中有拙句,不失为奇作。若退之逸诗云'偶上城南土骨堆。共倾春酒两三杯'、子美诗云'两个黄鹂鸣翠柳,一行白鹭上青天'之类是也。"②胡仔《苕溪渔隐丛话》亦云:"唐人绝句'野人自爱山中宿,况近葛洪丹井西。庭前有个长松树,半夜子规来上啼',其句虽拙,亦不失为倔奇也。"③三是指创新求变的精神,也即上文所谓泛指文人所追求的一种具有超越性质的创作目标,这里不再举例展开。

第二节 唐宋诗人的"尚奇"之风

与作为诗学概念的"奇"丰富的内涵相对应,诗人对"奇"的各个层面的追尚也就构成某种意义上的"尚奇",这种"尚奇"之风既表现在诗人的创作实践中,也在诗人或诗论家的诗学理论表述和选诗标准中体现出来。尽管诗人的创作与其诗学观念有时候并不能完全对等,但我认为以此来观照一个时代的诗学风尚还是有一定根据的。我们选择以唐宋两朝诗史来观察诗人"尚奇"之风的演变,不仅是因为唐宋是形成诗史上两大文人诗范型的重要时期,以之来讨论"尚奇"内涵的变化比较有代表性,而且也因为在这一时段,诗学理念与诗歌创作一定程度上呈现较为同步的状态,我们的考察会更加全面。

初唐诗仍"时带六朝锦色",而作为唐诗典范的盛唐诗,则开始展露出唐诗的特质。现在谈到盛唐诗,更多注意到的是它昂扬的风骨、玲珑的兴象、自然的风格,是盛唐诗人积极进取、以意气相许的精神风貌,而实际上这无不体现出一种"奇"的特质。《河岳英灵集》对李白、高适、岑参、王昌龄、刘眘虚、王季友等诗人诗作的评价都有一个"奇"字,稍后一点的杜甫在诗中也说:"岑参兄弟皆好奇"(《渼陂行》)。杜甫不仅以"奇"许人,自己作品同样有此特质。《唐诗纪事》卷二十二载任华《杂言寄杜拾遗》云:"昨日有人诵得数篇黄绢词,吾怪异奇特借问,果然称是杜二之所为。"④可见,在盛唐主要诗人的

---

① 罗大经《鹤林玉露》丙编卷三,中华书局 1983 年版,第 285 页。
② 郭绍虞辑《宋诗话辑佚》(上),中华书局 1980 年版,第 355 页。
③ 郭绍虞主编《苕溪渔隐丛话前集》卷九,人民文学出版社 1962 年版,第 57 页。
④ 计有功《唐诗纪事》卷二十二,中华书局 1965 年版,第 318 页。

作品中，"奇"是一个重要的审美特征，而且其时诗人也是以此相尚相许的。

在盛唐最重要的是内具"风骨"始可言"奇"。《唐才子传》卷一"崔颢"条云："晚节忽变常体，风骨凛然。一窥塞垣，状极戎旅，奇造往往并驱江、鲍"①；又卷三"岑参"条云："放情山水，故常怀逸念，奇造幽致，所得往往超拔孤秀，度越常情，与高适风骨颇同，读之令人慷慨怀感"②，皆以"风骨""奇造"并举。这是盛唐士人所言之"奇"的重要表现。③盛唐诗人还特别标举一种"雅""奇"并具的诗美，"雅"和"奇"本是平行甚或稍带点对立意味的诗学批评术语，但正如"清"与"厚"一样，它们可以以一种奇特的方式组合起来，形成一种独特的诗美极致。在殷璠看来，既"奇"而"雅"就是这样一种诗美的极致。以盛唐人选本《河岳英灵集》中评价最高的诗人而言，王维、储光羲恰好是"雅""奇"并具。他评王维："词秀调雅，意新理惬……一句一字，皆出常境。"④评储光羲："格高调逸，趣远情深，削尽常言，挟风雅之道，得浩然之气。"⑤所谓"皆出常境""格高调逸，趣远情深，削尽常言"都蕴含某种"奇"的意味，可见盛唐时代诗歌独特的奇妙之处，或可看做其时独特的"尚奇"观念的表现。

降而至大历，诗人们同样也"尚奇"，在同时代高仲武眼中就是如此。其《中兴间气集》评钱起："员外诗，体格新奇，理致清赡……且如'鸟道挂疏雨，人家残夕阳'……皆特出意表，标雅古今。"⑥评皇甫冉："冉诗巧于文字，发调新奇，远出情外……又巫山诗，终篇奇丽。"⑦评郎士元："员外，河岳英奇，人伦秀异。"⑧因而我们可以看到，大历诗坛的"尚奇"消隐了盛唐昂扬的

---

① 傅璇琮主编《唐才子传校笺》，中华书局1987年版，第199页。

② 傅璇琮主编《唐才子传校笺》，中华书局1987年版，第443页。

③ 参见易淑琼、徐国荣《唐大历以前诗风尚奇之审美旨趣辨析》，《中国韵文学刊》，2003年第1期。

④ 殷璠《河岳英灵集》，影印《四库丛刊》本，第21页。

⑤ 殷璠《河岳英灵集》，影印《四库丛刊》本，第101页。

⑥ 高仲武《中兴间气集》，上海涵芬楼影印《四库丛刊》本，第1页。

⑦ 高仲武《中兴间气集》，上海涵芬楼影印《四库丛刊》本，第20页。

⑧ 高仲武《中兴间气集》，上海涵芬楼影印《四库丛刊》本，第39页。

"风骨",转而求"理致清新"之词,以至于为新奇而新奇,在艺术技巧上苦心雕琢,有时候会予人以"诗体虽不新奇,甚能练饰"①的感觉。他们在美学风格上追求清新淡泊、高情远韵,此时的"奇"就表现为一种"新奇""清奇"乃至"奇巧"。这种"奇"没有了王、孟诗中的生命活力,也与其后的"诡怪""奇怪"大相径庭。

到中唐,诗人"尚奇"则显现出另外一种前所未有的风貌。贞元中至元和年间的诗坛上,韩孟诗派在诗歌创作上新的追求,"主要就表现在尚怪奇与重主观上。""他们所表现的世界,往往是非世俗所常有的,甚至是怪异的、变形的;加以他们所描绘的形象的奇特,着色的浓烈与强烈的对比,选辞的怪癖和构辞的异样,他们所表现出的审美情趣也就大异于他们之前的唐代诗坛。"②具体说来,孟郊以瘦骨嶙峋、瘁索枯槁为美,韩愈则以光怪震荡为美;李贺倾心于把向来为人们所厌恶的东西写得色彩斑斓,卢仝则更是一个追求怪异之美的作者,连韩愈都说他"往年弄笔嘲同异,怪辞惊众谤不已。近来自说寻坦途,犹上虚空跨绿騥。"(《寄卢仝》)而与之相对的元白诗派对于浅俗诗风的追求在某种意义上也是标新尚奇的体现。清人朱庭珍就指出无论是"以雄奇胜"的"昌谷",还是"以平易胜"的"元白","虽品格不一,皆能自成局面,亦皆力求其变者也"。③许学夷则从宏观角度视角观照这个时代各诗派的"尚奇":"元和间,韩愈、孟郊、贾岛、李贺、卢仝、刘叉、张籍、王建、白居易、元稹诸公群起而力振之,恶同喜异,其派各出。"④只是,与盛唐时代"雅""奇"共造不同,这个时期的"尚奇"更显现出平民化的色彩,自是社会演变和时代风会使然。

从宝历初(825年)开始,到唐王朝的结束,这个被我们称为晚唐时期的时代有一种特殊的审美趣味,即追求的是一种细美幽约的情致,一种绮艳清丽的诗风。表面看上去这似乎与"尚奇"并没有什么联系,但只要读一读《又玄

---

① 高仲武《中兴间气集》评刘长卿诗语,上海涵芬楼影印《四库丛刊》本,第51页。

② 罗宗强《隋唐五代文学思想史》,中华书局2003年版,第196页。

③ 朱庭珍《筱园诗话》卷一,郭绍虞编选《清诗话续编》,上海古籍出版社1983年版,第2329页。

④ 许学夷著,杜维沫标点《诗源辩体》,人民文学出版社1987年版,第248页。

集序》的选诗标准："是知美稼千箱，两岐爰少；繁弦九变，大濩殊稀。入华林而珠树非多，阅众籍而紫箫惟一。所以撷芳林下，拾翠岩边，沙之汰之，始辨辟寒之宝；载雕载琢，方成瑚琏之珍"①，是可以感受得到这位诗人兼诗论家的韦庄"尚奇"的努力的。只是总体来说，这个时候诗人们所追寻的"辟寒之宝""瑚琏之珍"等种种"珍奇"显得是那么的清冷淡泊，而且相对于稍前一点的贾岛刻意于"幽奇""清奇幽僻"的诗风，唐末的诗歌创作总体呈现的是淡漠的情思和淡泊的境界以及无所用力的创作倾向，似乎连"尚奇"的欲望也一并淡泊了，显得"句冷不求奇"（李山甫《酬刘书记一二知己见寄》）。这也是其与同样多写清冷之境的大历诗歌最明显的区别。

宋代诗人的"尚奇"则又展现出另外一种风貌。如果说盛唐诗人的奇多表现为情意高奇，中唐诗人所尚为炼意之奇、字句之险，而唐末诗人似多无求奇之心力的话，那么，宋人的奇或许可以称之为"不奇而奇"。

这种"不奇而奇"主要表现在几个方面。首先是外在语言风格平易无奇而内在气格则奇伟高蹈。早在宋初，冯延巳就推崇徐铉的诗："凡人为文，皆事奇语，不尔，则不足观。唯徐公率意而成，自造精极"②。"宋调"的奠基者欧阳修一贯主张写文章要平易自然，他曾极力批判"穷荒搜幽入无有，一语诘曲百盘迁"的险怪文风，倡言"其道易知而可法，其言易明而可行"；韩琦《欧阳少师墓志铭》就记载欧阳修曾于嘉祐初权贡举，黜去一切"务为险怪之语"者，而拔擢"平淡造理者"。③他作诗亦复如此。《宋诗钞》谓欧诗："其诗如昌黎，以气格为主。昌黎时出排奡之句，文忠一归之于敷愉，略与其文相似也。"④这不仅指出了欧诗和平敷愉的风格，并且揭示出这种风格与其内在奇伟"气格"的一致性。苏、黄亦如此。苏轼曾说："好奇务新，乃诗之病。柳子厚晚年诗，极似陶渊明，知诗病者也。"⑤而看似崛奇兀傲的黄庭坚诗歌也追求

① 韦庄《又玄集》，古典文学出版社 1958 年版，第 1 页。

② 吴之振等选《宋诗钞》（第一册），中华书局 1986 年版，第 68 页。

③ 欧阳修《欧阳修全集·附录》卷二，中国书店 1986 年版，第 1346 页。

④ 吴之振等选《宋诗钞》（第一册），中华书局 1986 年版，第 315 页。

⑤ 苏轼《题柳子厚诗二首》，苏轼著、孔凡礼点校《苏轼文集》，中华书局 1986 年版，第 2109 页。

"不烦绳削而自合""平淡而山高水深"的境界。

与奇伟的气格相表里的是奇警的议论。朱熹对此曾予以高度评价:"欧公文字锋刃利,文字好,议论亦好。尝有诗云:'玉颜自古为身累,肉食何人与国谋'。以诗言之,是第一等好诗;以议论言之,是第一等好议论。"①赵翼也说"(苏轼)绝人处在乎议论英爽,笔锋精锐,举重若轻"②。欧、苏等宋人的议论不似韩愈的峭刻直露,滔滔汨汨,泄之以个人的穷达悲欢,而是显示出一种深沉的理性思考,意趣精老,冷静中见锋芒,平淡里显警策。所以"若使人人祷辄遂,造物应需日千变"(《泗州僧伽塔》)、"意态由来画不成,当年枉杀毛延寿……君不见咫尺长门闭阿娇,人生失意无南北"(《明妃曲二首》其一)这样的议论完全不会给我们如读韩愈"举头仰天鸣,所愿暑刻淹。不如弹射死,却得亲鴞燖"(《苦寒》)这样一些诗那种故作奇论的感觉。

在宋人中,黄庭坚和他所开创的江西诗派的诗人们的作品则更明显地表现出生新求奇的审美追求。"但是与韩诗相较,黄诗并不着意于用字本身的奇僻古怪,而是通过对习见字的独特安排造成生新之感与奇特的意义。"而"与'语必生造'相比,黄庭坚的独创生新当然更着重于'意必新奇',如'蜂房各自开户牖''阴风搜枯山鬼啸,千丈寒藤绕崩石''夜谈帷幕冷,霜月动金蛇'等奇警描述和喻意,皆未经人道,出人意表。又如'心犹未死杯中物,春不能朱镜里颜'、'未生白发犹堪酒,垂上青云却佐州'等,则从平常之意中烹炼变化出新意,曲折含蕴,耐人寻思。"③这也是宋诗"不奇而奇"的一种表现。

第三节 "尚奇"在唐宋诗史的演变成因

以上简单叙述了由唐而宋的诗人们在"尚奇"这个普遍的诗学追求上所表现出来的差异,而其演变成因约略有以下数端。首先在于时代精神的差异。唐宋时代精神由开放趋于内敛,前人已多有论述,如唐君毅先生在《中国文化之

① 黎靖德编,王星贤点校《朱子语类》卷一三九,中华书局1994年版,第3308页。

② 赵翼《瓯北诗话》卷五,郭绍虞编选《清诗话续编》,上海古籍出版社1983年版,第1195页。

③ 许总《宋诗史》,重庆出版社1997年版,第456—457页。

精神价值》中说："中国民族之精神，由魏晋而超越纯化，由隋唐而才情汗漫，精神充沛。至宋明则由汗漫之才情，归于收敛。"[①] 这就使得盛唐之后的诗人，更专注于诗歌内部的世界，或者如大历诗人精心于对诗体的"练饰"，或者如元和诗人致力于对主观世界的改造；而宋人对外物的独特观照就是所谓的"自其内而观之"，此即苏轼在《超然台记》中所云："凡物皆有可观。苟有可观，皆有可乐，非必怪奇伟丽者也……无非有大小也，自其内而观之，未有不高且大也者"。宋人的思维模式显然更趋向于在平常的事物中发现它的超常性。就连性格与韩愈较为接近的"拗相公"王安石都推崇整体诗风与韩孟诗派迥异的张籍诗，称其"看似寻常最奇崛，成如容易却艰辛"（《题张司业诗》），却嘲讽韩愈"力去陈言夸末俗，可怜无补费精神"（《韩子》）。在宋人的"尚奇"中，我们能感受到一种内敛的趋向。他们"尚奇"不是像盛唐诗人心驰于外在客观世界的瑰奇，也不像中唐诗人肆无忌惮地变异着自己的主观世界，而是关注着自己内在的精神品格，关注着诗歌自身的世界，如结构的跌宕、格律的谨严、字句的锤炼等。这与宋代趋于内敛的时代文化精神也是吻合的。就连在诗中处处发现"雨姿晴态总成奇"（《下横山滩头望金华山》）、"上楼山色逐层奇"（《寄题王国华环楼》、"放出千峰特地奇"（《小溪至新曲》）的杨万里，尽管在晚宋表现出某种回归唐诗面向外在世界的趋向，但我们从他"四诗赠我尽新奇，万象从君听指挥"（《和段季康左藏惠四绝句》其四）这样的诗句中仍见出异于唐诗的内敛特质。

其次，是与诗歌创作相关联的一些时代条件。盛唐国力强盛，"寸天尺地皆入贡，奇祥异瑞争来送"（杜甫《洗兵马》），诗人们充满了自信，他们好奇而又热情地讴歌着一切新鲜的事物："天马来出月支窟，背为虎文龙翼骨"（李白《天马歌》）、"致此自僻远，又非珠玉装。如何有奇怪，每夜吐光芒"（杜甫《蕃剑》）。同时，他们也意气风发地"走出去"，把种种瑰丽的奇景纳入他们的笔下："忽如一夜春风来，千树万树梨花开"（岑参《白雪歌送武判官归京》）、"蒸沙烁石燃虏云，沸浪炎波煎汉月"（《热海行送崔侍御还京》）。他们负奇志，尚奇节，献奇策，建奇勋，这种"奇"虽也部分脱胎于他们所神往的建安诗歌

---

① 唐君毅《中国文化之精神价值》，台北：正中书局 1994 年版，第 70 页。

（钟嵘《诗品》卷上评曹植："骨气奇高"，评刘桢："仗气爱奇，动多振绝。"），但又洗汰掉建安的悲凉情调，显示出鲜明的时代特色。而从大历初至贞元中的二十几年，随着盛唐繁华的一去不返，诗歌创作中失去了盛唐那种昂扬的精神风貌和清新活泼的兴象韵味，而转入对宁静闲适又冷落寂寞的生活情趣的追求，对清丽、纤弱的美的追求。如我们之前所说，这时候的"尚奇"就表现为一种对"新奇""清奇"的追求，虽在意境熔铸上不逊盛唐，但显得"辞意新而风格自降"。 ① 这就是时代外在条件使然。

　　时代思潮的演变也是一个重要的原因。中唐王纲解纽，人们对统一的政治权威的藐视，在文化上表现为对传统秩序的冲击。思想上儒释道三家互相抗衡也互相消解，致使人们的思想比较开放。它促使人们从趋同走向求异，从师法走向师心。而且人们处于战乱频仍中，其迷惘、失落与颓废的心态，也加重了整个社会的求奇求怪的倾向。人们敏感于超常的事物，社会上灵怪之风大盛，而士人群体中亦以奇怪风调相高。另一方面，这个时候的士人对李唐王朝中兴又怀着热切的期望，这种强烈的入世之心以及入世不得意所产生的抑塞不平之气反映在审美观上就是对奇崛隳突万怪惶惑的美的欣赏与追慕。而宋人的"不奇而奇"则反映出另外一种时代思潮。北宋虽然与中唐同处于一个儒学复兴的时代，但宋人对传统儒学价值体系的建构与韩愈们已经有着时代内涵上的深刻差异。在王纲解纽、"异端"横恣的中唐，维护儒家正统的韩愈们更需要以一个斗士的姿态出现，于是他们不得不激切地呐喊，张扬地求异（当然更多地是以一种心态影响的曲折方式作用于诗歌创作）；而在宋代，不仅文教昌明，庶族文人的地位也有了本质上的提高，他们则更有条件心气平和地进行他们的文化事业。并且对于儒教，正如钱穆先生在《中国近三百年学术史》第一章引论所说："盖自唐以来之所谓学者，非进士场屋之业，则释道山林之趣，至是而始有意于为生民建政教之大本。"② 唐时"进士场屋之业"不过是敲门砖，并不

---

① 沈德潜《说诗晬语》卷上，王夫之等撰《清诗话》，上海古籍出版社 1999 年版，第 540 页。

② 钱穆《中国近三百年学术史》台湾：商务印书馆 1980 年版，中华书局 1984 年影印本，第 3 页。

曾与儒家"修齐治平"联系起来，直至北宋（尤其是庆历以后），这才"有意于"政教合一，将科举取士与推行儒教结合起来，而以儒学的道德仁义明体达用整顿士风，这才是宋学的自立精神之所在。

因此，宋代的诗人们更加重视修身的功夫，即使是"诗圣"杜甫，他极写穷愁的《乾元中寓居同谷县作歌七首》都被朱熹所批判："杜陵此歌，豪宕奇崛，诗流少及之者。顾其卒章叹老嗟卑，则志亦陋矣。人可以不闻道哉"①，更何况那些主观情感强烈，不平之气突兀，"情炎于中，利欲斗进，有得有丧，勃然不释"②的中唐诗人们。欧阳修尽管从道统和文统的角度极为推重韩愈，但在《与尹师鲁第一书》中他还是不为尊者讳："每见前世有名人，当论事时，感激不避诛死，真若知义者。乃到贬所，则戚戚怨嗟，有不堪之穷愁形于文字。其心欢戚无异庸人，虽韩文公不免此累。"③苏轼也说"韩愈之于圣人之道，盖亦知好其名矣，而未能乐其实"。④唱着"未到江南先一笑，岳阳楼上对君山"的诗人们虽然也能理解柳宗元，但不会把"时到幽树好石"也只是"暂得一笑，已复不乐"⑤的诗人看成人格的楷模。他们更倾慕的一种蕴含于平淡敷愉之中奇伟的气格，而像孟郊所说的"我有出俗韵"（《哭李观》）、"孤韵耻春俗，馀响逸零氛"（《奉报翰林张舍人见遣之诗》），总是想摆脱前人，力求"出俗"，在他们看来可能却是真的"俗"，而"俗"与"奇"在某种层面是格格不入的。

文学创作主体阶层的演变也关乎着其尚奇内涵的变化。安史之乱使得关陇贵族元气大伤，中唐以后庶族文人大规模地登上历史舞台，随着宋代科举的进一步普及，主导文学变革的几乎都是庶族文人。他们对"奇"的理解一方面如前所述，更加重视内在气格的奇伟，另一方面则渐渐脱离了贵族的审美趣味，

① 朱熹《跋杜工部同谷七歌》，朱熹《晦庵先生朱文公文集》卷八四，四库丛刊本。

② 韩愈《送高闲上人序》。韩愈著，钱仲联、马茂元校点《韩愈全集》，上海古籍出版社1997年版，第214页。

③ 欧阳修著，李逸安点校《欧阳修全集》，中华书局2001年版，第999页。

④ 苏轼《韩愈论》，苏轼著、孔凡礼点校《苏轼文集》卷四，中华书局1986年版，第114页。

⑤ 柳宗元《与李翰林建书》。柳宗元著《柳河东集》，中华书局1964年版，第495页。

从精工高华走向浅易平熟，甚而带着某种俗世的趣味。宋诗中有许多传奇志异类的作品，如梅尧臣《花娘歌》、徐积《爱爱歌》、柳富《赠王幼玉》、张耒《周氏行》、孙次翁《娇娘行》、王山《答盈盈》都是描写男女情爱的传奇类作品，李彭《蝴蝶诗》、刘敞《蒋生》、欧阳修《鬼车》则是记述神异的志异式诗歌。这些作品正如《文心雕龙》中所谓"俗皆爱奇"，反映出文人尚奇观自近古以来在雅俗之间"挣扎"的别样风情。如果将视野进一步扩大，我们会发现，从魏晋至元明的审美趣味演变也遵循着此一逻辑。

回到文学内部来考察，文体的演变和诗歌美学的循环往复也促成了尚奇风尚的变化。中唐以后近体诗歌数量激增，仅就七律一体而言，施子愉先生曾把《全唐诗》中存诗在一卷以的诗人的作品作了统计，其中七律诗的数字是：初唐 72 首，盛唐 300 首，中唐 1848 首，晚唐 3683 首①。中唐以后诗人们更趋向于通过对诗歌内在结构、格律、字句来达到某种出奇的效果，实际上与文体的演变有着密切的关联。诗歌美学的演变同样如此，比如说"晚唐格调，实际上也是中唐前后搜研创意或逞才施巧之风的自觉敛约。韩愈式的陌生拗涩或白居易式的平熟流利，共同束敛简约为意新语工境象清冷，从而表现出特具文士幽栖雅意的人文意趣"②。这种"绝俗的精神韵致"，就是在特定时代氛围下"尚奇"观符合内在逻辑进程的展现。而对过于险怪之弊和刻意求怪之俗的扬弃，也蕴含着某美学演进的规律。故而不止宋人因其独特的思想文化背景对其进行反拨，历代诗论家如皎然、裴度、赵翼、王世贞、叶燮等都有类似表述。皎然在《诗式》中就说他追求的是"至险而不僻，至奇而不差"，并指出"以诡怪而为新奇"并非诗人坦途。与韩愈等人几乎同时的裴度在《寄李翱书》中也说："若夫典谟训诰，《文言》《系辞》，国风雅颂，经圣人之笔削者，则又至易也，至直也。虽大弥天地，细入无间，而奇言怪语，未之或有"，"故文之异，在气格之高下，思致之浅深，不在其磔裂章句，隳废声韵也"③。清人赵翼《瓯

---

① 转引自沈祖棻《唐人七绝诗浅释》，上海古籍出版社 1981 年版，第 20 页。
② 韩经太《论唐人山水诗美的演生嬗变》，《文学遗产》，1998 年第 4 期。
③ 周绍良主编《全唐文新编》（第 3 部第 1 册），吉林文史出版社 2000 年版，第 6240 页。

北诗话》一书评韩诗用辞怪奇:"若徒寻摘奇字,诘曲其词,务为不可读,以骇人耳目,此非真警策也。"他进而举出韩愈的一些诗句,说"此等词句,徒聱牙辔舌,而实无意义,未免英雄欺人耳"。叶燮则引王世贞语谓李贺诗"奇过则凡",并谓此"尤为学李贺者下一痛砭也"①。这是一定程度上脱离时代背景的纯粹的文学观念的演进。当然,文学内部的原因并不一定就是更为本质的因素,比如说大历诗人仍然保持盛唐都城的贵族审美情趣,创作也多以五律为主,文体上并无改变,促使他们在追尚奇异这一点上与盛唐诗人表现出显著差异的是时代的因素。其实,上述我们所归纳的各种因素相互交织合力,在各个阶段所起的作用并不全然一致。

从上面的简单概述中我们看到了由唐而宋诗人们尚奇观的演变,而更为重要的是,这种尚奇观念的演变与诗史的演进互为表里,不仅折射出诗史演进的某种规律,甚至在某种意义上成为推动诗史演进和发展的一个内在动力。明乎此,我们对它在诗学史上的地位应该会有更深入的体认。

---

① 叶燮《原诗》外篇下,王夫之等撰《清诗话》,上海古籍出版社 1999 年版,第 605 页。

许总《唐宋诗体派论》读后

  许总先生的新著《唐宋诗体派论》（江西人民出版社 2008 年 3 月第 1 版）出版了，这是他继《杜诗学发微》《宋诗史》《唐诗史》《宋明理学与中国文学》《理学与中国近古思潮》《元稹与崔莺莺》《唐宋诗宏观结构论》等论著之后在古典文学、诗学研究领域的又一代表性著作。此书分为上、中、下三编，上编"概论"总述唐宋诗体派在文学史上的存在形态，并详细辨析了两朝诗歌体派在性质、特征、类别和推动诗史演进等方面的异同，对唐宋诗体派进行提纲挈领的论述。中、下两编"唐之部""宋之部"则分别就唐宋两代有代表性的十四个体派进行细致的描述分析。其中有唐一代选取了"四杰体""沈宋体""高岑体""王孟体""元结与《箧中集》诗人""大历体""元和体""贾姚体"等有代表性的体派，于宋代则选取"宋初三体""北宋诗歌复古运动""江西诗派""理学诗派""四灵与江湖派""遗民诗派"为代表，可以说几乎涵盖了唐宋两代所有重要的诗派和诗人。整本书既以其独特的视角切入对唐宋两代诗史进行全新的把握，显示出一种独到的文学史观和治学理念，又以其透彻精微的辨析论证，表现出对各个具体诗派历史意义、特征内涵的准确定位和把握，具有很高的学术价值。

一、对诗人群体研究的深化与拓展

  在中国，"诗可以群"向来是一个优秀传统，"群居相切磋"更是中国文人文学走向辉煌的重要背景因素。因此，近年来学术界对文学群体的研究蔚然成风，上自梁园、建安、金谷、兰亭诸文人集群，下至云间、虞山、湖湘、同光诸诗派，都有数量可观的论文或论著进行研究，其中不乏论点精辟、考证确凿的力作。但像许总先生这样在唐宋两朝长达六百余年的时间跨度里选取有代表性的诗歌体派进行系统地研究则十分少见。由于从现代文学流派角度看，唐宋诗歌体派尚不能构成严格意义上的文学流派，因此此书首先就"体派"的特殊含义作了必要的说明。对于诗人群体、诗歌流派，唐以前大体称"体"，宋以后则"体""派"互见。而唐、宋时期"体""派"本身的多义性，使其具有了十分丰富的内涵。本来所谓诗体，是指诗歌之体裁形式。但各种诗歌体式在不同历史阶段往往表现出独具的时代性特征，因而论体式也就与辨体貌结合起来。如《沧浪诗话·诗体》开篇即云"风雅颂既亡，一变而为离骚，再变而为西汉五言，三变而为歌行杂体，四变而为沈宋律诗"[1]，诗歌体式完全成为文学时代性体貌之表征。明人许学夷撰《诗源辩体》，于卷一开宗明义云"统而论之，以三百篇为源，汉、魏、六朝、唐人为流，至元和而其派各出。析而论之：古诗以汉、魏为正，太康、元嘉、永明为变，至梁陈而古诗尽亡；律诗以初、盛唐为正，大历、元和、开成为变，至唐末而律诗尽敝"[2]，则进而在价值观与正变论的角度，使诗体秉容了诗歌体式、文学传统、时代风尚、诗歌流派等多重意义与丰富内涵。与唐人相比，宋人更具宗派意识。中国文学史上第一个具有自觉意识的流派即出现在宋代的江西诗派。从中国文学史来看，江西诗派的意义已经远远超出宋代的范围，而在整个文学史特别是文学流派史上成为了一种标志。《沧浪诗话·诗体》论历代诗歌体格风貌的时说"以时而论，则有建安体、黄初体、正始体、太康体、元嘉体、永明体、齐梁体、南北朝体、唐初体、盛唐体、大历体、元和体、晚唐体、本朝体、元祐体、江西宗派体"[3]，不仅概括出汉魏以后文人诗发展进程中不同历史阶段所呈现的标志性体貌，而且最终落实到"江西宗派"，极为明晰地表明文学体派观念中由"体"到"派"的漫长历程及其终结。元、明以后，"派"的观念不断深入人心，历代诗人群

---

① 严羽《沧浪诗话》，中华书局年 1985 版，第 10 页。

② 许学夷著，杜维沫校点《诗源辩体》，人民文学出版社 2001 年版，第 1 页。

③ 严羽《沧浪诗话》，中华书局 1985 年版，第 10—11 页。

体即被冠以各种流派之名。

这样一来，许总先生为我们梳理出一条中国古代诗歌流派发展的脉络，而选取唐宋两代诗歌体派进行整体研究，则不仅在于许先生对唐宋文学史有长期深入的研究，也在于这两个朝代恰恰是中国诗歌流派史上非常关键且具有决定意义的阶段。这对于诗人群体研究无疑有极为重要的意义。而且选择较大的时间跨度进行系统研究，也更有利于揭示各个体派之间复杂的联系，同时由于着重对不同体派的比较研究，因而对各个体派的特质和内涵也会有更深入的了解。可以说，《唐宋诗体派论》这一课题的研究是对当前诗人群体研究的深化与拓展。

二、对唐宋诗史的独特把握与理解

新时期以来文学史的研究及编写空前繁荣，但如今人王瑶所说"长期以来，我们的文学史研究始终停留在作家作品论的汇编的水平上"[1]，许多文学史以作家作品简单拼接构成。这于一些唐宋诗史亦然。由于唐宋文学特别是诗歌在中国古代文学史上的显耀而独特的地位，如何准确地把握这一段诗歌史也就成为许多文学史家必须面对的共同课题。

其实早在南宋末严羽就表现出对唐宋诗歌体派的关注，其于所著《沧浪诗话》中列述汉代至南宋诗歌体派，在"以时而论"中共列十六体，其中唐、宋两代占八体；在"以人而论"中共列三十六体，唐、宋两代竟多达三十一体。由此可见，唐宋诗歌之繁荣，实在是与诗歌体派之繁盛密切相关的。以此为切入口，可以成为把握唐宋诗史的一个途径。唐宋诗史本来就是许先生的专攻领域之一，在此书中他延续在另一部著作《唐宋诗宏观结构论》中把唐宋两朝作为"一个完整文学史时代"的研究思路，进一步从体派这一角度来考察这段诗史。

通过对唐诗体派和唐诗史的整体研究，许先生发现唐诗体派表现出一种无所不立、无时不有、无处不在的构生活力，弥漫性地充实于三百年唐诗发生、

---

① 王瑶《中国现代文学研究的历史和现状》，《华中师范大学学报》1984 年第 4 期。

演展的整个历史进程之中。总体而言，整个唐诗发展史的阶段性转折和演进，实际上都是某种体派新生、衰亡、递嬗或延续的结果，具体而言，各种体派自身的产生与发展，也都在相互促进或制约的关系中构成历史的联系与逻辑的进程。整段唐诗发展的历史正以体派为本体构成，其存在方式也是通过体派的嬗递、反拨、延续诸种表现形式而实现。更为具体地说，就是唐诗史演进既依靠如初唐体、盛唐体、中唐体、晚唐体四体之递嬗演进，又依靠如"四杰体"对"上官体"的反拨或元结与《箧中集》诗人对开天诗风的批判这样的文学突变或革命，并且还潜伏着像"上官体"高雅化的审美取向和艺术体性在开天时期都城诗人群和大历诗人的诗歌中产生回响这样的深层次延续。通过体派的各种关系来考察唐诗史，无疑更有利于揭示其丰富、生动而独特之本相。

与唐诗体派大多互为包容或并行互补的现象完全不同，宋诗派别的建立从一开始就表现出对另一派别加以排斥乃至否定的特点。如北宋诗歌复古运动对"西昆体"的变革，"永嘉四灵"对江西诗派的反拨，无不体现出宋人宗派意识的强化和宋诗变革色彩的增强。通过观察各诗派之间相互否定，至宋末而又表现出向着宋初诗风的自我回归，我们不难发现宋诗史内在发展就是借助各诗派之间"否定之否定"实现的。

由此可见，通过对唐宋诗歌体派的深入研究，许总先生为我们梳理出唐宋诗史发展的某些规律，并以两代诗歌体派相互嬗递、一脉相承这一史实传达出他将唐宋两朝作为"一个完整文学史时代"的独到理念。

三、对唐宋诗派的准确定位与辨析

当然，此书透过诗歌体派这一独特视角考察唐宋诗史，并不像一些以发现、总结规律为自任的文学史著作那样，力图以逻辑推演为规律建构的基点与形式。因而此书更加注重特定的个体作家以及由个体作家所组成的诗歌流派自由的精神活动与个性的艺术创造，其中不乏对各诗派特质的精微辨析，并力图在此基础上予以其准确的定位。

首先，此书对一些诗歌体派的深入辨析是令人叹服的。如高、岑世所并称，而此书深入体派内部，通过探寻高适、岑参在创作环境、表现体式、着眼角度、构思方式等四个方面存在的差异详细解析高、岑边塞诗整体诗歌风格不同的原因。同样，在"王孟体"这一章节中也从创作环境与文化性格、艺术修养与才思技巧、思想渊源与身心状态等三方面的差异探究王、孟诗歌独具个性以及在接受视野中的不同的观察角度和评价标准形成的缘由。在分析王、孟身心状态的不同造成自然写景诗中意象的显著差别时，书中是这样写的："适应着宁静的心境，王维诗中多有寂静的冷色调的夕阳、夜景，像《鹿柴》'返景入深林'、《木兰柴》'夕岚无处所'、《鸟鸣涧》'夜静春山空'之类，显然属于这一类型；适应着随俗的心态，孟浩然诗中则多有明朗的亮色调的朝阳、晴空，像《早发渔浦潭》'东旭早光芒'、《渡扬子江》'京江两畔明'、《送谢录事之越》'清旦江天迥'之类，就是这一类型的代表"①，论述中既有理性辨析又有感性体悟，读之令人拍案。他如分析宋初白体诗人王禹偁对白居易诗风不同层面的接受，梅尧臣平淡诗美的由来，宋末晚唐诗风复归的原因等，无不显示出许总先生敏锐的赏鉴能力、缜密的思辨逻辑和深厚的学识修养。

其次，此书也不乏一些严密的考证。比如第八章"大历体"中对大历体诗人构成的考定。所谓"大历十才子"确指何人历来聚讼纷纭，书中参引《新唐书》《唐才子传》《极玄集》《嘉祐杂志》《分甘馀话》《沧浪诗话》《读雪山房唐诗钞》等材料进行考辨，提出"十才子的聚合依据，只能是当时的实际交游与审美趣味"②的观点，其中既有严密的考证，又有大胆的论断。又如对所谓"元和体"的考证。白居易《馀思未尽加为六韵重寄微之》中一句"制从长庆辞高古，诗到元和体变新"引发其后无数对何为"元和体"的争论。许总先生在做了大量的考证和辨析工作后得出"'元和体'实已包含了那一时代所有重要的文人群体和创作倾向"的论断，不可谓不精辟。

再者，此书对各个诗歌体派历史意义的定位也相当准确。如大多唐诗论者谈到初唐诗风变革，总是更加重视陈子昂的功绩，而又往往将四杰归入所谓的"初唐"，客观上将其混入唐初宫廷诗时代，这不能不说是对四杰乃至唐诗发展史的极大误解。而许总先生却从四杰对传统宫廷题材的运用中敏锐地发现其变

---

① 许总《唐宋诗体派论》，江西人民出版社 2008 年版，第 149 页。
② 许总《唐宋诗体派论》，江西人民出版社 2008 年版，第 169 页。

革诗风的最初信息。他以卢照邻、骆宾王各自的名篇《长安古意》与《帝京篇》为例，揭示其与唐初都城题材创作倾向的本质不同，从而显见其振长风、清绮碎的有力革新与改造。相对于卢、骆的破坏旧制，王、杨则侧重于新的诗风的规范与新的诗体的建构。基于对四杰的诗歌和其所处时代的整体考察，许总先生认为虽然"卢、骆与王、杨在诗体专擅及艺术成就方面有着明显的差异与侧重的不同"，但"从文学史宏观意义上看，卢、骆与王、杨共同处于唐诗质的成型阶段，其诗歌创作与价值的指向则又是协同与一致的……他们完全是一个整体"，四杰的存在本身就是"一个由变革诗风到建立唐音的不可分割的关捩点，是唐诗的质的成型阶段的起点标志"①。他如对沈、宋意义的重新界定、对理学诗在宋诗理性化进程中的所起的作用以及理学诗与北宋初、中期诗坛的联系的说明，都显见许总先生卓越之史识。

此书既以唐宋诗歌体派为其主要研究对象，则其首要的学术价值就在于对诗人群体研究的深化与拓展以及在研究思路上的新的突破，而其中宏观的观照与细微的辨析又使得此书在诗史和诗人研究两方面同时作出重要的贡献。应该说，《唐宋诗体派论》一书的学术价值是显而易见的。通读全书，不难有这样的体会。

（原载《中国韵文学刊》2009 年第 3 期）

---

① 许总《唐宋诗体派论》，江西人民出版社 2008 年版，第 54 页。

王维五律的文学史意义

自从元和时代韩愈推尊李杜以后，作为"天下文宗"的王维的诗学地位已难以与李杜比肩，但在后世多数论者看来，王维才是"盛唐之音"的"正宗"。特别在近体诗尤其是律诗的确立与新变方面，王维更是一个举足轻重的人物。清人方东树在《昭昧詹言·通论七律》中把王维、杜甫的七律分为两大派别，他说："何谓二派？一曰杜子美，如太史公文，以疏气为主。雄奇飞动，纵恣壮浪，凌跨古今，包举天地，此为极境。一曰王摩诘，如班孟坚文，以密字为主。庄严妙好，备三十二相，瑶房绛阙，仙官仪仗，非复尘间色相，李东川次辅之，谓之王、李。"① 关于王、杜七律何者为高，后世有许多争论。胡震亨在《唐音癸签》中说道："七言律独取王、李而绌老杜者，李于鳞也。夷王、李于岑、高，而大家老杜者，高廷礼也。尊老杜而谓王不如李者，胡元瑞也。谓老杜即不无利钝，终是上国武库；又谓摩诘堪敌老杜，他皆莫及者，王弇州也。意见互殊，几成诤论"②。不过，今天看来，七律一体成熟极致于杜甫并成为这位"诗圣"诗歌创作最主要的成就似乎已是不易之论。而于五律这一体，王维却颇足以与杜甫相颉颃。

王维五律素以精工优美空灵淡泊著称。对其创作特点与成就，前人已多所论及。而其文学史意义，则似乎还需要进一步抉发。关于此，我们拟从几个方面加以说明。

---

① 方东树《昭昧詹言》，广文书局 1962 年版，第 557 页。

② 胡震亨《唐音癸签》卷十，上海古籍出版社 1981 年版，第 93—94 页。

一、独构一种诗体典范

站在今天的接受视域来看，五律大致有几种范型。除去李白、孟浩然等人所作的"以古风格力运于律诗中"①的"古风式非'常格'五律"以外，王维式五律和杜甫式五律是最重要而且也最具影响的两种范型。王、杜五律基本都秉承"沈宋"、杜审言五律纯以律法运行、句裁字密的路数，但"少陵五言律，其法最多，颠倒纵横，出人意表"②，与王维的"固定套路"还是有着明显区别，也分别有着不同的传承路线。

杜甫五律，正如陆时雍所言，"其法最多"，难以一一而足。我们试举几例。就句法而言，杜甫"善于用事及常语，多离析或倒句"③，如《奉济驿重送严公四韵》领联"几时杯重把？昨夜月同行"，仇兆鳌评说此联"语用倒挽，方见曲折。若提昨夜月在前，便直而少致矣"④。就用意而言，《月夜》一诗以"独看""双照"为眼，字字从月色中照出。自己"独看"长安月色，却从对面着想，写妻子"独看"鄜州之月而"忆长安"，并进而体察妻子无人慰藉之寂寞。就对法而言，往往看似不对或对得十分朴拙，实际上却是非常工整，并且寄慨遥深。如《春望》首联"国破山河在，城春草木深"，"国破"已沉痛迫中肠，却睹山河依旧，五字之中顿挫情生，偏偏草木无情之物，却年年如约绽放，本非有意"以乐景写哀"，却使我们"倍其哀乐"。《月夜忆舍弟》颈联"有弟皆分散，无家问死生"，看似朴质，甚至有点"村夫子"味道，但细味之，就会发现这一联不仅对仗工整灵活，而且是彼时情感的最诗性的表达。无家问死生，究竟是诗人自己的死生已无人过问，还是他想要有所挂念，但家人分散流离已然让他无从问讯。一语双关，含蕴无穷，并开后世无数法门。宋人

---

① 李锳撰，李兆元补《诗法易简录》评李白诗《塞下曲》"五月天山雪"语，民国六年（1917 年）味经书屋排印本。

② 陆时雍《诗镜总论》，丁福保辑《历代诗话续编》，中华书局 2006 年版，第 1415页。

③ 王得臣《麈史》，中华书局 1985 年版，第 32 页。

④ 杜甫著，仇兆鳌注《杜诗详注》，中华书局 1979 年版，第 916 页。

诗句"便令江汉竭，未厌虎狼求""余生偷岁月，无地避风尘"（章甫《即事》）、"有天不雨粟，无地可埋尸"（戴复古《庚子荐饥》）都可见其影响。

相形之下，王维五律无论从结构、用意、句式还是对法、字法、韵法都较为平直浅易、中规中矩，某种意义上似乎比杜甫五律都更具有"正宗"的垂范价值（一个很有意思的例子就是《红楼梦》中写黛玉向香菱授诗，就认为五律首推王维。其实这不仅可见出曹雪芹的诗学观念，也是明清以来唐诗派的共识）。王维五律最"标准"的章法是起承转合井然有序，起句多平平，常直接点题，如《过香积寺》起云"不知香积寺，数里入云峰"、《终南山》起云"太乙近天都，连山到海隅"、《终南别业》起云"中岁颇好道，晚家南山陲"、《秋夜独坐》起云"独坐悲双鬓，空堂欲二更"、《夏日过青龙寺谒操禅师》起云"龙钟一老翁，徐步谒禅宫"、《山居秋暝》起云"空山新雨后，天气晚来秋"、《从岐王过杨氏别业应教》起云"杨子谈经所，淮王载酒过"等等（王维五律也有起句就颇有气势摄人心魄者，如《送梓州李使君》首联"万壑树参天，千山响杜鹃"、《汉江临泛》首联"楚塞三湘接，荆门九派通"，《登裴秀才迪小台作》首联云"端居不出户，满目望云山"，从设想裴迪日常起居隐见其风貌写起，亦颇具匠心，然此等起句实不多）。

接着颔联、颈联写景或写人在景中的活动，而这往往是一诗之中最精彩的句子，诸如"窗中三楚尽，林上九江平"（《登辨觉寺》颔联）、"雨中山果落，灯下草虫鸣"（《秋夜独坐》颔联）、"落日鸟边下，秋原人外闲"（《登裴秀才迪小台作》颔联）、"明月松间照，清泉石上流"（《山居秋暝》颔联）、"山中一夜雨，树杪百重泉"（《送梓州李使君》颔联）、"江流天地外，山色有无中"（《汉江临泛》颔联）、"兴阑啼鸟换，坐久落花多"（《从岐王过杨氏别业应教》颔联）、"隔牖风惊竹，开门雪满山"（《冬晚对雪忆胡居士家》颔联）、"日落江湖白，潮来天地青"（《送邢桂州》颈联）、"松风吹解带，山月照弹琴"（《酬张少府》颈联）、"行到水穷处，坐看云起时"（《终南别业》颈联）、"分野中峰变，阴晴众壑殊"（《终南山》颈联）、"泉声咽危石，日色冷青松"（《过香积寺》颈联）、"大漠孤烟直，长河落日圆"（《使至塞上》颈联）、"渡头余落日，墟里上孤烟"（《辋川闲居赠裴秀才迪》颈联）、"荒城临古渡，落日满秋山"（《归嵩山作》颈联）、"野花丛发好，谷鸟一声幽"（《过感化寺昙兴上人山院》颈联）、

"绿竹含新粉,红莲落故衣"(《山居即事》颈联)等等,简直不胜枚举。关于这个特点,前人多有论述。王夫之《唐诗评选》中评王维《使至塞上》曾说道:"右丞每于后四句入妙,前以平语养之,遂成完作"①。说是"每于后四句入妙",恐不尽然,但却道出王维五律结构平易的特点,这与杜甫惯常"语用倒挽"有很大的区别。其于章法布置随顺自然,由其渐入佳境,从中也可看出王维不用机心、淡泊随适的人生态度,似乎是"风格即人格"这一著名论断的又一注脚。当然,这也并不妨碍代表贵族诗风的王维讲求格调律法,他的五律中二联往往句式互异,时并肩对与流水对杂用,句法一疏一密,处处见出格调,极具范式价值。

最后尾联略加合拢,或放或收,完足题意。而且,值得注意的是,中二联少用典,较少杜诗"清新庾开府,俊逸鲍参军"(《春日忆李白》)、"庾信哀虽久,何颙好不忘"(《上兜率寺》)、"爱酒晋山简,能诗何水曹"(《北邻》)、"对棋陪谢傅,把剑觅徐君"(《别房太尉墓》)似的"点鬼簿",但尾联用典则较多,特别是一些酬赠诗(参禅诗则多通篇用佛典,此处不述)。如《送邢桂州》尾联"明珠归合浦,应逐使臣星"连用二《后汉书》典,《送梓州李使君》尾联"文翁翻教授,不敢倚先贤"用《汉书》典,《山居秋暝》尾联"随意春芳歇,王孙自可留"化用楚辞语句,《凉州郊外游望》尾联"女巫纷屡舞,罗袜自生尘"用曹植成句,《辋川闲居赠裴秀才迪》尾联"复值接舆醉,狂歌五柳前"、《汉江临泛》尾联"襄阳好风日,留醉与山翁"、《和尹谏议史馆山池》尾联"君恩深汉帝,且莫上空虚"、《奉和杨驸马六郎秋夜即事》尾联"结束平阳骑,明朝入建章"、《送崔三往密州觐省》尾联"鲁连功未报,且莫蹈沧洲"、《冬晚对雪忆胡居士家》尾联"借问袁安舍,翛然尚闭关"、《送孟六归襄阳》尾联"好是一生事,无劳献子虚",或正用或反用,皆取古人故事。而沈德潜称《送丘为落第归江东》末联"知祢不能荐,羞称献纳臣"是"反用孔融荐祢衡事"以表"自咎"之意②。尾联用典显得整首诗雅洁精致,饶有兴味。

句法上王维五律亦多用常见语式。音节多数是二一二或二二一,也有一

---

① 王夫之著,陈书良校点《唐诗评选》,上海古籍出版社 2011 年版,第 109 页。

② 沈德潜《唐诗别裁集》,中华书局 1975 年版,第 140 页。

些是一一三或二三"音步"，如"君问穷通理"（《酬张少府》）、"忽过新丰市，还归细柳营"（《观猎》）；或者一一二一："药倩韩康卖，门容尚子过"（《游李山人所居因题屋壁》）、"门看五柳识，年算六身知"（《慕容承携素馔见过》），甚至是四一："野花丛发好，谷鸟一声幽"（《过感化寺昙兴上人山院》）和二二一一一："渔歌入浦深"（《酬张少府》），类型较为丰富，但"变格"句式的数量、比例远较杜甫五律为少（杜集随处可见"细草微风岸，危樯独夜舟""名岂文章著，官因老病休"《旅夜书怀》、"湛湛长江去，冥冥细雨来"《梅雨》、"片云天共远，永夜月同孤"（《江汉》）这样的句子）。如果是二一二结构，其中那个单音节字一般是动词，极少杜诗常用的如"翠柏苦犹食，明霞高可餐"（《空囊》）、"檐雨乱淋幔，山云低度墙"（《秦州杂诗二十首》十七）、"幽花欹满树，小水细通池"（《过南邻朱山人水亭》）那样用形容词修饰之前的名词的用法。语法形式多是状语＋主谓（状语可修饰主语也可修饰谓语），如"雨中山果落，灯下草虫鸣""明月松间照，清泉石上流"，或者纯粹的主谓结构，如"泉声咽危石，日色冷青松""渡头余落日，墟里上孤烟"。王维五律的对句中也有语法结构较为复杂的复合句，如"兴阑啼鸟换，坐久落花多"，但语法类型也较杜甫为少，而且出句、对句的语法结构类似，与杜诗相比对得较工（此处"工"与"宽"相对），没有杜甫最经典的"国破山河在"（《春望》）、"有弟皆分散"（《月夜忆舍弟》）、"落日心犹壮"（《江汉》）、"日月笼中鸟，乾坤水上萍"（《衡州送李大夫七丈勉赴广州》）似的转折性构句，而像杜诗中"青惜峰峦过，黄知橘柚来"（《放船》）、"绿垂风折笋，红绽雨肥梅"（《陪郑广文游何将军山林》之五）、"碧知湖外草，晴见海东云"（《晴》二首之一）、"红入桃花嫩，青归柳叶新"（《奉酬李都督表丈早春作》）、"脆添生菜美，阴益食单凉"那样的句式更是不一见。

其实，杜甫造语语法类型的丰富、词性运用的灵活，及其好用双声、叠韵词的习惯，只要看他的两个相似的对句就足见一斑："江山有巴蜀，栋宇自齐梁"（《上兜率寺》）与"江山城宛转，栋宇客徘徊"（《上白帝城二首》其二）。相形之下，王维五律更显"无意"，然而此"无意"中自有"有意"在。就其"无意"一面而言，王维五律的句式实际上就是汉语最为普遍的句式，自汉魏五言诗兴起特别是齐梁新体以来诗人们最惯常使用的句式（汉魏古体多两句一意），用在五律一体中，之前则有陈、杜、沈、宋，并非王维独创。其整体章法亦是如此，起承转合直顺而下也是初唐律诗中最普遍采用的章法格式。更重要的是，其作品整体予人一种淡远无心之感，不见刻露之迹；而就其"有意"一面而言，结构谨严，用语精雅，音调协和，对仗工切，像《辋川闲居赠裴秀才迪》和《归辋川作》这样的作品可算是其五律中与李白、孟浩然一路风貌最接近的了，但细考其声律，却分毫不爽，自是右丞家数。（当然，王维五律也有"半拗体"，如著名的《终南别业》）而像"赪坼将赤岸，击汰复扬舲"（《送邢桂州》）则是别寓匠心的化用楚辞的当句对。

应该说，王维"无意"与杜甫"有意"之间的差异源于深层次地对外在世界观照方式的差异。相比于杜甫全身心地拥抱世界，以诗为"吾家事"和"千古事"，王维"动息自遗身"（《戏赠张五弟諲三首》其三），"不舍幻，而过于色空有无之际"[1]，其诗云："山河天眼里，世界法身中"（《夏日过青龙寺谒操禅师》），以此观世间诸法，"无可无不可"，常常是"此夜任孤棹，夷犹殊未还"（《泛前陂》）、"但去莫复问，白云无尽时"（《送别》）。作为"物""色相"之一种的诗自然也是"无可无不可"，自然也是可以由其本来之面目，"人籁悉归天籁"[2]，所以王维诗歌显现出来的无心之境和其不执着、不用力的形式就是他无欲无求、任运自然的主体意识外向释放折射的结果。

然而，王维的"有意"与杜甫又有几分相似，方回《瀛奎律髓》评黄庭坚诗《戏题巫山县用杜子美韵》中一句"直知难共语，不是故相违"是"老杜句法"[3]，其实考之王诗，如"遥知远林际，不见此檐间"（《登裴秀才迪小台作》）、"暮禽如有意，流水相与还"（《归嵩山作》），特别是"畅以沙际鹤，兼之云外山"（《泛前陂》）这样用虚字斡旋的流水对也并不鲜见。并且，相比于李白对孟浩然的推崇，杜甫似乎更欣赏王维。他在《解闷》中写道："不见高人王右丞，蓝田邱壑蔓寒藤。最传秀句寰区满，未绝风流相国能"，景仰之情如在目

---

① 《荐福寺光师房花药诗序》。王维撰，赵殿成笺注《王右丞集笺注》，上海古籍出版社1998年版，第358页。

② 刘熙载著，王气中笺注《艺概笺注》，贵州人民出版社1980年版，第357页。

③ 方回选评，李庆甲集评校点《瀛奎律髓汇评》，上海古籍出版社2005年版，第1546页。

前。其实王维、杜甫的五律总体上讲还是承袭初唐密丽一路的，只是后来王维加之以淡远，杜甫益之以疏放，然格局章法在某些方面却如出一脉。

因而，王维五律的意义就在于用这样一种既自然随顺又精致工整的形式创造出五律新的范式，把"格调整齐，时有近拙近板处"的"初唐体制"变化成许多诗论家眼中的盛唐诸体之最。清人姚鼐说："盛唐人诗，固无体不妙，而尤以五言律为最。此体中，又当以王、孟为最，以禅家妙悟论诗者正在此耳。"① 此说当然是姚鼐自己的一家之言，但王维五律为盛唐典范确为的论。

二、标举一个美学至境

王维不仅创造了一种新的五律范式，在美学上，也为这种当时并不完全成熟的诗体"量体裁衣"似地创造了一种为后世所相当推崇的美学境界。

王维五律"清淡"诗风的来源一般认为是陶渊明的五古，这没有什么问题，但有两点需要说明。首先，得陶诗神韵的不只有王维，沈德潜论唐人学陶云："王右丞得其清腴，孟山人得其闲远，储太祝得其真朴，韦苏州得其冲和，柳柳州得其峻洁"②，但王维诗风有其独特性和不可替代性。王维五律清淡之中有丽质，故而显得"清腴"。这种清丽主要来源于谢灵运。谢诗"吐语天拔，出于自然"（萧纲《与湘东王论文书》），"如初发芙蓉"③。王维五律与谢灵运诗都有一个特点，就是精致细腻而又自然清新。王世贞评谢灵运诗"至秾丽之极而反若平淡，琢磨之极而更似天然，则非馀子所可及也"④；无独有偶，章学诚在《王右丞集书后》说："摩诘萧远静谧，淡然尘外，诗文绚烂归入平淡"⑤，这不相连属的两个评价却道出谢、王二人审美取向和艺术境界的相似。沈德潜还曾将谢诗与陶诗作过比较："陶诗合下自然，不可及处，在真在厚。谢诗经营

---

① 姚鼐《今体诗钞·序目》，《四部备要》本。

② 沈德潜《唐诗别裁集·凡例》，中华书局 1975 年版，第 3 页。

③ 《南史·颜延之传》记鲍照评语。李延寿《南史》卷三十四，中华书局 1975 年版，第 881 页。

④ 《书谢灵运集后》，王世贞《读书后》卷三，清乾隆顾氏校刊本。

⑤ 章学诚《校雠通义·外篇》，《四部备要》本。

而反于自然，不可及处，在新在俊。陶诗胜人在不排，谢诗胜人正在排。"① 总的来说，王维五律"自然"的胜境既是得陶诗之"自在"（陈师道在《后山诗话》中说，王维学陶诗"得其自在"②），又是得谢诗之"精工"，在"排"与"不排"之间。就风貌讲，有的诗显得简古一点，有的诗显得清丽一点，但简古者不似陶潜直用家常语，清丽者也较少谢客之精琢与富艳，如谢诗"白云抱幽石，绿篠媚清涟"（《过始宁墅》）、"林壑敛暝色，云霞收夕霏"（《石壁精舍还湖中作》）、"春晚绿野秀，岩高白云屯"（《入彭蠡湖口》）、"密林含馀清，远峰隐半规"（《游南亭》）工于炼字炼句的情况在王诗中比较少，像陶令"众鸟欣有托，吾亦爱吾庐"（《读〈山海经〉其一》）、"狗吠深巷中，鸡鸣桑树颠"（《归园田居》其一）、"孰是都不营，而以求自安"（《庚戌岁九月中于西田获早稻》）之纯任自然不事雕琢的诗句也不多见。王维脱略了汉魏的浑朴，也洗汰了宋齐的华靡，他的五律有自己专属的美感③。

其次，不同诗体有着相对较为固定的审美属性，律诗总的来说是比较精致的一种诗歌体裁，王维五律中一些作品特别是一些应制诗是写得十分精致高雅的，如"径转回银烛，林开散玉珂"（《从岐王过杨氏别业应教》）、"座客香貂满，宫娃绮幔张"（《从岐王夜宴卫家山池应教》）、"柳暗百花明，春深五凤城"（《早朝》）、"九门寒漏彻，万井曙钟多。月迥藏珠斗，云消出绛河"（《同崔员外秋宵寓直》）等诗句处处体现盛唐都城贵族文化的审美趣味和初唐以来五律诗体的美学规范。即使是晚年所作的淡泊清远的作品也仍可以见出秀雅的特点，同时代人殷璠在其所辑的《河岳英灵集》序中就说："维诗词秀调雅，意新理惬。在泉为珠，着壁成绘，一句一字，皆出常境。"④ 王维五律美学建构的意义之一就是把本属于陶渊明、谢灵运在五言古诗中的审美意味部分地移植到一种新的有自身审美规范性的诗体之中，并经过一番微妙的"化学反应"，融

---

① 沈德潜《说诗晬语》，王夫之等撰《清诗话》，上海古籍出版社1999年版，第532页。

② 陈师道《后山诗话》，何文焕辑《历代诗话》，中华书局2004年版，第313页。

③ 参看王志清《纵横论王维》第四章"王维的山水诗论（上）"，齐鲁书社2008年版，第143—198页。

④ 殷璠《河岳英灵集》，影印《四库丛刊》本，第21页。

合时代的赐予与自身的感悟，创造出一种新的既源于古人又属于自我的美学境界。这需要精心地培植，在短短的四联四十个字的体格中安排结构、选择意象、熔铸语词，而更重要的则是诗人在这种美中赋予了自身本质力量的一种对象化的表达。不同于陶潜的平淡简古和谢灵运的富艳华妙，也不同于孟浩然的疏野、储光羲的真朴、韦应物的冲和、柳宗元的峻洁，王维诗空灵淡泊，风华洁丽，富于禅趣且充满生命节律活泼的静美，这种境界既是不可复现的盛唐高标的展现，如"羚羊挂角，无迹可求"①，"不着一字，尽得风流"，也是后来人所心摩力追的"神韵"。换句话说，在后世"神韵"论者看来，在诸多"清淡派"诗作之中，王维诗才是真正的无可争议的典范。

后世的"神韵"论的集大成人物当属清代的王士禛。他晚年编选的《唐贤三昧集》标志着"神韵说"理论的成熟。全书选录唐代44位诗人的415首诗，其中王维一人的作品就入选有112首，占到全集数目的四分之一还多；而入选作品数量排第二的孟浩然只有48首被选入，可见王维在"宗唐盟主""神韵宗主"王士禛心目中的"唐音正宗""神韵正宗"的绝对地位。王士禛曾经对王、孟做过比较："王是佛语，孟是菩萨语"②，又对山水诗派诸人加以评价："尝戏论唐人诗，王维佛语，孟浩然菩萨语，刘眘虚、韦应物祖师语，柳宗元声闻辟支语。"③其实不只是王士禛，很多明清诗论家都有类似的看法。王世贞《艺苑卮言》里说："摩诘才胜孟襄阳，由工入微，不犯痕迹，所以为佳。"④王夫之《姜斋诗话》中说孟浩然诗"轻飘短味，不得与高、岑、王、储齿"⑤；钟惺《唐

---

① 严羽《沧浪诗话》，中华书局1985年版，第6页。

② 王士禛《师友诗传续录》，王夫之等撰《清诗话》，上海古籍出版社1999年版，第151页。

③ 王士禛《居易录》卷五，台湾：商务印书馆1986年影印文渊阁《四库全书》本。

④ 王世贞《艺苑卮言》卷四，丁福保辑《历代诗话续编》，中华书局2006年版，第1006页。

⑤ 王夫之《薑斋诗话》卷下，王夫之等撰《清诗话》，上海古籍出版社1999年版，第13页。

诗归》说:"王、孟并称,毕竟王妙于孟,王能兼孟,孟不能兼王也"①;贺贻孙《诗筏》②说:"诗中有画,不独摩诘也。浩然情景悠然,尤能写生,其便娟之姿,逸宕之气,似欲超王而上,然终不能出王范围内者,王厚于孟故也";施补华《岘佣说诗》在论及王、孟之异时则说:"摩诘五言古,雅淡之中,别饶华气,故其人清贵;盖山泽间仪态,非山泽间性情也。若孟公则真山泽之癯矣",又说:"孟浩然、王昌龄、常建五言清逸,风格均与摩诘相近,而篇幅较窄。学问为之,才力为之也。"③这些言论有些看似只是比较王维与其他山水诗人的学问、才力之深浅大小,但实际上是对他们同类型风格的诗作所展现的审美境界的高下的判断。

关于这一点,我们只需要比较一下王、孟诗即可。作为不平于"不才明主弃,多病故人疏"(《岁暮归南山》)而戚戚于"遑遑三十载,书剑两无成"(《自洛之越》)的孟浩然,他笔下的山水有时是孤寂的世界("欲取鸣琴弹,恨无知音赏"《夏日南亭怀辛大》),有时是逃避世俗的所在或故作清高的表达("坐听闲猿鸣,弥清尘外心"《武陵泛舟》),有时甚至是充满喧扰的氛围("东旭早光芒,渚禽已惊聒"《早发渔浦潭》),似乎达不到王维那种物我双泯、俯仰自得的"与世尊拈花,迦叶微笑,等无差别"④的境界。再如王维《登河北城楼作》诗云"寂寥天地暮,心与广川闲",《青溪》诗云"我心素已闲,清川澹如此","如清川之淡,才有可能澈照本心真性,如广川之阔,也才有可能映纳乾坤万有",而"如孟浩然《万山潭作》'垂钓坐磐石,水清心亦闲',是心闲有待于水清……与王维相比,心境高下自见"。⑤

其实不只是孟浩然,当谢灵运在诗中哀叹"连岩觉路塞,密竹使径迷"

---

① 钟惺、谭元春选评,张国光等点校《诗归》,湖北人民出版社 1985 年版,第 152 页。

② 贺贻孙《诗筏》,郭绍虞编选,富寿荪校点《清诗话续编》,上海古籍出版社 1983 年版,第 171 页。

③ 施补华《岘佣说诗》,王夫之等撰《清诗话》,上海古籍出版社 1999 年版,第 980—981 页。

④ 王士禛《带经堂诗话》卷三引《蚕尾续文》,同治广州藏修堂重刊本。

⑤ 许总《唐诗史》,江苏教育出版社 1994 年版,第 531 页。

（《登石门最高顶》）、"涧委水屡迷，林迥岩逾密"（《登永嘉绿嶂山》）的时候，山水已然成为一种对立化的存在；而拥抱生活的杜甫大多是在老妻、稚子的身旁唱着"澄江平少岸，幽树晚多花。细雨鱼儿出，微风燕子斜"（《水槛遣心二首》其一），看着"野船明细火，宿雁聚圆沙。云掩初弦月，香传小树花"想到的是"邻人有美酒，稚子夜能赊"（《遣意二首》其二），即使偶尔"野望"感受到"水流心不竞，云在意俱迟"，但浮上心头的仍然是"江东犹苦战"（《江亭》），而真地跑到"天寒日暮山谷里"的时候又在大呼着"有弟有弟在远方""有妹有妹在钟离"（《乾元中寓居同谷县作歌七首》）。和王维完全不一样，人伦世界才是杜甫永恒的精神家园。同样地，说着"久为簪组累，幸此南夷谪"（《溪居》）的反语，描绘着"黄叶覆溪桥，荒村唯古木。寒花疏寂历，幽泉微断续"（《秋晓行南谷经荒村》）凄寒场景的柳宗元和注目耽心于"归吏封宵钥，行蛇入古桐"（《题长江厅》）、"砚中枯叶落，枕上断云闲"（《僻居无可上人相访》）般幽僻琐细景物、抒写幽冷寒寂情怀的贾岛，离王维自在、活泼的境界更是不可以道里计。就是同样为后人所极度推崇的陶渊明所展现出来的审美境界和人格境界也和王维的不一样。陶渊明得道于老庄，向往自然本性，诗风平淡简古；王维则倾心于佛禅，观照般若真如，诗风空灵高妙。

王维诗就是这样创造出一种前所未有后亦罕闻的美学的至境，在与外在景象不期而遇中完成对自身内在生命的观照，物我两适，一片化机。他的那些山水诗中没有使人"终晓不能静"的"悲戚"（陶渊明《杂诗十二首》其二），也无需"纵浪大化中，不喜亦不惧。应尽便须尽，无复独多虑"（陶渊明《形影神》）的体认，但任花开花落，生生不息，偶见飞鸟相逐着没入夕岚，又见一片孤云冉冉升起，怡然自得，任"松风吹解带"，倩"山月照弹琴"，在对自然外物的直观中体悟生命永恒的快乐。但是，这种境界是就王维总的五言诗创作而言的，不单指五律。而且，五律因为有一些格式的限制，或许也并不是展示"神韵"的最佳范式。王士祯阐述他的诗学理念的时候，经常点名例举的是五绝："严沧浪以禅喻诗，余深契其说；而五言尤为近之。如王、裴《辋川绝句》，字字入禅"；"唐人五言绝句，往往入禅，有得意忘言之妙，与净名默然，达磨得髓，同一关捩"①。但我们也要看到，实际上王维却能使五律也达到同样的审美境界，这正是他对五律诗体美学建构的重要贡献所在。前引姚鼐的话曾指出五律和禅悟的关系："盛唐人诗，固无体不妙，而尤以五言律为最。此体中，又当以王、孟为最，以禅家妙悟论诗者正在此耳。"（《今体诗钞·序目》），王士禛在另外一个场合也曾举王维五律的句子"雨中山果落，灯下草虫鸣""明月松间照，清泉石上流"和其他诗人的一些诗说明何者为"妙谛微言"。渔洋山人自己的五律如《将至桐城》诗云："溪路行将尽，初过北峡关。几行红叶树，无数夕阳山。乡信凭黄耳，归心放白鹇。龙眠图画里，安得一追攀"，于王维五律之神韵，亦庶几近之。王士禛就用他的理论阐述和创作实践告诉我们，王维的五律同样是"神韵"的最佳载体。

因此，王维在他的五律中展现出高华境地和澄夐趣味，就不仅具有泛泛的美学价值，而且是中国古代五律创作史和诗体建构史上的一个重要的里程碑，是对五律这一诗体进行一次新的美学规范。

三、形成一脉创作影响

前面讲了王维五律独构一种诗体典范，标举一个美学至境，这两个方面对后世都有深远影响。从写作模式上看，文学史上存在有一脉与王维五律承祧关系明显的诗人或诗人群体。略举大概，则有大历诸子、"贾姚""九僧""四灵"等。这些诗人在体裁选择上有一个共同特点，就是多采用五律进行创作。姚合编《极玄集》，以王维为开篇，所选绝大多数为五言律诗。此书被晚唐山林隐逸诗人奉为写作范本，从中可见这派诗人的诗体偏好。而且，他们的写作题材和模式也与王维近似。我们就一些比较突出的相近之处简单谈一谈。

这一派诗人的五律一般是开篇点题，末联收合题意，而于中间两联格外着力。我们前面说过，王维五律确实有这样的特点，一诗之中最精彩的句子往往是颔联、颈联，虽然王诗自然天成，不可凑泊，但其诗往往给人这样的印象，就是中间两联特别出彩。后世学王维者不得其为人，徒袭其面貌，于是乎创作

---

① 王士禛《带经堂诗话》卷三，同治广州藏修堂重刊本。

时专工中间四句，锻炼磨莹，有时不问是否需要，一味写景，不求意蕴，只尚白描，讳忌用典，甚至不必切题。刘长卿、钱起、郎士元等大历诗人作五言律诗时便有精心锤炼中间两联对仗的倾向，但整首诗尚可意思完足。如刘之《饯别王十一南游》《秋日登吴公台上寺远眺》《寻南溪常山道人隐居》起结严整，中间的联句"飞鸟没何处，青山空向人。长江一帆远，落日五湖春""野寺来人少，云峰隔水深。夕阳依旧垒，寒磬满空林""白云依静渚，芳草闭闲门。过雨看松色，随山到水源"等皆雅致有余味，与全篇意脉相连，意境统一。他如郎士元《送杨中丞和蕃》《送李将军赴定州》《夜泊湘江》、钱起《谷口书斋寄杨补阙》等诗亦是如此。到了贾岛，中两联与全诗就有点脱节的倾向了，清人贺裳指出："贾专写景，意务雕搜"①。而且如果不考虑诗律的话，两联位置几可互换。像《泥阳馆》中两联"废馆秋萤出，空城寒雨来。夕阳飘白露，树影扫青苔"、《访李甘原居》中两联"石缝衔枯草，查根上净苔。翠微泉夜落，紫阁鸟时来"就予人此种感觉。到了九僧、四灵，此法尤甚。许印芳评九僧诗时就说："其诗专工写景，又专工磨炼中四句，于起结不大留意，纯是晚唐习径……此等诗病皆起于晚唐小家，而'九僧'承之，'四灵'又承之。读其诗者，炼句之工犹可取法。至其先炼腹联后装头尾之恶习，不可效尤也。"②正因为头尾是"后装"的，往往只是平平地敷衍题意，凑合完篇，显得有点潦草。如徐玑《晨起》起云"晨起风吹面，朝晴野雾收"、《初夏》起云"一雨临初夏，惊雷昨夜新"、《春日晚望》起云"楼上看春晚，烟分远近村"、《孤坐》起云"晨起独孤坐，瓶泉待煮茶"、赵师秀《赠孔道士》起云"生来还姓孔，何不戴儒冠"、《送沈庄可》末云"西江波浪急，送子一愁予"、《岩居僧》末云"吾亦逃名者，何因似此僧"、徐照《题衢州石壁寺》末云"自嫌昏黑至，难认壁间题"，起句平平，结句草草，如果只读一两首尚可，多看几首真不堪卒读也。

① 贺裳《载酒园诗话》，郭绍虞编选，富寿荪校点《清诗话续编》，上海古籍出版社1983年版，第263页。

② 方回选评，李庆甲集评校点《瀛奎律髓汇评》，上海古籍出版社2005年版，第1715页。

至于说用语习惯，这派诗人与王维也颇为接近，诗中很少杜甫式的将一副词或形容词置于句首或使用双声叠韵作对仗的构句。就看我们上面举的贾岛的句子："废馆秋萤出，空城寒雨来。夕阳飘白露，树影扫青苔""石缝衔枯草，查根上净苔。翠微泉夜落，紫阁鸟时来"，意象选择、语法结构、音节划分都基本一样，是较为典型的王维式对句。参之他诗，如行肇"茗味沙泉合，炉香竹霭和"（《郊居吟》）、希昼"茶烟逢石断，棋响入花深"（《寄题武当郡守吏隐亭》）、简长"煮茗沙泉白，调琴竹阁虚"（《感王太守见访》）、惟凤"棋幌寒日短，琴帏夜灯幽"（《留题河中柴给事望云亭》）、文兆"草堂僧语息，云阁磬声沉"（《宿西山精舍》）、徐照"众船寒渡集，高寺远山齐。残磬吹风断，眠禽压竹低"（《题衢州石壁寺》）、徐玑"寒烟添竹色，疏雪乱梅花"（《孤坐》）、"寒水终朝碧，霜天向晚红。蔬餐如野寺，茅舍近溪翁"（《冬日书怀》）、翁卷"轻烟分近郭，积雪盖遥山"（《冬日登富览亭》）、赵师秀"石坛遗鹤羽，粉壁剥龙形"（《桐柏观》）、"池静微泉响，天寒落日红"（《壕上》），亦复如此。

而与王诗有所不同的是，这些诗人在"炼字""炼意"上更见刻露之痕（这其中可能有受杜甫创作态度和方法影响的因素）。大历诗人用语仍较为平易，自贾岛为了一联"独行潭底影，数息树边身"就"二句三年得，一吟双泪流"[1]，不断"推敲"，"苦吟"之风就蔓延不息。贾诗"地侵山影扫，叶带露痕书"（《送唐环归敷水庄》）、"流星透疏木，走月逆行云"（《宿山寺》）、"过桥分野色，移石动云根"（《题李凝幽居》）、"萧关分碛路，嘶马背寒鸿。朔色晴天北，河源落日东"（《送李骑曹》），行肇"香连潭影直，磬度雪声遥"（《送文兆归庐山》）、"楚雪黏瓶冻，江沙溅衲昏"（《送行禅师》）、"茶鼎敲冰煮，花壶漉水添"（《赠浩律师》）、惠崇"独鹤窥朝讲，邻僧听夜琴。注瓶沙井远，鸣磬雪房深"（《赠文兆》）、宇昭"云外僧看落，山西鸟过明"（《夕阳》）、"草入松根井，磬通花外邻"（《喜惟凤师关中回》）、保暹"虫迹穿幽穴，苔痕接断棱"（《秋径》）、"草际沉萤影，杉西露月光"（《宿宇昭禅房》）、宇昭"月依寒木尽，蛩背冷灯鸣"（《宿丁学士宅朱严希昼不至》）、"馀花留暮蝶，幽草恋残阳"（《幽居即事》）、怀古"乱蛩鸣古堑，残日照荒台"（《原居早秋》）、希昼"春生

---

① 见魏泰《临汉隐居诗话》，何文焕辑《历代诗话》，中华书局 2004 年版，第 326 页。

桂岭外，人在海门西。残日依山尽，长天向水低"（《怀广南转运陈学士状元》），字斟句酌，并且特别喜欢在用做谓语的动词上下功夫。王维五律中两联不大用典，显得清新自然，尾联则多用典，显得高华蕴藉，而无论用与不用，都非刻意求之。但晚唐以来学贾岛一派者，"学乎其中，日趋于下"，写诗"忌用事，谓之'点鬼簿'，惟搜眼前景而深刻思之"①，大异王诗自然之趣。

然而尽管这些诗人的五律创作与王维有些差异的地方，其下者甚至只是徒有面貌，不见精神，但作法仍归属于王维一派则是无可置疑的。

而从美学上看，王维五律也开出所谓的"清淡"一派。我们先把所谓的"清淡"一派理一下，在五律创作中体现清淡风格的，除了之前我们说的大历诗人、"贾姚"一派、"九僧""四灵"，较为著名的诗人或诗派似乎还可加上宋代的梅尧臣、明末的竟陵派、清代的神韵诗派和浙派（当然，这其中也有一些诗人诗派更长于五古）。"清淡"风格一派的缘起，前人往往归之于张九龄。胡应麟在《诗薮》中说："张子寿首创清淡之派。盛唐继起，孟浩然、王维、储光羲、常建、韦应物，本曲江之清淡，而益之以风神者也"②，在谈到唐代五律时又说："曲江之清远，浩然之简淡，苏州之闲婉，浪仙之幽奇，虽初、盛、中、晚，调迥不同，然皆五言独造。"③ 确实，"张九龄的写景诗虽然大多风格典重密实，却又别具一种清高脱俗的气质，在襟怀与气格的融汇之中往往形成既孤清又远旷的艺术境界"④，不过我们也看到，所谓的清淡诗派的形成有一个思想背景，就是不同时代的诗人群体表现出对佛禅的共同信仰，自唐以后，清淡的诗风与禅悦的境界就不无关系，诗歌中渗透禅意的清静境界是许多诗人跻身清淡诗派的重要风格特征。谈到对佛禅的倾心，王维自不必说，大历诸子与佛禅亦颇为接近。李端说司空曙"素有栖禅意"（《忆故山赠司空曙》），感悟着"溪花与禅意，相对亦忘言"（《寻南溪常道士》）的刘长卿则是"仍空世谛法，远结天台缘"（《夜宴洛阳程九主簿宅，送杨三山人往天台寻智》），卢纶也曾表

---

① 杨慎《升庵诗话》，丁福保辑《历代诗话续编》，中华书局 2006 年版，第 851 页。

② 胡应麟《诗薮》内编卷四，中华书局 1958 年版，第 34 页。

③ 胡应麟《诗薮》内编卷四，中华书局 1958 年版，第 57 页。

④ 许总《唐诗史》，江苏教育出版社 1994 年版，第 400 页。

示:"唯当学禅寂,终老与之俱。"(《同畅当咏蒲团》)贾岛曾经出家为僧,"衲气终身不除"①,其与佛禅关系的密切程度,恐怕只有唐代的皎然、贯休、齐己等诗僧和宋初"九僧"能比。而在"四灵"那儿,从徐照《山中》诗语"野蔬僧饭洁,山葛道衣轻"和赵师秀《龟峰寺》诗语"萤冷粘棕上,僧闲坐井边"中也可看出其与王维、贾岛诗不仅题材接近,思想基础也相似。其后的钟、谭、厉鄂亦复如此。因而从这个意义上说,唐以后清淡一派的实际"盟主"是最早将诗境与禅境合二为一的王维。

但是,实际上对中晚唐以后"清淡诗派"有直接影响的是贾岛。随着"盛唐时代的一去不复,随着封建社会后期的危机加重,精神面貌和审美情趣都发生了较大变化。王维诗歌的雍容和缓之态,对于灰暗压抑命运中彷徨无奈的文人寒士来说近乎遥不可及的缥缈云山",于是清淡诗风日渐衰颓,"贾岛的'变格入僻'(王定保《唐摭言》),既有对王维所确立的艺术范式的承绪,又创造出苦思奇僻的新范式"。不过,贾岛毕竟还是与"清深闲淡"的"王、孟、韦、柳"一脉相承,"以此观之,王维诗歌虽未在后世形成宗派,但其诗歌艺术已经成为一个潜在的艺术背景,以一种特殊的方式渗透到后世的诗歌创作中去,因而在后世的发挥着巨大而持久的深刻影响,贾岛及其追随者们的诗歌创作就是这一影响力的一种较为突出的体现。"②并且,我们可以看到,尽管王维的后继者们面目各有不同,大历诗风"气骨顿衰",贾岛诗幽僻琐细,"九僧""四灵"边幅窘狭,钟、谭诗追求"清厚",厉鄂诗情调孤峭,但到了中国诗学的集大成时期,重要的诗学流派"神韵派"最为推崇的还是王维诗空灵蕴藉、兴象玲珑的境界。

实际上,每一个诗人诗作在文学史上影响力的大小有着多方面的的原因。由于近古以来中国政治和经济模式以及社会结构的潜在演化,文人的心态、生存方式和审美情趣发生了极大的变异,像陶渊明、杜甫、苏轼他们在宋代及宋

①　陆时雍《诗镜总论》,丁福保辑《历代诗话续编》,中华书局 2006 年版,第 1421页。

②　袁晓薇《从王维到贾岛:元和后期诗学旨趣的转变和清淡诗风的发展》,《中国韵文学刊》2007 年第 2 期。

代以后成为文人们共同的精神偶像并不是偶然的。而与杜甫并称的大诗人李白则不仅在宋代不被待见，在宋代以后同样也不大为文人们所服膺仿效。明清两代真正得李白之精神者恐怕只有高启一人，但高启用他的经历证明了不只李白的诗风，连同李白的精神的不可复制性。

而在唐代的大诗人中，王维有他的特殊性。由于他曾接受伪职，在宋代士人群体中自然不会得到普遍的赞誉，但王维有他自身的特点。一方面，优游山林，与现实世界若即若离、不即不离的人生态度成为了他之后许多文人选择的姿态，而且不只是末世文人。闻一多先生说，贾岛是"唐以后各时代共同的贾岛"，或许更准确地说，贾岛是每个末世和带着末世特征的时代共同的贾岛，而王维则是近世以来每个时代共同的王维，从距他不远的大历文人到清代盛世氛围下的"神韵诗派"身上，我们都可以看到王维的影子；另一方面，王维诗歌中表现出来的盛唐韵味、格调也必然成为后世对那一个再也回不去的遥远的梦的追忆和追求。沈德潜在《唐诗别裁集》中就评价王维《观猎》诗云："章法、句法、字法俱臻绝顶，盛唐诗中亦不多见"[①]，这样看来，王维不仅成为"神韵"论者的偶像，同时也是"格调"论者的偶像，这种待遇，恐怕连杜甫也未曾有过吧。似乎我们还可以这么说，代表王维诗歌最高成就之一的五律的创作不仅具有完善一种诗体单纯的价值，而是对中国近古文学史进程的构建也有着别样的意义。

其实，我们今天翻开一本明清人的诗集，读到一首五律，我们会说这首是王维式的，那首是杜甫式的；这首是王维式的但带点杜甫的味道，那首是杜甫式的但带点王维的味道。如果是这样的话，王维五律的文学史意义也就"尽在不言中"了。

（原载《古典文学知识》2015 年第 2 期，发表时有删节）

---

① 沈德潜《唐诗别裁集》，中华书局 1975 年版，第 141 页。

参考文献

1. 毛公传，郑玄笺，孔颖达等正义，黄侃经文句读《毛诗正义》，上海古籍出版社 1990 年版。

2. 李延寿《北史》，中华书局 1974 年版。

3. 李延寿《南史》，中华书局 1975 年版。

4. 刘昫等撰《旧唐书》，中华书局 1975 年版。

5. 欧阳修、宋祁撰《新唐书》，中华书局 1975 年版。

6. 脱脱等撰《宋史》，中华书局 1985 年版。

7. 张廷玉等撰《明史》，中华书局 2013 年版。

8. 赵尔巽等撰《清史稿》，中华书局 1977 年版。

9. 庆桂、董诰等纂修《大清高宗纯皇帝实录》，台北：华文书局 1968 年版。

10. 周敦颐撰，徐洪兴导读《周子通书》，上海古籍出版社 2000 年版。

11. 程颢、程颐著，王孝鱼点校《二程集》，中华书局 1981 年版。

12. 程颢、程颐撰，潘富恩导读《二程遗书》，上海古籍出版社 2000 年版。

13. 朱熹《晦庵先生朱文公文集》，《四部丛刊》本。

14. 黎靖德编，王星贤点校《朱子语类》，中华书局 1994 年版。

15. 彭定求等编《全唐诗》，中华书局 1960 年版。

16. 北京大学古文献研究所编《全宋诗》，北京大学出版社 1999 年版。

17.《清代诗文集汇编》编纂委员会编《清代诗文集汇编》，上海古籍出版社 2010 年版。

18. 何文焕辑《历代诗话》，中华书局 1981 年版。

19. 丁福保辑《历代诗话续编》，中华书局 1983 年版。

20. 张伯伟《全唐五代诗格汇考》，凤凰出版社 2002 年版。

21. 吴文治主编《宋诗话全编》，江苏古籍出版社 1998 年版。

22. 郭绍虞辑《宋诗话辑佚》，中华书局 1980 年版。

23. 郭绍虞主编《苕溪渔隐丛话前集》，人民文学出版社 1962 年版。

24. 郭绍虞主编《苕溪渔隐丛话后集》，人民文学出版社 1962 年版。

25. 张健《元代诗法校考》，北京大学出版社 2001 年版。

26. 王夫之等撰《清诗话》，上海古籍出版社 1978 年版。

27. 郭绍虞编《清诗话续编》，上海古籍出版社 1983 年版。

28. 张寅彭编《清诗话三编》，上海古籍出版社 2015 年版。

29. 张寅彭编《民国诗话丛编》，上海书店出版社 2002 年版。

30. 刘勰著，范文澜注《文心雕龙注》，人民文学出版社 1958 年版。

31. 钟嵘著，曹旭集注《诗品集注》，上海古籍出版社 1994 年版。

32. 殷璠《河岳英灵集》，《四库丛刊》本。

33. 高仲武《中兴间气集》，上海涵芬楼影印《四库丛刊》本。

34. 释皎然《诗式》，中华书局 1985 年版。

35. 司空图《司空表圣文集》，上海古籍出版社 1994 年版。

36. 魏庆之《诗人玉屑》，商务印书馆 1938 年版。

37. 罗大经《鹤林玉露》，中华书局 1983 年版。

38. 严羽《沧浪诗话》，中华书局 1985 年版。

39. 高棅《唐诗品汇》，上海古籍出版社 2012 年版。

40. 李梦阳《李空同全集》，《四库全书》本。

41. 杨慎《升庵全集》，商务印书馆 1937 年版。

42. 胡应麟《诗薮》，中华书局 1958 年版。

43. 许学夷著，杜维沫校点《诗源辩体》，人民文学出版社 2001 年版。

44. 王嗣奭《杜臆》，上海古籍出版社 1983 年版。

45. 胡震亨《唐音癸签》，上海古籍出版社 1981 年版。

46. 钟惺、谭元春选评，张国光等点校《诗归》，湖北人民出版社 1985 年版。

47. 钱谦益著，钱曾笺注，钱仲联标校《牧斋初学集》，上海古籍出版社 2009 年版。

48. 钱谦益《牧斋有学集》,《四部丛刊》本。

49. 冯班著,何焯评《钝吟杂录》,中华书局 1985 年版。

50. 上海文献丛书编委会编《陈子龙文集》,华东师范大学出版社 1988 年版。

51. 黄宗羲原著,全祖望补修,陈金生、梁运华点校《宋元学案》,中华书局 1986 年版。

52. 黄宗羲《南雷集》,《四库丛刊》本。

53. 顾炎武撰,华忱之点校《顾亭林诗文集》,中华书局 1983 年版。

54. 黄生撰,徐定祥点校《杜诗说》,黄山书社 2014 年版。

55. 毛奇龄《西河文集》,商务印书馆 1937 年版。

56. 吕留良《吕晚村文集》,台湾:商务印书馆 1974 年版。

57. 朱彝尊《曝书亭集》,世界书局 1937 年版。

58. 邵长蘅《青门簏稿》,《常州先哲遗书》本。

59. 王士禛《带经堂诗话》,同治广州藏修堂重刊本。

60. 王士禛《香祖笔记》,商务印书馆 1934 年版。

61. 王士禛《居易录》,台湾:商务印书馆 1986 年影印文渊阁《四库全书》本。

62. 王士禛《蚕尾集》卷七,清雍正刻本。

63. 吴之振、吕留良、吴自牧选,管庭芬、蒋光煦补《宋诗钞》,中华书局 1986 年版。

64. 吴之振《黄叶山庄诗集》,清光绪刻本。

65. 沈德潜《归愚诗钞》,清乾隆十六年(1751 年)刊本。

66. 沈德潜《说诗晬语》,上海古籍出版社 1978 年版。

67. 沈德潜《古诗源》,中华书局 1963 年版。

68. 沈德潜《唐诗别裁集》,中华书局 1975 年版。

69. 沈德潜、周准编《明诗别裁集》,上海古籍出版社 1979 年版。

70. 沈德潜《清诗别裁集》,上海古籍出版社 2013 年版。

71. 厉鹗著,董兆熊注,陈九思标校《樊榭山房集》,上海古籍出版社 2012 年版。

72. 全祖望《鲒埼亭集》,《四部丛刊》本。

73. 袁枚著,王英志批注《随园诗话》,凤凰出版社 2009 年版。

74. 袁枚《小仓山房诗文集》,上海古籍出版社 1988 年版。

75. 翁方纲《翁氏家事略记》,清道光吉林英和刻本。

76. 翁方纲《复初斋文集》,文海出版社 1966 年版。

77. 翁方纲《苏斋笔记》,朝鲜古典行会日本昭和八年(1933 年)影印本。

78. 翁方纲《石洲诗话》,人民文学出版社 1981 年版。

79. 翁方纲《唐五律偶钞》,清乾隆刻本。

80. 翁方纲《七言律诗钞》,清乾隆刻本。

81. 翁方纲《复初斋王渔洋诗评》,民国庚申江阴缪氏刊本。

82. 江藩《国朝汉学师承记》,上海书店 1983 年版。

83. 方东树《昭昧詹言》,广文书局 1962 年版。

84. 程恩泽《程侍郎遗集》,道光二十五年(1845 年)刻本。

85. 何绍基著,龙震球、何书置校点《何绍基诗文集》,岳麓书社 1992 年版。

86. 郑珍《巢经巢诗钞全集》,遵义黎氏光绪二十三年(1897 年)刊本。

87. 莫友芝《郘亭遗集》,清光绪元年(1875 年)刻本。

88. 莫友芝《郘亭诗钞》,清同治刻本。

89. 刘熙载《艺概》,上海古籍出版社 1978 年版。

90. 皮锡瑞著,周予同注释《经学历史》,中华书局 1959 年版。

91. 黄遵宪《黄遵宪集》,天津人民出版社 2003 年版。

92. 陈三立著,李开军校点《散原精舍诗文集》(增订本),上海古籍出版社 2014 年版。

93. 徐世昌辑《晚晴簃诗汇》,中国书店 1988 年版。

94. 陈衍《石遗室诗话》,辽宁教育出版社 1998 年版。

95. 陈衍辑《近代诗钞》第一册,商务印书馆 1923 年版。

96. 陈衍撰,陈步编《陈石遗集》,福建人民出版社 2001 年版。

97. 金天羽《天放楼诗文集》,上海古籍出版社 2007 年版。

98. 梁启超著,朱维铮校注《梁启超论清学史二种》,复旦大学出版社

1985 年版。

99. 钱基博《现代中国文学史》，岳麓书社 1986 年版。

100. 钱穆《中国近三百年学术史》，台湾：商务印书馆 1980 年版，中华书局 1984 年影印本。

101. 闻一多撰，傅璇琮导读《唐诗杂论》，上海古籍出版社 1998 年版。

102. 钱仲联主编《中国近代文学大系·诗词集一》，上海书店 1991 年版。

103. 陈寅恪《金明馆丛稿》二编，上海古籍出版社 1980 年版。

104. 钱锺书《谈艺录》，中华书局 1984 年版。

105. 郭绍虞《中国文学批评史》，百花文艺出版社 2008 年版。

106. 侯外庐、邱汉生、张岂之主编《宋明理学史》，人民出版社 1984 年版。

107. 张岱年、方克立主编《中国文化概论》，北京师范大学出版社 1994 年版。

108. 萧涤非《杜甫研究》，齐鲁书社 1980 年版。

109. 缪钺《诗词散论》，上海古籍出版社 1982 年版。

110. 林庚《唐诗综论》，人民文学出版社 1987 年版。

111. 沈祖棻《唐人七绝诗浅释》，上海古籍出版社 1981 年版。

112. 傅璇琮主编《唐才子传校笺》，中华书局 1987 年版。

113. 周勋初主编《唐诗大辞典·唐诗大事年表》，江苏古籍出版社 1990 年版。

114. 叶嘉莹《杜甫秋兴八首集说》，河北教育出版社 2000 年版。

115. 陈伯海主编《唐诗汇评》，上海古籍出版社 2015 年版。

116. 陈伯海主编《中国诗学史》，鹭江出版社 2002 年版。

117. 袁行霈、孟二冬、丁放《中国诗学通论》，安徽教育出版社 1994 年版。

118. 萧华荣《中国诗学思想史》，华东师范大学出版社 1996 年版。

119. 顾易生、蒋凡《先秦两汉文学批评史》，上海古籍出版社 1990 年版。

120. 王运熙、杨明《魏晋南北朝文学批评史》，上海古籍出版社 1989 年版。

121. 罗宗强《魏晋南北朝文学思想史》，中华书局 2002 年版。

122. 罗宗强《隋唐五代文学思想史》，上海古籍出版社 1986 年版。

123. 王运熙、杨明《隋唐五代文学批评史》，上海古籍出版社 1994 年版。

124. 顾易生、蒋凡、刘明今《宋金元文学批评史》，上海古籍出版社 1996 年版。

125. 袁震宇、刘明今《明代文学批评史》，上海古籍出版社 1991 年。

126. 简锦松《明代文学批评研究》，台湾：学生书局 1989 年版。

127. 邬国平、王镇远《清代文学批评史》，上海古籍出版社 1995 年版。

128. 黄霖《近代文学批评史》，上海古籍出版社 1993 年版。

129. 黄霖主编，周兴陆《中国分体文学学史（诗学卷）》，山西教育出版社 2013 年版。

130. 陈良运《中国诗学批评史》，中国社会科学出版社 1992 年版。

131. 陈良运《中国诗学体系论》，中国社会科学出版社 2003 年版。

132. 董乃斌《中国文学叙事传统研究》，中华书局 2012 年版。

133. 林继中《文化建构文学史纲（中唐—北宋）》，三秦出版社 1994 年版。

134. 周裕锴《宋代诗学通论》，巴蜀书社 1997 年版。

135. 王志清《纵横论王维》，齐鲁书社 2008 年版。

136. 张健《清代诗学研究》，北京大学出版社 1999 年版。

137. 李凯《儒家元典与中国诗学》，中国社会科学出版社 2002 年版。

138. 许总《宋诗史》，重庆出版社 1997 年版。

139. 许总《宋明理学与中国文学》，百花洲文艺出版社 1999 年版。

140. 许总《唐宋诗体派论》，江西人民出版社 2008 年版。

141. 许总《理学与中国近古诗潮》，中国戏剧出版社 2002 年出版。

142. 陈居渊《清代朴学与中国文学》，百花洲文艺出版社 2000 年版。

143. 王英志《清人诗论研究》，江苏古籍出版社 1986 年版。

144. 张高评《宋诗特色研究》，长春出版社 2002 年版。

145. 吴调公《神韵论》，人民文学出版社 1991 年版。

146. 吴建民《中国古代诗学原理》，人民文学出版社 2001 年版。

147. 齐治平《唐宋诗之争概述》，岳麓书社 1984 年版。

148. 何伟棠《永明体到近体》，广东高等教育出版社 1994 年版。

149. 周剑之《宋诗叙事性研究》，中国社会科学出版社 2013 年版。

150. [古希腊] 柏拉图著，朱光潜译《柏拉图文艺对话集》，重庆出版社

2016 年版。

151. [日] 青木正儿《中国文学思想史》，春风文艺出版社 1988 年版。

152. [美] 倪豪士编选、黄宝华等译《美国学者论唐代文学》，上海古籍出版社 1994 年版。

153. 赵昌平《从初盛唐七古的演变看唐诗发展的内在规律》，《中国社会科学》1986 年第 6 期。

154. 程千帆、张宏生《七言律诗中的政治内涵》，《文艺理论研究》1988 年第 2 期。

155. 许总《杜诗以晚期律诗为主要成就说》，《中州学刊》1988 年第 6 期。

156. 余恕诚《论唐代的叙情长篇》，《唐代文学研究》(第三辑)，《中国唐代文学学会第五届年会暨唐代文学国际学术讨论会论文集》，1992 年。

157. 蒋寅《刘长卿与唐诗范式的演变》，《文学评论》1994 年第 1 期。

158. 张智华《苏轼七言古诗的结构艺术》，《安徽师范大学学报》1995 年第 1 期。

159. 许总《论盛唐诗歌审美理想的双重构建》，《学习与探索》1995 年第 2 期。

160. 许总《论盛唐诗歌意境特征及其审美范式的形成》，《人文杂志》1996 年第 4 期。

161. 葛晓音《初盛唐七言歌行的发展——兼论歌行的形成及其与七古的分野》，《文学遗产》1997 年第 5 期。

162. 韩经太《论唐人山水诗美的演生嬗变》，《文学遗产》1998 年第 4 期。

163. 蒋寅《王渔洋与清初宋诗风之兴替》，《文学遗产》1999 年第 3 期。

164. 吴兆路《翁方纲的 "肌理" 说探析》，《兰州大学学报》1999 年第 3 期。

165. 詹杭伦《翁方纲之 "杜诗学" 综论》，《杜甫研究学刊》2002 年第 3 期。

166. 黄南珊《以理为宗，以实为式——论翁方纲的理性美学观》，《首都师范大学学报》2000 年第 4 期。

167. 陈连营《翁方纲及其经学思想》，《故宫博物院院刊》2002 第 6 期。

168. 易淑琼、徐国荣《唐大历以前诗风尚奇之审美旨趣辨析》,《中国韵文学刊》2003 年第 1 期。

169. 陈文新《中国古代四大诗学流别的纵向考察》,《文学评论》2003 年第 3 期。

170. 郭英德《光风霁月：宋型文学的审美风貌》,《求索》2003 年第 3 期。

171. 蒋寅《论清代诗学的学术史特征》,《南京师范大学文学院学报》2003 年第 4 期。

172. 魏泉《论道魏泉《论道咸年间的宗宋诗风》,《文史哲》2004 年第 2 期。

173. 王志清《美在自美：盛唐诗美观的生态本位特质》,《内蒙古社会科学》(汉文版) 2004 年第 4 期。

174. 王军伟《经学背景下的肌理说》,《山东大学学报》2004 年第 4 期。

175. 舒志武《大而能化，工而能变——论杜甫七律首尾联的特殊对仗》,《华南农业大学学报》(社会科学版) 2004 年第 4 期。

176. 胡晓明、周薇《论陈衍诗学的理性特征》,《江西社会科学》2004 年第 5 期。

177. 张淑红《博综马郑，勿畔程朱——翁方纲的学术思想及其治学特点》,《齐鲁学刊》2005 第 2 期。

178. 杨春时《关于美的本质命题的合理性问题》,《中文自学指导》2005 年第 3 期。

179. 董就雄《仇注杜诗〈秋兴八首〉四句分截数说析论》,《山西大学学报》2007 年第 1 期。

180. 葛晓音《论西晋五古的结构特征和表现方式》,《中华文史论丛》2007 年第 2 期。

181. 袁晓薇《从王维到贾岛：元和后期诗学旨趣的转变和清淡诗风的发展》,《中国韵文学刊》2007 年第 2 期。

182. 钱志熙《论绝句体的发生历史和盛唐绝句艺术》,《中国诗歌研究》2008 年第 5 辑。

183. 葛晓音《中古七言体式的转型——兼论"杂古"归入"七古"类的原

因》,《北京大学学报》(哲学社会科学版),2008 年第 2 期。

184. 葛晓音《从江鲍与沈谢看宋齐五言诗的沿革》,《学术研究》2010 年第 3 期。

185. 葛晓音《南朝五言诗体调的"古""近"之变》,《中国社会科学》2010 年第 3 期。

186. 龚祖培《七律的定型者究竟是谁》,《中州学刊》2009 年第 5 期。

187. 张节末、徐承《作为审美游戏的杜甫夔州七律——以中古诗歌律化运动为背景》,《学术月刊》2009 年第 9 期。

188. 孙建峰《刘长卿五言诗特殊体式之考述》,《中国韵文学刊》2010 年第 1 期。

189. 葛晓音《陈子昂与初唐五言诗古、律体调的界分——兼论明清诗论中的"唐无五古"说》,《文史哲》2011 年第 3 期。

190. 邓小军《杜甫曲江七律组诗的悲剧意境》,北京大学学报(哲学社会科学版),2011 年第 4 期。

191. 刘青海《对杜甫变体七绝的再认识——兼论与初唐七绝之关系》,《文学遗产》2011 年第 4 期。

后　记

　　本书的一部分是我的硕士学位论文《翁方纲诗论与清中期诗学思潮转向》，主要谈及翁方纲"肌理"说的内涵，并将其置于整个诗学史中考察其意义，认为其在清代中期由宗唐转为宗宋的诗学思潮转向中起到关键的枢纽作用。唐宋诗之争是绵延千年的诗学公案，在此诗学论争的大潮中起到如此作用，翁氏诗论的价值不言而喻。不过晚近以来，唐宋诗分疆别垒的色彩逐渐淡化，这既是西学东渐传统之学一定程度上被否定扬弃的结果，也彰显出新时代更为通达包容审慎客观的文化价值取向。特别是硕士导师许总先生提出的"唐宋诗整体观"，将唐宋诗的发展看成是一个完整的文学史时代，试图改变唐宋诗研究的分裂状态，拓宽唐宋诗研究的视野，彰显出独到的文学史眼光和学术思维。正是在这样的启发下，硕士毕业后几年我比较关注唐宋诗之争发展的走向，由古及今由今溯古，陆陆续续地写了几篇论文，于是有了这本小书的雏形。

　　不过近几年师从董乃斌先生攻读博士学位，我的关注点转向传统诗学的叙事观念，对于唐宋诗之争的论题钻研不够。初以此书设想请教于许总先生，先生略表不可之意。余自不量力仍勉强为之，力有所不逮，学有所不及，所呈鄙陋，固亦宜哉！然略陈唐宋诗古今分合的观照思路，自以为尚有一得之见，野人献曝，或足供一哂。

　　本书得以出版，要感谢华侨大学社科处、文学院提供的专项资金资助。学院领导和同事给予了极大的理解和关心，王长华先生提了许多宝贵意见，九州出版社的邓金艳老师为本书的修改和出版倾注颇多心力，在此一并致以深深的谢意！

年光渐老，世事悠谬，尚何言哉！谨以年初所作小诗一首聊作结语自勉，并祝诸位师友家人安好：

己亥新春，见往岁只发三五枝之墨兰忽抽九枝，喜而感赋且兼贺岁抒怀

新年底事费吟哦，佳气融融烟景和。

九畹蕙兰抽九箭，三春琪瑞报三多。

自当慷慨闻鸡舞，何待彷徨弹铗歌。

几度东风荣草木，莫令岁月又蹉跎。

己亥年新春于温陵听月轩